中传学者文库编委会

主　任： 廖祥忠　张树庭
副主任： 蔺海波　李　众　刘守训　李新军　王　晖
　　　　　杨　懿　柴剑平

成　员（按姓氏笔画排序）：
　　　　　王廷信　王栋晗　王晓红　王　雷　文春英
　　　　　龙小农　付　龙　叶　龙　刘东建　刘剑波
　　　　　任孟山　李怀亮　李　舒　张绍华　张　晶
　　　　　张根兴　张毓强　林卫国　郑　月　金　炜
　　　　　金雪涛　周建新　庞　亮　赵新利　徐红梅
　　　　　贾秀清　高晓虹　隋　岩　喻　梅　熊澄宇

城市的想象

张鸿声自选集

中传学者文库

1954-2024

主编／柴剑平　执行主编／龙小农　副主编／张毓强　周建新

张鸿声　著

中国传媒大学出版社
·北京·

图书在版编目（CIP）数据

城市的想象：张鸿声自选集 / 张鸿声著 . -- 北京：中国传媒大学出版社，2024.8.

（中传学者文库 / 柴剑平主编）.

ISBN 978-7-5657-3768-8

Ⅰ.Ⅰ206.7-53

中国国家版本馆 CIP 数据核字第 2024AS1045 号

城市的想象：张鸿声自选集
CHENGSHI DE XIANGXIANG: ZHANG HONGSHENG ZIXUANJI

著　　者	张鸿声
责任编辑	张　笛
封面设计	锋尚设计
责任印制	李志鹏

出版发行	中国传媒大学出版社		
社　　址	北京市朝阳区定福庄东街 1 号	邮　编	100024
电　　话	86-10-65450528　65450532	传　真	65779405
网　　址	http://cucp.cuc.edu.cn		
经　　销	全国新华书店		
印　　刷	北京中科印刷有限公司		
开　　本	710mm×1000mm　1/16		
印　　张	19		
字　　数	290 千字		
版　　次	2024 年 8 月第 1 版		
印　　次	2024 年 8 月第 1 次印刷		
书　　号	ISBN 978-7-5657-3768-8/Ⅰ·3768	定　价	96.00 元

本社法律顾问：北京嘉润律师事务所　　郭建平

总　序

媒介是人类社会交流和传播的基本工具。从口语时代到印刷时代，再经电子时代至今天的数智时代，媒介形态加速演变、融合程度深入发展，媒介已然成为现代社会运行的基础设施和操作系统。今天，人类已经迈入媒介社会，万物皆媒、人人皆媒，无媒介不社会、无传播不治理。今天，无论我们怎么用力于信息传播的研究、怎么重视信息传播人才的培养都不为过。

中国传媒大学（其前身为北京广播学院）作为新中国第一所信息传播类院校，自1954年创建伊始，即与媒介形态演变合律同拍、与国家发展同频共振，努力探索中国特色信息传播人才培养模式、构建中国信息传播类学科自主知识体系，执信息传播人才培养之牛耳、发信息传播研究之先声，被誉为"中国广播电视及传媒人才摇篮""信息传播领域知名学府"。

追溯中传肇始发轫之起源、瞩望中传砥砺跨越之未来，可谓创业维艰而其命维新。昔日中传因广播而起，因电视而兴，因网络而盛，今天和未来必乘风破浪、蓄势而上，因人工智能而强。在这期间，每一种媒介兴起，中传均吸引一批志于学、问于道、勤于术的

学者汇聚于此,切磋学术、传道授业,立时代之潮头,回应社会需求,成为学界翘楚、行业中坚,遂有今日中传学术研究之森然气象,已历七秩而弦歌不断,将传百世亦风华正茂。

自新时代以来,中传坚守为党育人、为国育才初心,励精图治、勠力前行,秉承"系统治理、创新图强、交叉融合、特色发展"的办学理念,牢牢把握高等教育发展大势、传媒业态发展趋势,瞄准"智能传媒"和"国际一流"两大主攻方向,以世界为坐标、以未来为向度,完成了全面布局和系统升级,正在蹄疾步稳、高质量推动学校从传统高等教育向未来高等教育跨越、从传统传媒教育向智能传媒教育跨越、从国内一流向世界一流跨越,全力建设中国特色、世界一流传媒大学。

中国特色、世界一流,在于有大先生扎根中国大地,汇聚古今、融通中外;在于有大先生执教黉门,学高为师、身正为范;在于有大先生躬耕杏坛,敦品积学、启智润心。习近平总书记更强调,高校教师要立志成为大先生,在教书育人和科研创新上不断创造新业绩。中传广大教师素来以做大先生为毕生职志,努力成为新时代"经师"与"人师"的统一者,做真学问、立高品行,践履"立德树人"使命。

2024岁在甲辰,欣逢中传建校70华诞,学校特邀约部分学者钩玄勒要、增删批阅,遴选已公开刊发的论文汇编成集,出版"中传学者文库",意在呈现学校在学科建设、科学研究、服务行业实践等方面的最新成果,赓续中传文脉,谱写时代新声。

文库汇聚老中青三代学者,资深学者渊渟岳峙、阐幽抉微;中年学者沉潜蓄势、厚积薄发;青年学者踌躇满志、未来可期。文库与五十周年校庆所出版的"北广学者文库"相承接,大致可勾勒中传知识生产薪火相传、三代辉映之概貌，反映中传在构建中国特色新闻传播类、传媒艺术类、传媒技术类学科体系、学术体系和话语体系方面的耕耘与收获，窥见中国特色信息传播类学科知识体系构建的发展脉络与轨迹。

这一构建过程，虽筚路蓝缕，却步履铿锵；虽垦荒拓野，亦四方辐辏。一批肇始于中传，交叉融合、具有中国特色的学科，如播音主持艺术学、广播电视艺术学、传媒艺术学、数字媒体艺术学、政治传播学等，从涓涓细流汇入滔滔江河，从中传走向全国，展现了中传学者构建中国自主知识体系的学术想象力和创新力。文库展示的虽然是历史，实则是呈现今天；看似是总结过去，实则是召唤未来。与其说这套文库的出版，是对既有学术成果的展示，毋宁说是对未来学术创新的邀约。

回首过往，七秩芳华。我们深知，唯有将马克思主义基本原理与中华优秀传统文化相结合，才能推动中华学术创造性转化和创新性发展，推动中国自主知识体系的构建。我们深知，唯有准确把握媒介形态演变的脉动、深刻认知媒介形态变革所产生的影响，才能推动中国信息传播类学科自主知识体系的构建与时俱进。

展望未来，星辰大海。我们深知，以人工智能为代表的产业和科技革命正迅疾而来，媒介生态正在加速重构，教育形态正在全面重塑，大学之使命与价值正在被重新定义；我们深知，唯有"胸怀国之大者"、面向世界科技前沿、面向经济主战场、面向国家重大需求，才能确保中传始终屹立于中国乃至世界传媒教育发展之潮头。

如何应对人工智能带来的深刻变革，对中传而言是一场要么"冲顶"、要么"灭顶"的"兴亡之战"。我们坚信，不管前方是雄关漫道，还是荆棘满途，唯有勇敢直面"教育强国，中传何为？"这一核

心命题，奋力书写"智能传媒教育，中传师生有为！"的精彩答卷，才能化危为机，奋力开创人工智能时代中传智能传媒教育新纪元。

功不唐捐，芳华七秩；风帆正举，赓续创新。

是为序。

第十四届全国政协委员，中国传媒大学党委书记、教授、博士生导师

目 录

第一辑 城市、地方的现代性想象

"文学中的城市"与"城市想象"研究 ……………………………… 003
从启蒙现代性到城市现代性
　——中国新文学初期的上海叙述 ………………………………… 019
"十七年"文学：城市现代性的另一种表达 …………………… 034
当代文学中日常性叙事的消亡
　——重读萧也牧《我们夫妇之间》 ……………………………… 051
城市的公共性想象与日常性的消失
　——以"十七年"上海题材文学为例 …………………………… 061
"十七年"与"文革"时期的城市工业题材创作
　——兼谈沪、京、津等地工人作家群 …………………………… 076

第二辑 上海的城市身份与形象表达

文学中的上海想象 …………………………………………………… 093
海派文学的法国文化渊源 …………………………………………… 108
三十年代海派文学的法国想象 ……………………………………… 122

1950—1970年代文学中上海城市政治身份的叙述 ………………… 138
"上海怀旧"与新的全球化想象 ……………………………………… 150

第三辑　文学中的上海叙述：物质、空间与身体

海派文学的"小叙事传统" ……………………………………………… 161
晚清文学中的上海叙述 ………………………………………………… 168
新感觉派小说人物的符码特征 ………………………………………… 178
新感觉派小说的乡土想象
　　——兼论上海文学中乡土性叙述的几种现象 ………………… 192
作为遗存的城市资产阶级势力
　　——以"十七年"上海文学为例 ………………………………… 203
"十七年"与"文革"时期文学中上海的城市空间叙述 ……………… 211

第四辑　北京叙述：文学的与媒介的

空间的意义转移与社会主义"新北京"
　　——以"十七年"与"文革"诗歌为例 ………………………… 233
传统城市性的延续与现代性的建立
　　——老舍话剧中的"新北京" …………………………………… 244
文学中的"新北京"城市形象
　　——以"十七年"与"文革"诗歌为例 ………………………… 255
近现代书刊中的北京记述（1900—1949） …………………………… 269
外国书刊中的北京记述释要（1900—1949） ………………………… 283

第一辑
城市、地方的现代性想象

"文学中的城市"与"城市想象"研究*

一、"城市文学"与"文学中的城市"

20世纪80年代以来,关于中国现当代(特别是现代)城市文学的研究渐成热点。对于上海文学的研究,既是城市文学研究的开创领域,同时也是最高成就的体现。严家炎先生对新感觉派的流派研究、吴福辉先生对于施蛰存作品的阅读、余凤高对新感觉派艺术体式的论析,分别以作品论、流派论、作家论的研究面貌出现,都是新时期以来城市文学研究的最初成果。在90年代,以吴福辉、李今、李洁非为代表,将这种研究推至整个20—40年代的海派与80—90年代的城市文学。其中,吴福辉基本上造成了以城市文化参透城市文学文本研究的高峰。与80年代不同的是,这种研究已经突破了流派研究的性质,对造成城市文学的社会形态、作家队伍构成、文本表现形态以及体式技法,均能从一种独立的、自足的文学形态去认知,从而使城市文学研究取得了与五四以来的新文学、左翼文学、解放区文学、乡土文学、革命历史

---

* 本文原载于《文学评论》2007年第1期,《人大复印报刊资料·中国现代、当代文学研究》2007年第4期全文复印,《中国社会科学院报》2007年4月26日摘编,收入本书时有改动。

文学研究同等重要的位置[①]。

此后，对于城市文学的研究，还造成了现代文学史叙述总体格局的变化。首先，各种权威的文学史著作都将城市文学作为重要的文学史形态纳入文学史脉络。在《中国现代文学三十年》1998年的修订本中，将"文学的现代化"作为现代文学的主流，其中，"现代化进程中的城与乡、沿海与内地的不平衡，所出现的'现代都市与乡土中国'的对峙与互渗"[②]已成为文学史考察的基本标尺。而且，与上海城市文学相应的研究范式也作为对其他文学史现象的立论基础。比如该书在谈到20世纪三四十年代话剧创作时，便分别采用了"职业化、营业性剧场戏剧""大后方、上海孤岛：'剧场戏剧'再度兴起"与"沦陷区：职业化、商业化的'剧场戏剧'的繁荣"等论述框架。在多数现当代文学史与某些通史中，城市文学也成为独具形态的重要论述对象，如孔范今主编的《20世纪中国文学史》，杨匡汉、孟繁华主编的《共和国文学50年》与张炯、邓绍基、樊骏主编的《中华文学通史》。其次，由于城市文学研究，特别是海派研究的成果粲然，改变了部分或全部文学史叙述的方式。在20世纪80年代前后的左翼、启蒙文学史叙述中，城市文学没有应有的位置。随着李欧梵、王德威等域外研究力量的推动，由海派文学研究中抽取的"日常性""晚清现代性"等概念不仅为现当代文学史事实中的个体性、私人性、

---

① 在讨论现代城市文学的论著中，严家炎先生的《新感觉派和心理分析小说》一文，可看作这种研究的创始性论文之一。这篇论文还作为"中国现当代文学流派创作选"选本之一的《新感觉派小说选》的前言，既是对这个流派研究的开启，同时又借助于对流派作品选集的阅读倡导而将研究的兴趣推诸众人。之后，吴福辉所著《都市漩流中的海派小说》打破了流派研究的性质，将海派作为一个自足的文学形态去认知，堪称此类著作中之最大者。尔后，李今的博士论文（一部分单篇论文在《文学评论》《中国现代文学研究丛刊》上刊出）《海派小说与现代都市文化》在承续吴福辉的研究中又增添若干新质。至此，对于现代城市文学（特别是上海城市文学）的研究已经蔚为大观。这中间还有许道明著《海派文学论》（复旦大学出版社1999年版）、李嵘明著《浮世代代传》（华文出版社1997年版）以及李俊国著《中国都市文化与都市小说》（中国社会科学出版社2003年版）等。笔者也曾出版《都市文化与中国现代都市小说》（河南大学出版社1997年版）。论及海派重要作家的学术性书籍（如关于张爱玲）已蔚为大观，至于讨论海派文学的单篇论文，更难以计数。
② 钱理群，温儒敏，吴福辉. 中国现代文学三十年[M]. 修订本. 北京：北京大学出版社，1998：1.

消费性提供了合法依据，而且已成为新的重要的文学史整体阐述原则。

更重要的是，随着90年代左翼与启蒙两种文学史叙述相继弱化，在文学史叙述的等级因素中，源自城市文学的现代性，特别是日常性文学史叙述几乎一枝独秀。而我们当下热衷的"市民""市民社会""公共领域"的探讨，以及90年代后期被神化的"市场意识形态"，更是为其提供了社会的政治与经济依据。而且，对于城市文学的研究，由于得到了来自左翼意识形态减弱、市民社会兴起的社会转型时期各种社会思潮的支持，进而以极强的历史阐述性出现，与史学研究中所谓"新史学"，特别是法国年鉴学派方法中的注重民间社会形态、"公共领域"，行会、商会、社团研究相吻合，因此，关于城市文学与媒体舆论、大众传播、经济制度、学校教育、出版机构、流行生活等公共社会领域的关联，又成为新的热点，构成了某种现代中国整体史观的一种。

在此，笔者不打算全面评价这一现象（对此的评述，参见拙文）[①]，而只是力图梳理新时期以来城市文学研究的历程与动态。我们可以看出，现当代城市文学研究大致经历了作家作品论—流派论—形态论—文学史论—现代中国史观等各个阶段，有日渐超出传统城市文学题材、流派、形态研究范围的迹象。在许多研究中，人们的关注点，从"文学表现城市形态"开始转移至"文学对城市性的表达"，甚至是基于城市性表达而来的历史观念。那么，这一现象预示着什么呢？我们似乎已经不能固守着传统的城市文学研究了，那么，为什么呢？而且，我们正在进行什么样的研究呢？

事实上，迄今为止，传统的城市文学研究大体采用了"反映论"式的研究模式，这种研究方法大都以题材为限定，同时被理解为一种文学形态，并以坚定的社会学、历史学理论为基础，认为城市文学作品来自城市经验，是客观的城市生活的再现，因而特别适用于在表现方法上属于传统写实主义的文学作品。但问题在于：首先，题材限定固然使研究在社会学、历史学意义上更加深入，但在一定程度上却忽略了城市生活对人们的城市意识与知识的

---

① 张鸿声.现代文学史叙述中的记忆与遗忘[N].文艺报，2004-12-28.

影响，而叙述城市时，城市意识与城市知识却往往是超出城市文学题材和形态的。由于人们的城市知识无处不在，城市叙述也表现在非城市文学类的其他各种文学形态中，如乡土文学、知识分子文学等，这是很难归入传统的"城市文学"研究视野的。另外，研究中对城市文学形态的限定，使某些虽属于城市题材但又不是典型城市文学形态的大量文本在"城市文学"研究中长期处于空缺位置。比如，学界对1949—1976年城市题材文学的研究明显缺失。这体现在：在研究对象上，该时期城市题材由于不是独立的文学形态，或在研究中被略去，或者被肢解在厂矿文学、"文革"文学等中作简单描述。在阐释上，按照严格的题材与形态限定，整体的城市文学便分裂为1949年以前与80年代以后，两者之间的30年完全被排除。因此，另两个阶段的文学阐释也难以承续，以致无法将整个20世纪城市文学纳入研究范围。事实上，该时期的城市题材虽不是严格意义上的城市文学，但仍属于整体的20世纪中国"文学中的城市"体现，它必然存在着对城市性的某种想象与表述，也必然存在着某种城市叙述[①]。

其次，在现代城市文学作品中（尤其是上海文学），即使是对同一时期城市社会的表现，也会因作家流派的不同而表现出巨大的差异性，比如左翼城市文学与海派的创作。即使是流派内部也是如此。比如，同样表现上海，刘呐鸥与穆时英在进行着对上海的西方式想象，而施蛰存则从乡土角度看待上海；同样表现上海的乡土性，施蛰存将乡土外化于上海，而张爱玲则将乡土视为上海城市的内部逻辑。这便是城市文学的文本性，而"反映论"则忽视了文学的这一基本特征。而且，中国现代最典型的城市文学恰恰并非经典意义上的写实形态，反而以现代主义创作居多，比如新感觉派，对城市外在形态的展现似乎并不比对城市作用于作家内心感受的描摹更多。通常意义上，他们以自我强烈的主观性透入都市生活，感觉、想象成分明显多于"经验"成分。即使是茅盾的《子夜》，也有除写实之外对上海现代性的憧憬成分。这种注重对城市的心理感

[①] 如果采用"文学中的城市"研究，那么，各种形态文学对城市的表述，也包括非典型的城市题材文学，如京派、20世纪50—70年代城市题材，都可以纳入研究范围。

觉的表述，使我们很难全然以写实主义式的研究去面对它。

可以说，传统的城市文学研究，强调的是城市之于作家的经验性，但是，在文学与城市的关系中，城市文学之于城市，也绝非只有"反映""再现"一种单纯的关系，而可能是一种超出经验与"写实"的复杂互动关联。何况，城市经验之于作家，也是千差万别。因此，城市的历史与形态和城市文学文本之间便构成了极其复杂的非对应关系，这一切，可能会以对城市的不同表述体现出来。而城市叙述也绝不以城市题材为限，它可以存在于各种题材之中。也就是说，城市叙述有时存在于城市文学形态中，有时则不能表现为城市文学形态。

所以，鉴于城市文学研究自身，逐渐以"城市性表述"涵盖了"文学再现城市"，从概念上来说，"文学中的城市"这一概念，要比"城市文学"能够揭示更多城市对文学的作用与两者的复杂关联。后者立足于城市题材与形态自身，揭示城市文学的发生、发展、流变过程以及其内在构成规律，基本上属于传统的文学研究或文学史研究；而前者并不局限于城市题材与城市文学形态，它更关心由城市传递给人的城市知识，以及由此带来的对城市的不同叙述，以印证于某一阶段、某一地域的精神诉求。从方法论的角度来说，它更接近文化研究。

在国外学界，对于"文学中的城市"研究已有一些论述。理查德·利罕（Richard Lehan）出版于1998年的《文学中的城市》（*The City in the Literature*）（加利福尼亚大学出版社）明确提出"文学中的城市"这一概念，而这一概念在书中主要被认为是对城市不同的叙述模式。它着重考察了欧美城市不同发展阶段文学的表现方式，除了现实主义与自然主义之外，"对高度发展和机构复杂的城市的逃避和拒斥，构成了现代主义（印象主义、唯美主义、象征主义）的源泉。现代主义转而表现城市压力的主观印象和内心现实"。有人曾这样概括其描述的城市的表现模式与过程，"现代主义的这些主题基本上对城市持否定的态度，这里也表现出作者的立场：城市从早期的神圣城市到启蒙时期的城市，最后到现代大都市，基本上处在一个不断'堕落'的过程中。与此相对应的是，城市中的人从较早时候（如巴尔扎克笔下）的活跃的、积极

的参与性的力量逐渐退化为受城市控制、对城市无能为力而退缩到内心领域中的漫游者和旁观者"①。该书将商业城市、工业城市、后工业城市分别与现实主义（自然主义）、现代主义、后现代主义相对应，事实上是在找寻文学中对于城市的不同表述问题。

关于对城市的表述，德国评论家克劳斯·谢尔普（Klaus Scherpe）将其分为四类模式②。美籍华裔学者张英进对其概括如下：

> 第一类模式来源于德国18、19世纪小说中描写的那种"乡村乌托邦"和"城市梦魇"的直接对立。在这一模式中，一种早期的、据信是平静和安宁的主观主体受到新兴的工业文明的威胁。第二类模式见于"19世纪批判社会的自然主义小说，其中乡村与城市的对立退位于阶级斗争。……城市的生活和经验被缩小为个人和群体的对立"。第三类模式见于现代的作品，其中"巴黎流荡子的沉思姿态"表明"城市经验的潜在的想象力"，其"审美主体自然而然地观察审美客体，用凝视的目光捕捉和把握这客体"。第四类模式是"功能性的结构叙述"，通过这种叙述，"城市因其商品和人的剧烈流动而被重新构造为'第二自然'，这一新构造据其在时间和空间上的自给自足，相辅相成的方式而产生。"换言之，在第四类模式中，城市成为自己的代理人，在文本中自由地展开自我叙述。③

克劳斯·谢尔普对城市叙述的描述与理查德·利罕有相似之处，他们不仅都相当重视城市的表述问题，而且都勾勒出了城市表述的历史发展，并都认为在城市表述中流贯着从现实主义到现代主义的线索。所不同者在于，克

---

① 季剑青.体例与方法［M］//陈平原.现代中国：第五辑.武汉：湖北教育出版社，2004：227–230.
② 谢尔普.作为叙述者的城市：阿尔弗雷德·多布林的《亚历山大广场》［M］//于森，巴斯里克.现代性和文本：德国现代主义的修正.纽约：哥伦比亚大学出版社，1989：162–179.
③ 张英进.都市的线条：三十年代中国现代派笔下的上海［J］.冯洁音，译.中国现代文学研究丛刊，1997（3）：93–109.

劳斯·谢尔普把"乡村乌托邦与梦魇的直接对立"这一浪漫主义倾向也归之于城市表述,无疑是更加扩大了"文学中的城市"的含义。

简言之,城市不单是一个拥有街道、建筑等物理意义的空间和社会性呈现,也是一种文学或文化上的结构体。它存在于文本本身的创作、阅读过程与解析之中。如果说传统的城市文学研究较多地存在于前者中的话,那么"文学中的城市"则思索城市文学的文本性与文本的文学性,以及怎样把城市的物理层面、社会层面与文学文本有效地结合起来。像新历史主义所说的,既需探索"文学文本周围的社会存在",也要探求文学文本中的社会存在[①]。

二、"文学中的城市"与"城市想象"研究

在"文学中的城市"研究中,即在对城市表述的研究中,"想象"或"想象性"成为一个极其重要的概念与方法。在《文学中的城市》中,作者一方面承认城市文本的变化是因城市的变化而来的,另一方面又强调"文学赋予城市一种想象性的现实"。陈平原曾评述:"该书将'文学想象'作为城市存在的利弊得失之编年史来阅读。从'启蒙时代的伦敦',一直说到'后现代的洛杉矶',既涉及物质城市的发展,更注意文学表现的变迁。"[②]张英进在谈及中国城市文学的研究方法时也说:

> 我将不拘泥于某一作品所表现的城市如何写实传真,而只探讨在这种文本创作的过程中,城市是如何通过想象性的描写和叙述而被"制作"成为一个可读的作品。……我说的制作是符号性的,指的是将城市表现为符号系统,其多层面的意义需要解析破译,我将重点放在制作的过程而不是其最终的产品——作为文本的城市(或称城市文本)。[③]

[①] 张京媛. 新历史主义与文学批评 [M]. 北京:北京大学出版社,1993:5.
[②] 陈平原,王德威. 北京:都市想象与文化记忆 [M]. 北京:北京大学出版社,2005:546.
[③] 张英进. 都市的线条:三十年代中国现代派笔下的上海 [J]. 冯洁音,译. 中国现代文学研究丛刊,1997(3):93.

作为心理学名词，"想象"一词的含义为："在原有感性形象的基础上创造出新形象的心理过程……这些新形象是已积累的知觉材料经过加工、改造所形成的。人类能想象出从未感知过的或实际上不存在的事物的形象，但想象内容总来源于客观现实。"① 在谈到民族的"想象的共同体"时，汪晖指出："想象这一概念绝不等同于'虚假意识'，或毫无根据的幻想，它仅仅表明共同体的形成与人们的认同、意愿、意志和想象关系以及支撑这些认同和想象的物质条件有着密切的关系。"② 因此，在"文学中的城市"研究中，关于想象性概念的介入，并非完全摒斥文学文本的社会客观性与创作者的经验性，而事实上，它是联结创作者的城市生活经验与文学文本经由创作而造成的生活呈现的一个中介，即任何关于城市的文本都不可避免地来自城市经验，但城市文本却绝不等同于经验，因为它经过了由经验到文本的过程，这个过程其实也是想象性城市叙述的过程，城市想象其实就是一种城市表述。

在西方学界，运用想象性城市叙述理念来研究城市与城市文本已不鲜见。除了理查德·利罕的《文学中的城市》之外，卡尔·休斯克的《世纪末的维也纳》③也大致使用这一方法，认为维也纳是由于具体的社会生活与文化情境而成为奥地利国家的寓言。在对中国现代文学、现代城市文学的研究中，张英进出版了《中国现代文学和电影中的城市：空间、时间和性别的构形》④（当时未有中译本）。赵稀方讨论香港文学的《小说香港》，是运用这种方法探索文学与城市之间互动关系的学术著作。赵稀方认为，关于香港的文学文本大致存在着三种叙述：英国人的殖民叙述、内地的国族叙述以及香港人的香港叙述。在英国人的殖民叙述中，香港充当了西方人"东方主义"的一个想象范本，以此印证欧洲白人的"启蒙"事业；而内地的国族叙事则以

---

① 辞海编辑委员会.辞海[M].上海：上海辞书出版社，1981：1596.
② 汪晖.现代中国思想的兴起[M].北京：生活·读书·新知三联书店，2008：4.
③ 休斯克.世纪末的维也纳[M].黄文，译.台湾：麦田出版社，2002.
④ 张英进.中国现代文学和电影中的城市：空间、时间和性别的构形[M].纽约：斯坦福大学出版社，1996.

中原心态的中心/边缘构架出发，进行"母亲！我要回来"式的香港想象。两者都忽略了香港在文化意义上的主体性。直至 20 世纪 70 年代，一种源于内地价值观却又与之不同的香港意识开始出现，才逐渐产生了文学中香港人的香港叙述①。

香港的情形也许特殊。对于国内城市与文学关系的研究，较早的应是赵园的《北京：城与人》②。这部著作并不是一部关于北京的现代城市文学史，而是从确定北京在中国作家心理中的位置入手，事实上，是为"文学中的北京"进行定位。在整体的 20 世纪中国现代化不可逆转的进程中，作为一种文化的共同体，北京其实替代了乡土中国的国家与文化地位，成为中国文人的精神故乡。从这一角度出发，北京也是一个想象中的城市。它既负载着真实的物理空间，同时又被文学建构成一种文本形象。由于写作时间较早，这一著作还局限于文学形态，而对于文学又较集中于"京味"风格的分析，使其一定程度上仍保留着城市文学形态研究的痕迹，未能获得某种讨论北京想象的广泛的可能性。

有意识地倡导以"记忆与想象"对北京城市与关于北京文学进行研究的，是陈平原先生。2005 年 10 月，北京大学 20 世纪中国文化研究中心、中文系与哥伦比亚大学东亚语言文化系联合主办"北京：都市想象与文化记忆"国际研讨会，会议发表以及后来收入论文集的研究论文来自各个学科，其中有数篇是关于北京与文学之关系的，如梅家玲的《女性小说的都市想象与文化记忆》、董玥的《国家视角与本土化》与贺桂梅的《时空流转现代》，大体也属于类似角度的研究。在谈及"作为研究方法的北京"时，陈平原也以"文学中的城市"为切入点。他说："借用城市考古的眼光，谈论'文学北京'乃是基于沟通时间与空间、物质文化与精神文化、口头传统与书面记载、历史地理与文学想象，在某种程度上重现八百年古都风韵的设想。""谈论中国的'都市文学'，学界一般倾向于从 20 世纪说起，可假如着眼点是'文学中的

---

① 赵稀方.小说香港［M］.北京：生活·读书·新知三联书店，2003：3-7.
② 赵园.北京：城与人［M］.上海：上海人民出版社，1991.

都市'，则又当别论。"而在谈到"文学中的北京"这一概念时，陈平原径用"想象"一词去表述。在《"五方杂处"说北京》一文中，陈平原说："略微了解北京作为都市研究的各个侧面，最后还是希望落实在'历史记忆'与'文学想象'上。……因此，阅读历代关于北京的诗文，乃是借文学想象建构都市历史的一种有效手段。"①

如果说从"文学中的城市"与"城市想象"角度研究北京与北京文学还处于倡导与成果初显时期的话，那么，从这一角度研究上海与上海文学，可以说已经取得一些成果。大体来说，这种研究集中于两个方面：一是对上海 20 世纪三四十年代的文学与城市研究，二是对上海 90 年代的文学与城市研究。

前者主要来自域外，并首推李欧梵先生的《上海摩登》。该书在总体思路上受到了本尼迪克特·安德森关于"想象的共同体"观念影响，即民族国家的兴起往往伴随着公开化、社群化的过程，并认定上海三四十年代的都市性正是中国国家现代性的一种，因此，"摩登上海"的想象，也正是对于中国现代性的建构。对于国家社会的社群化进程，李欧梵借用哈贝马斯"公共空间"的理论，对于印刷文化、媒介文化的生产、消费、传播以及再生产等城市文化生成与发展进行描述，并特别以刊物、电影、流行生活为主要表现领域，叙述城市对现代性的共同心理认同，从而剖析出上海城市现代性的特质。吴福辉先生近来的研究，如论文《小报世界中的日常上海》《老中国土地上的新兴神话》也带有类似特征。

另一种"文学中的上海"研究则立足于 90 年代。由 20 世纪 80 年代末开启的关于旧上海的怀旧，至 90 年代已经成为一种世界性文化景观，并伴随着港、台、大陆三地的热播影视作品，以及各种关于旧上海的书籍、画册、影视等，渐至巅峰。"上海怀旧"无疑是文学中上海想象在全球化语境中的一种现代性诉求，其所表现出的对于上海城市文化身份的想象性认知，乃是探讨此一问题的关键。在这方面，陈惠芬的《"文学上海"与城市文化身份建

---

① 陈平原，王德威. 北京：都市想象与文化记忆[M]. 北京：北京大学出版社，2005：544.

构》①、郜元宝的《一种新的上海文学的产生——以〈慢船去中国〉为例》②，还有王晓明等人对于 90 年代王安忆的上海题材创作与对程乃珊、陈丹燕的同题材跨文体写作研究，等等③，大都遵循同一思路。在这些研究中，有论者指出，90 年代的上海题材文学，"为读者提供的是一个精确的关于上海的公共想象，而不是个体性的对上海、对时代和世界的体验""当一个作家的写作涉及上海时，他对上海的历史和现状很有可能并没有达到历史领域或现实调查所追求的那种熟悉程度，但他完全有理由从某种制度性想象直接契入，而构筑他们关于上海的想象性叙事。比如，现在流行的一些概念，像'三四十年代的摩登上海''国际大都市''日常生活''欲望''时尚''消费文化''白领''小资''中西文化交往''高速发展'，等等"④，论者认为，这构成了 90 年代上海题材文学或"文学上海"的制度性因素。

由此可以看出，在关于对"文学中的上海"的研究中，"上海想象"已经渐成热点，并且，其研究思路是循由"现代性想象"出发，构筑由上海城市文学而引发的关于中国社会、中国文学的现代性问题。应当说，这种研究恰当地解决了以往在城市文学题材、形态、文学史框架下研究之不足，触及了城市文学更深层次的问题，并从现代性问题上扩大了人们对文学史叙述的认知。

但是，这些研究又存在着明显不足。其最大问题在于，在论述现代性为线索的上海想象时，把日常性现代性作为主要线索，而将中国现代性中的关于"国家""革命"的现代性搁置一边，因而，在研究对象上，20 世纪 30 年代左翼上海与 50—70 年代上海及其文学基本上仍不被纳入视野。有人认为："李欧梵在《上海摩登》中重构了旧上海物质文化生活和消费主义的精神时尚

---

① 陈惠芬."文学上海"与城市文化身份建构［J］.文学评论，2003（3）：140-149.
② 郜元宝.一种新的上海文学的产生——以《慢船去中国》为例［J］.文艺争鸣，2004（1）：75-77.
③ 王晓明.从"淮海路"到"梅家桥"——从王安忆小说创作的转变谈起［J］.文学评论，2002（3）：5-20.
④ 郜元宝.一种新的上海文学的产生——以《慢船去中国》为例［J］.文艺争鸣，2004（1）：75-77.

地图……《上海摩登》重绘了一幅夜晚的地图、消费的地图、寻欢作乐的地图，同时却遮蔽了白天的地图、生产劳动的地图、贫困破产的地图，从根本上来说，也就是用一幅资产阶级的地图遮蔽了无产阶级的地图，用资产阶级的消费娱乐遮蔽了无产阶级的劳动创造。"①事实上，虽然李欧梵在其他一些文章中多次谈到关于"革命"的现代性问题，并认为"《新青年》思潮背后的一个新的意识形态和历史观……导致了一场惊天动地的——影响深远的——社会主义革命。我认为这些都是中国人对于'现代性'追求的表现"②，但在对具体的上海文学的论述中，恰恰又以日常性现代性遮蔽了其他，表现出文学史叙述中刻意追求"中心性"的弊病。因而，立足于30、40年代上海资产阶级的摩登文化的上海想象，便构成了左翼角度的"上海遗忘"。对于50、60年代上海文学与城市的研究，除了张旭东在文章中偶有提及外，几乎不被人看作研究对象。其中的原因，仍是以日常性城市叙事代替了多元现代性叙事，不能被日常性现代性所叙说的50、60年代上海文学当然也就没有了研究的价值与可能。

可以看出，在对30、40年代上海与90年代上海以及其文化的研究当中，某些研究者倒是犯了一个与其研究对象（即这两个时代的文学文本）同样的错误。文学创作者基于中国全球化的想象构筑了文学中的上海，而研究者同样也如此，因为，只有30、40年代海派文学与90年代关于上海的文学，是充分意义上的全球化想象的产物。③两者构成互文关系，其实是不同时期对同一问题的表现而已。另外的几种中国现代性如"启蒙的现代性"与"革命的现代性"，既不被这两个时期的文学表现所重视，也不被纳入研究者视野。因此，研究界事实上也无法跃出被批评者的窠臼，因而，对所谓"上海想象"的研究仍不是一种完整的"文学中的上海想象"。

---

① 旷新年.另一种"上海摩登"[J].中国现代文学研究丛刊，2004（1）：288-296.
② 李欧梵.中国现代文学与现代性十讲[M].上海：复旦大学出版社，2002：52-53.
③ 较能克服这种弊病的是吴福辉先生，他一系列讨论海派文学特征的论文很值得注意。比如《老中国土地上的新兴神话》《新市民传奇：海派小说文体与大众文化姿态》《洋泾浜文化·吴越文化·新兴文化》都包含了从中国本土性看待海派的视角，体现出他的智慧之处。

三、文学中的"城市想象":研究的对象、方法与策略

笔者认为,对中国现代"文学中的城市"研究与"城市想象"研究,作为一种范式,它必须有明晰的阐述策略与阐述范围。基于现有的"文学中城市"研究,我们应注意两点:

其一,在方法上,"城市想象"研究的基础在于将文学中的城市经验与城市叙述分离开来,也就是说,"文学中的城市"在很大程度上是不断被赋予意义的,而不完全是城市的自我呈现。在我的看法中,"文学中的城市"其实有两个,一个是文本意义上,或被文本意义所堆积起的;一个是实际的、作为地域存在的城市。以北京和上海为例,北京在20世纪文学中,在不同时期分别被赋予了帝都、家园、社会主义首都与全球化城市等意义。而上海的情形则更复杂。在文学中,上海不断被赋予各种现代性意义,成为一种现代城市知识的共同体。如反殖民与独立的国家意义、传统形态向现代形态过渡的现代化意义等,并以此构筑了上海文学或"文学中的上海"强大的现代性身份,它可能冲淡乃至瓦解了作为实存的"上海"多元、复杂的东方城市特性,以及作家个体的上海经验。

城市"经验"与"想象"分离的深刻内涵,在于人们城市知识中的文化诉求。一般来说,城市的文化身份是多元的、不统一的,甚至是非逻辑的,而在人们对城市的集体的想象性叙述中,却往往将它整体化、中心化、逻辑性起来,从而导引出对城市的公共性认知,并在此基础上,表达城市"经验"[①]。

---

① 霍尔认为,文化身份"绝不是永恒地固定在某一本质化的过去,而是屈从于历史、文化和权利的不断'嬉戏'"。他还认为,"把'文化身份'定义为一种共有的文化,集体的'一个真正的自我',藏身于许多其他的、更加肤浅或人为地强加的'自我'之中","按照这个定义,我们的文化身份反映共同的历史经验和共有的文化符码,这种经验和符码给作为'一个民族'的我们提供在实际历史变幻莫测的分化和沉浮之下的一个稳定、不变和连续的指涉和意义框架"。也就是说,文化身份并不客观也不固定,但我们总在寻找用"共有的文化"来叙述它,这就可能取决于与某种国家民族意志相关的"共同体"。见霍尔.文化身份与族裔散居[M]//罗钢,刘象愚.文化研究读本.北京:中国社会科学出版社,2000:208.

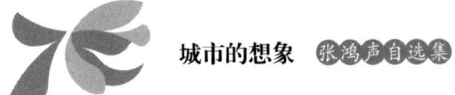

而事实上，根据这样的认知表达出的，往往不再是"经验"，而是"想象"。比如，基于国人的现代性想象，渐渐产生了关于上海的公共知识，也造成了近代以来关于上海文学的总体风貌与主流，并构成了文学表现上海的中心性。这一超越经验的文学写作有着意识形态特性以及意识形态化的过程，并推广成全国性的普遍化的城市知识。但是，它与复杂、多元的上海特性、上海"经验"并不完全对等，或者若即若离。此间的原因在于，上海作为近代中国一个极为特殊的城市，其本身的现代性逻辑之强大，也在于对世界主义背景下整体的所谓"中国现代性与中国现代化"的向往这一民族的"想象的共同体"。在这里，上海实际上充当了现代中国民族国家主体性建构的最大载体。因此，供人阅读的"文本上海"与作为地域城市的上海是有较大差异的。也因此，"文学中的上海"与关于上海的文学表现出区别于其他地域文学的特质，通常来说，在形式与文体上排斥地域的经验性，以突出其国家意义与现代性意义。

其二，在阐述范围上，"文学中的城市""城市想象"既然成为一种研究范式，就必须注意到研究对象的完整性，而不能在遗忘大多数对象的情况下完成研究。笔者认为，对20世纪"文学中的城市想象"研究，必须包括晚清和左翼文学，也应包括50—70年代的文学。其实，晚清民初小说已经开始在世界主义的背景下展开对于城市现代性的想象。在梁启超等人的政治乌托邦小说、韩邦庆等人的狭邪小说与李伯元、刘鹗等人的谴责小说以及后来的鸳鸯蝴蝶派小说中，文学中的上海分别被赋予了现代民族国家、"文明的出张所"与隔离于内地的"飞地"等想象意义，呈现出近代以来上海想象的初步状态。而且，几种想象都以上海融入世界作为潜在框架，呈现出"去中国化"与"去内陆化"的特征。梁启超《新中国未来记》、陆士谔《新中国》、徐念慈《新法螺先生谭》等都以未来完成时态将上海当作中国现代化的完成地，这源于中国在资本主义世界格局中对边缘文化的焦虑与摆脱焦虑的努力，更表明了对当时世界主导格局的认同，甚至不乏"西方主义"式的成分。鸳鸯蝴蝶派描写上海新事物，固然带有写实的经验成分，但作者的"维新是求"的写作风气与对上海繁华的中心地位的认定，也是立足于"新""变""奇"

等现代性基础上的。而谴责小说中关于上海腐败、堕落等种种指摘，则初步将上海与乡土中国做了时间与空间意义上的想象性分离。

再如左翼。对于左翼文学来说，城市知识其实就是国家知识，城市叙述扩大为国家意义的表现，其个体的城市经验几乎不存在。《子夜》对上海叙述的前提，是茅盾对于国家问题的表达，城市构成了茅盾以上海表述中国国家性质的基础。因而，茅盾是以上海转喻整个国家，或者说《子夜》是一种在国家意义上的"上海想象"。在世界范围中，茅盾采用西方中心／东方边缘的格局，上海被茅盾当作殖民地国家文本，以民族资本主义工业的破产来表现其在全球资本主义格局中的边缘性。在国家内部，茅盾采用城市（中心）／乡村（边缘）的格局，又从潜在层面对上海作了充分资本主义化的想象描述，在对吴荪甫、吴老太爷的表现中，对上海作了现代性的憧憬与非中国化的想象。

再说50—70年代"文学中的城市想象"。这一时期的城市题材虽然不是严格意义上的城市文学，但仍属于整体的20世纪"中国文学中的城市"的体现，它必然存在着对城市的某种想象与表述。按照梅斯纳、德里克、汪晖等学者提出的"社会主义现代性"的论断，这一时期中国城市仍然具有某种特殊的现代性。它虽然被消除了全球化、日常性、私性、消费性等内容，但国家意义上的公共性、组织社会与大工业逻辑等特性却被极度突出。这是社会主义国家城市想象的基础。它不仅与当时意识形态反对资本主义的现代性有关，也是近代以来民族国家建构的必然。因此，该时期的文学在城市溯源上大致采用断裂论与血统论理解，即消除城市的文化传统与口岸城市基础，确立城市唯一的左翼国家革命起源，如《上海的早晨》《春风化雨》《霓虹灯下的哨兵》等。在价值立场上，大多消除个人私性、日常性与消费性，突出国家公共性，如《年青的一代》《千万不要忘记》《万紫千红总是春》等。同时，国家政治保障下的工业生产特性得到空前强调。工业题材不仅被巨量生产，而且往往伴随着重大国家生活描写，并以排除其他生活、文化形态为代价。如艾芜、草明、萧军等老作家与胡万春、唐克新、万国儒、陆俊超等工人作家的作品，也包括"文革"时期大量的工业、车间文学。在文体上，也造成了特殊的形态，文学的个人性、地域性极弱，整体上属于国家风格。

当然，由于近现代城市性的复杂与多元，事实上，文学中的城市叙述也处于一种非中心的、多元的和不统一的状态。我们在论述"文学中的城市""城市想象"时，应注意到这一研究范式对于文学阐释的有限性。笔者认为，"城市想象"研究所持的观点与方法，在整体的现代文学研究中具有某种边缘性，其本意在于抗拒关于城市文学的社会学研究的中心性。虽然这种研究范式具有一定的阐释空间，但也只能作为对城市与文学关系的一个方面的揭示，与以往的城市文学研究并不是（也无法做到）彼此的替代关系，而是相互借鉴，相互补充。因此，要避免使其成为一种新的文学历史化、本质化过程，避免使论述呈现出一种新的中心化，在或记忆或遗忘的情形下强行对文学或文学史进行注解，或者作为文学史阐述的标尺。

从启蒙现代性到城市现代性*
——中国新文学初期的上海叙述

一

从晚清到五四,是一个多元现代性逐渐定于一尊的过程。由于五四进化主义学说与观念的建立,进化论分别以宇宙观与工具论的方式进入文学视野,并逐步转向工具论的实用理性,初步诞生世界主义中心/边缘基本模式,并出现多元现代性向启蒙现代性的过渡。在地域上,则由口岸城市转向北京新文化中心①,文学中的城市现代性有所减弱。

在五四新文学主导的启蒙表意系统中,新文学的基本形态属于知识者文学范畴。从题材来说,大致分为农民题材与知识分子题材。知识者思想状态与整个中国社会的对立构成此期文学的大致框架,也就是说,启蒙的先驱知识分子与旧中国麻木庸众的冲突构成了文学主脉。晚清以城市现代性为"进步"的表意体系遭到压制,而被置换为以知识分子启蒙现代性为"进步"的表意系统,城市与乡村间的形态区别大都被漠视,城市之间的形态区别则更是见不到了。

比如,在鲁迅仅有的数篇城市题材中,城市与乡村在文化形态上并无太

---

* 本文原载于《郑州大学学报(哲学社会科学版)》2007年第4期,《人大复印报刊资料·中国现代、当代文学研究》2007年第10期全文复印,收入本书时有改动。

① 王一川. 晚清:中国文学现代性的发生时段 [J]. 江苏社会科学,2003(2):44-46.

多区别。《头发的故事》指出，虽然民国已经建立，但北京市民并没有国民自觉，依旧不过是奴隶而已，与农民无异。作品中的 N 先生激愤地认为：

> 我最佩服北京双十节的情形。早晨，警察到门，吩咐道："挂旗！""是，挂旗！"各家大半懒洋洋的踱出一个国民来，撅起一块斑驳陆离的洋布。这样一直到深夜——收了旗关门；几家偶尔忘却的，便挂到第二天的上午。

在这儿，鲁迅虽然以北京城市见闻为背景，但这个背景并不表现出特定的城市形态，而与保守、闭塞的乡村无异。另外，《示众》中北京人看杀头的场面与《伤逝》中的会馆胡同与机关，也与乡村并无二致，反而与小说中的乡村世界同构。对于上海，虽然作家们以资本文化去看待，但也仍然与新文化启蒙思想构成对立。如陈独秀所说："什么觉悟，爱国，利群，共和，解放，强国，卫生，改造，自由，新思潮，新文化等一切新流行的名词，一到上海仅仅做了香烟公司、药房、书贾、彩票行的利器。"[①] 或许这可以算作五四时期的城市想象，城市被赋予了乡村反启蒙的意义。

五四时期文学中，对感受现代文明的表述，从晚清民初时代的上海转向域外。特别是创造社的大部分人，大都在青少年时代负笈东渡，他们比先辈们更深切地感受到彼邦现代文明的强烈刺激。在他们笔下，对日本城市文明的羡慕代替了晚清文人对上海的热情。比如郭沫若《笔立山头展望》《日出》中轮船、烟筒、摩托车的城市文明，显然不是故国能够给予他的。郑伯奇曾指出，早期创造社具有"移民文学倾向"，意思便是说在文明与愚昧对立的大框架中，创造社所采用的是日本与中国之间的比较角度，而非通常意义上的上海与内地之间的对比。对于上海，他们也普遍采用了一种否定性的认知。郭沫若曾在诗中说："游闲的尸／淫嚣的肉／长的男袍／短的女袖／满目都是骷髅／满街都是灵柩／乱闯／乱走。"郭沫若遂感到"我从梦中惊醒了，

---

① 陈独秀.独秀文存［M］.合肥：安徽人民出版社，1987：589.

disillusion 的悲哀哟！"于是，在创造社作家早期作品中，几乎都出现一个相似的情节模式，即无法忍受在东洋所受屈辱而不忘故土，回国后又无法忍受中国城市特别是上海之肮脏而返回日本，以致知识者漂流于日本城市与上海之间成为主要的情节构架。郭沫若在《月蚀》《阳春别》《漂流三部曲》中，把爱牟在上海的生活归之于"失败的一页"，因为"上海的烦嚣不利于他的著述生涯"。上海，或者"看不见一株青草，听不见一句鸟声，生下地来便和自然绝了缘，把天真的性灵斫丧"（《圣者》）；或者如同坟场，像爱牟感到的"他让滚滚的电车把他拖过繁华的洋场，他好像埋没在坟墓一样"（《漂流三部曲》）。

最明显的当属陶晶孙。他十岁随父赴日，在日本完成了小学、中学、大学的教育，在整个大正年间都居留于日本，对日本文化的认同远超出其他作家。日本文化对于他来说，不仅是文化认同，还是对各种日本生活细节的接受，因而觉得祖国"百事都不惯"。《到上海去谋事》批评上海的人情淡薄。主人公"想来想去觉得在此地没有我立脚的余地了，这百鬼夜行的上海毕竟不是我可以住的地方，我想立即辞职，马上回日本去研究"。同样的选择也见于郭沫若。爱牟在上海生计无着时，愤然道："中国哪里容得下我们，我们是在国外太久了。"陈翔鹤将上海定性为一个美国式青年的人生方式：满口的商业英语，"经日除食、眠、经营、谋利、娶妻生子，过着本能生活而外完全不知其他"（《不安宁的灵魂》）。

在五四知识文学中，漂泊主题已经成为固定模式。比如成仿吾、郭沫若的人物在东京、上海之间漂泊，郁达夫的人物在上海、东京、北京、安庆、杭州之间漂泊，周全平的人物在上海与沈阳之间漂泊，林如稷、陈翔鹤的人物在上海与北京之间漂泊。在这种模式中，上海仅仅是一个旅行空间，除了与东京在文化上有差别外，与国内其他城市并无区别。林如稷《将过去》中的主人公若水，到北京去是一次失望，而到上海，也觉得在热闹之中的"凄凉冷淡"："荒岛似的上海与沙漠似的北京有什么区别？"石评梅则将上海径直看作沙漠："上海地方繁华嚣乱，简直一片闹声的沙漠罢了！……我半分的留

恋都没有,对于这闹声的沙漠。"(《一瞥中的上海》)

综上所述,晚清基于现代性的城市叙述至五四时代被替换为启蒙现代性之下的新/旧文化的对立模式后,上海现代性想象的传统暂时中止。这一传统的恢复,应该是在 20 年代末普罗文学与左翼文学的开端期。

二

20 世纪 20 至 30 年代,中国新文学发生巨大动荡。简言之,其背景已由五四时期的启蒙革命转向 20 年代末与 30 年代初的社会革命。"中国社会向何处去"成为这时期的中心意识,五四新文学中对知识者个体意义、价值的思考转向对国家、社会性质与发展趋向的探索。从 20 年代有关人生观问题的大论战,到这一时期关于中国社会性质的论战,便是这种转向的例证。其背景是 30 年代初,以上海为中心的沿海沿江城市日益明显的资本主义化进程以及由此带来的社会整体变迁,城市开始再次成为国家生活主体。经过 10 数年的发展,至 1930 年,上海全市人口已达 314 万,1933 年又增至 340 万,按国外观察家的话来说,上海达到它由来已久的命运的顶点。作家们也开始以不同形式高度地介入上海城市生活。随着首都南迁,文化中心也从北京转移至上海,以至于 30 年代接近 70% 的作家都寓居上海。作家观察社会生活的视角,也与启蒙时代城乡浑然一体构成旧文化环境不同,被置换为城乡的高度对立。所以,在抗日战争爆发之前,纯粹的乡村社会基本上没有大规模进入作家视野。比如由茅盾、郑振铎向全国征集合编的《中国的一日》文集中,绝大多数是记录城市人特别是上海人的生活的。城市文学已开始占据中心地位。比如这一时期三大文学流派——左翼、海派与京派,其中两支都是上海城市的产物,并且由于对上海的不同理解,导致其文学中不同的上海图景呈现。

先说左翼。严家炎先生曾谈到普罗文学与左翼文学的核心问题。他说:"无产阶级单独领导中国革命的新形势,要求新文学从第一个十年'混合型的革命文学'(李初梨语,指五四时代的启蒙文学——引者),向前推进到正面倡导'普罗塔列亚文学'的新阶段。"①也就是说，普罗文学与左翼文学的基础在于对中国国家革命的认识。30年代初爆发的对中国国家性质大讨论说明了这一时代的中心兴奋点，而城市，特别是上海，在中国国家革命中的地位，便成为多数作家不得不面对的问题。在上海，如何发动国家革命，成为左翼人士进行想象的巨大空间。

熊月之认为，在对上海城市的认知描述中，30年代前后是一个重要的时期，其主要特点是上海形象开始与殖民主义、帝国主义侵略联系在一起。五四、五卅运动之后，上海作为帝国主义侵略中国的大本营这一形象益发凸显。这大大不同于清末民初国人从"文明"与"堕落"角度对上海的认知。清末民初时期，不管是立足于现代意义上"未来"想象的"维新"题材，还是政治、科幻小说中的国家想象，都基于中国的现代化这一角度。而20世纪二三十年代，上海城市的殖民特征被广泛地认知。诚如有的学者所说："上海在刺激现代中国民族主义的兴起中，起到了重要作用。"②除了由沈从文等人发起的京派、海派之争外，另一场较大的对于上海特性的讨论，是由当时的《新中华》杂志发起的。1934年《新中华》杂志以"上海的将来"为题发起了征文，寓居上海教育界、出版界、学术界的名流如茅盾、郁达夫、章乃器、王造时、孙本文、李石岑、林语堂、沈志远等纷纷来应征，其中的79篇文章被辑为一书，同年由中华书局出版。书中文章多半都从国家立场出发，认定上海是帝国主义统治中国、国际资本对中国经济侵略的中心，并大量使用"吸血""压榨""剥削阶级""国际资本帝国主义""殖民地""畸形"等政治与经济词汇。由此看来，关于国家民族与阶级对立的学说，开始引入上海知识界。这是二三十年代左翼人士表现上海的时代背景。

左翼对上海的认识，当然来源于晚清以来的现代性想象。在民族国家的建构中，这种现代性具有反对殖民主义与反抗资本主义的双重色彩。由于基于成熟资本主义社会结构的劳资结构，阶级对立被横向移植为殖民地国家的

---

① 严家炎.中国现代小说流派史[M].北京：人民文学出版社，1989：109.
② 墨菲.亚洲史：第四版[M].黄磷，译.北京：商务印书馆，2005：473.

社会构建，因此，民族立场又常常被置换为阶级立场，最终成为以城市现代性表述民族国家诉求的混合体。左联成立之后，左翼作家开始抛弃五四以来新文学表现个性主义的传统，在创作题材上，依照1931年11月左联执委通过的决议，开始"注意中国现实社会中广大的题材，尤其是那些最能完成目前新任务的题材"。左联执委甚至还硬性规定了作家必须表现的五种题材："反帝国主义的""反对军阀地主资本家政权以及军阀混战的""抓取苏维埃运动""描写白色军队剿共的杀人放火""描写农村经济的动摇与变化"。这几乎是国家民族革命与民主革命的全景。在创作方法上，苏联"拉普"于1930年提出的"唯物辩证法的创作方法"，开始为左翼理论界引进。冯雪峰译介的法捷耶夫《创作方法论》指出：辩证法对社会的把握就是"社会不是个人，而是团体""不是一个人，而是阶级"①。于是，基于知识者思想存在而产生的城市经验，被替代为阶级对立的城市概念，阶级斗争与产业无产阶级的革命学说构成左翼的城市知识。

其实，早在20世纪20年代中期，左翼人士对上海的理解已经开始变化，上海已被指称为工人阶级与资产阶级对立斗争的集合体。在郭沫若诗集《前茅》中，阶级论观点代替了早期诗集《女神》《星空》中对上海的泛化指摘，类似"污浊的上海市头／干净的存在／只有那青青的天海"一类诗句不再有了，而是接近工人队伍的一种"进入上海"的过程："我赤着脚，蓬着头，叉着我的两手／在马路旁的树荫下傲慢地行走／赴工的男女工人分外和我相亲。"也由此，上海的图景在劳资对立冲突上展开："马路上，面的不是水门汀，／面的是劳动人的血汗与生命！／血惨的生命呀，血惨的生命，／在富儿的汽车轮下……滚，滚，滚……／兄弟们哟，我相信：／就在静安寺路的马路中央，／终会有剧烈的火山爆喷。"(《上海的清晨》)郭沫若对上海的空间想象发生于静安寺路，这一想象的依据在于这些地区曾发生的罢工浪潮。而30年代殷夫对上海空间的想象则更具说服力，"五卅呦，立起来，在南京路上走"(《血字》)，直接将空间对应于"五卅"意义。由此，从静安寺路到黄浦江口这一

---

① 法捷耶夫. 创作方法论[J]. 冯雪峰, 译. 北斗, 1931（3）: 115-124.

段马路，不再是现代中国走向西方文明的时间性想象，而是中国新兴工人阶级进行革命、完成革命的空间意义。上海虽然"腐烂""颓败""万蛆攒动"，但同时也成了"中国无产阶级的母胎"（殷夫《上海礼赞》）。

左翼反对在普遍的现代性意义上建立上海的合法性，首先是在"飞地"意识中建立的口岸城市对于传统中国的"非正统"观念，即上海的异己性，"非中国化"成为民族国家的一个巨大障碍。有人曾指出，左翼电影《马路天使》与《十字街头》采用的"传达知性观念"的街景蒙太奇手法："摄影机角度或是极端偏左，或是极端偏右，使观众产生一种巨大的水泥建筑行将崩塌的感觉。"[1] 因此，它必须在"反抗上海"这一线索中建立上海的现代性意义。左翼的"上海"继承了此前人们对于上海的各种想象，如道德主义的、民族主义的，同时，又提供了一个新的上海——社会主义思想上的。

在茅盾《虹》这部作品中，主人公梅有一条对于上海的认识线索，从中我们可以探知，左翼怎样在新的城市空间里形成对上海的认识。初入上海，梅女士对他的引路人——一个革命者——梁刚夫说："上海当然是文明的都市，但是太市侩气，你又说是文化的中心。不错，大报馆、大书坊，还有无数的大学都在这里，但这些就是文化吗？一百个不相信！这些还不是代表了大洋钱、小角子，拜金主义就是上海的文化。在这个圈子里的人都有点市侩气……不错，上海人所崇拜的就是利。"显然，这与五四时期创造社等人对都市的看法有着共同之处。梅女士目睹了各式各样的上海面貌：这里既有市侩味的都市气，也有浑身国粹味的旧文人、旧式辞赋与旧小说、逊清掌故；既有醒狮派国家主义的运动，也有不新不旧的畸形婚姻，更有徐自强式的虽曰革命、其实堕入腐烂生活方式的革命者。而她却最终认定了一个"上海"，即她所谓"真正的上海"。她对友人徐绮君说："你没有看见真正的上海的血液在小沙渡、杨树浦、烂泥渡、闸北，这些地方的蜂窝样的矮房子里跳跃。"

"左翼的波希米亚人常常出没于虹口地形复杂的弄堂、亭子间、小书店和

---

[1] 孙绍宜.都市空间与中国民族主义——解读30年代中国左翼电影[J].上海文化,1996（3）:37-44.

地下咖啡馆，充满了密谋的氛围。"① 左翼的想象空间大略由以下一些典型的图景构成：杨树浦、闸北、工厂、亭子间、灶披间、监狱、沪北贫民窟、外滩、港口等。借助这一空间，左翼文学要完成一幅关于国家革命的图景。正如同蒋光慈《短裤党》对上海的判断："整个的上海完全陷入反动的潮流里，黑暗势力的铁蹄踏得居民如在地狱中过生活，简直难以呼吸。"蒋光慈以上海三次工人起义为题，以达成这样的雄心："本书是中国革命史上的一个证据。"从普罗文学到左翼文学，大都进行类似的阶级斗争叙述，如龚冰庐、冯乃超的《阿珍》，左明的《夜之颤动》，楼适夷的《活路》及田汉的《年夜饭》《梅雨》《姊妹》《顾正红之死》《月光曲》等。一方面，上海的城市生活被置于雇佣劳动这一典型的资本主义经济制度主导之下，人物的身份大都为制度所限定，如"包身工""包饭作""买身工"等。人物命定既然与经济制度相关，城市个体的遭际往往就上升为制度问题。以田汉《火之跳舞》为例。田汉偶见刊有浦东大火的报道，此事纯属肇事者性格原因所致，但田汉却深究下去："工人阿二因失业不名一文，其妻疑有外遇，岂非因他不拿钱回来？阿二不拿钱是失业的结果，无从得钱。再一问阿二为何失业，这问题就与整个社会问题相结合了。"② 因此，这一幕性格悲剧，被最终写成了工人因失业与资方收租人之间冲突的社会悲剧，倒与个人性格无关了。在这里，作品的主题并不重要，重要的是田汉以社会制度为主体的想象方式，也就是说，一方面，与阶级、制度无关的社会生活不可能获得左翼叙述上海的合法性。某些作品也只是在这一层面稍有突破，而不可能完全脱离这一范式，如丁玲的《奔》、魏金枝的《奶妈》等。另一方面，阶级斗争的国家革命被左翼文学认定为必须带有集团政党性质。殷夫的诗歌经常写工人运动程序化内容，如《一九二九年的五月一日》《议决》所写的委员会组织、会议表决等。其使用的第一人称"我们"是典型的公共主体，表明了左翼文学在国家政治公共空间的存在特性。

在左翼的视野中，上海城市的殖民性与无产阶级政治构成上海表述的两

---

① 许纪霖.20世纪中国知识分子史论[M].北京：新星出版社，2005：437.
② 田汉.田汉戏曲集 第5集[M].北京：现代书局，1930：序2.

个基石，两者都具有世界主义背景。前者是将上海等城市的经济、政治纳入全球性经济危机与政治动荡背景之下，结论是在全球资本主义体系中上海的边缘性，于是，大量表现上海经济破产的作品纷纷出现，并以《子夜》为代表，表明在中国进入世界后，作家对国家殖民性的思考。后者则最终导向有关民族国家的革命叙述。在这一线索下，晚清民初的民族主义叙述与五四时期改造国民性的启蒙叙述，转换为阶级立场，即以无产阶级的国内斗争完成民族国家。这一思维显然也具有当时全球性的无产阶级国家运动背景，如德国的无产阶级作家联盟、朝鲜的高丽无产阶级艺术同盟与日本的全日本无产者艺术联盟等都有此倾向。

左翼的写作模式在 20 世纪 30 年代成为一种时尚，对其他各种形态的文学都有影响。早期海派中也有从经济、政治角度对中国国家公共性的写作文本。新感觉派的穆时英曾计划创作长篇小说《中国一九三一》（又名《中国进行》）。该书并未面世，但从其卷首引子《上海的狐步舞》中可以看出"上海，造在地狱上的天堂"一类路子。赵家璧曾回忆说，穆时英受到帕索斯"美国三部曲"的影响，"准备按帕索斯的写法写中国"，把时代背景、时代中心人物、作者自身经历和小说故事的叙述，融合在一起写个独特的长篇"①。其友人曾谈及他的写作计划："他雄心勃勃地想描绘一幅 1931 年中国的横断面：军阀混战、农村破产、水灾、匪患，在都市里，经济萧条、灯红酒绿、失业、抢劫……"②《良友》杂志还为其刊登广告，说这本书"写一九三一年大水灾和九一八前夕中国农村的破落，城市里民族资本主义与国际资本主义的斗争"。这几乎可以说是《子夜》的翻版。"大水灾"也好，"九一八"也好，都是中国国家问题的标志，而"民族资本主义与国际资本主义的斗争"，更是《子夜》式的内容。当然，这并非说海派有浓重的国家叙述之倾向，而是说，即使如早期海派这样力图抹去国家内容的派别，也存有以经济、政治主导性表达国家意义的情况。

---

① 严家炎.穆时英长篇小说追踪记——《穆时英全集》编后[J].新文学史料，2001（2）：196-197.
② 黑婴.我见到的穆时英[J].新文学史料，1989（3）：142-145.

不过，左翼文学遵循的是马克思主义政治经济学理论与唯物史观，即从经济入手，发现社会现象的经济动因与阶级斗争的社会主体结构，以此全面阐释中国城市社会政治、道德文化的新动向。而无保留地接受马克思建立在欧洲发达资本主义国家社会分析基础上的社会理论，往往导致在对上海城市的表现上，无可避免地出现用欧洲理论将中国格式化的情形，这种情形反而容易导致对上海城市的资本主义理解，造成城市现代性中心的问题。比如，工业经济以及相应的社会组织（如商会、工会）对城市的主导，城市经济、政治对乡村中国的主导，城市人属性中的经济性对于伦理性的主导，城市阶级关系对多元社会关系的主导，城市现代性对于乡村社会的摧毁，等等。从经济角度来说，其表现形式大多为"雇佣劳动"这一资本主义最典型的经济形式，而产业工人的斗争也被认为是一种完全集团化的组织活动。无疑，这反而导致人们对上海已经资本主义化与高度现代性的中心性想象，相应地，上海这座中国城市的非现代性与不发达状态反而被忽略。究其原委，在于左翼的上海叙事是一种非个人、非经验的叙述，不仅以国家叙述代替上海叙述，也以经济的政治中心性叙述代替个人的经验的多元性叙述。

在这里，以经济政治为主导，判定城市资本、政权权力关系的"国家性"思维可能是一个妨碍。为了清晰地制造一个现代国家的城市文本，必然要将上海本有的混沌状态格式化为一元主体。有意思的是，日本新感觉派作家横光利一有一部小说，书名即叫《上海》，它以1925年的五卅反日、反英运动为中心事件。横光利一也突出了上海城市的现代性，并认为它主要体现为"东洋对欧洲的最初战斗"。但同时，他没有忘掉上海作为东方城市的地方性，想描写的"只是一个布满尘埃的不可思议的东方城市"。这部小说被认为对上海的定位有三个向度，即"殖民地城市""革命城市""贫民窟城市"。"甲谷代表了殖民地资本主义的代理人，阿彬代表了都市风俗的阴暗面，宫子代表了都市上层的风俗，高重代表了日本资本主义，芳秋兰代表了工人运动和革命势力，山口代表了东洋的颓废和亚洲主义者，白俄妓女奥尔加代表了流亡者和娼妓中的世界主义者"，因此，《上海》"把上海这个城市的全体当作了主人公",并"发现了资本主义和大众这两者真正的关系"①,而不是纯粹的政治、经济意义上的上海。所以,横光利一"也对广为人知的上海的场所加以想象,一边把无名的里弄编织进去,充分表现了当时上海的复杂和深不可测"②。从这一点上,我们看出了其与茅盾等人的区别。自明治维新以来,日本的许多作家都有游历上海的经历。一开始他们也有基于上海的西方想象,如岸田吟香、谷崎润一郎等。但是到了20世纪初,上海中西混杂的一面开始成为他们对亚洲性思考的来源,如芥川龙之介、井上红梅、村松梢风、金子光晴、吉行幸助以及横光利一等。虽然他们对上海"不正宗的西洋"的看法不免含有日本人心态,却规避了单纯的现代性视野,其经常使用的"魔都"一词,带着对上海新旧莫名复杂状态的地方知识色彩。

三

20世纪30年代,自晚清开始的另一种上海城市现代性,即物质与消费现代性前所未有地凸显。美国学者白鲁恂曾说:"在两次世界大战之间,上海乃是整个亚洲最繁华的国际化的大都会。上海的显赫不仅在于国际金融和贸易,在艺术和文化领域,上海也远居其他亚洲城市之上。当时东京掌握在迷头迷脑的军国主义者手中;马尼拉像个美国乡村俱乐部;巴达维亚、河内、新加坡和仰光只不过是殖民地行政机构中心;只有加尔各答才有一点文化气息,但远远落后于上海。"③ 此时的上海,已经成为世界第五大都市,港口货运量占中国4/5,吞吐量达到40,000万吨,外贸总额达到10亿美元。作为金融中心,上海集中了世界上40多家银行、170多家保险公司,占西方在华金融投资的79.2%。至1936年,总行设在上海的西方洋行有771家,工业资

---

① 刘建辉. 魔都上海——日本知识人的"近代体验"[M]. 甘慧杰, 译. 上海: 上海古籍出版社, 2003: 109-110.
② 广重友子. 横光利一《上海》中的空间表现[M]// 高瑞泉, 山口久和. 中国的现代性与城市知识分子. 上海: 上海古籍出版社, 2004: 200.
③ 白鲁恂. 中国民族主义与现代化[J]. 二十一世纪, 1992(9): 13-26.

本总额占全国的40%，产值占全国一半。其中，上海民族机器工业投资占全国35.3%，产值占全国一半以上。1936年，上海钢铁及其制品输出占全国的78.6%，机器及其零件输出占全国的80.2%[①]。

从城市风貌来说，至20世纪30年代，上海城市面貌大致定型。外滩一带建筑的欧化风格尤其突出。外滩建筑先后经过晚期文艺复兴式、巴洛克式、折中主义等建筑风格，至20年代末30年代初展现出早期现代派风格，比如外滩的沙逊大楼、中国银行大楼、百老汇大厦和法国航空公司等。除外滩之外，南京路上的四大公司——先施公司、永安公司、新新公司与大新公司相继建成，其风格从折中主义过渡到早期现代派风格。跑马厅附近的四行（金城、盐业、中南、大陆）储蓄会大楼、国际饭店与大光明戏院业已是现代主义风格。24层的国际饭店在此后数十年间，其高度都居远东首位。而整个法租界，则已建成欧式商业住宅区。霞飞路迤西迤南的广阔区域，由于移植了巴黎拉丁式的风格，不仅引发了欧洲人的"乡愁"，也使更多的中国人沉浸在异国生活情致之中。欧洲人的休闲娱乐也开始成为上海城市文化的一部分。

高大建筑、咖啡馆、西式马路、影剧院、跑马场、回力球场、舞厅、公园等，"一面展现了异国风情，一面也在新建的娱乐场所中呈现了想象力"[②]，同时造就了上海一群有着高度西方素养的文人在消费生活方面现代性想象的空间，并通过众多的杂志、小报以及文学作品将这一异域的空间想象延展开来。

首先是上海消费与文化生活的欧洲情调，造就了一批生活欧化的文人，而这恰恰是30年代海派产生的生活基础。创造社后期的张资平在开设乐群书店期间，开了一间咖啡馆。1929年，周全平从关外到上海，在南市区西门中华路开办西门书店与咖啡馆，并仿效北四川路上的"上海咖王非"，取名"西门咖王非"，常常聚集一批文艺界人士，其生活方式已经相当欧化。在南

---

① 于醒民，唐继无.从闭锁到开放[M].上海：学林出版社，1991.
② 白吉尔.上海史：走向现代之路[M].王菊，赵念国，译.上海：上海社会科学出版社，2005：281.

京东路的新雅茶室三楼东厅,经常聚集着像李青崖、叶秋原、邵洵美、刘呐鸥、张资平、叶灵凤、杜衡、施蛰存、穆时英等人,他们不仅在此地闲话,而且构思写作[①]。当时海派文人经常光顾的咖啡馆一类的消闲场所还有沙利文、联邦咖啡馆和霞飞路。据徐迟回忆,下午四点至六点,在新雅有时竟能聚集30多位作家、艺术家[②]。"现代主义派文化必定在法国城(指法租界——引者)的咖啡馆聚会,这是作为都市布尔乔亚阶级的空间象征。"[③]热衷于法国文化的曾朴与儿子曾虚白于1927年创办"真美善"书店,效法法国沙龙,成为文学中亲法人士的聚集会所,同仁有徐霞村、张若谷、邵洵美、徐蔚南、田汉、朱应鹏等。而据施蛰存回忆,后来成为现代派、新感觉派中坚力量的一些人物,其生活也已相当西化:"每天上午大家都待在家里各人写文章、译书。午饭后睡一觉,三点钟到虹口游泳池去游泳,在四川路底一家日本开的店里饮冰,回家晚餐。晚饭后到北四川路一带看电影,看过电影,再进舞场,玩到半夜才回家。这就是当时一天的生活。"[④]穆时英个人生活之摩登,则更是尽人皆知。他烫头发,着笔挺的西装,经常出入舞场或电影院,"是个摩登 boy 型,衣服穿得很时髦,懂得享受,烟卷、糖果、香水,举凡近代都市中的各种知识他都具备"[⑤]。他追逐一位舞女,甚至最后在香港娶她为妻。

这一情形导致了文学中另一个上海的出现,即茅盾所说的"百货商店的跳舞场电影院咖啡馆的娱乐的消费上海"[⑥],而且以前所未有的艺术方式呈现出来。30年代的海派特别是新感觉派将上海锁定于街头、跑马场、夜总会、大戏院、富家别墅、特别快车、新式跑车、游乐场的公共性消费场所,展开他

---

① 林微音.深夜漫步[M]//杨斌华.上海味道.长春:时代文艺出版社,2002:121.
② 李欧梵.上海摩登——一种新都市文化在中国1930—1945[M].毛尖,译.北京:北京大学出版社,2001:27.
③ 许纪霖.都市空间视野中的知识分子研究[J].天津社会科学,2004(3):123-130.
④ 施蛰存.我们经营过三个书店[M]//施蛰存.北山散文集(一).上海:华东师范大学出版社,2001:307-320.
⑤ 卜少夫.穆时英之死[M]//卜少夫.无梯楼杂笔.北京:新闻天地出版社,1947:20-27.
⑥ 茅盾.都市文学[J].申报月刊,1933(5):177-178.

们对于上海国际化、欧洲化的想象，就像张若谷坐在俄商复兴馆喝咖啡的感觉一样："坐在此地，我又想起从前在法国巴黎的情形来了，此地有些像是香塞丽色路边个露天咖啡摊。"①

基于这种日常消费性的世界主义国际化风格的想象，新感觉派赋予上海以工业的、暴力的、男性的西方都市色彩。应当说，这与晚清以来将上海看作世界性经济中心的现代化逻辑基本上是一致的。当然，与晚清民初小说中的"维新"叙事不同的是，它建立于物质消费的现代性意义之上，并以某种乌托邦形式展开，将对上海的消费性经验转化为国际资本主义欲望与物质的冒险经历，其大量描写的性征服、竞技、烈酒、恐怖、高大建筑、异国冒险等，带上了西方人的物质经验与冒险经历，一切都在国际性消费生活的意义上符号化。同时，在国际化风格之下，往往采用鸟瞰、漫步、男女聚散、电影蒙太奇与当下的时间状态等手法，并伴有语言暴力。他们将上海生活置于一个平面化的瞬间状态，避免对上海城市历史与东方性内容进行深入研究，以造成对上海与巴黎、纽约等国际性都会并无差异的理解。这便是新感觉派的上海叙述。

当然，对于海派来说，虽然它常被看作都市文学中最具现代性的流派，但其实它也是一个巨大复杂的矛盾体。海派中有刘呐鸥、穆时英这样以现代消费的公共性想象为主导创作倾向的作家，也有张爱玲、苏青这样基于中等阶级或市民阶层个体日常生活经验的创作群体。而且，新感觉派自身也并不统一。施蛰存、杜衡等人立足于乡村立场所表现出的反现代性，又与刘呐鸥、穆时英不同。施蛰存、杜衡等人触及的上海乡土特质的构成，使其作品成为30年代海派非现代性叙述的另一种文学景观。当然，这种以个人生活经验为主的上海表述在新感觉派中并不占主流。施蛰存对于上海城市多元性的表述，应该说开启了另一种非想象性的文学。但由于他将这种表述仅仅以城乡对立来了结，并未触及上海城市东方性文化作为城市史逻辑的一面，更多程度上是将上海的东方性文化外化了，确切地说，是外化为非上海的文化

---

① 张若谷.俄商复兴馆［M］//杨斌华.上海味道.长春：时代文艺出版社，2002：116.

内容了。这种缺陷到张爱玲的手中得到克服。张爱玲的文学图景是表述一个东西杂糅、混合、暧昧的所在，她将上海的东方性与西方性看作一个被糅合后的奇异、混乱的状态。因此，张爱玲将乡土中国的内容化为了上海城市自身的城市史逻辑，并阐释为一种民间形式，最终完成了对上海城市的边缘性表述。张爱玲文学中的上海是非想象的，但在以国家意义与现代化逻辑为主导的上海身份认知的谱系中，张爱玲的小说并不占重要地位，只是作为一个小传统。直到20世纪80年代末，在王安忆、程乃珊的作品中才得到了继承。

"十七年"文学：城市现代性的另一种表达[*]

对20世纪中国城市文学的研究已经蔚为大观，但也隐含着巨大的不足。其最明显的问题是"断代"，即对1949—1976年间城市题材作品研究的严重缺失。从表面上看，导致这一情况出现的原因是，这一时期的城市题材多数并不表现甚至是有意回避城市文化形态。如果将城市文学看作对城市形态的表现的话，这一时期自然很难谈得上有独立形态意义的城市文学。在各种当代文学的著述中，城市题材作品往往被忽略，或者被肢解在"厂矿文学""文革"文学等中作简单的描述。一般情形中，这些作品被当作了"工业文学"。但从更深层次上讲，"断代"的问题其实另有原因。近年来，中西方学界都有"文学中的城市"概念的提出[①]。按照这个说法，"十七年"时期的城市题材，虽然不是严格意义上的城市文学，但肯定也存在着对城市的表述。只是，目前学界对于城市文学研究的最大策略是城市现代性阐述，但这种"现代性"，又仅仅被理解为口岸城市的日常性、消费性、公共领域、市民文化之类。对"十七年"城市题材的文学，显然无法使用这一研究策略。由于没有相应的研究方法，即使将其纳入研究之列，也无法研究。

---

[*] 本文原载于《文学评论》2013年第5期，收入本书时有改动。
[①] 美国学者理查德·利罕（Richard Lehan，1998年）和德国学者谢尔普的城市叙事（1989年），以及美籍华裔学者张英进"文学赋予城市意义"（1996年）的研究方法，也包括中国学者陈平原对此方法的提倡（2005年）。

西方的梅斯纳①、德里克②，中国的汪晖③、刘小枫等学者都曾指出，该时期中国社会仍然具有某种特殊的现代性。应当说，这一时期的城市现代性并不缺乏，甚至还非常强烈。在20世纪50年代之初，中国口岸城市原有的现代化过程与新中国的国家使命之间，有着某种逻辑上的衔接："民族国家的建构有两种基本类型：资本主义式的和社会主义式的"，"社会主义民主式的民族国家的理想，源流于法国启蒙运动，它同样是现代性的一种构想。中国的社会主义建设是现代性方案之一"④。事实上，不管是"新民主主义"还是"社会主义"，都是一种现代性过程。前者是后者的基础，后者是前者的延续。情形也如有些学者所说，"恰恰是根据典型的现代化理论，社会主义的人民中国不但在现代化的生产力方面，而且在整个社会结构特别是社会动员方面，也是充分'现代的'"⑤。不过，这种现代性特征与此前和此后都不同。新中国的国家现代化理想，被限定在了某一层面，即"社会主义"性质的现代化，而远非现代性的全部含义。与产生于市民社会之上的资本主义国家相比，某些后发国家的现代化进程，采用具有极强"公共性"的社会主义制度。国家"公共化"因素的加入，使中国现代化的设计有了某种独特性质。

中国当代城市的特性由此被确定。在新中国的现代性设计里，已经勾画出新中国城市的"社会主义"性质：一是"公共性"，"即集体化和公有化"。这当然首先是生产资料、所有制的"公共性"，但同时也"指全社会个人及其财产、思想、情感、话语都属于集体，服从于集体"⑥。二是以工业化为现代性的核心，甚至是唯一内容。"公共化"和工业化是相辅相成的关系，"公共性"保证了社会主义的工业化方向，而工业化则是社会主义"公共性"在经济上的表现形式。只是，在以"公共性"为基础的社会主义工业化的概念中，口

---

① 梅斯纳.毛泽东的中国及其发展[M].张瑛，等译.北京：社会科学文献出版社，1992.
② 德里克.世界资本主义视野下的两个"文化革命"[J].林立伟，译.二十一世纪，1996（37）：4-15.
③ 汪晖.当代中国的思想状况与现代性问题[J].文艺争鸣.1998（6）：16.
④ 刘小枫.现代性社会理论绪论[M].上海：上海三联书店，1998：388.
⑤ 韩毓海.20世纪中国：学术与社会·文学卷[M].济南：山东人民出版社，2001：240
⑥ 王一川.中国现代的卡里斯马典型 二十世纪小说人物的修辞论阐释[M].昆明：云南人民出版社，1994：160.

岸城市原有的自由经济、丰富多彩的消费性、日常生活内容，都在某种程度上被视为国家现代化的障碍。因此，"十七年"中国的城市现代性设计包含了三个方面：第一，必须排除口岸城市原有历史线索的多元性，寻找到城市历史起源与发展中的"左翼"主导意义，即社会主义的线索；第二，在城市现代性中，只有符合社会主义工业化的一面才被许可存在；第三，城市的资本主义私人性、消费性的日常生活，必须被"公共性"加以改造甚至铲除，以保障高速的社会主义工业化进程。因此，城市的"左翼"性质、城市的"公共性"和工业化，便是"十七年"城市现代性的基本内容。当然，这也构成了这一时期文学城市叙述的基本原则。

笔者曾经归纳了近代以来上海等城市形象的两大谱系：一是城市脱离殖民体系获得解放，二是城市在近代化、工业化进程中包含的现代性价值。辩证地看，"十七年"文学对城市的表述，也承续了上海开埠以来中国城市形象的谱系，并将现代性谱系嫁接于社会主义国家意识形态的图景之上。但是，"十七年"文学只将城市表述为"公共性"的大工业生产样态，并规定为唯一的城市意义，而将其他的现代性意义消除，也就忽视了城市原本具有的多元形态。

一、"左翼"的城市起源与历史

"十七年"文学对于城市社会主义现代性的认定，首先在于对城市历史"左翼"性质的确立。以上海为例。1959年，在经历了10年的经济建设之后，对于上海城市社会主义特性的认识，开始成为一个国家话题[①]。在官方的影响下，上海全民都参与到讨论之中。其中，关于上海的"左翼"历史线索是讨论的核心，即旧上海不仅是"冒险家的乐园"，同时"又是我国工人阶级最集中的地方，是中国革命的摇篮，上海的工人阶级在党的领导下一直在进行着

---

① 此时期《上海文学》《文艺月刊》《收获》等刊物中均有大量相关文章发表。1959年，特写集《上海解放十年》出版。1960年上海文艺出版社出版《上海十年文学选集（1949—1959）》，包括各种文体共十种。

斗争。上海的工人群众是有光荣的革命传统的"①。很明显，这种对于上海城市起源和历史的基本看法，脱胎于中国近代史意义的意识形态。其隐含的潜在话语是："红色血统"是近代城市的基本历史线索，并与新中国城市在现代性逻辑上形成关联。对于城市叙述来说，要赋予其"红色的"意义，必须将其置于"革命史"的范畴里。在这里，"革命"不仅是一场运动、一种意识，更构成了城市"时间"的本质。因为"'革命'的最初意义及其仍然拥有的基本意义，是围绕一个轨道所做的进步运动，以及完成这一个运动所需要的时间。历史上的大多数革命都把自己设想成回归到一种较纯净的初始状态，任何一贯的革命理论也都隐含着一种循环的历史观——无论那些前后相继的周期被看成交替式的（光明、黑暗），还是根据一种较系统的进步学说被看成有象征意义的螺旋式上升"②。城市起源与进程，构成了一部完整的"左翼"政治史，或者说就是一部党史。于是，城市的"红色叙事"大规模出现了。

中国共产党的建立是上海"左翼"历史的起点，话剧《战上海》中"多好的城市，我们党就诞生在这里"这句话，直接点明了中共党史的上海渊源。因此，直接选取中共一大会址与龙华古塔为场景是常见的情况。如果出现南京路或外白渡桥等场景，则是着眼于反殖民主义的斗争。电影剧本《聂耳》中先后出现的外滩、宝兴路、龙华、码头、江湾市政府，等等，基本上就是一部空间意义的革命史。此类诗歌有肖岗《上海，英雄的城》、黎家《星光从这里点燃》、仇学宝《龙华古塔放歌》、谢其规《上海抒情·大厦》等。这种情形在1960年出版的《上海十年文学选集（1949—1959）·诗选》和1980年出版的多人诗集《啊，黄浦江》中体现得非常集中。叙事类作品更多。话剧《霓虹灯下的哨兵》以南京路为场景表达"红色血统"，也就是说，即使是"南京路"这样的资产阶级符号，"革命"也具有本地性。在《战上海》中，上海的"红色血统"作为隐性线索，一直伴随着整个剧情：作品中的解放军军长曾在北伐战争时组织过上海工人运动，是作品中党史的人格化体现；上

---

① 姚征人，周良才，杨秉岩.欢呼《上海解放十年》的出版[J].上海文学，1960（4）：64-68.
② 卡林内斯库.现代性的五副面孔[M].顾爱彬，李瑞华，译.北京：商务印书馆，2002：27.

海工人家庭出身的班长赵强，可以看作上海的第二代革命者。对于两人来说，进攻上海其实就是让"上海回到我们手中"。所谓"回到"，意味着其原本就是"我们的"。作品甚至还强调了赵强"从小就生长在这里"的本地人身份。还有，早年与军长一起从事上海工运的同事林枫，其地下党身份，更说明了上海"左翼"政治线索的本地性质。三个人的会合，构成了红色力量分别以外在和内在形式的"回归"。除了"回归"，城市"左翼"史还有一种形式。杜宣的话剧《动荡的年代》构筑了"上海—九江—南昌—湘赣苏区"的政治空间结构。这更像一种"倒寻"。剧中人从上海逐渐深入苏区腹地，直接与苏区的红军活动相连。后者当时是中共活动的中心。为了体现城市的"红色血统"，大量以民族资产阶级从挣扎到破产为总体叙事的作品，如《上海的早晨》（周而复）、《不夜城》（于伶）、《上海滩的春天》（熊佛西）、《春风化雨》（徐昌霖、羽山）等，都加入了无产阶级的建党、罢工等情节。这一点似乎与茅盾的《子夜》有相似之处。《上海的早晨》中的汤阿英、《上海滩的春天》中的田英、孙达与《不夜城》中的银娣夫妇，在解放前都参加过反抗资本家的斗争，并在解放后成为新时代的干部。这样的情节既构成无产阶级左翼历史的线索，又是新中国城市政治性质的说明。与此相伴的是城市资本主义性质的逐渐弱化。《上海滩的春天》中的王子澄、《不夜城》中的张文峥等人物，其背叛家庭的行为都说明了这一点。但这种表现显得非常说教。由于"左翼"政治叙述在文本结构上一直与资本家经营活动的情节游离，不免有概念化图解之嫌。

表现北京、广州的作品当然也有相似之处。在欧阳山的《三家巷》中，广州西关的周、陈、何三家颇有代表性。在空间上，周家的竹筒式平房和陈家的花园洋房、何家的旧式大宅共处一巷，构成了城市无产阶级、买办资产阶级与官僚地主阶级三条线索。如欧阳山所说，包括《三家巷》《苦斗》在内的系列小说，是要反映"中国革命的来龙去脉"。《三家巷》开头对于三家巷历史沿革的讲述，从三家"五重亲"（表亲、姻亲、换帖、邻居、同学五种关系）的因缘际会展开，但在讲述周炳一家的时候，"五重亲"关系被阶级关系所替代。因此，《三家巷》开始是民间叙事，之后成为现代性"革命"叙事。

不过，由于这些城市的近代产业工人较上海缺乏，其"左翼"历史的主题表达，显然处于较弱小的层级。比如以北京为题的作品，多将城市与北京之外的红色革命史进行修辞上的横向连接。因此在体式上，诗歌作品远远多于叙事类作品。以天安门为场景的诗歌作品往往与人民英雄纪念碑上表现新民主主义革命的巨型浮雕形成意义连接，而不是向北与端门、午门、景山、地安门构成古典性城市的意义，从而将城市空间转向对于"左翼"革命史的时间联想。如郭沫若的《五一节天安门之夜》、臧克家的《我爱新北京》、萧三的《毛主席来到天安门》、朱子奇《我漫步在天安门广场上》、徐刚的《天安门组诗》，等等。这种表达上的微妙，使得"北京"承载的"左翼"史意义只能以诗歌式的跳跃、远譬来进行。否则，"左翼城市史"或者"左翼国家史"的叙述目的就无法完成。而北京本地最主要的"左翼"城市史，是自五四运动以来的进步学生争取自由、解放的传统。因此，五四运动，特别是"一二·九"运动，成为《青春之歌》等叙事类作品最常见的城市"左翼"历史注脚。

阐释城市"左翼"历史的作品，对于历史时间进行了符合"左翼"政治革命各个历史阶段的划分。这是一种现代性时间状态，构成了完整的"党史"时间意义。在这种时间叙述中，"代际"成为一种重要叙述范式。在古典叙事中，"代际"往往构成循环历史观，但在"十七年"文学中，由于代际关系与中国近代政治相连接，人物家族、家庭的"继承"故事就成了现代性的"左翼"城市叙述。《三家巷》开头还颇有"分久必合、合久必分"的循环历史观痕迹；之后，线型的现代性时间意识开始出现。在各类文本中，工人阶级的家族历史与城市重要的政治事件，在时间上是完全叠合的，并形成伦理与政治主题的同构关系。两者互为强调，使"左翼"叙事主题更加巩固。一般来说，代际线索往往是在父子之间（亲生父子）或隐性的父子（养父母、养子）之间，也包括扩大的"父子"关系，如叔侄、舅甥、师徒，等等。比如欧阳山的《三家巷》，胡万春的电影剧本《钢铁世家》、话剧《一家人》，艾明之的小说《火种》、电影剧本《黄浦江故事》，钱祖武的话剧《锻炼》等。但也有像《我的一家》（陶承口述，叐衍等编剧）、《为了和平》（柯灵）、《七月流火》（于伶）一类的作品，将代际之间的"事业继承"线索放在了夫妻之间。事实上,夫妻关系,也被置于革命继承意义上的代际关系中。夫(或妻)之于妻(或夫),也体现着"父"的角色。《青春之歌》虽然没有代际与夫妻关系,但在林道静与卢嘉川、江华之间,有某种"寻父"意味。在叙事功能上,作品还以某种体现革命传导性的"介质"来体现"事业继承"。常见的"介质"有"血衣""遗书"等上一代遗留的纪念性物品。较典型的是《年青的一代》中,林育生亲生父母的"遗书"和京剧《海港》中,阶级教育展中的"杠棒"。

"十七年"文学作品将旧城市作为背景,是为了表现城市"左翼史"的起源。但"左翼史"的终极指向,是为了表达新中国城市的社会主义现代化图景。杜宣创作于1959年"大跃进"时期的话剧《上海战歌》,虽然也是解放上海的题材,但与《战上海》就不完全相同。作者称其主题是表现"军政全胜"。"军"当然指的是占领的意思;所谓"政",即保护上海的现代工业设施。因此,剧本将工人护厂的情节作为重点。也就是说,在深层意义上,社会主义生产性是城市"红色血统"的最终指向。这里隐含着上海作为无产阶级城市"左翼"性质的完整意义,即城市史既是新民主主义的,也是社会主义的;既是"革命"的,也是"生产"的。胡万春的话剧《一家人》也是"大跃进"时期的工业题材作品。剧本在第一场的场景中,专意设置了一棵银杏树下的"本地老式房子——小工房"的场景。剧中杨家的第一代工人因研究发动机装置而遭英国人殴打,死于银杏树下。这个场景既是对上海"左翼"历史的重温,又是"为中国工人争一口气"这一关于新上海社会主义工业化图景起点的憧憬。前者是城市"左翼史"的源头,后者是城市"左翼史"的结果。两剧都创作于"大跃进"时代,可以看出当时对社会主义城市工业生产意义的强调。在北京文学方面,由于旧北京相对缺少殖民历史,加之新北京的首都地位,对于"新北京"社会主义政治特性的表现相对直接。比如将北京与莫斯科、哈瓦那等城市直接进行比附,如邹荻帆的《两都赋》、田间的《北京—平壤》、韩忆萍的《北京—仰光》,作品名称就提供了一个最直接的对应;或者是出现具有社会主义国际政治意义的建筑空间,如北京的中苏友好大厦(像"金塔的红星"一类的诗句),对城市性质加以确认。与此相应,北京的传统形态往往被弱化。在叙事类作品中,老舍的话剧虽然还是较多地出现北京旧城的传统社区，但也表明了建立社会主义现代性叙事的诉求。剧本情节的发动与推进，依靠的是社区之外新社会的群众运动。《龙须沟》一剧的后半部分，就有从大杂院转向社会主义街道和广场的空间叙述企图。类似艾青的《好！》、冯至的《我们的西郊》、韩忆萍的《东郊之春》、邹荻帆的《北京》、顾工的《在北京获得的灵感》等诗歌，则将空间叙述从北京老城转向充满现代性的郊外新城工厂区。以旧城市为叙述起点，以新城市的未来工业化图景为终点，是一种完整的社会主义城市政治逻辑。

二、社会主义城市的"公共性"表达

需要辨析的是，20世纪50年代后中国的所谓"公共性"，并非欧洲意义上的"公共领域"，而是表现出一种国家特征[①]。在"十七年"文学中，真正公共性的表现，只存在于反对官僚主义等"干预"类作品中。在《组织部新来的青年人》《本报内部消息》《科长》《改选》等篇的报社、工会等机构中，官僚主义对于真正的公共利益形成压制。而按照哈贝马斯的说法，报社、工会是典型的对话性公共空间。这一类作品也试图建立一种真正的公共性社会生活。林震、曾刚、黄佳英、老郝等人，都表现了"群众"基于个体政治利益的诉求。这些作品遭到批判，说明真正个体意义的政治公共性在当时还没有建立起来。事实上，"十七年"文学的"公共性"表达，只是集中于其对日常生活的管制方面。所以，在当代之初的文学中，只有将日常生活与重大"公共性"问题相连才是被允许的，否则就会被指责为"趣味""噱头"乃至"歪曲"。

日常生活叙事本是自晚清以来城市文学的一个传统，既与"左翼"叙事不同，也有别于五四新文学的启蒙叙事。创作于1949年的《我们夫妇之间》

[①] 中国的"公共空间"有强烈的中国语境。即使是清末民初，按照美国的罗威廉、黄宗智等人的说法，"公共空间"实际上是中国士绅社会的结果，即国家权力和宗法社会之间以城市绅商为主体的组织场域，有着较多对国家事务的参与，如赈灾、修水利、救火，等等，是国家政治的一个补充。

是这个传统的最后一个承继者，当然，也是终结者。萧也牧被认为是第一个试图表现新中国城市生活的作家。有论者认为，萧也牧"敏锐地感觉到了生活环境的变化与人的精神生活要求的关系"[1]，其作品被批判表明"进入城市的革命者和左翼文学家对于城市，也对于产生于都市'旧小说'的深刻疑惧"[2]。这些结论无疑是有道理的。但是，仅仅从城市题材方面去理解《我们夫妇之间》还不够。尽管解放区文学传统对表现城市的确存在着某种禁忌，但事实上，城市题材在整个"十七年"时期仍然大量存在。这种禁忌，主要不是题材问题，而是要表达什么样的意义，即城市题材表现的是社会"公共性"问题，还是日常性问题？《我们夫妇之间》恰恰因为没有将日常生活以"公共性"主题来叙写，而是遵循了日常性原则而遭到批判。在同一时期，还发生过关于"可不可以写小资产阶级"的争论和对"人性论"、人道主义、"写'中间人物'论"的批判，城市文学的日常性书写传统被规避。因为，"人性""中间人物"都是一种日常生活状态。此后的城市题材作品，都把从日常生活洞悉重大政治问题作为写作模式。《霓虹灯下的哨兵》《年青的一代》等后来的剧作就"克服"了萧也牧《我们夫妇之间》日常性写作的"弊病"，从日常的"新人新事"发现了"新主题"："能从常见的生活现象中发现和观察到阶级斗争"，因而被称为"社会主义教育剧"。丛深创作《千万不要忘记》的立意在于以"阶级和阶级斗争的显微镜来分析工厂的日常生活"[3]，把年青人的生活欲求放大到阶级斗争的"公共性"视野，"这种阶级斗争，没有枪声，没有炮声，常常在说说笑笑之间进行着"[4]。唐小兵在讨论《千万不要忘记》时说："剧本隐约地透露出一种深刻的焦虑，关于革命阶段的日常生活焦虑。"[5]这就是所谓"新主题"的真实含义。

将城市日常生活转化为"公共性"意义表达的原则是，生活细节必须被

---

[1] 陈晓明.现代性与中国当代文学转型［M］.昆明：云南人民出版社，2003：150.
[2] 洪子诚.中国当代文学史［M］.北京：北京大学出版社，1999：130-203.
[3] 丛深.《千万不要忘记》主题的形成［J］.戏剧报，1964（4）：29-30.
[4] 丛深.千万不要忘记［M］.北京：中国戏剧出版社，1964：128.
[5] 唐小兵.英雄与凡人的时代：解读20世纪［M］.上海：上海文艺出版社，2001：140.

缝合成关于"公共性"的意义。茹志鹃的《如愿》中的何大妈、《春暖时节》中的女工静兰，艾明之《妻子》中的韩月贞，还有电影剧本《女理发师》《万紫千红总是春》中的家庭女性，从表面上看，她们都因劳动获得了人的"尊严"。但其实，这种"尊严"只在于劳动具有了"公共性"，只有劳动者成为"公家人"才能得到。比如何大妈上班一定要带上"一支钢笔""一个登记本""手提袋"。虽然完全派不上用场，却是"公共性"劳动的符码，她对此格外看重。在这里，"家务"对于人的尊严似乎没有意义，因为其属于私人属性。何大妈做了一辈子家务，居然算不得"劳动"！私人性的"家务"，在与"公共性"发生关联时又有了意义。《妻子》一篇中韩月贞等女家属慰问在钢厂做炉工的丈夫们时说："第一，让男同志吃得好，穿得好，睡得好；第二，保证做好家务，带好孩子。"由此看来，作品表现"劳动"是次要的，重要的是表现"公共性"的"劳动"。这是一种整体性的叙述方式，取消了现代社会应有的"公"与"私"的分离状态，包括"公共空间/时间"与"私人空间/时间"的边界。否则，就会被批评为"狭小的角度取材，片面追求对人物的细节描写，片面追求人物性格的复杂性和情节的曲折离奇，舍弃或忽略了重要的方面，而将琐细的东西加以腐俗的渲染，流露了不健康的思想和感情，或是将我们的生活加以庸俗化"[①]。在这里，"琐细""细节"指的是文学的原始材料，如果不能做"公共性"的处理，便是"庸俗"。李天济的电影剧本《今天我休息》就是一个在时间上抹去"公""私"界限的典型样本。相反，话剧《幸福》（艾明之）中的王家有、"六加一"，《千万不要忘记》中的丁少纯，还有京剧《海港》中的韩小强，其缺乏社会主义的"公共性"，即在于过分强调"八小时以外"的私人属性。电影剧本《六十年代第一春》中更有一个女工，绰号"标准钟"，因为其下班过于准时，从不加班。剧中经常出现她"已经穿好大衣，掏出梳子梳了梳头发，正要往外走"的下班情形。这一情形还大量出现在工业生产、"知青"、"争夺接班人"等题材中。

---

① 张玺，曾文渊，孙雪岭，吴长华.一九五九年上海短篇小说创作简评［J］.上海文学，1960（2）：53-60.

个体性意义,包括身体、情感、性格、家庭属性与物质性等,都被"公共性"主题全面否定。我们以正面人物身体上的"公共性"特征为例。通常,"公共性"表达并不意味着否定一般意义上的身体,只是反对属于个人"肉体"的生物学与消费意义,比如衣、食等消费行为以及"性"的要求。张弦的小说《上海姑娘》就表明了对于时装、化妆品等口岸城市消费品的强烈贬斥。一般而言,只有在指涉资产阶级生活时,身体的生物性、消费性书写才是被允许的。恰如《霓虹灯下的哨兵》里林乃娴自称的"我做人,向来是吃饭睡觉,不问天下大事的"。落后阶级是没有"公共性"的。《上海的早晨》描写徐义德等人的身体物质享用,尽管篇幅巨大,但仍然被允许,是因为"物质性"恰恰强化了对资产阶级政治"腐朽"的表现;冯永祥、江菊霞等人身体的"派头",也是资产阶级掮客惯有的政治性格。或者如张科长那样,物质享用成为政治堕落的开始。类似的例证还有《霓虹灯下的哨兵》中有关陈喜"袜子"的细节。而"公共性"的身体,被认为是劳动"工具",而且是"公共性"的劳动工具。其所要服从的,是"公共化"的国家社会生活和工农业劳动。因此,即使有身体叙述,也必须小心翼翼地进行。在《我们夫妇之间》的结尾,张同志开始在集会和游行时注重衣着了。本来,这有着身体美学的意味,也是中产阶级色彩的市民伦理,属于张同志的市民化过程,但作者还是将其转化为"公共性"叙述,"组织上号召过我们:现在我们新国家成立了!我们的行动、态度,要代表国家的精神"。《上海的早晨》中,汤阿英穿着簇新的紫红对襟小袄和蓝色咔叽布西式女裤,头发烫成了波浪式,但这一装束,是为了出席在中苏友好大厦举行的公私合营的国家庆典。身体美学有了政治合法性。

身体虽然具有肉体属性,但也会演变为极端的"公共性"主题表达,只有在涉及"公共性"人物因献身事业"受虐"时,人的肉体属性才出现。洪子诚曾说:"在'样板'作品中,可以看到人类追求'精神净化'的冲动,一种将人从物质的禁锢、拘束中解脱的欲望。这种拒绝物质主义的道德理想,是开展革命运动的意识形态。但与此同时,在这种禁欲式的道德信仰和行为规范中,在自觉地忍受(通过外来力量)施加的折磨,在自虐式的自我完善

（通过内心冲突）中，也能看到'无产阶级文艺'的'样板'创造者本来所要'彻底否定'的思想观念和情感模式。"①也就是说，身体的"自虐"是一种"公共性"人格的"自我完善"行为（比如作品中经常出现的"带病加班"等）。由于身体是服从于"公共性"需要的，几乎所有身体的"受虐"都发生在正面人物甚至是英雄人物身上。而且，身体受虐的程度也与"公共性"实现的程度成正比例关系。《年青的一代》就以身体是否真的"有病"来作出人物是否具有"公共性"人格的判定。萧继业双腿患重病以至几乎要被锯掉，是因为长期的野外勘探工作；而林育生声称"有病"，却没有任何病理和病状，只是向组织提出"留在上海"的借口。在这里，身体是否真的有病，成为人物"正面"与"落后"的区分。

与"公共性"人格相联系的还有人物家庭属性的缺乏。我们看到，在一些典型的"公共性"表达的作品中，人物多数都未婚或婚姻状况不明。《年青的一代》中的萧继业没有父母、姐妹，也没有恋爱对象。唯一的亲人奶奶与他只是构成"公共性"政治的代际继承关系，而不是日常生活层面的赡养关系。还有一些人物虽有家庭，但家庭属性极弱。此剧中的林岚，还有话剧《锻炼》中的姚祖勤，虽有家庭，但常年在外地工作，只是偶尔回到上海。"逃离城市"的现象更强化了人物的"非家庭化"特征。与此相似，"恋爱"题材虽然没有被完全杜绝，但也并非表现"欲望"，而只是强调"克制欲望"的含义。《幸福》中的刘传豪深爱着师傅的女儿胡淑芬，但他压抑着自己，甚至不惜违背人伦，支持情敌②。而作为女性人物，"未婚"或"婚姻不明"则还有另外一种隐喻意义。因为"未婚"意味着"无性"，表明了她们献身的"公共性事业"的纯洁性。《年青的一代》中的林岚不仅离开家庭去了井冈山农村，而且"不找爱人"，原因是"怕找了爱人丢了事业"。其所指的"事业"，显然不是个体意义的。即使是有婚姻或恋爱行为，也要高度服从于"公共性"的事业，有时甚至是以"事业"来否定婚姻意义，从而保证私人生活完全被

---

① 洪子诚. 中国当代文学史[M]. 北京：北京大学出版社，1999：130-203.
② 女工胡淑芬曾送票给刘传豪去看自己的演出，但刘传豪居然将票让予情敌王家有，在意义呈现上显示出刘传豪对个人欲望的压抑。

"公共化"。在田汉的话剧《十三陵水库畅想曲》中,小杨的未婚夫胡锦堂写信阻止她去工地参加公共劳动,这成了一个"公共性"事件。小杨虽然拒绝了未婚夫的劝阻,但在作品看来,这只是一种私人解决方式,还没有上升到"公共性"层面,小杨也因为没有将情书"交给党组织"而自责。最后,她不仅交出了情书,而且在工地上公布出来,以此来完成"公共性"人格的塑造。而胡锦堂当场被批斗,其遭受惩罚的方式也是充分"公共性"的。在这里,作品强调的是"否定婚姻"的意义,而非表现"婚姻"本身。

三、城市的国家工业化意义

在"十七年",对于新中国城市工业化生产性功能的认定,导致大量城市工业题材作品的出现,即"严格窄化的所谓'工业题材'创作"①。即使是常见的"政治斗争"主题,也往往和"生产斗争"相联系。话剧《上海战歌》中"瓷器店里捉老鼠"的"军政全胜,保存上海"主题,已经显示出这一迹象。"老鼠"当然指的是国民党守军,而"瓷器店"则是城市生产功能的指喻,表明城市功能从"军事斗争"向"工业生产"的过渡。国家工业化生产是这一时期文学中城市叙述的核心。其中较常见的,包括艾芜的《百炼成钢》、周立波的《铁水奔流》、草明的《乘风破浪》等地域指向不明的作品以及胡万春、唐克新、费礼文、万国儒等沪、津工人作家的作品。而其中,工矿的"技术革新"成为最主要的题材。有人在总论上海工人创作时就认为:"大闹技术革命及在技术革命中人们的精神面貌和思想斗争,是许多作品着力描写的一个中心。"康濯在为《工人短篇小说选》所作序言中,也将技术革命看作当时文学最重要的一项内容②。孔罗荪还将技术问题列为解放后十年工人创作的四大方面之一,并说"生产过程、技术问题同每个人的品质、思想感情是有紧密联系的"③。特别是在"大跃进"时期,文学中的"技术"问题一时泛滥,并充

---

① 洪子诚.中国当代文学史 [M].北京:北京大学出版社,1999:130-203.
② 中华全国总工会宣传部.工人短篇小说选 [M].北京:工人出版社,1963:序
③ 罗荪.上海十年工人创作的光辉成就 [J].上海文学,1959(10):37-42.

斥着极富于专业化色彩的工业技术术语,以至于若没有生产技术方面的知识的话,普通读者都难以读懂。

"生产""技术"成为当代中国工业化的主导因素,也成为一种新的现代性神话。一方面,"生产"作为生活各领域的主导逻辑,与政治生活结合,两者形成同构关系。夏衍创作于1954年的话剧《考验》,就将正确的"政治路线"与工业理性,甚至工业科层制度相连。在阶级斗争主题的文本中,"两条道路"的双方都有一套技术路线,分别与政治立场形成对应关系。另一方面,"生产"叙述也体现了国家大工业逻辑对城市多元意义的排斥。人作为工业的、生产的属性(如技术革新)等被无限夸大,与"生产"无关的人性内容被无限缩小。与"生产性"相伴的政治意义与伦理意义,事实上也被"技术化"或"生产化"了。

对于工业技术对人的控制,芒德福、马尔库塞、舒马赫、卢卡契都表达了同样的认识:发达工业社会的"单一技术",即使不是极权主义的,也是非人性的。卢卡奇认为人是"被结合到一个机械体系中的一个机械部分""无论他是否乐意,他都必须服从它的规律",工业生产"存在着一种不断地向着高度理性发展,逐步地消除工人在特性、人性和个人性格上的倾向"[①]。应该说,"技术"是工业的主导概念,也是构成工业形态的要素。在"十七年"文学中,我们看到了相似的情形。是否具有社会主义现代性人格,在于人物性格和身体是否具有完全的"生产性"与"技术"因素。万国儒的《快乐的离别》就将生产工具与人的一生构成神秘的对应:旧技术意味着工人的悲惨,新技术则体现着新的人生。以上海工人创作为例,人物作为"生产力"的体现大致有以下方面:人物暴躁的"火烧鬼"性格,如胡万春的小说《特殊性格的人》《内部问题》,艾明之的话剧《性格的喜剧》,张英的小说《温吞水》,唐克新的小说《金刚》;性别叙述上的"雄化"特征,如徐俊杰的小说《女车间主任》;群体关系上往往有意忽略人际的伦理关系,甚至父子关系都被处理为

---

① 卢卡奇.历史和阶级意识 马克思主义辩证法研究[M].张西平,译.重庆:重庆出版社,1989:97-99.

具有生产技术传递意义的"师徒式"关系，构成工业伦理，如胡万春的《一家人》《钢铁世家》《家庭问题》《步高师傅所想到的……》，陆文夫的《只准两天》，阿凤的《在岗位上》，费礼文的《一年》；人物身体上的"劳动力"特征，如张英的小说《老年突击队》，裔式娟的特写《我们的倪玉珍》；节俭性格也经常被赋予"政治上的先进性意义"，如费礼文的《黄浦江浪潮》，等等。

　　大多数"先进"人物的"先进性"，体现在私人生活与工业生产之间的服从关系上。正面人物往往持有很高的技术水准，其人格、品性表现也是通过对技术的掌握、发挥而表现的。"技术"已经被神化，理想的人格形态也是一种典型的工业型或技术型的。也就是说，人物的日常生活，包括人格、情感、伦理都被"工业化"甚至"技术化"了。像唐克新的《种子》《金刚》，胡万春的《特殊性格的人》，便塑造了工业时代的超级乌托邦人格。《种子》中多病的小脚女工王小妹，居然能在车间的轰鸣声中听到落针的声音。《特殊性格的人》中的科长，被称为"合金钢"，具有工业人格的所有优势：既有知识者的理性，又有实际的管理、调度的组织能力，还有刚直的性格。在《幸福》中，刘传豪的家庭布置就是工业技术侵入个人生活的典型写照，也是个人生活从属于技术逻辑的表现："里屋门边，有一个水槽，水槽上有一个木架，上面安了一个面盆，木架边垂下一条绳子，这是刘传豪自己设计的自动冲凉的设备。"私密的个人生活充满了"公共性"的"工业技术"符码。如剧中人对他的评价："把自己整个拴在机器上，一天到晚就是从家里到工厂，从工厂到家里。"工业化的逻辑，使具有工业人格的人物，分别在伦理、政治乃至情感等方面拥有强大优势。陆文夫小说《介绍》的主题正如作者所说："'机器'这两个字就是十分神奇。"一位性格上存有缺陷的青年工人，在相亲时木讷、寡言、笨拙，而一旦说起"机器"，就"脸上发光，神态变得自然，说话也十分流畅"。《内部问题》中的王刚，由于被夸张的人格美学形态，在黄佐临将小说改编为话剧时，特意强调"剧中主人公王刚的出场极富视觉冲击力，体现出雕塑性中的'立体之美'。他站在风驰电掣的火车头上，身上的衣服随风扬起,那豪迈的气势,如'特写'一般震撼着观众的心灵"①。而落后人物一般都具有非生产性的人格,即其性格或生活方面有着较多的非生产性的内容,或者总是与吃吃喝喝等消费性生活有关,或者总是出现在电影院、公园、舞厅等享乐性场所。《幸福》中的王家有和《家庭问题》中的福民,都因有过多的生活喜好而耽误生产。

不具有工业人格的人物,也就是一般所说的"落后人物",当然也同时被剥夺了伦理、政治的身份。我们看看《千万不要忘记》是如何通过非生产性人格来表现丁少纯的"落后"的。丁少纯的最大问题,就在于他有过多的私人生活,排斥了"公共性"的"生产"内容。首先,作品没有详细交代其父亲、母亲的卧室(因为父亲的活动较多地发生在具有"生产"的"公共性"意义的客厅),但刻意而且详细地描写了丁少纯的卧室。这在当时是非常少见的。原因是,他的卧室布置在当时相当另类:墙上悬挂着巨幅的夫妻合影和妻子姚玉娟的巨幅头像照片。这显示出夫妻关系在其生活中处于重要的位置,也说明他的家庭属性多于"生产"属性。其次,丁少纯的人际关系也相当"奇怪":他本应与作为车间主任的父亲构成政治、伦理双重的服从关系,这也是当时文学常见的情形,但在作品中,丁少纯却与其岳母保持着较亲密的关系。甚至可以认为,丁少纯的家庭关系构成,中轴线在于"夫妻"和"岳母/女婿"之间,而不在于"父子"之间。由于岳母/女婿关系并不来自生产活动,而纯粹来自其与妻子的关联,作者的意图显然在于说明,丁少纯更重视与妻子的关系而不是与父亲的关系。这是其私人生活内容过多的又一个表现。丁少纯甚至疏远了母亲、妹妹和爷爷,还有同事。由于父亲和妹妹都是先进的工人,这也显示出丁少纯与"工业生产"联系的缺乏。这种情况,既表明丁少纯违背传统的家庭伦理,更在于说明丁少纯父子在工业人格"父子相承"关系方面的中断。丁少纯与父亲关系的紧张,恰恰是背弃父亲工业生产人格的表征。最后,丁少纯将个人生活的时间与"公共性"的生产时间严格区分。周末不仅没有去工厂加班,反而去打野鸭子,并且为此耽误了第二

---

① 黄佐临.导演的话[M].上海:上海文艺出版社,1979:143.

天的上班，甚至还将钥匙丢在了机器里面，差点引发重大的责任事故。虽然丁少纯打野鸭子不是如岳母那样去"投机倒把"，但是毕竟也意味着其过强的生物性"口欲"需求。还有，在身体形貌方面，同事和父亲每天都是工装形象，而丁少纯却是经常地穿着一百多元钱的笔挺的毛料中山装。种种情形，都在于说明丁少纯在性格、生活、身体各个方面的"非生产性"特征。

我们必须承认，"十七年"文学中的城市叙述，即使不是对整体形态的城市的表现，也是特殊的城市现代性表达。从这个角度上说，"十七年"文学，也是城市文学研究者必须面对的。但是，对于城市"公共性"特征与国家工业化功能的极端强调，使其成为单一性特征的现代性的极端表现。作者在创作中有意去除对多元样态的城市生活的描摹和表现，妨碍了对城市生活多元层面的开掘和多层意义的表达。两者一强一弱，构成"十七年"文学城市叙述的主要面貌。如果展开来看，中国现当代文学中曾经有过对于城市现代性的极端编码。比如现代阶段新感觉派的西方化倾向，导致对中国城市的"东方"特征的忽视；20世纪90年代以后的消费性写作，则又排斥中国所属的第三世界国家性质。在某一个时期，城市叙述都有排他性的现代性表达。虽然其表达的现代性有所不同，但就表达的极端方式而言，都有相似之处。

当代文学中日常性叙事的消亡*
——重读萧也牧《我们夫妇之间》

一

众所周知,萧也牧《我们夫妇之间》是新中国成立后最早发表的小说之一,也是最早受到批判的作品之一,对它的批判,也构成了当代文学的一次重要事件。但到了20世纪80年代后,这篇小说又被冠以"表现新中国城市与乡村意识的冲突"的美誉,被视为解放后第一篇具有城市意味的小说。其实,批判也罢,赞许也罢,对这篇小说的内容、对它被批判的原因以及这场批判对当代文学特别是城市题材文学的影响,似乎都未能廓清。

我们看到,在50至70年代发生于文艺界的重大批判运动中,《武训传》与《我们夫妇之间》尽管同样遭到厄运,但情形是不相同的。对于前者,批判所涉及的,是对历史真实不同阐释的合法性问题,即作者是否拥有对历史虚构的权利,因之,武训历史调查团专门到山东省进行调查,其得出的结论,是"反人民、反历史""反现实主义"的重大政治问题。[①] 而《我们夫妇之间》作为表现一对国家干部夫妇之间争执、吵闹琐事的虚构作品,既不涉及历史,也不涉及重大政治问题,却遭受来自冯雪峰、丁玲、陈涌、康濯等文艺界头

---

* 本文原载于《中国现代文学研究丛刊》2005年第5期,《人大复印报刊资料·中国现代、当代文学研究》2005年第12期全文复印,收入本书时有改动。

① 周扬.反人民、反历史的思想和反现实主义的艺术[N].人民日报,1951-08-08.

面人物的大规模批判，批判动因究竟来自何处？

我们不妨来看一下这篇小说在发表后收到的不同反应。首先是一片赞誉之声。小说原发表于《人民文学》第一卷第三期，此后便有多家报纸转载。《光明日报》刊发专文大加推崇，而且上海的昆仑影片公司立即将其拍成电影，甚至连萧也牧的另一篇小说《锻炼》也有人动议要拍成电影。后来的批判者丁玲也承认，这篇小说"很获得一些称赞"，不仅是"专家"，而且"很多青年人都喜欢"①。在赞扬这篇小说的批评家中，有肖枫、白村等人。但自1951年6月起，批判《我们夫妇之间》的文章开始在《人民日报》《文艺报》等刊物上发表，其间有李定中、叶秀夫、陈涌等人的文章，也有丁玲、力扬、康濯等作家的文章。为此，《中国青年》编辑部还召开座谈会，《新华日报》也对这场批判发表了综述（即综合稿）。至1951年10月，萧也牧不得不在《文艺报》上发表《我一定要切实地改正错误》，为这场批判画上了句号。

不管是赞誉，还是批判，对《我们夫妇之间》的评论基本上落脚于其描写的"日常生活"上。赞誉者说"描写的是一件很平凡的事，但这篇小说写出了两种思想态度的斗争和真挚的爱情""虽然不是轰轰烈烈的事情，但有一定的社会意义"②。批判者的论点，集中在两个方面：一是认为萧也牧把知识分子与工农干部间的"思想斗争"庸俗化了；二是歪曲了革命知识分子，丑化了工农干部。细究之下，便不难发现这两个方面的批判，事实上都来源于作品的日常性表现，因为"萧也牧无原则地拼凑了李克与他爱人之间的矛盾。他把二人之间政治思想上的矛盾与非政治上的矛盾等量齐观""集中和夸大描写我们女主角的日常生活的作风、习惯"，如同丑角，洋相出尽。丁玲的批判文章认为，小说暴露了萧也牧不良创作倾向的根源，是小资产阶级的立场，说萧也牧反对的是"解放区文艺太枯燥，没有感情，没有趣味"，拥护的是

---

① 丁玲.作为一种倾向来看　给萧也牧同志的一封信[N].文艺报，1951-08-10.
② 白村.谈"生活平淡"与追求"轰轰烈烈"的故事的创作态度[N].光明日报，1951-04-07.

"更多的原来留在小市民，留在小资产阶级中的一切不好的趣味"①。

赞誉者显然是肯定了《我们夫妇之间》的日常生活描写，其所遵循的，是从日常生活中寻找超验意义的现实主义典型观念。而批判者则从否定日常性描写出发，其内在逻辑是"知识分子与工农结合"这一类"无产阶级科学思想"根本上就不能建立于"非政治性的矛盾"这一类日常琐屑之中，因为这属于"小市民"的、"小资产阶级"的趣味与"噱头"。假如仅仅从评论者的理论素养来说，赞誉者完全不得要领，那一套"以小见大"的所谓现实主义评论路子放在对《我们夫妇之间》的理解上根本无法说通。倒是丁玲等人的批判文章更见敏锐与功力，因为这篇小说确实没有从日常生活中表现出"知识分子与工农结合"这一宏大理论。

值得注意的是，在批判《我们夫妇之间》的同时，《人民日报》大力举荐马烽的短篇小说《结婚》。这是一篇取自农村日常生活的小说。《人民日报》在"编者按语"中说："马烽同志的这篇小说，通过两对农村青年男女的婚事的生动简洁的描写，表现了新中国的农村青年，在中国共产党的领导和教育之下，怎样积极参加社会活动，怎样正确地处理个人与集体和生活与政治的关系。"编者显然肯定了《结婚》中表现出的以日常生活表现重大政治的"现实主义"道路。

由此看来，"日常生活"如同"中间人物"一样，是极其敏感的。能够反映重大政治问题的日常生活是被允许的，否则就堕入"趣味""噱头"乃至"歪曲"的丑相。其中，最易招致恶谥的就是城市日常生活。萧也牧遭到批判的主要原因，是没有对日常题材作出"正确的"政治判断，以致出现"丑化干部"这样的立场与倾向问题。看来，此"日常"并非彼"日常"。同样是日常题材，境遇却大不一样，关键在哪里呢？在这里，我们必须区分两个概念："日常"与"日常性"。

---

① 批判文章见陈涌：《萧也牧创作的一些倾向》，《人民日报》1951年6月10日；李定中（冯雪峰）：《反对玩弄人民的态度 反对新的低级趣味》，《文艺报》4卷5期；叶秀夫：《萧也牧作品怎样违反了生活的真实》，《文艺报》4卷8期；丁玲：《作为一种倾向来看——给萧也牧同志的一封信》，《文艺报》4卷8期等。

"日常",指的是作品所使用的题材。而"日常性"则是作品在使用日常题材时,遵循日常立场而得到的符合日常逻辑的判断。日常性也是一种现代性,产生于现代市民社会,与英国经验主义中追求"直接的有限价值"的世俗化传统有关。在中国,这种日常性被认为是城市现代性的一种。从晚清小说开始,基于私人领域的日常生活叙事传统便在城市文学中建立,经由张爱玲、钱锺书等人的创作,现代城市文学中已经显示出一种传统,即以个体的日常生活经验,特别是城市经验抵制乌托邦意义系统的小传统。这种传统既与左翼叙事不同,也有别于五四新文学的启蒙叙事。我在一篇文章中谈到,同样对待消费性,茅盾等左翼作家阐发的是阶级的意义,而海派作家则承认经济属性对于人的合理价值。对于"大众生活个人空间的世俗生活常态的体认",使海派都有经验性乃至常识性写作的倾向。① 对这一小传统,创作于1949 年的《我们夫妇之间》可说是当时文坛最后一个承继者,当然,也是终结者。

那么,萧也牧是怎样对日常题材进行"日常性"处理呢?

二

客观地说,《我们夫妇之间》算不上优秀的作品。小说明显具有两个系统,一是叙事系统,二是意义系统。在叙事系统中,作者叙写了李克身上不同于战争时期的生活趣味,并与具有乡村背景的工农干部的妻子张同志发生冲突,也写到了张同志的改变。而意义系统则是"大道理"——知识分子与工农结合,以及这种融合在解放后城市生活中的新状态。小说的确如丁玲所说,作者"把二人之间政治思想上的矛盾与非政治上的矛盾等量齐观",也就是说无法从非政治的日常叙事系统的琐屑、日常中推衍出"政治"上的意义,因为两个系统在作品中呈分裂状态。如果说作者是有意为之恐怕牵强,问题在于作者在处理日常题材时,呈现出与"意义"指向相反的倾向,即作了

---

① 张鸿声.都市大众文化与海派文学[J].郑州大学学报(社会科学版),2000(5):58-63.

"日常性"处理，导致作品属意于日常性意义体现而不是超验性意义体现。

在传统农耕社会中，人们的日常生活常常被赋予超越经验的神圣意义。五四以来的文学，特别是在左翼与解放区文学传统中，日常生活常常被赋予"本质""动向"等意义要求，日常题材一次又一次地被理解为追求不可见的公共意义秩序，意义系统决定了叙事。而在现代城市中的市民社会中，则肯定日常生活的"有限价值"，呈现出城市平民的世俗性与市民主义的合理性。瓦特在论述西方现代小说的兴起时，指出小说的兴起与"个人具体的生活"，即"私性"成为中心有关，表达"私性"是合理的。"私性"建立于城市个体日常生活中，并不具备公共超验意义。

在《我们夫妇之间》中，所谓"知识分子工农结合"是一个属于"公共"的政治话题，但被日常题材中一再出现的"私性"叙事所颠覆。小说第一部分以"真是知识分子和工农结合的典型"为题，但其所叙的李克与张同志的婚姻并无战争中革命夫妻的情义，也没有更多的爱情内涵，因为"婚后的生活也很难说好还是坏"，而只是写到男的忙于公务，而妻子则相夫教子的平静而传统的生活。进入城市后，张同志对城市充满了敌意，敌意的出发点首先来自生活方式，即看不惯女人穿皮衣、抹嘴唇，人们扰扰攘攘的。而且，她马上归之于政治与伦理层面上意义价值的诘难，即"我们要改造城市""我们是不是应该开展节约，反对浪费？""我们是不是应该保持艰苦奋斗、简单朴素的作风？"而丈夫李克则完全不把日常生活方式置于意义的拷问中。身为解放区来的干部，却从生活方式上相当习惯于城市："那些高楼大厦，那些丝织的窗帘，有花的地毯，那些沙发，那些洁净的街道，霓虹灯，那些从跳舞厅里传出的爵士乐……对我是那样的熟悉、调和"，甚至还是"强烈的诱惑"。如果按照通行的左翼写作模式，大可以化为具有小资产阶级倾向的干部受资产阶级腐蚀的宏大主题，但萧也牧并未让这个情节基础升华。小说并不把李克的物质欲望与消费引申为阶级意义或道德意义，其与妻子的冲突，仅仅作为家务事处理，不断降低为夫妻间因习惯不同而争吵的常识空间。张同志的工农感情也不断被降低到"私性"的地步。比如报纸上刊载冀中人水灾，张同志听说后只是在地图上寻找自己家乡，将丈夫的稿费不经同意便汇给了自己家，等等。以日常题材展开，却又以"日常性"为结，这便是丁玲所说"丑化工农干部"的含义。

我们看到，作品中原本对张同志言行在公共空间的意义阐释，是一个不断消失的过程。李克与张同志的矛盾冲突逐渐消弭，方式却是张同志相当程度上的容忍，认同了城市日常生活方式。作品中虽然不断描叙两人的争吵，而且一再提到李克被妻子朴素、热情、奉献精神所感动，但读者感受到的却是李克明显的精神优势。这便是丁玲提到的小说的"虚伪"之处。结尾处，李克对妻子一番含义暧昧不清的宣叙，貌似赞扬，实则批评，而妻子则"听得好像很入神，并不讨厌，我说一句，她点一下头"。妻子张同志的工农道德优势全然瓦解。最有细节表现力的是结尾一段，张同志在听完了丈夫的说教后，缩回到妻子的日常义务之中，她推开了想要吻她的丈夫，说："时间不早了，该回去喂孩子奶啊！"小说在叙事中不仅没有导出知识分子与工农冲突结合的意义，也没有导出城市与乡村生活冲突的意义，而是径直从可能的意义阐发中退回了日常性。这样一个与左翼解放区文学相反的运动过程，当然是批判者不能容忍的。

要弄清张同志认同城市方式的内容，先要看一下李克。李克身上的市民主义合理生活的"有限价值"，主要体现在以下几点：一是消费的欲求（如上饭馆吃饭并不太计较价格）；二是"公"与"私"的分离（个体价值应当被承认，稿费既然为自己所得，理应由自己支配）；三是组织化观念（社会问题，比如掌柜打小孩要纳入组织化形式中解决）。其核心是阶级立场上的公共道德与个体私性的分离。

再看张同志。初入城市的张同志，其价值体系原本建立于"公共"的道德意义之上。从外在形态看，是对于城市生活的仇视，其内核，则在于乡村伦理以及由此而来的阶级道德立场。她看不惯城市的享乐、消费生活，原因是："他们干活也不？哪来那么多的钱？"或者是："一顿饭吃好几斤小米，顶农民一家子吃两天！哪敢那么胡花！"作为干部，她的工作方式原本具有建立于道德价值系统的非职业性与伦理性。比如对于打人的胖掌柜厉声呵斥，其实这事本不属于她的工作范围。为此，作者专门在这一部分中插入她对有钱人憎恨的出身基础的介绍。但渐渐地，伦理性在她的工作当中慢慢变成了职业特性，并化为一组中性的社会化原则。她担任女工工作。"在那些女工里边，也有不少擦粉抹口红的，也有不少脑袋像个'草鸡窝'的……可是她和她们很能接近，已经变得很亲近……"同样是训斥掌柜，但第二次却引起了她的自我检讨："工作方式太简单，亲自和掌柜吵架，对学徒也没好处，有点'包办代替'，群众影响也不好！"这中间不独有处理人际的非伦理性，也有几分久居城市的世故与老练。

关于组织社会，韦伯认为现代社会是组织社会，"经济生产借助合理核算的企业家而成为资本主义式的，官方的管理借助有法律教养的专业官员而成为官僚主义化的，这样，这两样活动就按企业形式或机关形式组织起来"。韩毓海对此解释说："人的社会成为一个客观化的自我控制的系统，它像机器一样自行运转，因而人类普遍价值和主观情感很难对它进行干涉。当然它也不是将人类普遍价值完全排斥掉，而是对其筛选后，将它消解为一系列的客观化的社会功能。这样，人类普遍价值就被客观化、工具化、功能化，或者说是'形式化'。"[1]张同志作为一个新政府的管理者，她的工作方式，有一条通过将农民式的爱与憎逐渐"客观化"的过程，逐渐具有的教养与城市经验使她职业性起来。

当然，这里并不是说，关于阶级、道德的普泛性已经被日常性城市生活完全消解。作为左翼作家，作为那个时代的作品，不太可能全然无视解放区文学的传统。比如张同志接受女工的过程，仍然被置于"解放她们"的需要；向小保姆道歉，也同样是检讨自己"小看穷人"的道德水准。但是，我们必须承认，在作者笔下，关于阶级、国家的宏大理论与"鸡毛蒜皮"的日常性相连，两者的结合最终构成了一种普泛的国民人格与精神文明问题，从而与阶级、道德等问题剥离开来。张同志最终被城市的组织化生活塑就成了一个新国民，逐渐具有尊重他人、讲究体面的人格形态，打上了明显的资产阶级的烙印。比如，原本土气十足的她买了一双旧皮鞋，每逢集会、游行便穿上，

---

[1] 韩毓海.从"红玫瑰"到"红旗"[M].上海：上海远东出版社，1998：49.

回家又赶忙脱下。工作与闲暇的分离不仅保障了她的国民义务，同时又兼顾了其作为农民出身、反对过多消费的旧式伦理，公共空间与个体空间被分离开来。同时，农民习性被极大地克服。小说中，张同志的一番道理颇能代表民族国家精神建立中的日常性基础：

> 组织上号召过我们：现在我们新国家成立了！我们的行动、态度，要代表大国家的精神；风纪扣要扣好，走路不要东张西望，不要一面走一面吃东西，在可能条件下要讲究整洁朴素，不腐化不浪费就行！

衣着也好，生活习性也好，在日常的层面被工具化了，而不是像先前那样被伦理化、意义化。

正因此，李克与张同志的矛盾冲突，最终没有上升为意义冲突。李克仍然对城市生活方式抱有相当的热情，张同志也许并没有完全成为城市人，但她的存在，已经不构成对"干部进城腐化"或"城市乡村"冲突的意义判别。就像结尾两人谈话后张同志说的："以后，我们再见面的时候，不要老是说些婆婆妈妈的话；像今天这样多谈些问题，该多好啊！"两人的不同之处也许依然存在，也不能生成爱情，但作品将一切都化为了一夫一妻小家庭严格的市民伦理，即相互体贴、忍让，重大政治伦理终于降至日常性工具层面，并最终得以解决。

三

萧也牧《我们夫妇之间》的发表与被批判，在当代中国文学史上都不是孤立的存在。萧也牧被认为是第一个试图表现新中国城市生活并尝试以城市题材创作的作家。有论者认为，萧也牧"敏锐地感觉到了生活环境的变化与人的精神生活要求的关系"[①]，它的被批判表明"进入城市的革命者和左翼文学

---

① 陈晓明.现代性与中国当代文学转型［M］.昆明：云南人民出版社，2003：150.

家对于城市,也对于产生于都市'旧小说'的深刻疑惧"①。这些结论无疑是正确的。但是,我想,仅仅从城市题材方面去理解《我们夫妇之间》是不够的。尽管解放区文学传统对表现城市的确存在着某种禁忌,可事实上,城市题材在整个20世纪50至70年代仍然大量存在,特别是由于表现了作为"领导阶级"的产业工人的生活,一时间,城市"工业题材"的创作蔚然成风。不过,它们大都被化为"两条道路斗争"的政治模式。这不仅在周立波、雷加、罗丹、草明、艾芜的长篇小说中大量存在,甚至也是经常表现日常城市生活的胡万春、唐克新、费礼文等人的创作模式。由此看来,城市题材固然与乡土题材文学存有等级差而受到抑制,但这种抑制,从根本上来说,不仅是题材问题,更重要的,是题材本身表现的是重大政治问题,还是日常性问题。

《我们夫妇之间》被批判也可看作一次标志性的事情,它意味着新中国当代文学对城市日常性叙事的一次清除。我们还是回到丁玲对萧也牧的批判文字中。丁玲说:"这篇小说正迎合了一群小市民的低级趣味。"这是一种什么趣味呢?"就是他们喜欢把一切严肃的问题都给它趣味化,一切严肃的、政治的、思想的问题,都被他们在轻轻松松嬉皮笑脸中取消了。"②丁玲已敏锐地察觉出对日常生活是进行超验性的意义挖掘还是仅仅以日常性来处理是问题的核心。陈涌也认为,"作者在这些地方是把知识分子与工农干部之间的两种思想斗争庸俗化了"。因为"写了她经常为了日常的琐事而争吵,而且这后一方面在这作品也占了主要地位"。

我们看到,上述批判者所指涉的种种情形在《我们夫妇之间》中的确存在,只不过当时的批判者与我们今天的评论者在价值取向上已经发生位移。这篇小说之所以成为当代文学中的异数,原因在于,它第一次在当代文坛上显示出日常性与左翼文学中革命主题的分离,表明了在公共的政治生活中,个人性"私人空间"存在的可能,也就表明了城市日常性所包含的合理性。因而,作品中的城市生活没有与资产阶级生活方式构成想象关系,对抹口红、

---

① 洪子诚.中国当代文学史[M].北京:北京大学出版社,1999:130.
② 丁玲.作为一种倾向来看 给萧也牧同志的一封信[N].文艺报,1951-08-10.

烫头发、爵士乐、高楼大厦等后来被称为资产阶级生活符码的东西也一概给予容许，并以"不能要求城市完全和农村一样"作了非阶级、非伦理的评断。在日常逻辑的层面上，城市生活中的城乡意识冲突、两种观念的冲突，也并不被想象成你死我活，至多是在某种国家想象中构成和谐，城市资产阶级传统竟与"大国家"的国民精神统一起来。这无疑是在文学中留给了日常性一定位置，虽然这在相当程度上依赖于个人趣味，但它无疑构成了对解放区文学传统的某种抵制。这是相当"可怕"的，也是当时文坛对其进行围剿的主要原因。

对《我们夫妇之间》的批判，连同早此一年关于"可不可以写小资产阶级"的讨论，以及此后对"人性论"、人道主义，"写'中间人物'论"的批判，城市日常性被杜绝。此后的城市题材作品，都以从日常生活洞悉政治思想问题为模式，将日常性中的私人生活领域归于社会公共性的敌人，即有日常生活，但没有"日常性"。《年青的一代》《霓虹灯下的哨兵》《千万不要忘记》，还有"文革"时期的《海港》，都将生活方式在阶级的意义上展开，在公共空间（时间）与私人空间（时间）架构起意义的连续性。人物的物欲、闲暇（即八小时以外）都被取消，人物的行为也不再职业化，人际构成政治伦理关系，甚至包括家庭，都在公共性的意义上建立起生活的道德化性质。诚如丛深在《〈千万不要忘记〉主题的形成》一文中说的，他原本所拟定的是"批判习惯势力"的主题，但通过学习列宁《共产主义运动中的"左派"幼稚病》和中共八届十中全会公报，发现了用"阶级和阶级斗争的显微镜来分析工厂日常生活"的方法。诸如丢掉布袜子（《霓虹灯下的哨兵》）、工作分配在城市（《年青的一代》）、下班后打野鸭子（《千万不要忘记》）、下班后看电影（《海港》）、不戴老式帽子（《家庭问题》）等都成为城市资产阶级生活的符号，并在非日常逻辑上展开。城市生活的日常性从此退出文学。这种情形甚至持续到20世纪80年代初才有了扭转。这便是萧也牧《我们夫妇之间》被批判所标志的当代文学的意义。

城市的公共性想象与日常性的消失[*]

——以"十七年"上海题材文学为例

在"十七年"城市题材文学中，日常性写作表现为一个逐渐消亡的过程。那么，它为什么消亡，又是怎样消亡的？这一现象，应该说，与解放后中国城市日趋单一的国家工业化功能和具有强烈国家意义的公共性有关，包含着重要的国家政治经济学意义。由于原有口岸城市的私性生活形态逐渐终止，社会主义的公共性被突出强调。在"十七年"文学中的表现策略上，人物属性、生活时间和空间方面的日常性常常在国家公共性的层面被意义化，以表现其向公共性意义的过渡。本文拟就"十七年"文学的城市功能、私性生活形态的消亡、日常性如何在公共性的层面被意义化，以及其中包含的伦理教化和社会控制意义等几个方面，加以论述。

一、城市私性生活形态的消亡

在中国社会主义初期，国家工业化的前提之一是城市单一的公共性功能，包括政治的、生产的与生活的。但是，社会主义中国城市的公共性并非西方思想家如哈贝马斯理论原有的含义，而有着强烈的中国语境。

一般来说，"公共"与"私人"概念指的是机构化的政治权力与外在于国家控制的私人经济活动和私人生活。事实上，哈贝马斯提出的"公共领

---

[*] 本文原载于《学术月刊》2009 年第 6 期，收入本书时有改动。

域"更多的是一个对话性空间。它不仅存在于资本主义兴起后产生的印刷媒体,更存在于直接的口语对话交流的个体观念中。因此,传统公共性在古希腊城邦时就已产生,即在共享空间中以面对面交流为形式的"公共生活"。文艺复兴后,以市镇为主要场所的各种公共领域(如沙龙、剧场、咖啡馆等),构成了资本主义时代由私人领域产生的公共空间。在葛兰西的表述中,"公共空间"是从属于其市民社会理论的,因为市民社会的基础就是私人生活领域。他将上层建筑分为两种:"一个可以称为'市民社会',即通常称作'私人的'有机体的总称;另一个可以称作'政治社会'或'国家'。这两个方面中的一个方面符合统治集团对整个社会行使的'领导权'功能,另一个则符合通过国家或'法律上的'政府行使的'直接统治'或指挥。"他又说:"市民社会是指一个社会集团通过像工会或者学校这样一些所谓的私人组织而行使的整个国家的领导权。"[1]

因此,所谓"公共领域"与"私人领域",其实都是"市民社会"的产物。如前所述,以上海为中心的现代中国公共领域与哈贝马斯所说的以欧洲经验为底色的公共领域有诸多不同:"其在发生形态上基本与市民社会无涉,而主要与民族国家的建构、社会的变革这些政治主题相关。"[2] 在解放后的中国,民族国家的建立与国家工业化的完成,并不依赖于此,而是恰恰相反。毛泽东关于国家建设的思想,尽管是关于工业化的部分,他所希望的也是以强大的国家力量保障工业化的进行,并以避开资本主义性——包括经济金融体制、生活方式消费逻辑与文化意识形态——或者说是反对资本主义性来获取,有明显的反资本主义倾向(包括后来的反对修正主义)。德里克曾指出社会主义中国这一情形,他认为,社会主义中国的问题在于全面与世界资本主义分离,因此群众运动是为了纠正精英主义的政治与官僚体制之弊,自力更生也不是"自绝于现代化",而"文化大革命"则是"解决了新兴社会既要发展经济又要兼顾凝聚社会的窘境,它似乎还解决了经济进步的资本主义社会

---

[1] 李青宜. "西方马克思主义"的当代资本主义理论[M]. 重庆:重庆出版社,1990:137-139.
[2] 许纪霖. 都市空间视野中的知识分子研究[J]. 天津社会科学,2004(3):123-130,134.

与社会主义社会在发展中遇到的异化问题"①。这个结论是否符合实际暂且不说，但德里克对社会主义阶段反抗资本主义这一点应当说是有道理的。在谈到"政治挂帅"时，德里克认为这是"公共价值优先于私人价值"的体现。②刘小枫亦认为，中国民族国家的建构方向偏向卢梭的理念，即现代的民主社会主义，强调民族国家的至高无上的权力。③由此，在社会主义中国，所谓"公共性"其实是一种国家性。这并非如一些人所说，社会主义中国完全属于乡村式社会形态，因为国家性同样发生于乡村，"通过公有化运动，特别是'人民公社'的建立……实现了社会动员，把整个社会组织到国家的主要目标之中"④。

在城市生活中与国家政治的公共性相对应的是日常性原则。日常性也是一种现代性，它产生于现代市民社会，与英国经验主义中追求"直接价值的有限合理性"的世俗化传统有关。在中国，从晚清小说开始，基于私人生活领域的日常生活叙事传统便在口岸城市的文学中出现，比如鸳鸯蝴蝶派文学中的市民伦理就体现出这一点。经由张爱玲、予且、苏青等人，口岸城市中的日常性叙事已经成为一个小传统，具有抵制乌托邦意义系统的作用，这在李欧梵、王德威的论述中多有体现。

在"十七年"的左翼文学传统中，消除日常性叙事的标志性事件是对于萧也牧小说《我们夫妇之间》的批判。⑤《我们夫妇之间》明显具有两个系统：一是叙事系统，二是意义系统。后者是一番大道理：知识分子与工农的结合，以及这种结合在城市中的新状态；前者则是夫妻两人——具有乡村背景的张同志与城市出生的李克之间的冲突，以及张同志最后的改变。作为左翼作家，

---

① 德里克.世界资本主义视野下的两个"文化革命"[J].林立伟，译.二十一世纪，1996（37）：4-15.
② 德里克.世界资本主义视野下的两个"文化革命"[J].林立伟，译.二十一世纪，1996（37）：4-15.
③ 刘小枫.现代性社会理论绪论[M].上海：上海三联书店，1998：100.
④ 汪晖.当代中国的思想状况与现代性问题[J].文艺争鸣，1998（6）：16.
⑤ 关于这次事件对日常性叙事的消除，详见张鸿声.当代文学中日常性叙事的消亡——重读萧也牧《我们夫妇之间》[J].中国现代文学研究丛刊，2005（5）：116-127.

萧也牧是从"左翼"立场出发的，他试图写出左翼的主题——知识分子与工农的结合。这是一个属于"公共"的话题，但叙事系统却表现出日常性原则，从而，叙事系统成为意义系统的反抗因素，"公共性"的话题被日常私性叙事瓦解了。

《我们夫妇之间》发表于《人民文学》1950年第3期。发表后先是获得好评、转载，并被拍成电影，① 但旋即遭到极其猛烈的批判，批判者中有冯雪峰、丁玲、陈涌这样的大家。② 以丁玲等人的敏锐，已经觉察出问题的核心究竟是对日常生活进行超验性意义表达（即所谓公共性意义），还是仅仅以日常性来处理题材。这篇小说之所以成为当代文学中的异数，原因在于，它第一次在当代文坛上显示出日常的"私性表现"与左翼关于"革命道理"的公共性表达的分离，也表明了在此期文坛进行"个人私性"表达的一种企图。故而作品中的城市生活并没有完全与对城市的资产阶级想象合拍，并以"不能要求城市完全和农村一样"的暧昧词句对城市进行了非阶级、非伦理的评断，而且，甚至将城市中产阶级传统与"大国家"的国民精神统一起来，③ 这无疑构成了对新中国文学公共性表达的抵制。

在批判《我们夫妇之间》的同时，《人民日报》大力举荐马烽的短篇小说《结婚》。该作品虽属寻常农村故事，但"编者按语"认为其"表现了新中国的农村青年，在中国共产党的领导和教育之下，怎样积极参加社会活动，怎样正确处理个人与集体和生活与政治的关系"。《结婚》表现了以日常生活展示重大政治意义的模式，因此，《我们夫妇之间》的问题并不是在城乡题材等

---

① 白村.谈"生活平淡"与追求"轰轰烈烈"的故事创作态度［N］.光明日报，1951-04-07.同名电影为上海昆仑影片公司拍摄。

② 批判文章见陈涌:《萧也牧创作的一些倾向》,《人民日报》,1951年6月10日;李定中（冯雪峰）:《反对玩弄人民的态度，反对新的低级趣味》,《文艺报》4卷5期;叶秀夫:《萧也牧作品怎样违反生活的真实》,《文艺报》4卷8期;丁玲:《作为一种倾向来看 给萧也牧的一封信》,《文艺报》4卷8期等。

③ 如张同志在民族国家精神上找到了城市日常性基础:"组织上号召过我们：现在我们新国家成立了！我们的行动、态度，要代表大国家的精神；风衣扣要扣好，走路不要东张西望，不要一面走一面吃东西，在可能条件下要讲究整洁朴素，不腐化不浪费就行。"

级上的，而是在日常私性题材中承不承认"私性"合理性的问题。连同早一年关于"可不可以写小资产阶级"的讨论，以及此后对"人性论""写中间人物论"的批判，城市日常性被杜绝。此后的城市文学一方面将笔触仅仅涉及关于工业化的厂矿题材，一方面将日常性的私人生活领域归于社会公共性的敌人。《我们夫妇之间》虽然以北京而非上海为背景，但上海作为繁荣的口岸城市，在私性生活空间上要比北京明显得多。我们看到，在此后以批判资产阶级私人生活为题的作品中，上海绝对占据了头筹。①

二、私人生活的资产阶级想象

1962—1965 年，新中国话剧创作出现高峰，由官方组织了大规模的地区性与全国性剧目的演出与评奖，并以单册形式出版。其中以上海城市为背景的有《霓虹灯下的哨兵》和《年青的一代》。有人认为两出剧提出了"新人新事新主题"，之所以"新"，是由于"能从常见的生活现象中发现和观察到阶级斗争"。这一情形被认为具有突出的时代意义："在阶级斗争激烈存在的今天，资产阶级思想无时无刻不在影响和腐蚀我们的年青一代。即使是工人的后代或者是革命烈士的子女，也免不了会受到资产阶级思想的影响。"②

事实上，这两出剧之所以"新"，是因为成功解决了萧也牧《我们夫妇之间》的"问题"。在《我们夫妇之间》中，日常生活因没有归入超验性意义而备受指责，而在《年青的一代》中这一情形则得到改变。《千万不要忘记》的作者丛深最初构想写出一种"批判习惯势力"的主题，因此初稿定名为"祝你健康"。但经过 1963 年北京汇报演出，特别是通过学习列宁《共产主义运动中的"左派"幼稚病》和中共八届十中全会公报，找到了以"阶级和阶级斗争的显微镜来分析工厂的日常生活"③的方法。作者将年青人受到腐蚀而贪恋浮华生活归于阶级斗争内容，"这种阶级斗争，没有枪声，没有炮声，常

---

① 丛深的《千万不要忘记》背景似乎是哈尔滨，虽非上海，但也有口岸城市形态。
② 贾霁.新人新事新主题——谈一九六三年话剧创作的几点收获[J].戏剧报，1964（2）：6-11.
③ 丛深.《千万不要忘记》主题的形成[J].戏剧报，1964（4）：27-29.

常在说说笑笑之间进行着"①。这两个剧本，都将日常生活超验化为涉及"阶级""阶级斗争"等重大公共性意义，像唐小兵所说，"剧本隐约地透露出一种深刻的焦虑，关于革命阶段的日常生活焦虑"②，也就是说，如何用超验意义解析日常生活中的私性。

首先，日常性生活内容被认定为与"物质""欲望""身体"和"享乐"相关的人性基本属性。在《霓虹灯下的哨兵》中，这一特性主要体现为资产阶级"物欲"。童阿男携女友林媛媛闲逛马路、上国际饭店，这在他看来，具有消费上的民主与平等意义："为什么国际饭店去不得？解放了，平等……"但作品显然并不肯定"物质"具有的超越阶级差异的普遍性意义，而将消费场所看作资产阶级生活符号，这与20世纪30年代左翼传统的看法一致。在连长鲁大成看来，舞厅、咖啡馆都属此列。而陈喜丢掉春妮织的布袜子，改穿尼龙袜这一著名细节，使"物质生活"与身体及其表达具有了政治公共意义，不再是纯粹的私人生活。再如，洪满堂使用旱烟管，春妮用手绢包"鸡子"，并用针线包缝袜子，以及赵大大"黑不溜秋"的身体特征，都表明了物质与身体具有的农耕文化色彩，因为符合解放区传统，获得了社会主义时代的合法性。《霓虹灯下的哨兵》所表现出的焦虑在于"革命队伍"在进入上海后接受资产阶级生活的恐惧感。当童阿男携林媛媛去国际饭店时，排长陈喜不仅批准，还按照上海规矩对阿男叮嘱一番："帽子戴正，风衣扣扣好，你是解放军了，别叫上海人笑话！要钱用吗？"在这里，陈喜已经表现出对上海人身份的某种欲求：风衣扣与帽子是军人形象，而"要钱用"则是上海人的生活方式。更可怕的是陈喜在接受上海生活时显得平静，没有一丝挣扎。在这里，"钱""物""消费"以及身体特征（比如罗克文与林乃娴"一个戴眼镜，一个穿高跟鞋，都不是好东西"），都具有阶级符号性。在这个队伍中，陈喜、童阿男与赵大大在剧本结尾时又要赴朝参战。这对于赵大大来说，是将革命传统带入新的战斗的叙事需要，而对陈喜与童阿男来说，则是需要继

---

① 丛深. 千万不要忘记[M]. 北京：中国戏剧出版社，1964：128.
② 唐小兵. 英雄与凡人的时代：解读20世纪[M]. 上海：上海文艺出版社，2001：140.

续改造的叙事延伸。文中点明了这一点：陈喜缝制了一双棉手套交给童阿男，这一细节表明了作者对两人赴朝的某种处理动机，即在生活层面需要不断被改造。类似的模式还大量存在，比如胡万春的小说以及由小说改编成的电影《家庭问题》①，其中福民在生活、语言与身体方面的特征，如"留着青年式的头发，身穿着长毛绒翻领夹克"，看不上"罗宋帽"，满口"爱克司""未知数"，吃饭时不珍惜食物等，都属此类。同时，日常性还被等同于与公共性相背离的个人理想生活。艾明之的《幸福》明显把"幸福"理解为公共的与私人的。《年青的一代》则泛化为"上海"：林育生谋求留在上海。这里的"上海"是一个泛化指代，即和上海相关的一切工作、生活方式等。

其次，私性生活被视为弥漫于旧上海的"等价交换"资本主义式的价值信仰，其中又包括知识与财富地位的等价性、劳动与报酬的等价性。这原是一种现代社会最基本的市场准则：劳动商品化。林育生、福民（《家庭问题》）表现出前者：有了知识必须有相应的社会地位。《家庭问题》中大姨妈对福民中专毕业当工人颇为不满："念了十几年书，出来当工人！要当工人何必下那么大本钱读书？你呀，尽做些赔本的生意！"而王家有（《幸福》）、韩小强（《海港》）则表现出后者。王家有把请假看成在等价前提下可以被允许的行为："反正请假可以明扣工钱，厂里又没有吃亏！"韩小强的台词"八小时以外是我的自由"也含有此类意思。至"文革"期间，这一写作模式更广泛地表现在知青题材以及众多"社会主义、资本主义争夺接班人"的主题形态中。在包括上山下乡等艰苦的工作题材里，都大量出现对"等价交换"市场原则的批判。作品强调的是对社会主义公共性的认同。这是一种将生活整体化与有机化的超验方法，它不允许人的生活被城市各种形态分割，而必须确保人们以单一的公共性完全被融入国家生活之中。

因此，个人私性生活之所以不能获得肯定，源于其资产阶级的符码指代，在国家公共生活中，它并不完全是私人问题。②在作品中这有两点说明，其

---

① 小说为胡万春原著，电影为胡万春、傅超武编剧，张伐、张良主演。剧本由上海文化出版社1964年出版。
② 比如《幸福》中的车间主任因为不干涉王家有等人的私人生活而被斥为"官僚主义"。

一是私性生活被理解为旧上海资本主义生活方式遗存,因此在剧中,每一个"受腐蚀"的青年背后皆有一个或几个反面、落后人物,这些人带有明显的旧上海痕迹。在《幸福》中,引诱王家有堕落的是一个绰号"六加一"的医生[①],以及一个私营工厂的小老板;在《年青的一代》中,是一个叫小吴的不良青年,其游手好闲之状暗示出"家中有钱";在《家庭问题》中,是具有市侩味道的外婆与大姨妈;在《海港》中,由于"文革"文学模式的影响,是被处理为"阶级敌人"且具有旧上海账房先生背景的特务钱守维,其旧上海遗存是码头上的等级制度,如他所说"靠我们这些人还能管好码头"以及他做过"外国大班"的背景。

事实上,上述作品所涉及的落后人物,其行为由于符合日常逻辑而显得较为生活化,因而比正面形象更容易显出性格的丰满与塑造上的成功。比如,曹禺就对《千万不要忘记》中的丁少纯这一形象表示赞赏。他说:"大约一个人物写活了,他就仿佛可以离开作者的笔下,有了独立的生命。"[②] 其原因在于,丁少纯这一类人物多少还符合生活的经验性,而正面人物则完全超越经验,成为一种公共性原则想象的产物。

三、私人生活向公共意义的过渡

日常性生活的意义化、超验化过程就在于:它必须被引向一个进入公共性的路途,将生活细节整合成关于意义本源的元叙事,而克服现代社会应有的"公"与"私"的分离状态,否则就会被批评为"狭小的角度取材,片面追求对人物的细节描写,片面追求人物性格的复杂性和情节的曲折离奇,舍弃或忽略了重要的方面,而将琐细的东西加以腐俗的渲染,流露了不健康的

---

① "六加一"代表了在公共性之外个人生活的自由状态,但这被看成是"主义"之区别:星期一到星期六,他穿制服,看病,他认为这是过社会主义;星期天,他换了西装,去跳舞场,找女朋友,就是过资本主义的生活,所以叫"六加一"。
② 曹禺.话剧的新收获——《千万不要忘记》观后感[J].文学评论,1964(3):1-15.

思想和感情，或是将我们的生活加以庸俗化"①。超验的过程表现为对个体属性的全面否定，包括身体、情感与物质生活。这在《幸福》当中已有显示。《幸福》中的正面人物刘传豪也有某种属于私性的生活，比如对收藏邮票有极大兴趣，但又被严格地控制在规则之内。事实上，作品强调的是他"克制欲望"的含义，而非欲望本身。刘传豪深爱师傅的女儿胡淑芬，但他压抑自己。②《年青的一代》中林岚声称"不找爱人"，原因是"怕找了爱人丢了事业"。而萧继业，则以否定身体来获取对公共事业的投入③，在私性生活与公共性社会之间建立了一条必然性的关联线索，从而保证了私性生活的"被意义化"。他斥责林育生说：

使谁的生活变得更幸福？是仅仅使你个人的生活变得更幸福，还是使千百万人因为你和大家的劳动变得幸福？你要使日子过得丰富、多彩。对的，我们今天的生活是有史以来最丰富、最多彩的了，但绝不是在你的小房间里，而是在广大人民群众火热的斗争里！

由此，刘传豪与萧继业都架起一条由私性过渡到公共性的逻辑之桥，因为私性的获得本身被看作源于公共性保障的一种结果。就像萧继业说的："如果全国没有解放，像你我这样的工人的儿子，别说大学毕业了，连命都难保，哪里谈得上你想的那一套个人幸福？"电影剧本《万紫千红总是春》（沈浮、翟白音、田念萱著）以一种较平易的方式，完成了整体社群形态从私性生活到公共意义上的过渡。作品的主题是叙述上海一个里弄日常形态被工业化组织改造为公共生产，在日常性（私性）与公共性（超验意义）之间表达替代

---

① 张玺，曾文渊，孙雪岭，吴长华.一九五九年上海短篇小说创作简评[J].上海文学，1960（2）.
② 胡淑芬送票给刘传豪去看自己的演出，王家有为捧胡淑芬却讨票不得，但刘传豪居然将票让予王家有。这在戏剧结构上造成"误会"的喜剧性，在意义呈现上则显示出刘传豪压抑个人欲望对"私性"的否定。
③ 萧继业在剧中起初被诊断可能残废。

的逻辑关系。在里弄中，徐大妈是有名的烹调高手，擅长配菜，并精通广东菜、湖南菜、宁波菜的烧制；阿凤会裁剪、针线。这原本属于私性生活技能，只构成人物的家庭属性。作品中专门交代蔡桂贞——一位贤淑能干的女性，其全部生活内容是相夫教子。但随着里弄日常形态向工业化组织的过渡，生活技能逐渐变成公共意义上的生产技能。里弄成立刺绣组、编织组、缝纫组、纸盒组，徐大妈成为公共食堂的负责人，阿凤则成为缝纫组的骨干。当蔡桂贞参加里弄生产后，其身份由主妇转向生产能手，儿子云生高兴地投入母亲怀中说："我知道，妈妈是工人。"这并非女性解放的主题显现，因为妇女们虽然从家庭中走出，却受制于更为不自由的生产纪律。有论者认为该剧反映的是"为争取妇女解放和家庭制、与大男子主义思想作斗争"的主题[①]，实际情形却复杂得多。同样，茹志鹃的《如愿》尽管也涉及街道生活，但其着眼的是生产小组、食堂、托儿所、扫盲班等公共事物，并作为"大跃进"的一种写照[②]。作品着眼的是公共性社会角色，"工人"的含义不在于其经济与人格上的"独立"，而在于生产——公共性的劳动。

如同在人物属性上要消除私性而突出公共意义一样，在空间与时间处理上，这类作品也力图呈现出公共性表达，其基本策略是将时间和空间的日常性在国家公共性的层面意义化。

首先，场景安排多为车间与办公室，即使是私人居室，也多处理为客厅。这样既可以突出公共性事务，也可避免因生活琐事而导致的日常性生活内容的纠葛。《年青的一代》中三幕场景都设在林坚家，其中两幕在林家客厅，一幕在林家门前。"客厅"强调的是透过窗户所见到的远处的"工厂"与"近郊的景色"，它使私人居室处于公共场景的包围之中。在第二幕中，作品以"附近学校传来广播体操的音乐声"构成对门前"休息""乘凉"等生活内容的侵犯。空间的公共性与私性在大多数时间成为"公"与"私"对照的一种暗示。客厅的功能并非日常生活的，这里几乎没有生活起居的情节，最大意义乃在

---

① 瞿白音.略谈上海十年来的电影文学创作[J].上海文学, 1959（12）.
② 茹志鹃.茹志鹃小说选[M].成都：四川人民出版社，1983：52-64.

其会议功能。这是在空间意义上将"公"与"私"整合统一的描写策略。《年青的一代》《锻炼》等剧涉及对青年人阶级教育的情节都发生在客厅。在《年青的一代》的结尾,众青年的涌入使"台上立刻变得活泼而有生气","几辆满载支援边疆建设的青年卡车队驶过,传来了阵阵的歌声,台上青年热情地对他们挥手"。在这里,叙述的重心由于台上青年的"挥手"而转移至室外。室内室外,共同构成对"知识青年到农村去"这一叙述的呼应性空间。

其次是社区建筑的公共性。此期上海题材文学大都以"工人新村"等标准化新社区为展示的空间。《万紫千红总是春》是为数极少的描写里弄生活的剧作,但它突出的是里弄日常生活形态向公共性形态的过渡和公共生活意义取代私性生活的过程。于是这种转换颇具有代表性。剧本开头还有关于菜场日常生活的描写,但马上,社会公共性内容便将其瓦解:"在建筑物的墙上,到处挂着红布横幅并贴有许多张大字报、服务公约和清洁卫生公约。"值得注意的还有,里弄居然有一个广场,甚至还出现了礼堂这种建筑,许多公共性社会动员在这里发生。因此,剧本不是为了表现里弄生活的个体性,而恰恰相反,是为了表现里弄以个体为主的私性市民生活的消亡。

公共性对私性的瓦解还包括时间叙述。与空间处理相一致的是,公共性时间的建立使私人时间与公共时间在意义阐释上也构成联结。在很多作品中,工作时间外的私人时间如何被利用是一个焦点,关于"革命""阶级教育""阶级争夺"等主题恰恰发生于"八小时以外"的私人时间中。

《幸福》中的王家有、"六加一",《海港》中的韩小强等青年,其堕落的可能性都与"八小时以外"有关,以致韩小强说"八小时以外是我的自由"被斥为"这种话像咱们工人阶级说的吗?"韩小强的"错误"之处在于没有在"公共性时间"与"私性时间"之间以"革命"或"集体"的意义建立联结。丛深谈到创作《千万不要忘记》时指出,该剧"提出了如何安排和组织社会生活的问题,一天有二十四个小时怎么安排?戏里让我们看到把八小时工作安排好,还不能保证不出问题。除了八小时工作,八小时睡觉,最后八小时怎样安排?安排得不好,就会出去打野鸭子(打野鸭子不要紧,不要陷入泥坑！）就会受到姚母的影响"①。正面人物的公共性显现意味着取消"八小时以外"的私性。《年青的一代》里的林岚与萧继业都是由于开会或出差才偶回一次上海，但来到上海后也不先回家。《锻炼》里的卫奋华是由于农田出现枯苗病虫害，在县农业站解决不了时才回上海。到"大跃进"时期，这一写作模式又衍化为为了工作而加班甚至取消作息时间，等等。

四、公共性建立的伦理学意义

前文谈到，社会主义中国的公共性完全有别于西方的"公共领域"。那么，作为实体，这种公共性究竟表现出什么意义？至少，我们应当弄清这种公共性在建立过程中的意义。

我们看到，在对城市青年私性生活日常生活的批判中，公共性的胜利是通过对年青人的"教育"来完成的。这也是《年青的一代》《千万不要忘记》等剧被称作"社会主义教育剧"的原因。对青年人的"教育"，其实是一种社会"控制"。公共性有很强的乌托邦色彩，而"教育"便成为通向乌托邦理想的一种控制力量。关于"控制"的组织化形式，其实并非有形的社会力量，因为它并没有产生于现代组织社会中。关于社会组织，马克斯·韦伯认为，现代社会是组织社会，"经济生产借助合理核算的企业家而成为资本主义式的，官方的管理借助有法律教养的专业官员而成为官僚主义化的，这样，这两样活动就按企业形式或机关形式组织起来"。韩毓海对此解释说："人的社会成为一个客观化的自我控制的系统，它像机器一样自行运转，因而人类普遍价值和主观情感很难对它进行干涉。当然它也不是将人类普遍价值完全排斥掉，而是对其筛选后，将它消解为一系列的客观化的社会功能。这样，人类普遍价值就被客观化、工具化、功能化，或者说是'形式化'。"② 同时，个体权益的法律制度保障在"控制"的组织化形式中完全被排除。比如，韩小

---

① 丛深.《千万不要忘记》主题的形成[J].戏剧报，1964（4）：27-29.
② 韩毓海.从"红玫瑰"到"红旗"[M].上海：上海远东出版社，1998：49.

强、王家有等人的行为并不触及任何法律制度,但仍然成为"意义"的敌人。最明显的是《年青的一代》,当萧继业指责林育生时,林育生对他一连串的反问:有无个人幸福?个人欲望是否违法?维护国家利益是否只有到边疆一途?这三者皆涉及个人权益及其国家、法律的保障问题,但萧继业无任何正面回答。当林育生质问萧继业:"按照自己的愿望、自己的理想过生活,这又有什么不合法的呢?"萧继业只能顾左右而言他:"又是自己、自己!开口自己,闭口合法,你究竟把国家和集体利益放在哪儿去了呢?"很显然,在萧继业看来,"合法"的东西不一定都有"意义",因为"意义"并不在法律的概念上,也不在制度化的社会组织上。

很显然,社会组织本身的"客观化、工具化、功能化"的价值与"控制"的功能是相反的。公共性"控制"并不是将人的生活"工具化",而是"意义化"。也就是说,源于消除城市日常性的公共性的"意义化"并不来源于现代社会的组织原则,而源于一种"非组织"的原则。那么,这种"非组织"的原则表现出什么特质呢?

在"教化堕落的年青人"的情节当中,其本身就存在着"代际"结构,因为"教育"本身就是"上"对"下"的控制,所以,我们依稀可辨识出作为"控制者一方"——父祖辈与同辈的伦理背景。作品中的人物,事实上都是围绕着"教育""感化"这一核心情节而设置的,或者是纵向的祖父、父亲,或者是横向的兄妹、朋友、同事。众多人群围绕着"教育""感化"而存在着等级差别。比如最终完成"教化"任务的,通常为"年青人"的父辈与祖辈。如上所述,在《年青的一代》中,萧继业的一套关于"国家"的大道理并不能说服林育生。真正感化林育生等人的,是父辈英勇牺牲的事迹与"父业子承"的伦理性意义,伦理特征上升为实体。也就是说,作为社会"控制"的"公共性",其遵循的仍旧是伦理化原则。这一原则明显表现在伦理的"代际"结构中。在《年青的一代》中,感化林育生的是养父与牺牲的父母;在《锻炼》中,感化马一龙的是马奶奶;在《霓虹灯下的哨兵》中,说服童阿男的是周德贵,即阿男的父执辈;在《海港》中,则是马洪亮——韩小强的舅舅。这种现象通常被理解为"父权"的社会组织基础,比如唐小兵便认为《千万不要忘记》中的丁海宽与丁爷爷的出现表现了"以父权为基本组织原则"①。这种看法无疑是正确的，但问题并不止于此。事实上，在"堕落的年青人"身旁，还有相当多的同辈，虽然他们并不构成"感化""教育"情节的核心力量，但无疑，其设置不可能没有考虑。这至少说明，"感化""教育"本身是一种社会控制力量，并因此导出有关"控制"的组织化形式，父辈与同辈都只构成"控制"组织化形式中的一员，而非全部。

这样一来，"伦理性"背后的乡村文化的面貌便渐渐呈现出来，而关于"父权"控制的说法也有了依托，由此，乡村伦理构成稳定的公共性价值体系上的关联。在作品中，具有伦理权威的人物都有明晰的乡村背景。比如，《霓虹灯下的哨兵》中的洪满堂（其体现的文化符号是不具有太多智力因素的伙夫职业与物质符号"烟袋筒"）与春妮，在《海港》《火红的年代》中是具有工人与农民双重身份的马洪亮与田师傅，在《锻炼》中是马奶奶（其虽在工厂工作，但没有职业化色彩，突出特征是"管闲事"）。居次等的父辈伦理权威人物，虽不是来自乡村，但也有一种"非城市"或"非上海"的特征。如《年青的一代》中的林坚与《锻炼》中的姚祖勤，虽然家住上海，但工作地点都在外地，因此，"控制"的权力基础仍是乡村文化的伦理性。萧继业等正面青年形象也仍然是乡村伦理文化控制的产物，其与林育生的不同点在于，后者是被迫接受教化，他们则是自觉认同。通过以上具有乡村背景的人物，在其公共性超验意义之上，作品与乡村之间建立了联结。这在作品中有两种模式呈现：一是马洪亮等人进城，将乡村伦理文化带入上海，构成伦理结构与"控制"力量的完整性；一是上海青年到乡村去，进入一种乡村文化。后者，已经成为某种理念化产物，以至于"乡村"本身便成为某种意义所在。比如，在《家庭问题》中，与贪图享乐的福民相对应的厂长女儿小玲，一出场就在宿舍前空地上刨地，一把锄头总在身边；尔后又主动要求去农村，特别是北方农村去锻炼。在《年青的一代》中，对公共性的认定存在着地域与职业上的等级因素，对于林岚来说，她关于理想的等级因素明显地表现为电影

---

① 唐小兵.英雄与凡人的时代：解读20世纪[M].上海：上海文艺出版社，2001：153.

学院——农学院——农村——井冈山农村,对萧继业来说则是上海——"山沟"——边疆的"山沟"。类似的情况还有《锻炼》中的卫奋华、姚慧英与《不夜城》中的张文铮。

在以国家公共性抵抗城市日常性主题的作品中,上海是一个反复在文学中出现的城市,而乡村则在公共性方面被赋予等级上较高的想象性意义。究其原委,在于新中国国家公共性与乡村组织的同构。由于新中国并没有产生现代意义上的"公共领域",因此,公共性所要借助的思想资源,只能是传统伦理价值。当然,这里也存在着对于乡村的"想象",即对乡村在公共性意义上的普遍性、统一化原则,因为它一开始就排除了乡村的美学的、宗族的、小生产的、非组织的种种意义。

"十七年"与"文革"时期的城市工业题材创作[*]

——兼谈沪、京、津等地工人作家群

一、工业题材文学的滥觞

在社会主义性质的工业中心性这一概念中，中国当代城市特性得以确定。在"十七年"与"文革"时期的城市题材文学中，城市因原有历史多元而引起的差异与不统一，被完全消除掉。事实上，这一时期的文学并非如人们一般所认为的，只有单纯的政治原则。在文学中，社会主义意识形态的"政治性"肯定是存在的，但"政治性"出现的目的，是为了在否定上海等城市资本主义消费性和日常性生活形态之后，确定关于工业化的社会主义国家性质，并突出国家工业化的"经济性"逻辑。这一事实是极其重要的，因为它不仅与1950年代中期以后的国家工业化题材相连，而且构成了其表现国家工业化的基础。

通常认为，在这一时期文学的总体格局中，有"政治斗争"与"生产斗争"两大类题材。而事实上，即使是"政治斗争"题材，一开始也显示出上海作为新中国城市的单一的"生产性"功能。从话剧《战上海》中的关于保护"大楼"的细节到杜宣的话剧《上海战歌》中"瓷器店里捉老鼠"的"军

---

[*] 本文原载于《社会科学》2012年第4期，收入本书时有改动。

政全胜,保存上海"主题,已显示出这一迹象。胡万春的电影剧本《钢铁世家》更是突出了从"军事斗争"转向"生产"的城市功能过渡。从军代表马援民从就任工厂厂长开始,便以"工厂是属于我们工人阶级的家"为号召,动员工人用现代效率与节俭观念(在马克斯·韦伯看来,"节俭"是典型的资本主义精神)为新中国工业服务。虽然剧中按惯常模式设置了"特务破坏"这一情节,但并没有像"文革"时期文学那样,完全将"政治斗争"作为全剧的主线。由于特务在情节开始不久便被抓获,所以,"阶级斗争"没有成为全剧主要内容,当然也不构成工人阶级现代性的主体。因而,工人阶级的工业生产是作者表现的主要意图。在胡万春等人的另一部话剧作品《一家人》中,老工人惨遭殖民者的迫害以及杨家"为工人争气"的革命血统分析等这些"政治性"特征,成为最后完成五万发电机制造的生产任务的精神支撑。在这里,反对帝国主义的"阶级斗争"题材,其最终要表达的仍是"生产"主题。城市的社会主义国家性与单一的"公共性",成为国家工业化的有力保障。这是毛泽东时代中国式现代化的基本特点,也是这一时期文学中城市想象性叙述的中心,上海(也包括其他工业性大城市)成为国家大工业"生产"的单一象征符号。从上海城市形象的两大谱系来说,这一时期的文学可谓是集大成者。

在 1950 年代,特别是"大跃进"时代,上海的工业题材文学达到了既前所未有而又空前绝后的程度,以致成为上海文学与其他地域创作的重要区别。魏金枝在谈到上海解放十年来短篇小说的成就时,首先提到的就是工业题材:"这几年来,描写工业生产的,也已有了相当大的分量,再从描写的题材的范围来说,虽然不如我们想象的那样广阔而多样,却比解放初期无人敢写工厂那样的情形,已经好得不知多少了。"① 魏金枝认为,始于第一个五年计划初期的工厂文学,到"大跃进"时代,已经进入成熟期。到 1959 年,这一类小说作品数量已经多得惊人。有人在谈到 1959 年小说创作时,将这一类作品放在首位:"1959 年,上海文学刊物上发表的短篇小说取材于工业题材的占

---

① 魏金枝.上海十年来短篇小说的巨大收获[J].上海文学,1959(10).

有很大比重。"① 论者还将其分为"反映大炼钢铁的""反映'大跃进'以后工业的重大变化的""反映热火朝天的劳动竞赛和技术革新的""反映铁路运输'大跃进'的""反映工厂里先进和保守斗争的""反映整风运动以后工人和工人关系的进一步融洽的""描写老工人在我们社会主义建设中的忘我劳动和退休工人渴望继续参加劳动的""描写'大跃进'中师徒关系的",它们都"强烈而真实地反映了上海工业战线上的生活面貌"②。在这位论者的述评当中,对城市工厂题材作品的论述已占所有题材的半数。论者共评论了18篇小说,而对于城市其他题材的作品,论者只选了茹志鹃的《如愿》与庄新儒的《两代人》之类的作品。《如愿》虽然取材于街道里弄,但其实是表现里弄生产的题材,应该说也与工业文学相关;而庄新儒的《两代人》,虽非工业文学,但也取材于城市商业。由此可见,工业文学题材在当时处于重要地位。电影文学方面的情形也基本一样。自"大跃进"开始后,城市工业题材就猛增,"而且绝大多数又是反映上海这一地区的""如果说,'大跃进'以前的几年间,电影文学反映这一地区的特点还深感不足,那么自'大跃进'以来,这个不足得到了大大的弥补""'大跃进'以前的几年间,包括反映工人斗争历史的作品在内,仅仅有四个,而1958年一年间,就有二十多个"③。而在工业题材中,钢铁题材又占据了重要位置。该年,以钢铁厂生产为内容的电影就有芦芒的《钢城虎将》、艾明之的《常青树》与胡万春的《钢铁世家》,而在1957年,仅有艾明之的《伟大的起点》这一部电影作品。比较而言,上海方面的乡土题材与知识分子改造题材的作品,在当时却十分罕见。据瞿白音的说法,到1959年,"反映上海郊区农村的电影,则还一个都没有"④。这些数字,无疑说明工业题材在当时上海文学中居于最重要的位置,具有明显的题材上的等级

---

① 张玺,曾文渊,孙雪吟,吴长华.一九五九年上海短篇小说创作简评[J].上海文学,1960（2）:53-60.
② 张玺,曾文渊,孙雪吟,吴长华.一九五九年上海短篇小说创作简评[J].上海文学,1960（2）:53-60.
③ 瞿白音.略谈上海十年来的电影文学创作[J].上海文学,1959（12）.
④ 瞿白音.略谈上海十年来的电影文学创作[J].上海文学,1959（12）.

优势地位。

如此情形，一方面说明自1950年代开始的中国国家工业化的迅猛发展①，工业化逻辑已经开始全面进入城市生活②；另一方面，也可看出人们对国家工业化的热烈期许。即便是"文革"时期的作品，也呈现出对工业化的狂热崇拜。时人在评论"文革"作品《典型发言》中任树英的政治先进性时，有这样的表述："她胸中装着一个使整个电视工业战线都'飞起来'的美好理想，这个美好理想已经超越了一个工厂，一个局部，一个狭隘的范围……任树英想到的是整个阶级和整个革命工业，所以才能有这样一个美好的理想，才能打破人与人，厂与厂之间的界限，积极支持'先锋一号'这一新生事物。"③ 在以上的赞美语句中，抛开政治上的说教不说，其实也隐含着某种工业逻辑，即工业属性自身的扩张性和对原有社会组织生产组织的强大摧毁力量，最终上升为一种无产阶级的政治意义并对其加以保障。包括《海港》在内的工业文学，不仅阐释了当时的政治，也阐释了工业扩张的神话与政治和工业的内在逻辑。而且，之所以在"大跃进"年份中，上海工厂题材达到顶峰，自然与"大跃进"时代人们"赶英超美"的工业化极端的宏伟想象有关。比如，陈恭敏的话剧《沸腾的一九五八》，全面充斥着关于工业化的狂想与迷信：农民土地被占，名曰"给钢帅让地"；小汽车一驶入，便引来一片欢呼声。钢铁厂党委书记丁浩充满了歇斯底里的夸张，几位外行副厂长被迫按指令全力以赴，怨声载道。整个生产过程漏洞百出，工人不断累倒，安全事故层出不穷，以致作品在潜在结构中成为对"大跃进"的控诉。在这种情形下，钢铁厂终于完成了建设年产60万吨合金钢厂的任务。在当

---

① 数据表明，从1952年到1976年，全国工业年均增长速度为10%左右。1952年至1977年，钢铁工业产量年均增长16%。考虑到中间三个短暂的衰退期（1959—1962年、1967—1968年、1974—1977年1月），其他年份的工业增长速度惊人。参见罗兹曼.中国的现代化［M］.国家社会科学基金"比较现代化"课题组，译.江苏：江苏人民出版社，2003：426.
② 这不仅包括上海等原口岸城市，"以前的通商大埠，征调巨额利税以支持工业向内地扩展"。参见罗兹曼.中国的现代化［M］.国家社会科学基金"比较现代化"课题组，译.江苏：江苏人民出版社，2003：425.
③ 叶伟成，任寿城，华斌群.努力揭示工人阶级英雄形象的思想深度［J］.朝霞，1975（1）.

时，即使是乡土文学题材，也同样表现出工业化逻辑。在《上海文学》1959年12期发表的14首上海郊区歌谣中，有6首属于物质进步主题，涉及机器生产、电力灌溉、河堤加筑、新式楼房、新式服装与城市化，还有2首歌颂社会化程度的提高，如"食堂好""颂后勤四化"[①]，等等。如此情形，无非是要表明中国农村的传统生活向以工业为主导的现代生产、现代社会组织的过渡。

还有另一种情况。在这一时期，甚至是此后的"文革"时期，许多作品虽然并不直接描写工业生产，但国家工业化和科学技术的进步，仍是许多作品的内在结构和基本价值核心，从而与作品所要取得的政治主题相结合。有意思的是，在"文革"时期，政治正义性的主要体现就是工业或生产的"进步"。我们看到，多数作品，不管是群众运动题材，还是阶级斗争题材，政治主题都贯穿着生产或技术"进步"的线索。如电影剧本《火红的年代》中的特种"合金钢"的生产，电影剧本《无影灯下颂银针》里的"针刺麻醉"技术，话剧《战船台》中万吨轮的建造，《迎着朝阳》中女清洁工研究"机械扫路制作图"，并要"全面实现扫路机械化"，最后使用新型的扫地车打扫街道，等等。在这里，我们以地方戏《园丁之歌》为例。该剧本属于革命传统教育题材。小学生陶利不爱学习，但被认为是可以教育好的孩子。因为他虽然顽皮，但喜欢火车模型，并有一种成为火车司机的理想。通常，在1950—1970年代，与《海港》中的韩小强梦想当海员一样，这种与"工业化"和"现代性"技术相关的职业理想，隐含着对"科学技术"崇拜的意义，是文学对于人们成为典型的"新国民"的想象。正是有了这种理想内含的"进步"性，小陶利便有了可以改造好的基础，只不过授课教师方老师没有找到好的办法。而小陶利的班主任，剧中的一号人物俞英，将小陶利当火车司机的理想所隐含的"科学技术"性含义，与当时的阶级政治乃至于支持世界革命的国际政治意义相连接："现在有一车援外物资，由起点到终点相距二千五百二十公里，每小时的行车速度为六十公里，要走多少个小时才能到达终点？"小陶

---

① 上海马桥人民公社歌谣[J].上海文学,1959(12).

利因不会计算而感到羞愧,便开始发奋读书。于是,这一场政治教育以"科学技术"主题的加入而获得成功。

二、工人作家群的出现

值得注意的文学现象,还有上海等城市本地工人作家群的兴起,这似乎更说明了工业生产在整个城市文化、文学关系中的权力因素。这种情况表明,工业题材文学是一个被国家培养起来的门类,包含了相当的体制性内容。首先,工人的创作运动本身就源于官方的提倡和动员。在毛泽东发表《在延安文艺座谈会上的讲话》之后,在文化领域,知识分子的工农化和工人、农民的知识化是两大任务。周扬在一次与工人的谈话中说:"通过体力劳动和脑力劳动相结合,最后达到共产主义。工人农民一方面做八小时工作,一方面受业余文化教育,根据他们爱好,又是科学家、文学家,又是管理干部。他们的业余活动,一是搞科学技术创造,一是搞文艺。而专业作家呢,也要参加体力劳动。那时实际上已不存在专业作家了,只有这样,才谈得上共产主义文化。"① 当时,中共的文艺界领导已经阐明了"正确地帮助和指导工农群众的创作,发现和培养工农作家、艺术家,是我们文学艺术方面的最重要的任务之一"②。文艺主管部门甚至还规定,"辅导群众的业余艺术活动,是省、市文联的另一个主要的任务。这种辅导应当侧重于供应群众业余艺术活动的材料和指导群众的创作这两方面,以便和政府文化主管部门的工作互相配合而不互相重复"③。这更推动了工人创作在文艺体制化方面的保障落实。1956年,周扬在中共第八次代表大会上讲话,宣布文学艺术的"群众化"是真正民主化的过程,也是"破天荒"的历史壮举。1958年,伴随着"新民歌"运动,

---

① 周扬.和工人业余作者的谈话[M]//周扬.周扬文集(第3卷).北京:人民文学出版社,1990:26.
② 周扬.为创造更多的优秀的文学艺术作品而奋斗[M]//周扬.周扬文集(第2卷).北京:人民文学出版社,1985:259-262.
③ 周扬.为创造更多的优秀的文学艺术作品而奋斗[M]//周扬.周扬文集(第2卷).北京:人民文学出版社,1985:259-262.

工人的群众创作更是得到了体制的扶持。茅盾就曾说："我们的报刊、文艺刊物，在它的篇幅中反映了这种情况。刊物在组织和发表群众的文艺活动方面，起了很大的作用。"① 茅盾甚至还为工人的诗歌创作了赞词："'劳者歌其事'，何必专业化；发挥创造性，开一代诗风。"②

上海方面，非常重视对工人作家创作的培养。1950年代初，上海创办了以培养青年工人（也包括农民，但很少）为主的文学刊物——《群众文艺》。1951年4月，上海市文化局与上海市文联为迎接"红五月"，组织了"上海市工人红五月文学创作竞赛"等活动，在工人中间进行了工人文学创作竞赛。至当年4月底，就收到了115篇应征作品。同年，上海市工人文化宫与《劳动报》联合举办上海工人文学写作班，专门培养工人文学作者。同时，上海市委指示各文艺刊物在厂矿发展工人通讯员，《解放日报》《劳动报》和电台先后举办了多次通讯员讲习班，上海市文化局和上海市文联又合办了工人文艺创作组。这些通讯员起初用口述向记者报道工厂生产情形，不久便开始练习创作。在工人创作队伍方面，上海市中型以上的工业企业都建立了创作组。在1956年北京召开全国青年文学创作者会议以后，上海市团委和中国作协上海分会设立了专门组织，创办了《萌芽》杂志，以刊载青年工人作家作品为主。一些著名报刊的编辑部，如《解放日报》《劳动报》《青年报》《文艺月报》《萌芽》，都联系了许多工人写作爱好者，并培养优秀的工人通讯员和基本作者。至1958年"大跃进"时期，上海的工人创作队伍更加扩大，各种机关办刊物也陆续出现。如上海市工联的《工人习作》、上海市群众文艺工作委员会的《群众文艺》，还包括上海市各区与各大型企业党委宣传部办的文艺刊物。1958年，上海的《文艺月刊》《萌芽》编辑了工人创作专辑，并出版"工农兵创作丛书"（其中主要是工人创作的）。该年，据说在上海已形成七十万人的群众性创作队伍③，群众创作达五百万篇④。其中，据说仅诗歌创作就有

---

① 茅盾. 茅盾评论文集［M］. 北京：人民文学出版社，1978：185.
② 茅盾. 茅盾文艺评论集［M］. 北京：文化艺术出版社，1981：291.
③ 除文学之外，也包括美术、音乐、曲艺等文艺创作形式。
④ 罗荪. 上海十年工人创作的光辉成就［J］. 上海文学，1959（10）：37-42.

一百多万首①。在这场工人创作运动中，出现的较知名的上海工人作家有胡万春、费礼文、唐克新、福庚、朱敏慎、孟凡爱、张英、李根宝、郑成义、徐锦珊、郑松年、丘化顺、俞志辉、胡宝华、楼颂耀、谷亨利、高金荣、刘德铨、陈继光，等等。其中，胡万春是原上海第二钢铁厂的工人，从事小说创作之后成名。其小说《骨肉》在1957年世界青年联欢节国际文学竞赛中获青年文学奖，作品被翻译成英、法、俄、日等文字，小说《家庭问题》被拍成同名电影，《内部问题》则被改编为话剧《激流勇进》，并于1963年获文化部优秀剧目奖。另一著名工人作家费礼文来自上海机械厂，有《钢人铁马》《风流人物数今朝》等小说被拍成电影。

北京、天津方面的情形与上海类似。在北京刚刚解放不久，就开始了对工人作家的培养。还在刚刚解放的1949年，北京市总工会就开设了包括24个工厂在内的工人文艺训练班，力图使受训工人成为工厂文艺的骨干。在第一次全国文代会之后，北京市工厂文艺工作委员会就宣告成立，并组织了专业文艺团体下厂，对工人文学作者进行辅导工作。在四个月的时间里，专业人员和工人共同创作的剧本就有49个，其中，绝大多数的作品是写工厂题材的②。在天津方面，1959年，天津专门出版了《天津工人文艺创作选集》，将万国儒、张知行等工人作家创作收入其中。其中，张知行具有相当的代表性。他在三年前还是半文盲，到了1955年，开始写表扬稿发表在报纸上。后来，在人们的不断鼓励下，他渐渐开始写作新闻通讯，一年后，就写了20篇左右，其中有10篇发表。由于其所在工厂太小，故事少，张知行渐渐开始虚构作品，一般情况下，一周写两篇小说。后因无法发表而开始系统学习语法，并陆续借阅鲁迅、郭沫若、茅盾的作品。1957年，张知行被调到天津帆布厂，开始正式文学创作，1959年就在百花文艺出版社出版了名为《巧大姐》的小说、故事集。

1950年代末至1960年代初，工人创作呈现出全国性的高潮。不仅上海、

---

① 章力挥.上海人民集体创作的最美好的诗篇——推荐《上海民歌选》[M]//上海十年文学选集编辑委员会.上海十年文学选集·论义选 1949—1959.上海：上海文艺出版社，1960：451–458.
② 北京文艺社.把北京文艺工作推进一步[M].北京：新华书店，1950：57.

北京、天津等地方纷纷出版工人创作的各类选集，全国性的工人创作选拔也开始进行，《工人歌谣选》（1961年）、《工人戏剧选》（1962年）、《工人短篇小说选》（1963年）等陆续出版。上述每种选本都经过了极其严格的组织与程序。以《工人短篇小说选》为例，中国文联、中国作协和中华全国总工会于1961年8月联合向全国发出征稿通知，从1962年初到7月，各省、市、自治区总工会宣传部和当地文联、作协从1958年至1961年间全国职工创作的短篇小说里，挑选出推荐了144篇候选作品，近100万字，最后选定了29篇作品。许多著名报刊也都加入其中。《人民文学》等刊物专门开辟了"新人新作"专栏，发表工人的文学作品，《文艺报》等报刊还组织文艺界专业理论队伍进行研究、评论。茅盾、侯金镜等大牌理论家都曾写过评论文章。比如，侯金镜曾评论过工人作家韩统良的小说《龙套》，认为其立意很新，"善于在日常生活和普通人身上敏锐发现容易被别人一眼掠过的优秀质量"，"他的短篇剪裁能力强，处理素材又力求简练含蓄，并且是用人物来体现作者对生活的看法，不是用事件去直接印证某一种观念和政策"①。茅盾还曾与上海的工人作家胡万春多次信件来往，亲自指导其创作。在其中一封信中，茅盾说，"今天的年青一代的作家比我（或者同我同辈的作家们）年青时代要强得多；我与您那样的年龄的时候，写不出您写的那些作品"，原因是现在"凡事都有党在指示，党分析一切并将结论教导你们"②。不过，我们应该注意到，评论家们的态度表现出相当的暧昧态度。比如，茅盾一方面夸赞胡万春的创作"强得多"，另一方面又认为其毫无创作的主体意识。从这封信中我们可以看出，周扬等文艺界领导的倡导意图是真实的，但作为作家的茅盾等人对于工人创作的评价有负面因素。这一类评论文字的出现，只能说明这场文艺的"群众性"运动在当时已经成为制度性的社会内容，评论家即使不情愿承认，也无法不面对它的存在。

"大跃进"之后，工业题材与工人创作的势头有所减弱。但到"文革"期

---

① 侯金镜.侯金镜文艺评论选集［M］.北京：人民文学出版社，1979：76.
② 茅盾.致胡万春［N］.文艺报，1962-05-20.

间，工业题材和工人创作又再次兴盛，成为除"知青"题材之外最抢眼的文学题材。"文革"时期，著名的城市工业题材长篇小说就有李良杰、俞云泉的《较量》，刘彦林的《东风浩荡》，程树榛的《钢铁巨人》（创作于1963—1964年，出版于1966年）等。仅在1971年至1973年较知名的上海小说中，大多是工人作者所写的。比如，《船厂的早晨》（中华造船厂创作组著）写万吨巨轮的建造，《特别观众》（段瑞夏著）写对高质量播音设备的研制，《金钟长鸣》（立夏著）写铁路运输，《迎风展翅》（上海工人业余创作组著）写港区用先进设备满载货物，《号子嘹亮》（边风豪、包裕成著）写装载区码头司机与装卸工的协作，《电视塔下》（段瑞夏著）写彩色显像管的研制，《试航》（王金富、朱其昌、余彭中著）写国产泵机在万吨船上试航，《初春的早晨》（清明著）写工厂造反，《第一线上》（庄大伟著）写电力工业需要的拉伸机，《新委员》写上海无线电厂试制原膜电话自动调整板，《责任》（上海第一棉纺厂写作小组，叶勉执笔）写纱厂制造援外产品，《小将》（上海电机厂肖关鸿著）写重要国防工程技术，《取经》（上海电机厂周勇闯著）写电机厂冷作车间的生产，等等。

三、"技术"主题、工业伦理与风格系统

我们看到，在1950年代和1960年代上海等城市的工业题材文学中，工厂、工矿的技术革命和技术革新成为最常见的题材。

"工业主义"与技术作为对生活各领域的主导逻辑，表现在各个方面。其一是与政治生活的结合，即工业化、高技术与社会主义政治的同构。社会主义政治，在毛泽东《新民主主义论》中明确地表达为生产力的发展与公有制的完成。因而，是否代表了先进的工业生产或者技术，就被认为是政治上先进与否的标尺。施燕平的《巨浪》是当时上海工人创作的名篇。这篇小说截取其中一个片段——机械加工段和制配工段的竞赛，反映了五千吨海轮三个半月下水的工业创举。在许多作品中，不利于工业生产的思想与行为被视为最大的一种政治"落后"。哈华的《新的风格》写了两种工作风格：一边是书记和工人的方

案,要建设一个现代化的联动的轧钢车间,只需要一个月的时间和50万元的费用;一边是总工程师的方案,却需要一年时间和一千万元费用。总工程师落后的原因,是在德国克虏伯公司有过工作经历。他迷信德国文化,认为:"生活、工作,都应该有一种节奏,很好地生活,很好地工作。这点日耳曼人做得非常好。"这两种风格被认为是"无产阶级与资产阶级的两种思想斗争"。

到"文革"时期的上海工业题材文学,这种情况更加明显。在叶勉的小说《责任》中,师傅韩杏英在技术上的高度负责任的态度,体现着生产"援外"产品的"国际主义"政治。在肖关鸿的小说《小将》中,是否采用新技术,也代表了是否具有政治上的革命性。在重要国防工程电机的生产任务面前,师傅老郑有顾虑。徒弟小姜提出:"如果我们用计算测量保证线圈模子形状的准确性,就可以不必等定子完工就生产线圈,这样做不就可以省下试嵌的时间了吗?"但老郑不同意。小姜主张为了革命要采用新技术。最后,老郑最终觉悟了,"终于把一种陈旧的工艺送进了历史博物馆"。其实,人物技术上的"进步",也是政治上"革命化"的过程。在整个"文革"时期,"两个阶级两条路线"的代表通常也都有一个技术主张。技术上的先进与落后同政治立场形成同构关系。在上海话剧《战船台》和《火红的年代》中,反派都固守着比较保守的技术。比如,《战船台》里的坏分子董逸文就与保守派温伯年密谋"切成几块,分而治之"的方案;《火红的年代》里,厂长白显舟在坏分子应家培的唆使之下,也几度考虑合金钢生产的下马。而正面人物一般都支持较为积极的技术。如《战船台》中,雷海生等提出在小船台上造万吨轮,利用船台的水下延长部分解决问题;《火红的年代》中,赵四海等人试制高质量合金钢,等等。

工业文学中的"技术"问题如此泛滥,以至于没有生产技术方面的因素,许多作品根本无法叙述情节。在表现工业"技术"的文本中,人的工业属性(生产属性)与社会的工业化逻辑被极大凸显。其间,人物与"生产性"相伴随的政治意义与伦理意义,事实上都被"技术化"或"生产化"了。在多数情况下,技术进步成为核心情节。这也引出另一种现象,上海此类题材大量充斥着极富专业化色彩的工业技术术语,以至于普通读者根本难以理解。比如，《特别观众》中的"调音控桌""袖珍晶体管""失真度",《迎风展翅》中的"一关关铝块""吊杆负荷""调浮吊",《号子嘹亮》中的"制氧""专车制""泊位""升降杆"等，非专业人员往往看不懂。

对于工业文学中的"技术"问题的泛滥，评论家们表现出清醒的态度。茅盾曾仔细分析过上海工人作家胡万春的小说《在时代的洪流中》。作者以一万多人的巨型钢铁厂的一个重要车间的某工段由手工操作改为机械化、半自动化为主线，从进步派和保守派的斗争中表现技术革命的全景。由于工段技术的落后，这个工段已经成为全厂生产跃进的绊脚石。为了全景式地展现技术革命，作品首先写党委会上的激烈争论，继而又写党委领导下的车间党总支委员、全体党员大会和工段的全体工人大会。钢铁厂党委书记魏刚不仅统筹全局，甚至还卷铺盖下车间。从场面上说，有会议，有现场操作，也有工人的深夜苦思；从人物来说，有对技术革新持怀疑态度的周阿大，有觉悟高的阿梅，也有怪话不断但又坚持革新的"小捣蛋"。如此庞大的人物群体和宏大场面，无疑要说明技术革新已经是当时生活的"时代洪流"，势必以宏大的群众运动的形式出现，并席卷一切。但在评论中，茅盾对于这篇小说曾有一番解构：

> 不让一个技术人员或工程师露面。这就发生了疑问：好像这样一个万人大厂内的技术人员或工程师全部都置身于这样一个工段的技术革命运动之外；或者，好像党委也没有想到这样的技术革命应当调动一切力量，因而也没有动员技术人员和工程师（党委书记魏刚在这一运动中亲自抓得很紧，最后他搬了铺盖卷儿下车间，亲上前线，然而他的思索和行动中却不见半个技术人员或工程师的影子）。作者强调技术革命的群众运动的一面到了过分的地步，因而这篇作品就有片面性，就会使读者发出上述的疑问，就在一定程度上损害了作品的真实性。作者在小说的第五节（工段的全体工人大会上）提到庞黑三的父亲当年被外国人讥笑，这就点出外国钢铁厂的金属制品车间的制钢绳工段早就机械化、半自动化了，的确不是新鲜玩意，不是保密的尖端技术，那么，这个万人钢厂如果还有工

程师的话，应当懂得或至少看见过这个工段如何机械化，特别是在一九六〇年的万人大厂中应当有见多识广的工程师和技术人员，因此，作品完全不提到他们，就更加显得不可理解了。我们可以理解的，是作者这样的安排的动机：如果把工程师和技术人员写成保守派，一筹莫展未免俗套；如果把工程师和技术人员写成先保守后通过受思想帮助完成这项革新，看来也是公式化，而且不能突出技术革命的群众运动的伟大意义，因此，作者拣定了如上所述的安排。作者的动机无可厚非，但客观效果则不尽符合作者的动机；因为这样一来，反倒把技术革命的群众运动的意义表现得片面和狭隘了。①

当时还有评论家指出，有的作者忽略了除技术以外的众多方面，如"工程师、技术人员同工人结合""工人和农民的血肉关系""家庭生活的变革""党内生活、党内的思想斗争""工厂管理中许多新鲜有趣的问题""工人生活上同各种非无产阶级思想的斗争"，等等。应该说，几位评论家的论述都是有道理的。

随之而来的是作品中工业伦理的建立。

我们首先要看一下现代工业伦理与传统伦理的不同。工业伦理对于传统伦理的冲击表现在两个方面：一是家庭伦理；二是原有的师徒式旧的手工业伦理。

先说前者。一般来说，现代社会的公共性乃是由个体以社会成员的面目出现的，而家庭则越发成为私人生活领域。但在中国当代工业题材的文学中，我们却看到了相反意义的体现，即家庭反而作为一个生产单位出现。通常，家庭成员都有职业工人的社会身份，这种身份侵入了家庭。胡万春的电影剧本《钢铁世家》后半部的主题是关于"生产"的。我们看到，孟广发与孟大牛之间的父子关系几乎完全是工作关系的一种延伸。从两人之间为工作的争吵到作为领导的父亲处理儿子，再到后来两人的和解，具体的生活形态不再支撑家庭关系，其家庭逻辑是依托"钢铁生产"而确立的。"工业主义"的逻

---

① 茅盾.一九六〇年短篇小说欣赏[M].北京：中国青年出版社，1961：92.

辑全面扩大至伦理领域，或者说与伦理原则合谋，从而形成双重的社会组织力量。《钢铁世家》《家庭问题》《一家人》等作品，都以父子冲突的情节开头，同时又都以"子认同父"为结。

我们再看第二种情况。在多数工业文学作品中，人群与工业技术的关系，还表现在师徒关系方面。其实，师徒式的手工业伦理也是"父子"式家庭伦理的延伸。但是，在相当多的作品中，恰恰是要破除这种传统关系的唯一性。而破除这种关系的，正是"技术秩序"。也就是说，传统伦理秩序必须符合新的"技术秩序"。新的精英的产生，其第一要义是生产技术。此种情况，在上海"文革"时期文学中仍然延续，比如《小将》《金钟长鸣》《初春的早晨》《新委员》《新店员》《号子嘹亮》等都在讲述新的精英产生的故事。从其题目所包含的"初春""小""新"等词语，我们就可以看出这一主题。不过"文革"作品在"技术秩序"之上，又加上了政治的意识形态。但意识形态的"正确"并不是唯一的，换句话说，正确的政治加上正确的"技术"伦理，构成当时时代的伦理秩序，也才能产生新条件下的工业伦理。

这一时期的工业题材创作，无论是不同作家的作品还是同一作家的不同作品都很难显现出独异个性。工业化逻辑的展开、厂矿背景的凸显、生产技术核心的叙述使得工业题材创作的地域特征、人物特征都暧昧不明。作品与作品之间情节的雷同令人瞠目——把同类作品放在一起比较，如果没有清晰的记忆，很难分清情节、人物归属于哪篇作品。茅盾曾以半年内发表于各报刊的十多篇反映工人生活的创作为例，指出它们在人物形象塑造方面的问题：

> 作品中的落后分子有很好的技术，有长久的工龄，经过敌伪和国民党反动统治，阅世既深，因而对于新时代也还抱着保留的态度。作品中的积极分子大都性子急躁，不善于团结，因而引起落后分子反感，故意闹别扭。积极分子碰了钉子之后，改好了自己的态度，于是落后分子也就转变，比谁都积极。[1]

---

[1] 茅盾.茅盾文艺评论集（上）[M].北京：文化艺术出版社，1981：62-65.

以生产技术发展革新为中心,其价值判断、审美选择、感情取舍等都以是否合乎工业化蓝图为旨归,对复杂的人生世相作了简单机械化处理。文体特征在这类作品中也难以寻绎。在工业题材作品中,虽有戏剧、诗歌、散文各式体裁,但不同文类都显示出明显的纪实、叙述内容。

结语

应该说,关于当代中国的工业化想象,与中国城市现代化进程的现代性普遍价值,与大工业的、技术主义的谱系均密切相关。但是,它抽去了关于现代化的其他含义,而将工业逻辑夸大为整体的城市的甚至是国家的意义。这种对城市国家工业化的憧憬,不仅远远超过创作了《子夜》等现代工业文学的茅盾等人,同时也可能后无来者。随之而来的问题是,对国家工业现代化的想象,在这一时期城市题材中显得相当外在化。在这一点上,它和新感觉派的现代性谱系编码并无本质的差别,也并不因城市政治属性的改变而变化。不过是,新感觉派的起点是"消费",而此时文学的起点是"生产"。从根本上来说,两者都是一种极端的现代化中心性的文化编码。

第二辑

上海的城市身份与形象表达

文学中的上海想象[*]

无可置疑，上海是现代中国最重要的现代化城市。这不仅在于其政治、经济地位，更在于其精神意义。那么，上海城市的精神意义是如何确定的，在这中间，百多年来关于上海的文学又是如何参与其中，构筑了一个文学中的上海呢？而且，这文学中上海的意义，在多大程度上是经验性的，还是被想象的？

一、现代性与上海想象

在中国城市中，上海的情形相当特殊。上海建城虽有 700 多年，但通常被看作鸦片战争后开埠的城市，其功能以工商贸易为主，并被纳入全球资本主义经济文化的体系之中。由于其起源与功能迥异于传统中国城市，因而被称为"飞地"。应该说，这是中国极少数不太具有古城记忆与城市史逻辑的大都市之一，它的历史起点，通常是在与古代中国文化的断裂中被人们给予"历史终结"式的理解，即上海史只是一部现代史，一部不断获得和已经获得现代性的历史。

对上海作为精神现象的理解，其基础是它的文化身份。但是，文化身份可能并不是一个统一的事实。按斯图亚特·霍尔的看法："我们先不要把身份看作已经完成的，然后又由新的文化实践加以再现的事实，而应该把身份视作一种'生产'，它永不完结，永远处于过程之中，而且总是在内部而非在外

---

[*] 本文原载于《文学评论》2005 年第 4 期,《新华文摘》2005 年第 10 期摘编，收入本书时有改动。

部构成的再现。"① 既然是"生产"出来的,也就不是完成状态的,其本身是不统一、有差异和变化的。对于上海来说,通常人们认为的现代性主导特征,并不能涵容其所有文化形态,而是在与非现代性的冲突、分裂、融合中形成不稳定、不成熟的状态。"就在这个城市,胜于任何其他地方,理性的、重视法规的、科学的、工业发达的、效率高的、扩张主义的西方和因袭传统的、全凭直觉的、人文主义的、以农业为主的、效率低的、闭关自守的中国——两种文明走到一起来了。"②

文化身份是需要叙述才能表达出来的,它来自一种话语实践,并深陷社会权力之中,"它们绝不是永恒地固定在某一本质化的过去,而是屈从于历史、文化和权力的不断'嬉戏'"③。上海是一个城市文本,既需要叙述也需要阅读。我们可能凭借权力对上海进行了叙述,而获得了对其文化身份单一性现代性的理解。在叙述中,其文化身份原有的不统一、差异与未完成状态,由于叙述者的需要而依据整体化原则被统一起来。

那么,对上海城市的叙述究竟要服从于什么呢?

王德威在《想象中国的方法》中曾说:小说之类的叙事文体,"往往是我们想象、叙述'中国'的开端","小说不建构中国,小说虚构中国"④。这一看法或许与本尼狄克特·安德森"臆想的共同体"理论不谋而合。对于城市文本来说,对其叙述也往往掺杂着想象成分,因而受制于不同时期的中心意识形态。上海,由于其在20世纪中国现代化进程中的至尊地位,对其文化身份叙述中的最大权力因素就是现代性中有关世界主义的内涵,进而产生关于上海知识的两大谱系:一是从现代性有关民族国家意识出发,去认知旧上海在世界主义殖民体系中的边缘性,以及关于它的消费性、工业破败、堕落畸形等派生

---

① 霍尔. 文化身份与族裔散居 [M] // 罗钢, 刘象愚. 文化研究读本. 北京: 中国社会科学出版社, 2000: 208-211.
② 墨菲. 上海——现代中国的钥匙 [M]. 上海社会科学院历史研究所, 译. 上海: 上海人民出版社, 1986: 4-5.
③ 霍尔. 文化身份与族裔散居 [M] // 罗钢, 刘象愚. 文化研究读本. 北京: 中国社会科学出版社, 2000: 208-211.
④ 王德威. 想象中国的方法 [M]. 北京: 生活·读书·新知三联书店, 1998: 1-2, 365.

特点，还有它最终摆脱殖民体系、获得解放并成功摆脱资产阶级遗存的国家元叙事；二是作为中国现代化进程中的中心所包含的现代性普遍价值，其与西方的同步，引领着中国现代化的进程，表现为物质的扩张与物质乌托邦、大工业的、组织化的与摧毁传统力量的种种情形，使人们在认识上海现代性意义的同时，将对上海城市形态与历史的理解上升为超越其自身的与超越其特定区域的（包括国家区域、地域区域与文化区域），具有乌托邦的国家意义或世界性意义。此时，城市逻辑也被等同于国家的逻辑与世界现代化史的逻辑了。

近代以来文学表现上海，应从晚清通俗小说开始，其对上海的观察，在于"维新"与"腐败"两个方面，即写洋场与欢场，两者都存在想象成分。由"维新"所衍发的，是对于"进步"的上海融入世界的想象。由于"五四"进化主义学说的建立，"进步"逐渐成为新文化的世界观，进而以工具论形式进入文学之中，开启了百年来表现上海现代性的主导表意系统。"五四"以来，上海作为新文化领地而被纳入城市现代性表现模式之中。至20世纪30年代到50年代，这一系统又添加了关于世界主义背景下的国家表述和国家工业化的构想。到90年代，以消费主义为号召，人们又开始以对旧上海的想象为基础，勾画关于上海过去的与未来的全球化图景。而晚清小说描写腐败的传统，也在后来渐渐地与现代图景相联系，如金钱万能、欲望主体和资产阶级生活方式等。我们看到，百年来主流文学对上海的表现，大都是以世界主义的现代性逻辑为依照的，由于受制于不同时期中心意识形态的要求，呈现出阶段性。每一时期对于上海的想象可能有所不同，但想象的逻辑没有变化。而每一次的想象，可能都是以淡化，甚至取消城市的现代性中心之外的多元特性为代价的。因而，在对上海城市文化身份的叙述中，现代性整体叙事往往代替了特定的上海叙事。

二、上海的国家想象：从殖民地到新中国

美国学者罗兹·墨菲的《上海——现代中国的钥匙》对1843—1949年的上海进行了研究，书中说，"上海，连同它在近百年来成长发展的格局，一直

是现代中国的缩影""上海提供了用以说明现代中国已经发生和即将发生的新事物中的锁钥"①。这一说法，几乎成为学术界公持的结论，在官修的上海史观念中也大量出现②。事实上，上海比中国任何其他城市都具有表达国家意义的优势，常常被当作现代中国历史元叙事的文本，因此，上海问题也就被赋予了民族国家意义，其自身的逻辑有时倒退居其次。

茅盾是将上海问题国家化的典型代表。他将上海生活上升为国家意义，源于他的文艺观念，即唯物辩证法。他认为作家对"社会科学应有较为透彻的知识，能够懂得、运用那社会科学的生命素——唯物辩证法；并且以这辩证法为工具，从繁多的社会现象中分析出它的动律与动向"③。在茅盾的理解中，文学表现生活应有两种要求，即社会性（本质）与时代性（动向），而能够恰当地承担起两者要求的便是城市题材。在这中间，上海自然当仁不让。也就是说，上海是最复杂、最集中、最能体现现代中国社会本质与动向的城市，这奠定了茅盾文学以上海转述国家问题的基础。《子夜》的创作动机，就在于解剖整个中国。茅盾在《〈子夜〉是怎样写成的》一文中，明确打算写出三个方面的国家问题④，进而回答托派："中国并没有走向资本主义发展的道路，中国在帝国主义的压迫下，是更加殖民地化了。"

所谓对于现代中国社会"本质"的把握，在相当程度上建立于茅盾世界

---

① 墨菲.上海——现代中国的钥匙［M］.上海社会科学院历史研究所，译.上海：上海人民出版社，1986：4-5.
② 上海研究中心，上海人民出版社.上海700年 1291—1991［M］.上海：上海人民出版社，1991.时任上海市委宣传部副部长龚心瀚作序："上海——近代和现代中国的钥匙，这是史学界的普遍认识。诚然，上海是中国的上海，上海是中国的一个缩影。《上海700年》提供的历史事实和知识，可以帮助人们特别是青年人填补一部分历史知识的明显的不足和缺乏，可以帮助他们认识'没有共产党就没有新中国''只有社会主义才能救中国'和'中国社会主义才能发展中国'的历史真谛。"
③ 茅盾.《地泉》读后感［M］//茅盾.茅盾选集（第5卷）.成都：四川文艺出版社，1985：153.
④ 茅盾说："我那时打算用小说形式写出以下三个方面：(1)民族工业在帝国主义经济侵略的压迫下，在世界经济恐慌的影响下，在农村破产的环境下，为要自保，使用更加残酷的手段加以对工人阶级的剥削；(2)因此引起了工人阶级的经济的政治的斗争；(3)当时南北大战，农村经济破产及农民暴动又加深了民族工业的恐慌。"

主义的视野中，即在 20 世纪二三十年代资本主义世界体系之中上海城市的殖民性。他将上海纳入世界经济背景下去考察，得出的结论是：在西方资本主义中心之下，上海更加边缘化。吴荪甫等上海民族资本家的破产，就是这种边缘化的具体表征。因此，相对于晚清民初小说对于上海世界主义的表述，茅盾的小说存在的较多对世界主义本身殖民性的思考，即中国一方面进入世界，一方面又被世界中心所排斥。

同时，茅盾将这一结论导向有关国家"动向"的"革命"表述，而这一表述不同于"五四"启蒙文学有关国民性的阐释，而是转为"阶级"的叙事立场。在更早的小说《虹》中，梅女士一方面愤然于革命者的腐烂，一方面又发现了上海作为真正革命主体的可能："你没有看看真正的上海的血液在小沙渡、杨树浦、烂泥渡、闸北，这些地方的蜂窝样的矮房子里跳跃。"这种情形，在以后左翼作家的作品中有更多的表述，比如殷夫在《上海礼赞》中，把上海说成"中国无产阶级的母胎"。从静安寺到黄浦江口这一段南京路，不仅是中国经济走向世界的道路，也是政治上以工人运动加入世界的象征。通过上海经济上的殖民性，茅盾企图以政治上的世界主义，即无产阶级革命来完成国家使命。因为吴荪甫等资本家既然不能成为国家力量，这一使命便被赋予在既能体现工业化现代性，同时又体现阶级立场的新的国家力量——产业工人身上。

茅盾《子夜》对上海经济的认识明显带有国家意义的逻辑，即殖民地经济对于宗主国的依附。照这一逻辑，上海的工业破产是一种逻辑的必然。但上海的情形之特殊，恰恰是国家逻辑很难代替的。作为中国的一块"飞地"，上海城市历史的自身逻辑有时常常与国家逻辑表现出不同的情形。在茅盾认定"中国更加殖民地化"的时期，出现了研究界称为"上海效应"的奇特现象："上海在近代经济的发展自有其独特的规律可循……即近代中国战乱频仍，而上海却往往由于其独特的政治条件维持着相对的安定……甚至出现内地战乱愈烈，上海经济的发展反而愈快的局面"[①]，主要原因是内地资金流与人

---

① 上海研究中心，上海人民出版社. 上海 700 年 1291—1991 [M]. 上海：上海人民出版社，1991：167.

流大量进入上海。从现有资料看，在每一次动荡时期，如太平天国运动时期、"孤岛"与解放战争时期，上海经济都会迅速上升。这便是上海城市逻辑不同于国家逻辑之处。对于另一种国家逻辑——产业工人经由斗争而成为城市主人，茅盾完全无法表现。产业工人的斗争在《子夜》中并未与其描写的主体内容达到浑然一体。茅盾一生都没有写出像样的工人运动题材的作品，这便是国家想象的局限。

茅盾的小说大多只能表现在时代潮头上的上海，它们组成了一部国家意义上的上海编年史。如《虹》之于五卅，《蚀》之于北伐，《第一阶段的故事》《锻炼》《走上岗位》之于20世纪30年代的最大的国家政治——抗战。在"八一三"抗战与工厂内迁之后，茅盾已很少去写上海了。因为这之后的中国社会重心已由上海转至内地，这与茅盾的现代性想象完全不符。照茅盾的理论，他无法面对一个乡土中心的国家现状。因此，他即便有相当多的乡镇小说与散文，但大体都是表现其对上海经济政治的依附与联动。这使他的小说只能表现上海，或者还有少量受上海影响的江浙乡镇。

左翼的写作模式在30年代是一种时尚，海派文学中也不乏对于上海的国家想象。新感觉派的穆时英曾计划创作长篇《中国一九三一》（又名《中国行进》），该书并未面世，但从卷首引子《上海的狐步舞》中可以看出类似"上海，造在地狱上的天堂"一类的路子。《良友》杂志曾为该书作广告说："写一九三一年大水灾和九·一八前夕中国农村的破落，城市里民族资本主义与国际资本主义的斗争"。其友人曾谈到他的创作计划："他雄心勃勃地想描绘一幅1931年中国的横断面：军阀混战、农村破产、水灾、匪患；在都市里，经济萧条、灯红酒绿、失业、抢劫……"[①] 这几乎可以说是《子夜》的翻版。"大水灾"也好，"九·一八"也好，都是国家问题的标志，而"民族资本主义与国际资本主义的斗争"，恰恰是《子夜》的内容。当然，这倒不是说，海派作家有严重的国家想象表述，因为海派特别是后期海派多数作家恰恰是去寻找上海城市中与"国家"无关的经验，而是说，即使是海派这样的文学群体，

---

① 黑婴.我见到的穆时英[J].新文学史料，1989（3）：142-145.

也未能脱离用上海来表述国家意义的情况。

新中国成立后，表现上海的文学，其基础是新上海作为社会主义的工业城市，这必然采取对城市的"断裂式"理解，即"新上海"与"旧上海"的区别：旧上海是半殖民地"冒险家的乐园"，而新上海则是劳动人民当家作主的新中国象征，"它由国际花花公子变成了中国的工人老大哥"[①]。这样一来，多元的上海城市的历史逻辑再一次被终止。在很大程度上，上海作为一座城市，成了新旧国家的区别。与此相应的，是关于上海的"血统论"：上海是谁创造的。这引发大量的工人阶级反抗帝国主义与国内反动势力压迫的国家叙事，并将无产阶级的财富创造与政治斗争作为连贯上海城市史唯一的逻辑线索。如电影剧本《黄浦江故事》（艾明之、陈西禾）、《我的一家》（夏衍、水华）、《七月流火》（于伶），话剧《上海战歌》（杜宣）、《地下少先队》（奚里德）、小说《照片引起的记忆》（赵自）等。在《战上海》一剧中，解放军曾因久攻苏州河北岸不下导致战士牺牲而产生焦虑："我们，是爱我们的无产阶级战士，还是爱那些官僚资产阶级的大楼？"军长的回答既表明了新旧上海的断裂意义，同时也表述了在"革命"意义中上海的血统："那些官僚资产阶级的楼房、工厂，是无产阶级弟兄们用鲜血创造出来的。今天，我们无产阶级的战士，是以主人的身份来到了上海……那些被敌人占据着的官僚资产阶级的楼房、工厂，再过几个小时，它就永远是我们无产阶级和全国人民的财产。"其实，"血统论"并不强调旧上海作为新上海的母体意义，因为旧上海的面貌恰恰是需要血统辨析才能够被颠覆的，因此"血统论"只是在"无产阶级"这个层面上找到的一种逻辑，而这个逻辑被夸大为整个城市与整个国家的逻辑，或者说，城市的历史形态逻辑被国家政治替代了。

更有趣的是，在20世纪80年代，上海作为中国最大的工业中心，又被视为保守、停滞、僵化的国家计划体制代表。《寻找男子汉》《血，总是热的》等作品，都在改革这一层面将上海定格。城市自身逻辑中符合商品经济传统与潜质的一面，只是在后来的《大上海沉没》《蓝屋》等文中才有所反映，国

---

① 旷新年. 另一种"上海摩登"[J]. 中国现代文学研究丛刊，2004（1）：288-296.

家意义上的上海想象才稍稍有所改变。但是，另一种基于全球化与消费性的国家想象又在90年代上海文学中开启。当然，这是另一种国家想象的意义了。

三、大工业与物质乌托邦：现代化意义的想象

在有关上海知识的另一谱系中，上海一直被看作世界性的工业经济中心，并被置于一种现代化的逻辑之中。上海似乎被赋予了类似巴黎、伦敦、纽约等国际性都会的意义，而很少被当作纯然的中国城市去看待。这一对上海身份的认定，当然并不完全错误，但在文学层面的表述中，往往又是以取消上海作为一个东方都市的特性来获得的，从而以一种单一性、整体性的面目出现。

如前所述，茅盾的现实主义创作原则，是基于全球资本主义所造成的中心—边缘的格局，这使茅盾对于现代性的理解发生背离：一方面表现上海在全球资本主义中的边缘性，同时，由于过分强调世界主义原则，将上海工业经济以及相伴随的现代性对城市的主导夸大，其中包括乡村政治、经济对于城市的附属，人的各种伦理属性对于经济属性的附属，城市中心现代性对乡村文化的摧毁（以吴老太爷、蕙芳、阿萱为代表）。因此，在现代化这一层面，茅盾对上海进行了潜在结构中的想象，即上海非常资本主义化。这使他一定程度上忽略了上海文化的乡土中国基础，并造成了浅层结构与深层结构的矛盾，产生出另一种上海想象。

在这里，我们接触到一个难题。从茅盾的国家表述中看，上海是更加半殖民地化了，但在潜在的现代性逻辑中，他又对上海怀有憧憬和激情成分。尤其是对吴荪甫的描写。朱自清在谈对《子夜》的感受时曾说："可是，吴（荪甫）、屠（维岳）两人写得太英雄气概了，吴尤其如此，因此引起了一部分读者对于他的同情与偏爱，这怕是作者始料不及的罢。"[①] 夏济安也谈到这一

[①] 朱自清.朱自清序跋书评集[M].北京：生活·读书·新知三联书店，1983：199.

点，说作者"对自己笔下的男主角的赞赏几乎不加掩饰，这个工业资本家吴荪甫即使倒台崩溃，也落得像个巨人"①。因为吴荪甫的失败是一种"殖民地化"的国家逻辑表述，但他的野心、才干与胆略，与其说是现实的，毋宁说是一种对中国工业化的想象。因此，在想象的层面上，《子夜》有两个上海：一个是工业破败的、半殖民地的，另一个则是理想中的，甚至是浪漫主义的。对此，日本学者是永骏指出："他心里本来带有这样的憧憬，所以才能写出来大都市工业化的宏伟情景。对于作家来说，不能吸引他的事物，他决不会把它屡次写在作品里。按简明的看法来说，我们应该指出茅盾是把自己的憧憬化为了作品。"②茅盾一生偏嗜、坚执上海题材，即使写乡村，也往往率先写承受上海城市政治与经济联系的江浙沿海地区，其原因就在于此。

再说海派中的新感觉派。新感觉派表现上海的全部基础，是力图表现上海在物质文化上趋近欧美的最新动态，所以，它采用的是一种巨大、全能的都市生活自身呈现的审美方式，寻找的是上海时尚生活中与欧美同步的国际风格。由于其叙事策略取决于对上海巨大的物质想象力，它必须将城市中的中国式成分，如乡土性、传统家庭生活、乡民式的不适感等特定的时间（历史感）与空间（东方性）内容统统取消。唯有"去"城市历史的做法才可能使巨大的现代性物质场得以呈现，以突出上海在消费性层面的世界性意义。所以，新感觉派似乎很少触及乡土中国中那种靠血缘、宗族、邻里所造成的稳定性的人群际合，而是在泯去了门第、阶级、血缘等传统关系之后，让人物以流动身份介入都市外在场景，人物与生活方式呈现出国际化的现代图景。

新感觉派赋予上海的意义是工业的、暴力的、男性的、征服的，它将对上海城市的体验化为世界资本主义的冒险性经历，如性、赛马、竞技、烈酒、恐怖与高大建筑物等。有趣的是，城市自身物质、暴力性特质恰恰被赋予在女性人物身上，如"脱离了爵士乐、狐步舞、混合酒、流行色、八汽缸的跑车、埃及烟，我便成了没有灵魂的人"（穆时英《黑牡丹》）。女性人物符号化

---

① 夏济安.黑暗的闸门[M]//李岫.茅盾研究在国外.长沙：湖南人民出版社，1984：559.
② 是永骏.茅盾小说文体与二十世纪现实主义[J].文学评论，1989（4）：150-154.

叙述所带来的是作者写作中对于物质征服感的获取，女性像是巨大的都市本身，其身上神秘的物质性成为上海现代性的隐喻。这样一来，新感觉派将中国都市生活化为一种西方殖民主义全球性拓殖的经验，一种"欧洲在场"，如同一些学者说的："二毛子的双重'东方主义'的陈述。"①

从非历史时间状态出发，新感觉派完成了其空间的想象。新感觉派在形式上采用了一套"巡礼式"的表现方法。正如穆时英惯常使用的用汽车飞驰浏览城市街景一样，它只浮于城市外在场景，而不企图进入马路背后有着历史沧桑的小巷，消除的是中西城市生活因时空不同而带来的差异。而在表现人物关系时，新感觉派大量使用"聚散式"②的模式，即在物质与时尚多变的情况下丧失历史感，一切都在此时此地的实用感官中证明价值所在。对于这种城市的现时性的捕捉，电影镜头式的时空剪切、并置是最好的方法。取消城市深度，以避免造成对上海与欧美都市的差异性理解，这便是其创作的深意。

事实上，关于上海作为工业化"先进生产力代表"的文本表述，已经成为一个谱系，并不因其政治属性的改变而变更。表现上海的文学与电影素来都有以辉煌物质文明开头的写作模式，特别是电影中由低角度拍摄高大楼房已经成为一个传统③，因为高大的洋房恰是跨越地域性的世界性符号。在20世纪50年代，这一表述由于获得了国家工业化蓝图的支持而得到强化。在50—70年代，关于上海作为工业、商业、金融中心的身份指认已经符号化，在消泯了外滩、百老汇大楼等外在场景原有的殖民与消费文化含义之后，这种身份成为纯然的有关工业化生产的符号式表述。这使得这一时期的文学，开头部分大都也采用"巡礼式"的表现方式，其目的一是突出上海城市的现代面貌，一是便于放弃对有关建筑场景所包含的殖民意义与市民消费意义的深究，

---

① 王德威.想象中国的方法[M].北京：生活·读书·新知三联书店，1998：1-2，365.
② 在此，我使用"男女聚散"这一指称。见张鸿声.都市文化与中国现代都市小说[M].开封：河南大学出版社，1997：114. 吴福辉则使用"邂逅式"，见吴福辉.都市漩流中的海派小说[M].长沙：湖南教育出版社，1995：174.
③ 比如20世纪三四十年代左翼电影《马路天使》《万家灯火》。

而仅仅以背景出现。《霓虹灯下的哨兵》开场便是："时隐时现的炮火染红了午夜的天空，火光中时而看到百老汇大楼的轮廓，时而看到江海关大楼的剪影。"电影《不夜城》最后公私合营成功的狂欢，也是在中苏友好大厦（原哈同花园旧址）前进行的，最后的镜头推至万家灯火的南京路先施公司、永安公司一段。至于工厂背景更是一种常见样式。在厂矿文学中，高大的厂房与机器要么直接出现，要么作为背景。陈耘等人的四幕话剧《年青的一代》中有一段关于布景的说明：小客厅"通过窗口可以看见上海近郊景色和远处的工厂"；胡万春等人的六场话剧《一家人》则出现了金属结构车间的中景与动力机械厂烟囱、水塔的远景。

厂矿题材成为这一时期上海文学的重要表现领域。除了政治意义外，"这一领域，因为联系着国家现代化的期待，它的重要性更是不言而喻"①。除了厂房等物质的符码指代外，关于大工业组织社会形态与技术进步是其写作的两大内容。作为前者，作品强调的是由大工业造成的社会公共性，即由现代工业逻辑造成的组织化，以全面保证社会关系对于工业生产体制的服从。萧继业（《年青的一代》）等人表现出的是个体生活被抑制而造成的公共性，他与贪图享乐的林育生之间的矛盾，不仅是一场意识形态冲突，也是以抑制消费与私人欲望为前提的国家工业化逻辑。与此相应的，是工人作为产业性主体的突出。产业工人作为先进生产力的代表，其身上的现代生产属性被前所未有地发掘出来（如关于技术革新）。在《年青的一代》《家庭问题》中，工人们取消作息，加班加点，不仅是抽象的社会主义道德，也是工业化逻辑扩张对于生活形态的征服。至样板戏《海港》，则成为这一模式的集大成者。

随之而来的问题是，对国家工业化的想象使这一时期上海题材文学相当外在化。为了刻意求得对上海作为工业中心的身份认定，城市大都被抽去了个人生活体验的具体形态。作品中的场景大都为工厂与标准化的职工宿舍，以体现大工业的组织化原则，而较少涉及石库门、棚户这样的居住形式。工业化公共空间最大限度地压制了市民生活形态，也就是说，只有符合国家大

---

① 洪子诚.中国当代文学史［M］.北京：北京大学出版社，1999：131.

工业进程的一面才被许可写进作品。从这一点来看,它和新感觉派创作没有过多的区别。不过新感觉派的起点是"消费",而此时文学的起点是"生产",都是一种极端中心性的文化编码。

四、本地特性的弱化

把上海作为普遍现代性与国家表述对象无疑是以牺牲上海特性中的多元性、不统一为代价的。在将上海城市整体化这一方面,其最大代价是消除本地性。

本地性应当说是较之都市外在场景更加内在的城市传统。在这个传统中,基于江南一隅并包含地域性的乡土文化是其基础,以潜在形式构成了上海城市的民间传统。乡土文化加之西洋文化的进入,形成弥散整个城市的小市民抑或中产阶级文化,并集中体现在日常性方面。这才是张爱玲所说的"上海人是传统的中国人加上近代高压生活的磨炼"①一语的含义,也正是上海区别于巴黎、纽约等西方都市的根本所在。但近百年上海主流文学在赋予上海普遍现代性意义的同时,本地特性遭到了最大限度的削弱。在这方面,作为中国城市的乡土性被忽略,应该说是首当其冲。

在茅盾的《子夜》中,上海城市的乡土性被当作寓言式的处理,古老中国的文化,似乎不再构成上海社会的组成部分。开头一场,吴老太爷的迅速风化,其喻义格外明显。显然,作者认为来自乡村的文化作为与上海完全隔绝的文化形式,不仅不能融入上海,而且也不堪与之对阵。乡土文化要么如冯云卿、蕙芳、阿萱一样迅速投降,要么如吴老太爷一样被击垮。而吴荪甫作为乡绅的儿子,其与老太爷父子之间没有任何文化血脉。

问题稍微复杂一些的是海派。关于早期海派文学中的乡土性表述,是一个不太被人提及的事情,原因在于其并不构成早期海派文学的主体。刘呐鸥与穆时英虽都有所谓逃避都市文明而返回乡间的反现代性主题,但存在明显

---

① 张爱玲.流言[M].上海:五洲书报社,1944:58.

的"乡村洋场化"倾向,不过是把洋场把戏搬到了乡下,甚至连场景也不改变——乡下小站居然奏着"JAZZ"快调;或者在乡下有"羊皮书"那样雅致的绅士,还有"作为遗产的洋房"躺在"米勒的田园画里"。稍有不同的是施蛰存、杜衡。施蛰存的《善女人行品》倒是大量表现了上海人的乡民式心理以及在上海的种种不适,但问题在于,施蛰存仅仅是把乡民文化作为外在于城市的状态,并不构成上海自身的逻辑与传统。也就是说,他也没有把乡土性理解为城市历史与现状中的一种。当然,这种缺陷在张爱玲手中得到克服。张爱玲不仅将乡土中国作为背景,而且将都市自身的民间性集中体现在小市民性与中产阶级传统方面。但是,张爱玲的创作对于整个20世纪上海文学来说,只是一个特例,而不是普遍的情况。同时,上海城市特性中的日常性、小市民性只是在后期海派张爱玲、苏青等人身上昙花一现。这种情形,往往发生在上海不再是国家中心城市的时候,如"孤岛"时期。作为非国家中心的上海历史毕竟短暂,当上海作为中心城市的地位不被撼动时,这种日常性表述往往成为边缘,而被人遗忘。

在20世纪50—70年代,由于日常性文学叙述被逐出文学领域,因此,以此为基础的上海市民生活形态也就难以有所附丽。此期的文学中,能够在城市历史中找到的唯一精神来源,是工人阶级的斗争传统,这使作品中的主人公似乎都具有在解放前参加工潮的背景。而消费与娱乐,也不在生活经验与形态中具有任何合理因素,而只是作为资产阶级的精神遗产。这无疑是对多元城市生活形态的一种否定。至于乡土特性,更是被排除在外。具有乡村背景的老工人通常只是在履行对青年工人的伦理教育职责时才偶一回城(如《海港》),被当作了隔离于城市之外的道德力量。即使是土生土长的本地作家,如胡万春、费礼文等,也只有在叙写旧上海生活时,才能触及城市底层的城市特性,而在描写厂矿生活等现实题材时,他们几乎遵循同一模式,基本上没有地方性可言。相应地,百年来的上海文学,除却后期海派张爱玲等人,通常都在形式文体上排斥地域性,不具有"在场的有效性"(吉登斯语),从而导致上海文学不再是地域文学,而是一种国家文学。这种与地域文学的差异,恰恰印证了上海作为现代性公共空间的普遍意义。茅盾《子夜》式的艺术特征，特别是其结构，已经成为表现国家形态的经典形式，为以后众多长篇小说所摹仿，以至有人认为，它已经成为史诗性文学最经典的模式①。新感觉派"巡视式"的表现模式，也在不同时期反复出现，成为大都市文学的经典文体②，表明了相当外在化的现代化憧憬。而50—70年代上海文学严重的模式化则更是共识。究其原委，在于以现代性想象来建筑文学中的上海形象是近代以来中国作家的集体行为，基于地域经验的文体个性是不容易获得的。对此，我们可以印证关于北京的文学。近代北京，以其传统形态的大量遗存，在文学中充当了保守、停滞的老中国的代表，所体现的是"逝去年代"的中国。由于北京与传统中国礼俗社会形态的一致性，因此，愈是地域性强的叙述，愈能获得"老中国性"。老舍之所以获得文体风格上的成功与认同，其原因亦在于此。而对于上海来说，过分地强调本地性（包括地域性），则会使其"普遍"的现代意义降低。不管是国家意义，还是现代性意义，都需要以"去域化"手段来完成，即消除文化与地理的、区域的某种自然关系，以获得上海作为现代性城市的普遍意义。上海文学，表现出鲜明的"孤岛意识"或"飞地"意识。"上海城市越来越国际化，而与中国则越来越远。"③

五、上海怀旧：从经验到想象

20世纪90年代，中国文学进入个体时代，一些上海本地作家开始在文学中挖掘"上海特性"。有趣的是，挖掘对象恰恰是以前上海文学中较为缺乏的东西，即中产阶级传统。最初的创作是程乃珊的《蓝屋》《女儿经》《金融家》，后来的王安忆、陈丹燕也写了相关的小说或跨文体作品。创作的动机是在经历了大的国家动荡之后，寻找与自己个体经验有关的老上海历史遗存，以抵制有

---

① 陈思和. 中国当代文学史教程［M］. 上海：复旦大学出版社，1999：76.
② 只需看一下邱华栋《手上的星空》中主人公对20世纪90年代北京的感受，便可知道"巡礼式"写作方式仍在90年代延续。有人称这"显然还是一幅初期都市化的图景"，有一种"外在的现代化的向往"，见赵稀方. 小说香港［M］. 北京：生活·读书·新知三联书店，2003：224.
③ 旷新年. 另一种"上海摩登"［J］. 中国现代文学研究丛刊，2004（1）：288-296.

关上海想象的宏大叙事。诸如虽然困顿但不失精致且有些许荣光的生活方式，旧日的显赫在后裔心理唤取的微妙自尊，等等。这一写作是有价值的，并呈现出一种个体特征。它将对于城市的感觉化为城市历史的延续，并以不被知晓的潜在状态的民间形式表现出来。写弄堂而不是写洋房，构成了一部真正的城市精神。因为旧时资产者的生活形态，经历几十年的消磨，已经显得极其内在化。恰如王安忆说的，《长恨歌》要寻找的是"城市的街道、城市的气氛、城市的思想和精神"①，从而较大程度上克服了上海现代性想象造成的本地性的缺乏。从某种意义上说，这也是当初张爱玲创作的路子。或许只有脱离了宏大的现代性想象，"本地"的上海特性才能被充分地表现出来。

但历史如宿命般地不可抗拒，原本以个体形式出现的上海本地中产阶级传统的怀旧书写，又在 20 世纪 90 年代宏大的旧上海集体想象中成为玩偶。由于 90 年代全球化的迅速推进，中国又一次被卷入一种关于"世界化"的神话魔咒之中，旧上海被不可思议地重新赋予现代性发达的、充分"全球化"的想象，大量旧上海题材的文学影视作品泛滥成灾，使中产传统的怀旧书写再一次脱离个体层面，成为"臆想的共同体"。其实旧上海的所谓"充分全球化"根本未曾实现，它不过表现了国人对全球化的一种迫切向往而已。正如詹明信说的，"怀旧的模式成为'现在'的'殖民工具'，它的效果是难以叫人信服的"②；也如王安忆在评论上海怀旧时说的，"看见的是时尚，不是上海""又发现上海也不在这城市里""再要寻找上海，就只能到概念里去找了"③。就像"新天地"石库门一样，上海怀旧也成为一种想象中的赝品。在这一层面，上海怀旧其实与棉棉等人的创作殊途同归，一者是对过去的想象，一者是对未来的想象，都在传达着公共的世界性神话。只是相对于茅盾等人来说，"上海怀旧"悄悄地把全球化过程中的殖民性抹掉了。上海城市的多元复杂，又在另一个层面被加以普遍化、中心化地推广，公共的清晰的现代性意义再一次取代了本地意义。

---

① 齐红，林舟.王安忆访谈[J].作家，1995（10）：66-71.
② 詹明信.晚期资本主义的文化逻辑[M].北京：生活·读书·新知三联书店，1997：459.
③ 王安忆.寻找上海[M].上海：学林出版社，2001：22.

海派文学的法国文化渊源*

海派与西方的关系一直是海派文学研究的热点。1930年代海派文人大多有留法或在法文学习班学习的经历，对法国具有一种天然的亲近感和接受优势，因此在其创作中表现出浓重的"法国风"，"法国想象"成为当时一种独特的文学现象，法国形象也是海派文学中一个显明的存在。本文并不全面讨论海派文化的法国想象，只是力图厘清海派文学法国想象的来源，即法国文化的渊源。

一、被复制的巴黎：多元政治、都市图景与传媒

开埠后的上海，在租界影响下逐渐形成了都市化、现代性和世界性的城市特质。20世纪30年代的上海，商贸、金融、工业和文化娱乐事业高度发达，是全国的文化、经济中心，是远东第一大城市、世界第五大城市。洋风炽盛的大上海被誉为"东方巴黎"①。"陌生"的现代都市图景为30年代海派的法国想象提供了"实物样本"，推波助澜的出版文化营造出"西方想象"的社会氛围，租界与华界并存的特殊政治格局则为其创造了安全的活动空间，从而为海派进行法国想象提供了背景支持。

先说法式的都市图景。

1842年，上海开埠，成为通商口岸。在1920至1930年间，上海承担了

---

* 本文原载于《西南民族大学学报（人文社会科学版）》2011年第9期，与郝瑞芳合作，收入本书时有改动。

中国对外贸易总量的40%到50%。贸易的繁荣带来了金融业的发展。30年代的上海外滩，银行林立，被誉为"东方的华尔街"，集中体现了上海的现代化程度。诸如法商东方汇理银行、中法工商银行、巴黎国际银行都曾在此落户。民族工业的发展也从中受益，1912至1920年间，民族工业的年增长率达13.8%。工商、贸易、金融的现代化带来了上海经济的繁荣，为现代都市图景的形成奠定了扎实的物质基础。作为一座开埠城市，上海在城市形态上呈现出"移植性"的特点，素有"万国建筑博览会"之称。其中，法国文化对上海现代都市图景的形成具有重大影响。上海自1881年就已有"东方巴黎"之称，如《申报》曾说："人之称誉上海者，以为海外各地惟数法国巴黎斯为第一，今之上海不啻海外之巴黎斯。"①。法国，特别是巴黎成为上海的西方文化的直接母体和摹本。

从19世纪40年代到20世纪30年代，上海法租界及附近地区先后创设了数百个法国文化机构，成为法国文化传播的主要渠道。这些机构的建筑风格大多具有鲜明的法国风。1910年落成的徐家汇天主教堂，是上海最大的天主教堂。这是一座典型的双钟塔的法国哥特式建筑，它的平面为带横翼的巴西利卡式，圣坛为半圆形五片花瓣状，内部为束柱，门窗都是哥特尖拱式，嵌彩色玻璃，镶成图案和神像。法国总会是外侨节日聚会的重要场所。它落成于1926年，建筑用材考究，装饰极尽奢华。"达官贵人所走楼梯的铁制栏杆和铜制扶手均在法国定制，被誉为'东方大都会最美丽的建筑物，显示了艺术的非凡魅力和法国的欣赏趣味'。"②法租界内多为精致的住宅区。位于汾阳路79号的原法国公董局董事住宅，属于法国古典建筑风格，在入口处有宽大的台阶，从两边通向二楼大厅，前面有大理石喷水池和大片的草坪，整个建筑雕刻装饰得极为华丽。这些经典的法式建筑诠释了法国文化的精致、典雅，促进了法国文化在上海的传播。

异域情调的虚妄性美感使20世纪30年代海派文人在瞬间的沉溺中完全

---

① 论上海今昔情形［N］．申报，1881-12-10．
② 布罗索莱．上海的法国人［M］//熊月之，马学强．上海的外国人（1842—1949）．上海：上海古籍出版社，2003：108．

忘记了上海的"乡土性","陌生"的现代都市图景为他们进行法国想象、寄托文化情思提供了现实"样本"。

再说法国传媒的影响。

班尼狄克·安德森认为,一个民族在成为政治实体前,首先是一个"想象性社区",构成"想象性社区"的媒介就是出版文化的两种形式——报纸和小说。这种观点在中国同样得到了验证,对于"新中国"未来图景的想象性建构先于实体建构。"而作为'想象性社区'的民族之所以成为可能,不光是因为像梁启超这样的精英知识分子倡言了新概念和新价值,更重要的还在于大众出版业的影响。"[①] 出版业成为现代想象的媒介,构建西方图景则是其行之有效的方法,尤其是在集中了全国大多数报社和出版社的上海。

从1870年开始,法租界公董局和侨民先后创办了数份法文和中文报刊。在法租界公董局的支持下,中国第一份法文报刊《上海新闻》于1870年创办。它比上海的第一张德文报《德文新报》早17年,比第一张日文报《上海新报》早20年。1898年创办的《格致益闻汇报》主要介绍西方自然科学的发展,以"使阅者知西学而识时务"。1897年《中法新汇报》和1909年《法公董局市政公报》的创办,使法租界市政当局拥有了自己的喉舌。《法公董局市政公报》原为法文,从1931年3月起同时出版中文版。而在这一时期的报刊中,以1927年创办的《法文上海日报》最为著名,1934年,它每天的销量竟达2000份以上。这些报刊的开办,加速了法国政治、经济、科学、宗教等文化在上海的传播,构造出一个充满现代理性的法国形象。

法式的建筑风格、现代的消费文化环境构成了上海极富异域风情的城市景观。"突兀"的都市图像使这块"飞地"与"乡土中国"形成极为鲜明的对比,在展示现代西方文明的同时,也制造了焦灼的"中国欲望"。再加上上海对于现代性"西方世界"的集体想象,造就了这座城市鲜明的"崇洋"倾向。"中国欲望"与上海"崇洋"气息的暗合,形成了1930年代海派文人进行法

---

① 李欧梵.上海摩登——一种新都市文化在中国 1930—1945 [M].毛尖,译.北京:北京大学出版社,2001:56.

国想象的内部心理机制。

最后说多元政治造成的想象空间。

从某种程度上来说，上海是一座因租界而繁荣的城市。"1930年，上海的总人口为300万，而租界人口已接近150万，租界总面积达48,653亩，还不包括越界筑路的广阔区域。如今的黄浦区、卢湾区、静安区、徐汇区（旧县城所占地盘除外）、虹口区和青浦区沿苏州河与青浦江的广阔地界，在30年代几乎都属于租界领域。"① 租界与华界并存的特殊政治格局在上海形成。1854年7月11日，为掌握行政权，租界通过西人租地人会议成立了"工部局"。这是一个完全独立于中国行政系统并拥有地方行政实权的机构，具有政府的权能。租界拥有独立的行政权、立法权和司法权，中国的军队不准进入租界管辖区，中国政府和警察司法机关不能进入租界逮捕人犯。由此可见，上海租界作为一个独立于中国主权管辖范围的政治实体，基本上是国家权力达不到的地方。"再加上传统的士绅阶层在租界不仅数量少，而且失去了控制地方事务的特权。所以，在租界中，国家是可以被悬置的，至少国家和社会处于一种疏离的状态。"②

上海租界是畸形政治的衍生物。在租界中，各套社会控制机制的扩展都受到局限，社会摆脱了国家的强有力控制。"华界与租界因异质的文化意识、法律制度、政权范围而造成的间隙和断裂为各种革命运动以及文化活动的生长提供了安全的想象和活动空间"③，诸如革命、消费、女权等都是作为现代性的一种而被率先引入上海的。因此，在那个众多作家将创作视角投向民族革命现实领域的时代，20世纪30年代的海派文人却能在租界的"庇护"下享受现代都市文明的福祉，并将笔触伸向异域想象的空间。上海特殊的政治格局造就了它异常活跃的文化、思想活动，也为30年代海派的法国想象提供了难得的容身之所。

---

① 李永东.租界文化与30年代文学[M].上海：上海三联书店，2006：2-3.
② 张鸿声.孤独与融入：中国新文学中的文化精神[M].郑州：河南人民出版社，2004：50-51.
③ 王琼，王军珂.咖啡馆：上海20世纪初的现代性想象空间[J].粤海风，2006（4）：74-77.

二、对法国文学思潮的接受

文学中塑造的"异国"形象可以借助多种形式来表述。异国情调、异域风土、故事情节、人物甚至一种观念均可代表异国形象。作为法国想象的一个方面,30 年代海派对于法国文学理念及手法的推介与引入,使其创作充满了法式颓废的肉欲享乐与精致的美感。

30 年代海派较为芜杂的文学理念,或者说对西方现代主义的介绍,较集中于日本新感觉派与法国新感觉派作家保尔·穆杭的作品。由日本新感觉派上溯,他们竭力推崇被誉为"日本新感觉派之父"的保尔·穆杭。1928 年,保尔·穆杭来华,刘呐鸥等人适时地在《无轨列车》1 卷 4 期上推出"穆杭的小专号",不仅有刘呐鸥译的《保尔·穆杭论》,还有一些评介和译作。其编后记称穆杭"探求的是大都会里的欧洲的破体……使我们马上了解了这酒馆、跳舞场和飞机的现代是什么一个时代"[①],并极力称赞穆杭不但是法国文坛的宠儿,而且是万人瞩目的一个世界新兴艺术的先驱者。此后,中国出现了对保尔·穆杭作品大量译介的热潮。1928 年,施蛰存与戴望舒等人编译了《法兰西短篇杰作集 1》,收录了穆杭的《六日之夜》。1929 年,戴望舒翻译出版了穆杭的小说集《天女玉丽》,而 1934 年翻译出版的《法兰西现代短篇集》又收录了穆杭的《罗马之夜》。此外,刘呐鸥还曾翻译过穆杭的小说《成吉思汗的马》,徐霞村在辑译的《现代法国小说选》中收录了穆杭的《北欧之夜》等小说。张若谷也曾清楚地表示,"他创作《都会交响曲》是在读过了保尔·穆杭的作品之后"[②]。

其实保尔·穆杭在文学史上的地位并没有《无轨列车》的编辑们说得那样崇高。他在西方,甚至在法国只能算是二三流的作家,但其都市文学却具有鲜明的特色。作为第一次世界大战的产物,穆杭的小说呈现出现代都市

---

① 张鸿声.孤独与融入:中国新文学中的文化精神[M].郑州:河南人民出版社,2004:66.
② 张若谷.都会交响曲·前奏曲[M].上海:上海真美善书店,1929:3.

"繁华、富丽、妖魅、淫荡、沉湎、享乐、复杂的生活"①。他以"零碎的事实和募集家的伎俩",把跳舞场、酒店、旅馆、汽车等现代都市碎片融入自己的小说,构造出一个以消费性为主导的世界,表现人们纵情声色的沉沦以及价值观念的普遍失落。都市第一次真正成为现代文学表现领域中的独立审美对象。它作为诗意生活的对立面出现,焦灼的欲望扼住了人们的灵魂,快速紧张的节奏挤压着都市人的生活空间,焦虑、迷茫与贪婪成为现代人的生存真相。刘呐鸥对穆杭十分推崇,在他看来,"穆杭小说对于现代都会的描绘,那绚烂的色彩,那跳动的情绪,那撩拨性的肉欲所构成的'现代风景'正是他所向往、所迷醉的'近代主义'"②。刘呐鸥将自己唯一的小说集定名为《都市风景线》,再现了上海洋场新异独特的文化景观和人性景观。时人曾对他作出如此评价:"呐鸥先生是一位敏感的都市人,操着他的特殊手腕,对着飞机、电影、JAZZ、摩天楼、色情、长型汽车的高速度大量生产的现代生活,下着锐利的解剖刀。"③

"穆杭对现代都市生活中沉湎、享乐、淫荡等'腐恶'现象的描写带着一种近似欣赏的笔调,这是现代主义在审美价值标准上对于传统的反叛,这种反叛可以上溯到现代主义的鼻祖——波德莱尔。"④厨川白村认为波德莱尔叙写巴黎的《恶之花》是对丑与恶进行文学礼赞的最好例子,那是无关乎道德的。徐志摩则更进一步,说:"他的臭味是奇毒的,但也是奇香的……十九世纪下半期文学的欧洲全闻着了他的异臭,被他毒死了不少,被他毒醉了的更多。"保尔·穆杭正是被"毒醉"的一个。他认为,道德是被排除在文学审美之外的,现代都会不应该被强加以道德的负累,而应直接作为审美观照的对象,描绘现代都市的"恶之花"。20世纪30年代海派所承继的基本上是波德

---

① 苏雪林.中国二三十年代作家[M].台北:纯文学出版社,1983:442.
② 夏元文.法国都市文学、日本新感觉派对中国都会主义小说的影响[J].江苏社会科学,1991(6):91-93.
③ 怀昔.义坛消息[J].新文艺,1930(1):225-227.
④ 夏元文.法国都市文学、日本新感觉派对中国都会主义小说的影响[J].江苏社会科学,1991(6):91-93.

莱尔和穆杭的审美观念，他们笔下的现代都市生活，无一"风景"不充满着巴黎式的沉沦、颓荡、欲望，这些曾经被谴责与诟病的对象，却被他们用新奇的感觉和华美的辞藻打造成邪恶而又美丽的"恶之花"。这正如刘呐鸥所说："我要 Faire des Romances，我要做梦，可是不能了。电车太噪闹了，本来是苍青色的天空，被工厂的炭烟布得黑濛濛了，云雀的声音也听不见了。缪赛们，拿着断弦的琴，不知道飞到哪儿去了。那么，现代的生活里没有美的吗？哪里，有的，不过形式换了罢。我们没有 Romance，没有古城里吹着号角的声音，可是我们却有 thrill，carnal intoxication，就是战栗和肉的沉醉。"①邵洵美的集子定名为《花一般的罪恶》，对《恶之花》的效仿痕迹清晰可见。集子中充斥着"妓女""荡妇""蛇"等在中国传统文学中面目可憎的意象，但邵洵美却并未用先行的道德态度将它们贴上丑陋的标签，反而是用中国古典诗词中常见的花草喻象为它们润色。在《花一般的罪恶》一诗中，"那树帐内草褥上的甘露，正像新婚夜处女的蜜泪，又如淫妇上下体的沸汗"，妓女的"热汗"被喻为"草地上的露珠"，"肮脏"与"纯洁"就这样交融为一体。而他的《蛇》一诗，更是将一个在中西方文化中承载着"贪婪""欲望""邪恶"的喻体，塑造为"狂欢"的主角，着实是对传统审美惯性的挑战。

在基尔曼看来，"如果在波德莱尔那儿颓废'主要是一种隐喻性的追问和学识，那对戈蒂耶而言，颓废就是一种风格，一种色泽，一种态度'。戈蒂耶是颓废'世俗一面'的始作俑者——不那么精神性，更物质更罗曼蒂克，表现在'倾向于多彩的奇异的一面……带着波希米亚的、艺术上的自以为是'"②。很显然，20 世纪 30 年代海派对物质享乐的沉湎使他们更倾向于戈蒂耶的态度。林微音翻译了作为法国颓废运动起点标志的戈蒂耶的《斑马小姐》，并于 1935 年出版。卢维，是 30 年代海派钟情的另一位法国作家，徐霞村曾在《最近的法国小说界》中对其有所介绍。尽管现在对他的评价不高，认为他是"一位文笔优美而格调不高的艳情小说家"，但当时的上海文坛却对

---

① 孔另境.现代作家书简［M］.广州：花城出版社，1982：185.
② 李欧梵.上海摩登——一种新都市文化在中国 1930—1945［M］.毛尖，译.北京：北京大学出版社，2001：265.

他的《阿佛洛狄忒》推崇备至。曾朴、曾虚白父子以《肉与死》为题翻译了此书，半年后鲍文蔚又把这本书改名为《美的性生活》重译出版。李今认为，中国新感觉派的创作风貌更趋向奢侈的享乐、精致和美的法国式的颓废，而推广至30年代海派亦然。巴黎是19世纪西方颓废感最为浓厚的城市，因为"这个国家在世界上的权力和荣耀正在衰落的感觉……特别是在1848年革命失败后，以及在1870年普法战争中法国的溃败和随后导致1871年短暂的巴黎公社的暴动之后——这种感觉更为强烈"①。而这种"末路"境况无疑松懈了人们对精神家园的坚守。于是，生性乐观的法国人牢牢抓住更易感知与掌控的"肉体"，寻求"生"的刺激，所有对于奢侈的、精致的、美的偏执只是为了满足外在肉体的感受。上海租界作为"借来的时空"，为租界人设置了与基督教世纪末预言相似的文化心理情境。面对随时可能消失的现代繁华，他们陷入了深深的紧迫感与恐惧感之中。章克标在《来吧，让我们沉睡在喷火口上欢梦》中即表达了这种"世纪末狂欢"的思想倾向："倘使我们睡在火山的喷火口上，我们一定可以感到他在地下的热情的燃烧，他的热血的奔腾澎湃。只由这一点，我们也该欣慰去睡在喷火口上，而况我们还可以欢梦。"② 躁动焦虑、颓唐厌世、沉沦堕落、追求物质享乐与肉欲刺激成为租界人的心理构成，并在30年代海派作家的创作中得到充分体现。对此，吴福辉在《都市漩流中的海派小说》中给予了证实，"海派的当作消遣品的男人，第七号女性，白金的女体，性的等分线，金锁和连环套的人生，君子契约等，人被冠以这些冷冰冰的称谓，显露出的是现代中国人面临或将要面临的'物质消化不良'的'精神贫血'的症状"③。

保尔·穆杭的作品在表现手法上带有印象主义和感觉主义的鲜明倾向，诸如"影戏流的闪光法"、快节奏的叙述等都在30年代海派作家的都市写作

---

① 李永东.租界文化与30年代文学［M］.上海：上海三联书店，2006：79.
② 章克标.来吧，让我们沉睡在喷火口上欢梦［M］// 史书美.现代的诱惑——书写半殖民地中国的现代主义（1917—1937）［M］.何恬，译.南京：江苏人民出版社，2007：285.
③ 吴福辉.都市漩流中的海派小说［M］.长沙：湖南教育出版社，1995：207-208.

中留下了鲜明的印记。他们善用简短的句式，以"平行叙述"的方法推进，将光怪陆离、畸形繁华的都市风景迅速摄录下来，一般不着重于逼真地描绘、细致地摹写，而是运用比喻、拟人、象征、夸张等手法将主观感觉投射到客体上，捕捉瞬间的感受，并着重突出某些带有强烈刺激感的印象碎片，以点带面，构造出鲜明的艺术整体。"她的眸子里还遗留着乳香……那只手像一只熨斗，轻轻熨着我的结了许多皱纹的灵魂。"[1] 在穆时英的笔下，眼神中可以漾出"乳香"，灵魂会结"皱纹"，而"她的手"会熨平"皱纹"，作者的感觉占据了首要的位置，始终在字里行间涌动。除印象主义与感觉主义之外，法国象征主义对30年代海派作家的影响也极为显著。古尔蒙德是法国象征派权威评论家、诗人和小说家，虚白翻译了他的《色的热情》。这本书对穆时英的创作产生了巨大的影响，"他以色彩来象征女人个性的手法，或在小说前面加上诗句的形式很可能都是以此为摹本的"[2]。

三、咖啡店与文艺沙龙：作家的法式生活

20世纪30年代海派文人大多有留法或学习法文的经历。对巴黎的痴迷与西方现代生活的向往，使他们在生活中极力追求法式的生活情调，时常流连于法式风情的咖啡馆、公园、夜总会，甚至举办文学沙龙。他们主动汲取法国文学的创作理念，对保尔·穆杭、波德莱尔、戈蒂耶、卢维等作家的推介与引入，影响了其创作风貌的形成。这些生活经验与文学理念积淀下来，作为一种创作资源，与文本创作一同构成了海派的法国想象。

"身份是中国式资本逻辑的根基。身份的属性不是被隐形，相反它必须显著地加以传播、昭示和炫耀，正是从这种规则中产生了'名片话语'，即把举止、服饰、座车、住宅、学历和全部金钱当作'身份名片'借此向社会发布

---

[1] 穆时英.第二恋[M]//穆时英.穆时英小说全编.上海：学林出版社，1997：555.
[2] 李今.海派小说与现代都市文化[M].合肥：安徽教育出版社，2000：51.

私人公告，尽可能地显示主体的文化身份。"① 在法国文化的影响下，30 年代海派文人时常流连于咖啡馆、公园、夜总会，甚至举办文学沙龙，追求法式的生活情调。他们以这种方式标榜并彰显自己的西方身份，使自己与其他传统的中国人区分开来。

30 年代的海派文人中，不乏殷实之家。新感觉派三大主将穆时英、刘呐鸥和施蛰存都出身于中产阶级以上的家庭。衣食无忧的生活使他们远离生存现实的残酷，易与浪漫、慵懒又有些许颓废的法国气质产生共鸣，而殷实的家境也为他们涉足咖啡馆、西餐厅，追求法国情调提供了经济基础。对于洋场"浪漫文人"的这种生活方式，《上海男子生活》中有详细描述："吃过饭，或是和那朋友一起，或是一个人，再上马路上闲荡一会，一时心血来潮，想到跳舞，马上在路边叫了一辆汽车，把自己送上一家跳舞厅或咖啡馆……走出跳舞厅，感觉那些音乐与肉香渐渐远时，心中有点寂寞，但精神则还很兴奋，毫不疲倦，趁步所之，又走进一家咖啡馆，再坐下来。"②

咖啡馆是最具法国文化气息的场所。在法国，咖啡业的发展与文化生活密切相关，咖啡馆承担着文化传播的使命。建于 1686 年的普罗柯普是巴黎最出名的咖啡馆，它位于巴黎第六区奥岱翁地铁站对面的老喜剧院街 13 号，几乎与它对面的法兰西喜剧院同时建立。普罗柯普咖啡馆以其得天独厚的地理条件吸引了全巴黎的文人雅士。哲学家和思想家达朗伯、伏尔泰、卢梭和狄德罗等人，经常聚在普罗柯普咖啡馆讨论时事，法国文化史上众多的哲学论辩都曾发生于此。普罗柯普一时被人称为启蒙哲学家的"神殿"和"知识办公室"。继启蒙哲学家后，普罗柯普咖啡馆又成为法国作家乔治·桑、缪塞、都德、于斯芒斯、魏尔伦等人的聚会场所。后来，波德莱尔、奥斯卡·王尔德、左拉等文人也常在此讨论文学和艺术，所以，著名的文学刊物《普罗柯普》很快就在这里筹备创立了。比普罗柯普咖啡馆晚建近两百年的"花神咖

---

① 朱大可.西方想象运动中的身份书写［J］.南方文坛，2003（6）：5-7.
② 柳眉君.上海男子生活［M］//马逢洋.上海：记忆与想象.上海：文汇出版社，1996：87.

啡馆",也是文人的聚集地,萨特、波伏娃、加缪都曾是这里的常客。"由于普罗柯普和花神咖啡馆都位于塞纳—马恩省河左岸,这一地区又属于文人及知识分子密集来往的巴黎'拉丁区'。所以,'左岸咖啡'从此成为法国文化论坛的象征。"①20世纪初,法国社会相对平静,文人常常聚集在咖啡馆交流思想、收集素材。这一时期被称为"咖啡文化时代",是巴黎现代艺术发展的黄金时期,也是世界历史上最浪漫的文艺时代。

　　30年代海派文人对咖啡馆的痴迷可与法国文人媲美。他们中的不少人,一有余暇就到咖啡馆去,以至于受到鲁迅的批评,在文坛上留下了一段有关"吃咖啡"的笔墨公案。鲁迅曾在文章中称自己只是"把别人吃咖啡的时间用在工作上",含蓄地批评了整天泡在咖啡馆的海派文人。其实,鲁迅的批评在某种程度上有失公允。与法国文人一样,咖啡馆是一些海派文人交流文学心得、体会人生万象的场所,其中尤以霞飞路上的咖啡馆最受偏爱。霞飞路位于法租界的中心,遍布的咖啡馆是其一大特色。"一开头有一个阿派门和一个咖啡间……更适于坐坐的咖啡间有克来孟和小朱古力店。克来孟的观瞻很堂皇,而且时常有国籍不一的很懂得侍候的侍女在出现。要是想两个人小谈的,最好到小朱古力店去,那里很幽静,而且位子又少。"②曾留学法国的自由主义海派文人张若谷酷爱咖啡馆,"除了坐写字间,到书店渔猎之外,空闲的时期,差不多都在霞飞路一带的咖啡馆中消磨过去"③,在《咖啡》一文中,他甚至把咖啡馆当作现代都会生活的象征。张若谷推崇的是一家名为"巴尔干"的咖啡店,他时常与田汉、傅彦长、朱应鹏等几个知己的朋友在此交谈,从文学艺术到时事要人,"这种享乐似乎要比绞尽脑汁作纸上谈话来得省力而且自由……大家一到黄昏,就会不约而同地踏进几家我们坐惯的咖啡馆,一壁喝着浓厚香醇的咖啡以助兴,一壁低声低语诉谈衷曲——这种逍遥自然的逍

---

① 高宣扬.流行文化社会学[M].北京:中国人民大学出版社,2006:130.
② 林微音.上海百景[M]//杨斌华.上海味道.长春:时代文艺出版社,2002:133-134.
③ 张若谷.咖啡座谈[M]//李欧梵.上海摩登——一种新都市文化在中国 1930—1945,毛尖,译.北京:北京大学出版社,2001:26.

遥法，'外人不足道也'"①。当然，咖啡馆的吸引力并不止于"诉谈衷曲"，更重要的是，作为舶来品的咖啡馆具有浓郁的巴黎风情，带给人们国际化与现代化的浪漫想象。忒珈钦谷是霞飞路上一家特色咖啡馆，坐在其中，便不禁让人产生对法国生活的幻想。张若谷这样写道："坐在那里真觉得有趣得很，一只小方正形的桌子，上面摊着一方细小平贴的白布，一只小瓷窑瓶，插了两三支鲜艳馥香的花卉。从银制的器皿上的光彩中，隐约映现出旁座男女的玉容绰影，窗外走过三五成群的青年男女，一队队在水门汀街沿上走过，这是每夜黄昏在霞飞路上常可看见的散步者，在上海就只有这一条马路上，夹道绿树荫里，有各种中上流的伴侣们，朋友们，家族们，他们中间有法国人、俄国人，也有不少的中国人……"②精致的器皿、优雅的环境、悠闲的散步者……这完全是一幅西方现代都会的想象图景。作者沉浸在自己编织的都市想象空间之中，而与现实隔绝，"听不见车马的喧嚣，小贩的叫喊，又呼吸不到尘埃臭气，只有细微的风扇旋舞声，金属匙叉偶触磁杯的震声，与一二句从楼上送下的钢琴乐音，一阵阵徐缓地送入我的耳鼓"③。

30年代海派文人大多有留法或学习法文的经历。张若谷曾留居法国，邵洵美在法国学过绘画，刘呐鸥、施蛰存、杜衡也都曾就读于上海震旦大学法文特别班。震旦大学是法国天主教耶稣会创办的大学，"以便益本国学生，不必远涉重洋留学于欧美"为目的，教授语文学、数学、格物学、致知学等现代西学。"当众多中国的外国教会学校将外语仅仅作为管理和交流工具来教授之时，震旦大学却传播着真正的法国高等文化，聘请许多著名人士来校执

---

① 张若谷.咖啡座谈［M］//李欧梵.上海摩登——一种新都市文化在中国 1930—1945，毛尖，译.北京：北京大学出版社，2001：26.
② 张若谷.忒珈钦谷小坐记［M］//许道明，冯金牛.张若谷集：异国情调.上海：汉语大词典出版社，1996：12.
③ 张若谷.忒珈钦谷小坐记［M］//许道明，冯金牛.张若谷集：异国情调.上海：汉语大词典出版社，1996：15.

教。"① 在这种教育背景下，30 年代海派文人大多具有扎实的法文功底，熟悉法国文学，对法国文化充满热情。张若谷甚至还像大多数法国人一样，皈依天主教，迷恋音乐艺术，被人称为道地的"亲法分子"。1927 年，热衷于法国文化的曾朴与儿子曾虚白创办了"真美善"书店。书店位于法租界马斯南路。法租界的道路多以人名命名。福煦路以法国元帅福煦（Ferdinand Foch）命名，霞飞路（今淮海中路）和贝当路（今衡山路）也是以一战时期两位法国元帅名字命名的。另外，还有以法国著名作家莫里哀命名的莫里哀路和以现代作曲家马斯南命名的马斯南路。这种命名方式为法租界营造出浓厚的巴黎风情，带来强烈的异域感受。这也是曾家父子将书店开在这里的原因，一旦步入马斯南路，"他的歌剧 *Leroide Lahore* 和 *Werther* 就马上在我心里响起。黄昏的时候，当我漫步在浓荫下的人行道，*Lecid* 和 *Horace* 的悲剧故事就会在我的左边，朝着皋乃依路上演。而我的右侧，在莫里哀路的方向上，*Tartuffe* 或 *Misanthrope* 那嘲讽的笑声就会传入我的耳朵。辣斐德路在我的前方展开……法国公园是我的卢森堡公园，霞飞路是我的香榭丽舍大街。我一直愿意住在这里就是因为她们赐我这古怪美好的异域感"②。1928 年，邵洵美开办"金屋"书店，店名也是源于一个法文字眼，即"LaMai-sond'or"（按照字义翻译过来便是"金屋"）。

"真美善"书店团结了一批亲法文人，如邵洵美、徐霞村、张若谷、徐志摩、田汉等，对于法国文化的偏爱促使他们结成了特定的交际圈。曾朴、曾虚白经常召集文人雅士，在家里举办沙龙。沙龙，源于法国，最初指贵妇人接待名流聚会的客厅，谈论的大多是文学艺术，在服饰与言谈举止上都力求高雅；后来发展成为学者和艺术家等社会精英的社交场所，形式较之以前也更为自由。曾朴很注重对法国氛围的营造，他的儿子曾虚白回忆道："我家客

---

① 史书美. 现代的诱惑——书写半殖民地中国的现代主义（1917—1937）[M]. 何恬，译. 南京：江苏人民出版社，2007：393.
② 李欧梵. 上海摩登——一种新都市文化在中国 1930—1945 [M]. 毛尖，译. 北京：北京大学出版社，2001：24.

厅的灯不到很晚是很少会熄的。我的父亲特别好客,而且他身上有一种令人着迷的东西,使每一个客人都深深地被他的谈吐所吸引……谁来了,就进来;谁想走,就离开,从不需要繁文缛节。我的父亲很珍惜这种无拘无束的气氛;他相信,只有这样,才能处处像一个真正的法国沙龙。"①

"施蛰存提到,由于其时只有包括他在内的很少一部分作家被欧化了,所以当时社会上实际并未听到针对欧化的反对之声。较少的数量使他们得以坐稳货真价实的先锋派位置,他们炫耀自己与西方的同步性,同时将自己与其他仍陷在传统文化观念中的中国人区分开来。"追求法式情调的生活成为他们炫耀西方性的一种方式。文学创作是作家个体体验的凝结。30年代海派文人的这些生活经历作为原型融入他们的创作中,使其作品展现出鲜明的法国异域情调,并呈现出文化想象的创作倾向。

---

① 李欧梵.上海摩登——一种新都市文化在中国 1930—1945 [M].毛尖,译.北京:北京大学出版社,2001:25.

三十年代海派文学的法国想象*

　　以西方式想象对上海城市进行表现是三十年代海派文学的核心问题。海派中的新感觉派虽与日本文学有着关系，但只在技法形式方面。我们注意到，三十年代海派文学中的法国文化渊源相当明显。这一方面是由于上海法租界在移植西方文化中的特殊原因，上海自 1881 年即有"东方巴黎"之称①；另一方面，三十年代海派文人也大多有留法或在法文班学习的经历②，其对法国具有天然的亲近感和接受优势。当然，海派文学并不直接表现法国。但在海派对上海城市的表现中，有明显想象中的法国摹本来源，甚至有着某种"法国形象"，以嫁接、比附上海与西方同步的现代性。由于异国形象是被形塑者自我化了的，被塑造的形象也因而具有置换或偏离现实、具象泛化等多种功能，因此，海派文学中的法国想象，也不乏假想成分，折射出海派作家对西方现代性的身份诉求。

---

* 本文原载于《社会科学》2013 年第 12 期，与郝瑞芳合作，《人大复印报刊资料·中国现代、当代文学研究》2008 年第 5 期全文复印，收入本书时有改动。
① 《论上海今昔情形》中说："人之称誉上海者，以为海外各地惟数法国巴黎斯为第一，今上海之地不啻海外之巴黎斯。"参见 1881 年 12 月 10 日《申报》。除"东方巴黎"外，上海的另一异域空间指喻是"西方纽约"。参见上海指南 [M].上海：上海国光书局，1935. 但这一指喻未获广泛认同而流传不广。
② 如刘呐鸥、施蛰存、张若谷、邵洵美、徐霞村等，此外还有李青崖、戴望舒、田汉、徐蔚南、张道藩、崔万秋、曾虚白、朱应鹏等。刘呐鸥、施蛰存、戴望舒与杜衡在震旦大学学习法语，同在一班。参见施蛰存.我们经营过三个书店 [J].新文学史料，1985（1）：184–224.

一、消费性空间与文化等级：咖啡馆、葡萄酒与公园

"近百年的上海，乃是城外的历史，而不是城内的历史，真是附庸蔚为大国，一部租界史，就把上海变成了世界的城市。"① 作为西方文化的集散地，租界以其现代的都市图景、生活方式和文化空间，为"现代性"提供了最好的"实物"注解。上海的租界可分为公共租界和专管租界两种形式。公共租界是通过永租的形式租与多个租赁国，由多国管理。专管租界是通过永租的形式租与一个租赁国，由一国管理，如1849年划定的法租界。相对于公共租界而言，专管租界具有浓郁的国别特征。法租界便保持着单一的法国风情。它的建设相对严格于公共租界，一直保持着高尚住宅与娱乐消费的特征。李欧梵对此曾有所描述："当英国统治的公共租界造着摩天大楼、豪华公寓和百货公司的时候，法租界的风光却完全不同。沿主干道，跟电车进入法租界，霞飞路显得越来越宁静而有气氛。道路两侧种了法国梧桐，你还会看到各种风格的精致的'市郊'住宅。据当时的一本英文指南说，这里的和平安宁是法国政府要求的：'法国当局比公共租界强硬多了，他们拒绝商人在住宅区做生意开工厂。'相反，你在这里可以看到教堂、墓地、学校、法国公园，还有电影院和咖啡馆。"② 因此，尽管法租界当时只有寥寥几家出口生丝的商行，却是上海最为繁华、最具异域风情的市区。与杂糅了多国元素的公共租界相比，法租界带给人们的是更为纯正、更为强烈的特定的异国体验。同时，对上海作巴黎式的比附还有另外一个原因，即法国的优雅与高尚所表现出的欧洲最高文化等级。许纪霖曾指出：依照对欧美文化的接受，即使是在上海租界，实际上也存在着等级差异："按照文化权力的等级排列，从西南部的法国城（即法租界——引者），到中心区的英美公共租界，再到西北方向的虹口日本人居住区，呈现出

---

① 曹聚仁.上海春秋[M].上海：上海人民出版社，1996：9.
② 李欧梵.上海摩登——一种新都市文化在中国 1930—1945[M].毛尖，译.北京：北京大学出版社，2001：23-24.

一个降调式的文化空间排列。"① 因此，在一百多年来对上海的异域想象中，巴黎当仁不让，成为上海最明显的欧洲母体。不过，"东方巴黎"是一种对于欧洲文化权力等级的自喻，即以欧洲上流社会为母体。但在多数人物质性的理解中，所凸显的，却往往是巴黎特有的消费性特征的外观。这种双重体验，融汇在其三十年代海派的创作中，通过文本表述完成了对现代法国的想象。

一般来说，东方国家的异域想象建立于欧洲与殖民地地区的权力关系之中。后发达国家对于西方的想象，包含摆脱第三世界身份，获得西方性的焦虑。其在西方异域情调的满足中得到假想的西方身份。这一身份的获取，最便捷的方式就是移植具有西方色彩的物质场景与生活方式。消费性的生活方式的表述最容易获得以消费为主的世界性含义。在纯粹的消费性意义上，东西方的差异是最小的。法国是消费性最强的西方国家，而最能体现这种消费性的自然是一系列的现代消费空间。张若谷在《巴黎一昼夜》中，对和平咖啡馆，和平街的珠宝店、女装店，亚加雪亚大道，拉吕饮料店，餐馆，跳舞场一一数来，可以看出国人对法国的诠释习惯。海派文学的法国想象最突出之处，是对充满法国意味的消费场景、消费品、消费空间、消费行为的描述，凸显消费性意义下的法国情调，以承载上海西方式现代生活的想象性比附。有论者认为："在这些场所，自我沉溺的文化想象便不仅仅以创造社式的对主观性的极度夸大为特色，而且与从布尔乔亚的工薪生活中所产生的消费主义相勾结。在这里，作为幻觉及欲望栖息处的空间颠覆了仅仅作为物质存在的空间。隐藏在消费活动之下的是一个国际化的时空压缩机制：消费的实质不是其本身，而是成为个人身体与国际时尚潮流进行交换的一个意指符号。"② 海派作家笔下频频出现咖啡馆、酒店、公园、夜总会等带有法国咖啡文化、酒文化、休闲娱乐文化特色的消费场景，在文本中培育出一个巨大的幻象消费空间。这种消费行为以体验法国情调为目的，使消费主体完成了对纯正异域的都会生活的认同。

---

① 许纪霖. 20世纪中国知识分子史论［M］. 北京：新星出版社，2005：437.
② 杜心源. 感官、商品与世界主义：都市"当下性"与现代性的"美学"转移［J］. 天津社会科学，2006（4）：94-100.

海派文学的法式消费性空间主要是咖啡馆、酒馆与公园。

大众化的露天咖啡座是法国想象中最突出的场景。正如张若谷所说，除了满街的黄包车和报贩外，坐在上海的一家咖啡馆中就会令人想到巴黎。比如"屋顶上有着几个斗大的用霓虹灯装成的法国字'LARENA-SSANGE'"的俄商复兴馆，散发着浓郁的法国情调，使从法国归来的钟小姐也不禁产生了错觉："坐在此地，我又想起从前在法国巴黎的情形来了，此地有些像是香赛丽色路边的露天咖啡摊。"① 咖啡在法国代表着一种闲暇方式，一杯咖啡配一个下午的阳光和时间，是典型的法式生活，重要的不是味道而是悠闲散淡的态度，体现出法国人独特的生活审美化观念。这种法式咖啡文化在穆时英的《贫士日记》中得到了充分体现，尽管贫士的荷包里只剩两元钱了，也不能忍受没有咖啡的早晨，即使只是喝着"淡味的陈咖啡"，也终于可以"怡然地读着康德的《纯粹理性批判》了"。咖啡对于他而言，早已超越了一般饮品的意义，而成为一种西方生活方式的符码。"面对着一杯咖啡，一支纸烟，坐在窗前，浴着阳光捧起书来——还能有比这更崇高更朴素的快乐么？"

张若谷的短篇小说《俄商复兴馆》详细描述了咖啡馆里四名顾客的谈话。在三名男青年的簇拥下，穿着"华尔纱巴黎长女袍"的钟小姐夸谈她在法国巴黎的经历，尤其是她的咖啡馆见闻。三名男青年认为，"坐咖啡馆里的确是都会摩登的一种象征"。在这里，钟小姐承载着性的欲望。而出行法国的经历，特别是她与咖啡文化的联系，又为她附加了暧昧的西方"假想身份"。在三名男青年眼中，似乎通过"坐咖啡馆"与"征服钟小姐"就能获得西方身份的亲近。穆时英在《骆驼·尼采主义者与女人》中对咖啡馆有一段细致的描写："在那块大玻璃后面，透过那重朦胧的黄沙帷，绿桌布上的白瓷杯里面，茫然地冒着太息似的雾气和一些隽永的谈笑，一些欢然的脸……"沉溺于物质享乐的女人连续五天出现在其中，无疑确认了咖啡馆的消费本质。并且，作者极力渲染这种物质消费的强大力量，甚至使背负着沉重灵魂的男主角抛弃了本来的生活信仰，而顺从于原始的欲望。为招揽顾客，上海的咖啡

---

① 张若谷.俄商复兴馆[M]//杨斌华.上海味道.长春：时代文艺出版社，2002：116-117.

馆内常设有各种新事物，如按摩电椅、抽奖机等，甚至女性也被包含其中。张若谷就将窥探咖啡店的侍女作为去咖啡馆的乐趣之一，认为这可以使都市人得到异性方面的情感满足。女招待在消费社会中被"物化"，成为情感消费的对象，被动地接受着来自流动人群的观看、审视与行为支配。咖啡馆里的女性承载着欲望的消费，而"小巴黎人咖啡座画着裸女的玻璃门"[①]这样的描写更是昭彰了这种消费文化的本质。在咖啡馆中，人们消费的是西方物质，更渴望的是视觉以及对西方的想象性满足。

"外国酒店多在法租界。礼拜六午后、礼拜日，西人沽饮，名目贵贱不一。或洋银三枚一瓶，或洋银一枚三瓶。店中如波斯藏，陈设晶莹，洋妇当炉，仿佛文君嗣响，亦西人取乐之一端矣。"[②]法国是葡萄酒文化的发祥地，全世界有五分之一的葡萄酒产于此，顶级的葡萄酒也多产自法国的波尔多和勃艮第两个地区。葡萄酒成了法国最具代表性的风物，体现着等级格局。在法国，人们不但对葡萄酒的品质、酒杯有所规定，而且对品酒的步骤、饮酒的次序以及与餐食的搭配均有限定，其精致优雅之处，体现出远超于其他欧美国家的文化等级。在《骆驼·尼采主义者与女人》中，以超级物质属性出现的女人教了禁欲的尼采主义者"三百七十三种烟的牌子，二十八种咖啡的名目，五千种混合酒的成分配列方式"。其中特别提到了"用一种秘制的方法酿造的"、有着"烂熟的葡萄味"的葡萄酒和"拿破仑进圣彼得堡时，法国民众送去劳军"的白兰地。不难看出，海派对法国文化的热衷，还源于对欧洲权力等级的附着。就是说，即便在对上海的法国消费性想象中，也能够唤起最高等级的西方身份。在穆时英的《黑牡丹》中，有一位如同羊皮书一样"雅致的绅士"圣五，其在中国乡间的别墅就搭满了葡萄架，四处弥散着果园的香味，宛如身临法国南部的河谷地带，令"我"羡慕不已。正是这位法国意味的绅士，成为拯救心智迷乱中的中国舞女红牡丹的唯一力量。

鲍德里亚曾提出"符码消费"理论，指出在商品社会第四期，人们消费

---

① 穆时英. GNO. Ⅷ[M]//穆时英. 穆时英小说全编. 上海：学林出版社，1997：603.
② 姜龙飞. 上海租界百年[M]. 上海：文汇出版社，2008：165.

的不只是商品和服务的使用价值，还有它们的符号象征意义。消费的目的不是满足实际的需求，而是满足被制造出来、被刺激起来的欲望。海派文学制造的葡萄酒物象，为阅读主体建立起一种心理暗示，使对葡萄酒的消费与对欧洲权力的切近联系在一起，从而满足了消费主体对纯正的西方的身份自居。也正因此，在一些文本中，葡萄酒和葡萄被海派作家与最高级的情感活动相连接。葡萄酒被赋予幸福、浪漫和甜蜜的寓意，经常出现在描述恋人的语段中。其与恋爱情节构成了一种隐性的对应模式。在《被当作消遣品的男子》中，"我"与蓉子的亲吻就被描述为"喝葡萄酒似的，轻轻地轻轻地尝着醉人的酒味"。在叶灵凤1936年创作的长篇爱情小说《永久的女性》中，秦枫谷初见朱娴是在《中国画报》的封面上，"隐在一丛油碧的葡萄叶中，贴着一串新熟的紫色的葡萄，是一张长形的完全代表了少女纯洁的脸。松散的头发，映着透过葡萄叶的疏落的日影，脸上显出一种令人不敢逼视的娇艳和光辉。面对着新熟的透明的葡萄，她的眼睛从长长的睫毛下露出了水一样的明朗。握着葡萄藤的右手，完全是举世无双的莫娜丽沙型的右手"，葡萄与少女构成了一幅美丽的画面，深深地震撼了秦枫谷，使他不禁心生爱慕，"脸色变了，心里不由得跳了起来"。而在穆时英的《五月》中，蔡珮珮也被恋人比作"果子里边的葡萄"。

　　法国是一个具有波希米亚精神特质的国家，去公园是法国人带有审美意味的闲暇生活方式。在上海，法租界的公园数量远远多于公共租界。20世纪30年代，上海法租界内建有法国公园（建于1908—1909年）、凡尔登公园（今淮海路和迈而西爱路转角处）、宝昌公园（1920年建于今淮海西路、复兴西路、乌鲁木齐中路三角地）和贝当公园（1935年建于今衡山路、宛平路间）。其中建造最早而又最有影响的公园，当属法国公园。其在今南昌路和雁荡路交叉处，最初名为顾家宅公园，为上海最早对华人开放的洋人公园。章克标小说有这样的描述："男男女女都很愉快的样子在缓缓地走，或悠然地坐在休憩的椅子上。西洋人的小孩子一大群聚了几堆在嬉戏，保姆阿妈们在旁闲白，看着他们。"[①] 海派作家大多有着某种"法国公园情结"。据吴福辉说："早期的海派小

---

① 章克标.银蛇[M].哈尔滨：黑龙江人民出版社，1998：114.

说家都十分喜爱'法国公园'这个地方，纷纷把它写进书里。章克标《银蛇》男女约会在法国公园，尽管公园里的巡捕要对中国游人查'派司'（身份证），仍然是男女如织。林徽因的连续性短篇《春似的秋》《秋似的春》借女主人公白露仙的信，叙述在法国公园如何拾到男主人公居斯滨的手抄稿，引起感情波纹，而曾今可的一个短篇集即径直题为《法公园之夜》。"①从这个角度说，墓地也是体现法式审美艺术情调的场景，在穆时英的小说中经常出现。

鲍德里亚在《消费社会》中说："消费社会的逻辑根本不是对商品的使用价值的占有，而是满足于对社会能指的生产和操纵；它的结果并非在消费产品，而是在消费产品的能指系统。"他提出"形式自主化"的理论，即"人们从来不消费物的本身（使用价值）——人们总是把物（从广义的角度）用来当作能够突出你的符号，或让你加入视为理想的团体，或参考一个地位更高的团体来摆脱本团体"②。三十年代海派作家创作中极具法国色彩的消费性表述是表达现代性诉求的一种途径。这种表述使他们与法国人拥有并分享着同样的消费符码，标示着他们与其他中国人在文化甚至种族上的等级差异。"在想象性的占有中，他们提前消费了资本主义的生活方式，也就提前从西方社会夺取了尊贵的身份。"③

二、街道意象、欧洲怀乡与"探险"模式

上海从来就不是一个具有统一逻辑的城市。它的一面是地方性的本地的上海，这是一个以旧上海县城为中心的拥有七百年乡土历史的传统空间；而另一面则是以租界为依托、高度现代性的半殖民地空间。不过，三十年代海派作家的叙事策略取决于对上海巨大的物质与消费生活的想象力。它必须把上海城市中的中国式成分，如乡土性、传统性、地域性等特定的时间（历史感）与空间（东方性）内容统统取消，在共时性的空间结构中架构起西方/

---

① 吴福辉.都市漩流中的海派小说[M].长沙：湖南教育出版社，1995：45.
② 鲍德里亚.消费社会[M].刘成富，全志钢，译.南京：南京大学出版社，2000：153，48.
③ 朱大可.西方想象运动中的身份书写[J].南方文坛，2003（6）：5-7.

中国图影,因此,唯有以"去"城市历史的做法才可能使巨大的现代性物质与消费场得以呈现,才能突出上海在这一层面上的国际性、西方性意义。即使在少量的文本中出现了传统空间,也是作为后者的对照物出现的。东方性上海形象的阴暗、不堪与法租界或者法国形象的明朗、健康形成鲜明对比,形成一种西尊东卑的不平等格局。

在三十年代海派作家笔下,涉及法租界或法国空间意象总是明朗健康的,充满了浪漫情调。作为法租界标志的霞飞路是作家们最为钟情的空间意象。如:"从欧洲大陆移植过来的巴黎风的街道"(黑婴《当春天到来的时候》),"霞飞路,从欧洲移植过来的街道……浸透了金黄色的太阳光和铺满了阔叶影子的街道"(穆时英《夜总会里的五个人》)。这里,明媚的阳光与繁茂的梧桐是法国的典型风物,构成上海最具异国情调、最摩登的城市空间。如果说外滩的雄伟建筑展现的是西方财富的权力意志的话,那么霞飞路给出的就是被艺术化的日常美学空间。林微音在长篇系列散文《上海百景》中对霞飞路写道:"那里的衣、食与住都比较精致。一开头有一个阿派门和一个咖啡间……更适于坐坐的咖啡间有克来孟和小朱古力店。克来孟的观瞻很堂皇,而且时常有国籍不一的很懂得侍候的侍女在出现。要是想两个人小谈的,最好到小朱古力店去,那里很幽静,而且位子又少。"郑伯奇笔下的霞飞路更是风情万种、魅力非凡:"霞飞路是摩登的,摩登小姐和摩登少爷高兴地说。霞飞路是神秘的,肉感的,异国趣味的,自命为摩登派的诗人文士也这样附和着说。是的,霞飞路有'佳妃座',有吃茶店,有酒厂,有电影院,有跳舞场,有按摩室,有德法俄各式的大菜馆,还有'非摩登'人们所万万梦想不到的秘戏窟。每到晚上,平直的铺道上,踱过一队队的摩登女士;街道树底,笼罩着脂粉的香气。强色彩的霓虹灯下,跳出了爵士的舞曲。这'不夜城',这音乐世界,这异国情调,这一切,都是摩登小姐和摩登少爷乃至摩登派的诗人文士所赏赞不止的。"① 对于街道之外的其他法式空间意象,三十年代海派作家也

---

① 郑伯奇.深夜的霞飞路.[N].申报.1933-02-25.

是一派赞誉之词。十一世纪下半叶起源于法国的哥特式建筑是法国最具代表性的建筑风格，在《五月》中，穆时英就盛赞哥特教堂的圣洁肃穆，"太阳光从红的，蓝的，绿的玻璃透进来，大风琴把宗教的感情染上了她的眼珠子，纯洁的小手捧着本精装的厚《圣经》，心脏形的小嘴里泛溢赞美上帝的话……塔顶上飞着白鸽和钟韵……"而在法租界的墓地，也很少有灰暗、阴森的中国意象，而是与圣洁、怀念、爱恋等美好情感有关。如穆时英的《公墓》。

作为本地性的体现，华界里的那些弄堂、亭子间、阁楼，还有棚户，都是东方性上海的真实身份，却是海派文学在对上海现代性表达方面的障碍。所以，海派作家总是尽量避免涉及东方传统空间。即使偶有涉笔，也时常与法租界等现代性图景形成对比，充满阴郁、恐怖气氛，表现出作者厌恶、鄙弃的情绪，以凸显东西方对比的模式。在刘呐鸥《礼仪与卫生》中，"中国人的商业区"出现在"被洋夫人们占了去的近黄浦滩的街上"之后，尽管二者只隔两三条的街路，但在刘呐鸥的笔下，"便好像跨过了一个大洋一样风景都变换了"。在代表西方性空间的"近黄浦滩的街上"，有着柔软的阳光，四处弥漫着花香、草香和大菜的芳香。而"中国人的商业区"却是阴森潮湿、非健康的，"从店铺突出来的五光八色的招牌使头上成为危险地带。不曾受过日光的恩惠的店门内又吐出一种令人发冷的阴森森的气味。油脂、汗汁和尘埃的混合液由鼻腔直通人们的肺腑，健康是远逃了的……好像沸腾了的一家茶馆长着一个巨大的虎口把那卖笑妇和一切阴谋、商略、骗技都吸了进去。启明离开了那班游泳的人群弯入一条小巷时，忙把一口厌恶的痰吐了出来"。

这种尊卑对峙的格局不仅在空间意象的构建中存在，也成了三十年代海派作家人物塑造的范式。将地方性上海与法租界上海并置，使异域文化表现出先天的"优越性"。人物作为国家形象的一部分，其优劣之别一望便知。在刘呐鸥的《礼仪与卫生》中便存在诸多对比，白种女人是繁华都市文明的消费者，在她们身上集中体现了作者对现代都市的形象理解："还不到 Rush hour 的黄浦滩的街上好像是被买东西的洋夫人们占了去。她们的高跟鞋，踏着柔软的阳光，使那木砖的铺道上响出一种轻快的声音，一个 Blonde 满胸抱着郁金香从花店出来了。疾走来停止在街道旁的汽车吐出一个披着有青草的气味的轻大衣的妇人和她的小女儿来。"相比之下，中国妓女"绿弟"不但居住在肮脏、危险的华界商业区内，而且缺乏"时下的轻快简明性"，非要从头改造不可，"拿她同那个在药房里碰到的斯拉夫去相比，真是两个时代的产物"。而即使在同为"文明人"的"高等华人"与法国商人之间，中国男人与法国男人也存在着对比。法国商人最终以他的财富主动参与到现代游戏中，并赢得了对东方女性的追逐，而中国男子启明却在游戏中惨遭失败。

尽管"居住在上海的许多外国人都是不法分子或是游手好闲之徒，其中包括鸦片贩子、赌徒、妓女，犯有偷窃、恐吓、谋杀、诈骗和思想不定之罪的江湖传教士"，"上海的外国人社群既缺乏教养，又对文化一窍不通"[①]，但出现在三十年代海派作家文本中的法国人形象却总是现代的、文明的、优雅的。比如在穆时英的《公墓》中，写一个法国姑娘，"戴着白的法兰西帽，骑在马上踱着过来，她的笑劲儿里边有地中海旁葡萄园的香味……"这样一个可爱烂漫的法国姑娘与娼妓式的上海女子形成反差，强烈地表现出作者的好恶。即便同是中国女子，作者对她们的描述也不尽相同。美好的女子总是带着些许法国风的，比如黑婴《当春天到来的时候》中，用流利的法国语跟一个青年说着话的少女；穆时英 *Craven "A"* 中"那个有一张巴黎风的小方脸，想把每个男子的灵魂全偷了去"的姑娘；《五月》中江均幻想的"在白绒的法兰西帽底下，在郊外的太阳光里边，在马背上笑着的，在苹果饼上笑着的，在水面、在船舷上笑着的"恋人形象等。尤其是刘呐鸥《两个时间的不感症者》中"sportive 的近代型女性，透亮的法国绸下，有弹力的肌肉好像跟着轻微运动一块儿颤动着"。"sportive 的女性"指的是运动型的开放女郎，作者特意强调是"法国绸"而不是"中国绸"，从而将法国与现代性暧昧地联系在一起，最终完成了对人物的现代性指向。

---

① 史书美.现代的诱惑——书写半殖民地中国的现代主义（1917—1937）[M].何恬，译.南京：江苏人民出版社，2007：320.

在穆时英与刘呐鸥的小说中，有几篇直接取材于欧洲人在上海的情感经历。"欧洲人怀乡"是其中反复出现的一个主题。比如在刘呐鸥的《热情之骨》中，"两个白帽蓝衣的女尼"唤起法国人比也尔"故国家乡的幻影"——"常年受着阳光的恩惠"、橙香四溢的法国南部。美好的回忆映衬出故乡——法国的可爱，更反衬出与"异地"——上海的疏离。而当他找到心爱的人，觉得"世间的一切都消沉了。橙树的香风也吹不到他的身边，巴黎的雾景也唤不起他心弦的波纹"。他原本"弃掉了那灰雾里的都市，到这西欧人理想中的黄金国，浪漫的巢穴的东洋来了"，可他心爱的上海情人不过是娼妓式的人物，其全部的热情被一句"给我五百元好吗？"全部驱散。在经历了短暂的幻象之后，上海终究摆脱不了阴暗不堪的形象。最终，文本完成了对东西方的比较，并取得了作者暧昧的西方身份指向。

我们注意到，这种以中国作者想象西方人在东方的经历的情形相当复杂。一方面，它使上海直接与其西方母体在题材上获得对接，欧洲人的情感与旅历使作者在"西方想象"中，得到了某种西方人士的身份投影；但同时，假设为欧洲人身份的心理状态又无法避免其虚拟欧洲身份时的中国想象，即东方的混乱、不堪与"阴暗"的色调，最终显示出海派在写作时的"欧洲在场"，其对异域情调的追求是虚拟的，无法完成。也就是说，在直接以欧洲人的上海经历为题材的小说中，海派无法不注意到东西方的差异性，表现出一种追求西方身份的悖论。这恰恰印证了霍米·巴巴的一段话："作为认同原则，他者给予某种程度的客观性，但它的再现——无论是法律的社会秩序的还是俄狄浦斯的心理过程——都是矛盾的，暴露一种缺乏……这是一个替代和交换的过程，为主体镌刻一个标准、规范化的地点。但是，那种向身份的隐喻的接近恰恰又是禁止和压抑的地点，恰恰是一个冲突的权威。"① 这便是海派文学，也可能是第三世界民族文学寻找西方身份时的矛盾之处：海派直接以西方人的东方旅历为题的作品，本来要获取最大程度的西方性，却又最大

---

① 罗钢，刘象愚. 后殖民主义文化理论 [M]. 北京：中国社会科学出版社，1999：211.

程度地压抑了这种努力,其最终所造成的,是不可能得到西方身份的真正客观现实。

与此类似的还有所谓"探险故事"模式。

有论者指出:"在洋场故事的叙事中,偶尔闪烁出'东方主义'的眼光。"① 其实,"东方主义"的眼光并不是"偶尔闪烁",而是相当普遍的。"东方主义"是"一种支配、重构东方并对之行使权力的西方文体",其基本范式是一套二元对立模式:东方总是落后原始、神秘奇诡、病态委琐的,而西方则总是以理性、科学、文明的面目出现。三十年代海派的法国想象书写即体现出这种模式。这是一场奇妙的"置换",作为东方人的海派文人极力压抑,甚至掩盖着自己的"东方性",并站在"西方"的立场上为其代言。原本是"自我"的"东方"反而被"他者化了"。

章克标的《做不成的小说》是一部很值得玩味的作品。"我"在一位"老上海"的带领下,穿越北京路、南京路、汉口路、爱多亚路等最为繁华的街道,寻找"女人海中的蜃楼"。"我"辗转于灯红酒绿的大马路,渐渐对现代都市风景产生了审美疲劳,"每个女子的面孔,都像隔着一重迷雾,眼睛、眉毛、鼻头、嘴巴、耳朵的位置都看得到,却总不明了不清楚……我只看见衣裳的颜色是红的、青的、黑的或是别的更适合更漂亮的颜色"。随后,"我"与"老上海"在一个女人的带领下进入一条里弄,"电灯光并不大亮,因而里面什么也看不清楚,而且连是什么路我也不分明"。此时,本来"像是很漂亮的样子,就是那衣裳的边缘也在电灯光底下闪闪"的女人突然变得丑陋起来,"那眼梢向上微斜,含有一股杀气,眸子也不澄明,像一缸死水。塌鼻梁的大鼻子,把那小方脸压得生气全无,耳朵又小得可怜,偏装着一对大耳环,更显得粗俗。那口嘴也奇怪地大,唇上涂的血红的胭脂已经闹得一块黑一块紫了,就是面上搽的粉也干剥下来,像长久不修的败壁,把她粗糙黄黑的皮肤本来面目愈加衬出来了"。接着"我"和"老上海"又来到一条阴暗的

---

① 李永东.租界文化与 30 年代文学[M].上海:上海三联书店,2006:10.

小巷中，那里只有一盏路灯，"长长的弄道满浴着路灯幽邃的青光"。一胖一瘦的两个女人"像到屠场上去的羔羊，正是放在俎上任人宰割的咸肉"，她们使"我"感到恐惧甚至危险，"这些病毒的培养者、传布者、媒介者啊"。很显然，在章克标的笔下，西方的现代性是上海的常态，而代表上海传统空间的里弄则是异质的存在。它是如此的"不真实"、不确定，甚至与"蜃楼相像了"。一个真实的东方性上海，最终却被塑造成了"他者"的形象：古老的建筑物、阴暗的巷道、颓败的女性。作者完全套用了殖民地探险故事的欧洲文学模式，其历险的过程竟如欧洲殖民者"热带探险"般充满了奇遇，这倒是充分印证了其写作时"西方身份"的设定。

其实，在三十年代海派作家的书写中，对于"自我"与"他者"的定位是模糊的、混乱的。假想身份的获得并不能打消他们对"自我定位"的疑惑。邵洵美带着项美丽以情人的公开身份出入他的交际圈，项美丽是他在朋友面前骄傲的资本。而邵洵美却似乎很少走进项美丽的人际圈。尽管家境富裕，然而当他与西方人相对时，"中国身份"是横亘在他们之间的鸿沟，其在心理上有着无法克服的自卑感。因此，即便是邵洵美这样一位时髦的洋场阔少，当他从年少逐渐走向成熟之后，也总是选择以传统的中式长袍出现在公众场合，或许这正是源于其对"假想身份"的担忧。这种悖论在海派作家笔下的"男女聚散"模式中也多有体现。上海"时髦女郎"多有西方化的外形特征——"瘦小而隆直的希腊式的鼻子""理智的前额""巴黎风的小方脸""浅黑肤色"等，是"近代的产物"，标示着西方现代性的符码身份。东方男子对女郎的追逐，体现着东方人对西方的迷恋。但是，女郎一方面被男子呈现为欲望的注视对象，另一方面又永远无法被东方男子得到，表现出海派作家在追求现代性与西方身份过程中的价值迷乱。这种情形，在施蛰存的《四喜子的生意》中得到了更为精妙的展示。作者先验地将西方女人与东方男人置于尊与卑的身份定位中。而更具讽刺意味的是，东方男人对西方女人的性幻想与性侵犯，总是非常龌龊，最后竟被当作抢劫手镯而被捕。即使是在人类共同的本能层面，东西方仍然是不对等的，在西方女人面前，东方男人是卑微而猥琐的,甚至不配对她产生性幻想,卑对尊的僭越最终成为笑谈,字里行间流露出作者微妙的东西方等级概念。

三、脆弱的双重书写

二十世纪三十年代,海派文人的法国想象作为一种独特的文学现象,寄寓了人们对于西方现代性的诉求与向往。不过,这种想象只是一种模仿,它仅满足于文化外观的变化,并不能跨越"第三世界"的身份属性。在这看似浮泛的现象背后,隐含着文人文化身份的转变与"脆弱"的民族国家话语表达。有西方学者指出,不同地域和不同阶层,在将外来文化内化的过程中,往往要经历一定阶段的"装模作样"或"装腔作势"的过程。美国文化社会学家理查兹曾说:"装模作样或装腔作势是教会、国家、帝国和王朝等大制度或大机构,为了中产阶级的国内实际利益而生产出来的精心设计的美学化的商品。装模作样或装腔作势是一种短程的克里斯玛。"葛洛诺夫说:"装模作样变成了模仿上层精英的时尚和民主社会大众的时髦之间的一个中间阶段。装腔作势是一种符号性的阶层信号的运作,本身也是一种社会阶级的时髦符号。它所强调的是社会的等级,而通过这种等级化,装模作样是模仿社会高层价值体系的方式。"① 从某种意义上来说,三十年代海派的法国想象也是一种"短程的克里斯玛"。一方面服从于欧洲宗主国对于上海的权力支配关系,另一方面更重要的,是海派作家自居的西方身份与本地性中国民众构成的等级关系。这是问题的关键。至于在法国想象中是否得到真实的法国文化内涵,则是不重要的。

比如,在法国,咖啡馆和酒馆不完全是一种消费,而与公共社会的文化、历史颇有渊源。咖啡馆曾作为公共领域被称为"知识办公室"和"启蒙哲学家的神殿",文人之爱光顾咖啡店,即源于此。在近代中国,"咖啡馆以自己

---

① 高宣扬.流行文化社会学[M].北京:中国人民大学出版社,2006:146-147.

特有的异域文化特征,成为中国知识分子描绘现代民族国家蓝图时的符号化象征空间。这一空间和新的社会关系也许生成过互动的图景,但是,在以咖啡馆为凭借之一的现代规划中,过于强大的消费文化用一种看不见的权力之手把一切都编织进了自己的逻辑网络"①。不过,三十年代海派作家笔下的咖啡馆,即使拥有与欧洲咖啡馆近似的外观,却仅仅只能作为一个纯粹的消费场所。海派小说中曾有这样的描写:"她在白瓷杯里放了五块方糖,大口地,喝着甜酒似的喝着咖啡;在她,咖啡正是蜜味的、滋润的饮料。"这处对饮用方式的描写,有着明显的中国人对西方事物纯物质性的理解。咖啡的深度意义被遮蔽了。这已经不是法国体验,而充满着颓废、杂乱、焦虑的殖民地气息。被刻意隐去的"东方文化"印记时隐时现。再如,三十年代海派作家也时常在作品中涉及公园,但公园生活的"公共"性质甚为可疑。他们笔下的公园"是兼有下列功能的:舞厅、咖啡馆、饭馆和花园。由此可见,对中国人来说,去公园和花园并不仅仅是为了放松——就像外国人那样,在星期天和节假日去散散步——倒更像是为了娱乐"②。公园原本的公共性社会功能被纯粹的娱乐功能所取代,体现出的是低等级的物质消费性质。因此,公园只是西方现代性的一个表征符号。无论它本来的功用是什么,只要它来自西方,就负载了现代性的一切功能。这种"画蛇添足"的行为,更加凸显了它实际上的东方特征。

朱大可认为:"在西方想象运动中,个人名片的拼接赋予强大的国家民族('国族')图景,个人主体凝结成了民族主体,个体的自我想象转换成民族想象。"③不可否认,三十年代海派文人在书写自我身份的同时,或多或少也在构筑着民族国家的"强盛"文本。李欧梵就认为,张若谷把法国和西方的异国风味结合进了民族主义者的论述:"他们认为上海的特殊情形将最终提高整个民族的美学修养。因为上海是那样的充满异国情调,与中国的其他地方是那

---

① 王琼,王军珂.咖啡馆:上海20世纪初的现代性想象空间[J].粤海风,2006(4):74-77.
② 李欧梵.上海摩登——一种新都市文化在中国 1930—1945[M].毛尖,译.北京:北京大学出版社,2001:23-24.
③ 朱大可.西方想象运动中的身份书写[J].南方文坛,2003(6):5-7.

么不同，它完全可以成为一个文化的实验室，以试验一个崭新的中国文明是否可能。"但这种双重书写在三十年代海派作家那里只是一种脆弱的联合。对此，我们不妨比照一下海派人物的创作情形，加以印证。穆时英的创作便鲜明地昭示出这种脆弱性。有人认为，"如果仅把社会主义思潮视为令人眼花缭乱的国际'现代主义'之一味，而罔顾其坚硬的意识形态指令，那么海派文人的普遍'左'倾便不成问题，甚至可以说'左'倾的态度为他们激进的国际身份增添了一个'政治前卫'的有力砝码"①。穆时英是以"普罗作家"的姿态出现于文坛的，在创作前期曾写出《咱们的世界》《黑旋风》《南北极》《手指》等契合革命需要的文学作品，以充满破坏欲望的复仇情绪投合了大革命失败后社会普遍郁结的不满心理，构筑了一幅充满浪漫色彩的梁山泊般的底层世界，也因此受到普罗文学批评家们的推崇。可一旦社会主义当真以"主义"的面目出现时，海派文人白日梦般的自我沉溺就显得格格不入了。《南北极》之后，穆时英的眼光就更多地流转于夜总会、酒吧、电影院、跑马场等都市娱乐场所。对于这种变化，施蛰存认为："他连倾向马克思主义的思想基础也没有，更不用说无产阶级生活体验。他之所以能写出那几篇较好的描写上海工人的小说，只是依靠他一点灵敏的摹仿能力。他的小说从内容到创作方法都是摹仿，不过他能做到摹仿得没有痕迹。"②施蛰存的这段话虽然指的是文学思潮和创作方法问题，但也说明海派作家对于西方的热衷与接受，并没有太多的理性内涵。恰如施蛰存对刘呐鸥创作兴趣的评价"只要是反传统的，都是新兴文学"③一样，对于海派作家来说，只要是西方的，都是现代性。至于是文化的外观，还是内涵，则是不重要的。沉溺于西方式的物质消费体验中，体味着假想的国际化身份的快感，并制造出自我与传统中国的等级差异，这就是海派作家法国想象的实质所在。

---

① 杜心源.感官、商品与世界主义：都市"当下性"与现代性的"美学"转移[J].天津社会科学，2006（4）：94-100.
② 施蛰存.我们经营过三个书店[J].新文学史料，1985（1）：184-224.
③ 施蛰存.最后一个老朋友——冯雪峰[J].新文学史料，1983（2）：199-203.

1950—1970年代文学中上海城市政治身份的叙述*

可以认为，1950—1970年代新中国文学中的上海城市身份叙述是自上海开埠以来关于上海形象谱系的延续。它继承并发展了自晚清以来关于现代民族国家的想象①，并将关于工业化、现代化的这一谱系嫁接于新国家的未来图景之上，达到了空前的程度。上海价值被等同于国家价值。但是，这一情形必须建立于社会主义意识形态之上，必须阐明新上海与旧上海之间的断裂关系，以保证新中国工业化与现代化是一种社会主义政治性质，而不是原有的口岸城市逻辑。只有这样，上海的工业化逻辑才能扩大为新中国的国家逻辑。所以，1950—1970年代的文学必须寻找旧上海同时作为左翼城市的意识形态合法性，并以它的左翼历史逻辑为保证。因此，在1950—1970年代的文学中，上海城市身份叙述突出地表现在关于上海的"血统论"与"断裂论"中。当然，这种情形绝非上海独有，但可以肯定的是，在这种叙述中，以上海为最甚。

一、血统论：上海的左翼历史逻辑

1959年，在经历了"一五""二五"十年建设之后，对于上海城市社会主

---

* 本文原载于《上海师范大学学报（哲学社会科学版）》2007年第2期，《新华文摘》2007年第12期全文转载，收入本书时有改动。
① 张鸿声.现代国家想象中的上海城市身份叙述［J］.上海文化，2006（5）：41-51.

义中国特性的认识开始成为一个公共话题。在官方的影响下，上海全民都参与到这一关于上海新身份认同的讨论之中，先有《上海民歌选》《上海民间故事选》《上海故事选》等群众创作的文集出版，以及《上海文学》《文艺月刊》《收获》对于上海形象的表现。尔后，1959年，出现了上海各界（包括文学界）对于上海城市身份讨论的标志性事件：一是特写集《上海解放十年》的出版；二是上海文艺出版社大规模出版《上海十年文学选集（1949—1959）》，其中包括话剧剧本、短篇小说、论文、特写报告、散文杂文、诗歌、儿童文学、戏曲剧本、电影剧本、曲艺等十种。这两种大型套书都带有"检阅"性质。其中，《上海解放十年》并非纯文学创作，大部分作者都是"上海解放以后，直接参与这场斗争或目睹这场斗争生活的"[1]亲历者，全集共计40万字，近百篇文章。其中除卷首带有绪论特点的文章外，按内容线索，可分为上海工人阶级及解放军的政治、军事斗争，上海社会主义经济建设与上海人民的新生活三大类，大致体现了当时人们对上海认识的几个方面。可以注意到，关于上海城市左翼视角的历史线索是全书的内容核心：旧上海不仅是"冒险家的乐园"，同时"又是我国工人阶级最集中的地方，是中国革命的摇篮，上海的工人阶级在党的领导下一直在进行着斗争。上海的工人群众是有光荣的革命传统的"[2]。这明显包含了对于上海的血统分析，即谁是上海的主人、谁创造了上海。书中文章的题目也包含了这种意义，如："战歌""奔向胜利""战斗""怒吼""反击"等。同时，该书又包含了新旧上海的区别，即"断裂论"："上海的工人阶级和劳动人民在党的英明领导下，如何以历史的主人的姿态继承并发扬了工人阶级的革命传统，把一个半封建半殖民地的旧上海，从经济基础到上层建筑进行了一番彻底的改造。"[3]从文章题目看，"新的""第

---

[1] 姚征人，周良才，杨秉岩.欢呼《上海解放十年》的出版[J].上海文学，1960（7）：64-68.
[2] 姚征人，周良才，杨秉岩.欢呼《上海解放十年》的出版[J].上海文学，1960（7）：64-68.
[3] 姚征人，周良才，杨秉岩.欢呼《上海解放十年》的出版[J].上海文学，1960（7）：64-68.

一次""春天""变迁""拥护""第一炉""翻身""第一家""诞生""冬去春来""成长""今昔""新村""笑声""奇迹""跨上""颂歌"等词语就包含了对于上海的"断裂论"的理解。其实,"血统论"与"断裂论"都表明了对于上海"历史的终结"式的理解,上海"由国际花花公子变成了中国的工人老大哥"。① 在《上海民歌选》与《上海民间故事选》中,左翼城市线索贯穿于对上海的民间生活的理解之中。这样一来,多元的上海城市史线索再一次被中止,很大程度上,上海的城市史被当作无产阶级革命历史的国家史,所谓"新旧上海"不过是这一逻辑的过程与结果。

上海作为无产阶级血统的起点,是中国共产党的建立,因此,它的诞生是上海左翼政治血统的开端。在《战上海》这一剧中,先后出现了关于上海血统的几处处理:在进攻上海之前,三连长望着远方的上海说:"多好的城市,我们党就诞生在这里。"之后,军长,这位北伐战争中在上海组织工人运动的共产党人与工人出身的战士小罗以"回来"的心态来到上海,而军长早年在上海从事工运的同事林枫则以不曾离开上海的地下党员身份说明不曾中断的上海左翼政治线索。事实上,《战上海》中的"上海血统"是通过解放军攻城与地下党内应两条线索构成的,并在最后合二为一。

《战上海》一类描写上海解放题材的作品,其重点不仅在于对上海殖民主义、帝国主义特性的消除,更重要的是革命力量的"回归"。这使上海左翼政治史得到了体现。如果说《战上海》一剧兼有"占领"与"保全"两重含义的话,杜宣创作于1959年的话剧《上海战歌》② 则在"军政全胜"的主题之下,特别强调了"保存上海"的意义,将叙述重点放在护厂的情节当中。在剧中,关于"保全上海"的主题大大超过了关于"解放上海"的主题。事实上,"保全上海"即隐含着上海作为无产阶级城市的左翼逻辑,它不仅指向过去,而且指向未来——上海作为社会主义工业化城市的意义。此剧创作于1959年,从中我们也似乎可以窥见"大跃进"时代对上海工业化特征的某种强调。

---

① 旷新年.另一种"上海摩登"[J].中国现代文学研究丛刊,2004(1):288-296.
② 杜宣.上海战歌[M]//上海十年文学选集编辑委员会.上海十年文学选集.上海:上海文艺出版社,1960.

1950—1970年代文学中上海城市政治身份的叙述

对于上海无产阶级血统的挖掘，造成了一大批直接以旧上海为背景的无产阶级斗争主题的作品以及描写工人阶级反抗帝国主义与国内反动势力压迫的国家叙事作品的出现。如电影剧本《黄浦江故事》（艾明之、陈西禾）、《我的一家》（夏衍、水华）、《七月流火》（于伶），话剧《上海战歌》（杜宣）、《地下少先队》（奚里德）、《难忘的岁月》《动荡的年代》《无名英雄》（合称"青春三部曲"，杜宣），以及小说《照片引起的记忆》（赵自）等。即使是以描写资本家为主的作品，也通常辅之以左翼政治革命史线索。如电影《不夜城》（于伶）、话剧《上海滩的春天》（熊佛西）与小说《上海的早晨》（周而复）、《春风化雨》（徐昌霖、羽山）等。《上海的早晨》与《春风化雨》都有较详尽的关于工人斗争的表现篇幅，其中主要人物由旧日的工人而成为新上海企业的领导，是这种历史结构的必然结果。《春风化雨》更加突出，它在对民族资产阶级从挣扎到破产的总体叙事中硬性加入了无产阶级斗争线索，这一点与茅盾《子夜》有相似之处。虽然工人运动并未在叙述上与之构成一体，但作品中还是不厌其烦地描写了工人秘密建党、罢工等内容。

这些作品首先表现出时间性线索，以符合中国革命各个历史阶段的划分。陶承《我的一家》（后被夏衍、水华改编为电影）的叙述空间是长沙—汉口—上海，这恰是自北伐开始至1930年代左翼政治史的时间转换线索。在以上海为背景的叙事作品中，无产阶级革命被完整地以几个历史阶段形式表现出来，并经常以人物代际的"事业继承"为叙事线索。《黄浦江故事》叙述了造船工人一家两代的历史，而家族历史与政治史是完全叠合的：满清末年、民初、北伐、沦陷、解放战争、解放后，等等。在空间形式上，这类作品往往选取既有旧上海代表性，同时又具有左翼政治含义的场景。在电影《我的一家》中，当陶珍带着孩子们来到上海的时候，出现了这样的一幕："（融入）音乐、汽笛声叠印""（融入）上海的马路，大世界后面，杀牛公司附近……""一个瘪三缠住陶珍乞讨"。这是一个惯常的空间表现形式，使上海作为有钱人的天堂与穷人的地狱同时出现，与20世纪三四十年代左翼电影《马路天使》《万家灯火》等极其相似。《霓虹灯下的哨兵》"全剧用一个衬景，全部是高楼大厦，好像在外滩，又像在日升楼一带"①。但同时，童阿男的家作为旧上海无产阶级的空间符号出现："仍然是上海滩，仍然可见南京路的建筑群，但就在这些幽灵般的影子的后面，还有一个与解放后的景色极不协调的世界——苏州河畔的棚户区。"②可以认为，关于上海血统论的表现，虽以旧上海为叙述起点，但同时往往以上海未来工业图景为终点，表现出一种完整的政治历史逻辑：工人阶级不仅反抗旧社会，同时也能创造新社会。

在"文革"时期上海题材文学中，血统论有了进一步的深化。一方面是上海的革命血统具有了十七年"社会主义条件下继续革命"的内容，如赵四海有接受毛主席视察钢铁厂的亲历（《火红的年代》）；卢朝晖小说《三进校门》③中的赵平江解放前因大闹校长室而退学，在"文革"前又因反对修正主义教育路线被开除，直至"文革"后重新回到大学；段瑞夏《特别观众》④中的季长春不仅有父亲在旧上海拉黄包车的无产阶级家族史，而且还有自己作为解放军海军的"十七年革命"的历史等。此外，还有清明《初春的早晨》⑤中的郭子坤、立夏《金钟长鸣》⑥中的巧姑、上海港工人业余写作组《迎春展翅》⑦中的方晓等。由于"文革"时期这一类作品大都属于"社会主义历史条件下继续革命"反"走资派"的主题表述，人物大都被处理为中青年，其伦理色彩有所减弱，加之"造反"型的主题类型，使作品呈现出一种不稳定的主题结构。作品中的上海色彩也已经非常之弱，只是通过诸如"浦江两岸""新沪中学""沪江医院""江浦路""沪光厂"等机构名称大略可以显示出上海地域背景，人物所体现的也不能算是上海作为地方的左翼历史逻辑了。

---

① 白文.谈话剧《霓虹灯下的哨兵》[M]//上海文化出版社.谈《霓虹灯下的哨兵》.上海：上海文化出版社，1964：56.
② 桂中生.浅谈《霓虹灯下的哨兵》舞台美术设计[M]//上海文化出版社.谈《霓虹灯下的哨兵》.上海：上海文化出版社，1964：155.
③ 卢朝晖.三进校门[N].解放日报，1971-01-24.
④ 段瑞夏.特别观众[M]//上海文艺丛刊·朝霞.上海：上海人民出版社，1973.
⑤ 清明.初春的早晨[M]//上海文艺丛刊·朝霞.上海：上海人民出版社，1973.
⑥ 立夏.金钟长鸣[M]//上海文艺丛刊·金钟长鸣.上海：上海人民出版社，1973.
⑦ 上海港工人业余写作组.迎春展翅[M]//上海人民出版社.上海短篇小说选（1971.1—1973.12）.上海：上海人民出版社，1974.

另一方面是存在于知青题材的内容，其革命史逻辑几乎直接与红色根据地有关，上接的是解放区政治传统。如华彤《延安的种子》①的纪延风、史汉富《朝霞》②中的叶红等。主人公的红色背景（其父都是延安根据地的老战士），与其离开上海奔赴农村都表明了一种追寻红色传统的意味。因为在"十七年"既然修正主义路线大行其道，所以"革命传统"只能从革命圣地直接获取。这一时期文学中的旧上海红色血统已渐渐消失，不再被纳入文学表现视域。

二、左翼的城市史与红色家族史

在关于上海左翼血统的叙事中，广泛存在伦理结构的支撑，即革命者与其后代在革命意义上的阶级血统与身体血统的同构关系。它将关于革命的叙事变为一种伦理叙事，以不可抗拒的伦理关系巩固加强左翼革命血统的稳定性。在此情形下，人物大体依伦理秩序而被分为老一代与年轻一代。其间，对于革命传统的认同与教育，使两代人具有了伦理上的等级关系。当然，这种叙事文学模式在整个1950—1970年代都广泛存在，并不唯上海题材的文学所独有。但是有关上海工人运动、革命历史与资产阶级消费享乐的想象使这种模式被空前强化，显示出题材的巨大等级优势。在以解放后新上海为题材的作品中，通常都会有一位或几位父辈（或祖辈）具有旧上海左翼政治的经历。比如《战上海》中的军长、《霓虹灯下的哨兵》中的老工人周德贵、《年青的一代》中的林坚与肖奶奶、《钢铁世家》中的孟广发、《一家人》中的杨老师傅、《锻炼》中的姚祖勤与马奶奶、《黄浦江故事》中的常信根与常桂山、《海港》中的马洪亮、《我的一家》中的陶珍、《火红的年代》中的田老师傅等。即使是《火红的年代》中以落伍人物出现的白显舟厂长，也有当年在敌后根据地建设兵工厂的经历（当然，这一经历并不在上海，但根据地与新上海构成的仍是一种革命史的逻辑对应）。这种人物经历有时在作品中直接出

---

① 华彤.延安的种子[N].文汇报，1972-04-28.
② 史汉富.朝霞[N].解放日报，1973-06-17.

现，但大多数时候是一种背景，一种人物身份体现出的关于上海乃至整个中国革命的背景。比如林坚是林育生的养父（《年青的一代》），马洪亮是韩小强的舅父（《海港》），周德贵虽非童阿男的直系亲属，但曾与其父共同参加罢工（《霓虹灯下的哨兵》），仍可视为父权人物。这种角色使其对青年的革命历史教育，成为一种伦理感化形式，从而构成一种基于父权组织原则的社会控制与动员力量，而革命历史也借助父权的伦理权威具有了天然的合法性。

伦理感化形式表现为"痛说革命家史"模式。学者黄擎在《废墟上的狂欢》中认为，"文革"期间的文学在历史记忆的时代阐释方式主要表现为"痛说革命家史"与"重温战斗故事"两种类型。其中"痛说革命家史"更是"样板戏"常规的概述性设置，大体可以分为"主动型"与"诱说型"两种情况。[①] 对上海左翼历史记忆的回顾以家史回忆为主，使之更加具有伦理色彩。这种通行模式，在"文革"前的上海题材中，仍不失上海特征。比如林育生的父母在旧上海监牢里牺牲，林坚以教父身份行使着双重监护权力。林坚在斥责林育生时，使用了一连串"你对不起……"在历数了"党""老师"之后，将重点放在了其亲生父母上："更对不起……对不起你死去的亲生父母。"《锻炼》中马奶奶斥责孙子马一龙时所使用的也是关于背叛血统的谴责言辞："你忘了你爷爷和你爸爸受的苦。"《霓虹灯下的哨兵》中，童阿男与陈喜都被设置在一个接受教育的情境中，教育者与教育题材却各有不同。对于童阿男，其教育职责由老工人周德贵承担，受教题材是关于南京路上的罢工游行，"阿男的爹英勇地牺牲在南京路上"；而对陈喜来说，教育者是具有乡土背景的指导员、连长、伙夫洪满堂，教育题材则是关于解放区朴素的生活作风。也就是说，在对童阿男的伦理感化中，对上海革命史的记忆仍具有优势。《海港》则是通过阶级教育展览会中的一根"杠棒"与"过山跳""皮鞭""镣铐""绝命桥"等旧上海海港码头的器物来进行的，其与韩小强的"大红的工作证"形成鲜明比照。按当时人的看法："一根杠棒，铭刻着码头工人的阶级仇、民族恨，代表着工人阶级的革命传统；一张工作证，体现着'共产党毛主席恩

[①] 黄擎.废墟上的狂欢[M].北京：作家出版社，2004：91.

比天高',反映着翻了身、做了主人的码头工人幸福生活"。①林坚、马洪亮、马奶奶等人,不仅是政权文化的人格化,同时也是伦理文化的人格角色。对阶级血统的继承伴随着伦理控制,几乎牢不可破。

在政治与伦理双重结构当中,小字辈的从属依附角色得以确定。因为一旦忘却"革命的家世",则不仅意味着对左翼历史的背叛,也是对伦理的反动。在小字辈人物当中,大多存在两种类型,一类是自觉遵循革命逻辑的,如肖继业(《年青的一代》)、卫奋华(《锻炼》)。肖继业的红色身份似乎来自对革命历史的亲历:"当童工的时候怎样给塌鼻子工头吃苦头,快解放时候给护厂队传递消息,还把传单贴在国民党的岗亭上。"但,通常第二类人物更多一些,即需要教育才能继承革命事业的小字辈。如前所述,这一类人物被置于强大的政治与伦理双重结构之中。从其姓名的语义社会学来分析,"育"(林育生)、"继"(萧继业)、"小"(韩小强)、"童"(童阿男)等,不仅暗喻了"革命后代"之意,也显示出伦理上的等级弱势,而"继业"与"育生"两个名字虽在伦理等级上并无差别,但在"革命接班人"这一政治逻辑上则显示出等级性。

三、断裂论:新旧上海的不同意义

对上海历史的认识,伴随着血统论的是对上海城市历史逻辑的"断裂"理解。如前所说,这种断裂论理解,早在上海开埠时就已开始,并在与古代中国的断裂中给予"历史终结"式的判断。对国人来说,上海史是一部近代史,上海依照不同时期的现代性而不断获得新的历史起点。在近代以来上海城市史中,总会伴随着重大的历史性事件而产生所谓"新"的上海。换句话说,上海的历史总是依照现代性方案的转换而处于变化状态。正如杜维明所说,"很明显,上海价值,不是静态结构,而是动态结构。上海的价值体系是

---

① 闻军.无产阶级专政下继续革命的光辉典型——赞方海珍形象塑造[J].红旗,1972(2):49–50.

在变动不居的时空中转化","既然是动态过程而非静态过程,就必须避免本质主义的描述"①。所以,在讨论上海历史的价值时,杜维明认为应该从三个时段来认识,"第一个时段是1949年以前,第二个时段是1949年到1992年,第三个时段是1992年到现在"②。当然,这并不是说其他城市没有断裂性现象的存在,比如改革开放便是改变中国所有城市逻辑的一个重大转折,而只是说,较之其他城市,上海所体现出的断裂性更加突出。它几乎包括了中国近代以来的任何历史阶段,因而,其在断裂性上表现出的历史变迁比任何一个城市更加深切而突出。

"解放",对于上海来说,承续的是上海无产阶级革命史的结果,中止的是上海作为资本主义城市的历史逻辑。周而复的小说《上海的早晨》,徐昌霖、羽山的小说《东风化雨》,于伶的电影剧本《不夜城》以及熊佛西的话剧《上海滩的春天》便阐释了这一点。除《东风化雨》以外,其他三部作品都涉及中国资本主义史的完结,即"资本主义工商业的社会主义改造",并以"公私合营"的完成作为这一部历史的终结。《不夜城》的创作带有《子夜》影响的痕迹,即民族资本家走投无路。留英的张伯韩从父亲手中接过纱厂艰难经营,并不时与宗贻春代表的买办势力冲突,十几万美元期货投机的失利,以至于最终彻底破产则宣告了民族资产阶级在帝国主义重压之下的失败。同时,仲鸣夫妇错失香港航班与大年夫妇在香港经营失败,则说明民族资产阶级经济跨国背景的丧失。同属资本主义史中止的描述,《上海的早晨》要比《不夜城》意义更复杂。我们看到,资本主义经济体制及其在解放后的状态分别以徐义德、朱延年、冯永祥、马慕韩等人为代表。其中,朱延年属于顽抗到底的一种情形,冯永祥与马慕韩则代表资产阶级在新中国红色政权下主动争取政治空间的类型,而徐义德则体现出上海资本主义史中止的"被迫性"。徐义德身上体现出中国资产阶级的多重特征,即殖民性、封建性与反动性,被认为有"资产阶级的特点——一方面不能不依赖帝国主义,另一方面又跟封

---

① 杜维明.全球化与上海价值[J].史林,2004(2):69-73.
② 杜维明.全球化与上海价值[J].史林,2004(2):69-73.

建地主阶级有密切的关系"①。另外，徐义德指使梅佐贤企图控制工会，并收买税局驻厂干部，这是他反动性的写照。以上三者，其实是上海资本主义产生、发展的几种基本形式，在其他几部作品也有表述。与《子夜》不同的是，《上海的早晨》与《不夜城》在宣告上海资本主义历史终结的同时，也在说明"在这个阶级中的大多数人却又可以获得光明这样一种特殊的历史际遇"②。这种"际遇"说的理论外观是毛泽东关于民族资产阶级在民主革命时期与社会主义革命时期都具有"两面性"的论断，同时也是对中国资本主义进行社会主义改造两个阶段——资本主义企业变成国家资本主义企业，再从国家资本主义企业变成社会主义企业——的图解。《上海的早晨》《上海滩的春天》《不夜城》都"赠予"了上海资产阶级一个出路，却是在社会主义新的政治空间里被消灭、转化的"际遇"。与《子夜》另一个不同在于，以上几部作品同时具有血统论的色彩。它们将上海左翼政治的逻辑作为结果表现出来，这与《子夜》描写工人运动毫无结果以致在结构上游离全书不同。《上海的早晨》中的汤阿英、《上海滩的春天》中的田英、孙达与《不夜城》中的银娣夫妇都意在说明无产阶级政治的成长。在上海解放后，他们成为宣告徐义德等资产阶级历史结束的新上海政治主人。马慕韩、冯永祥、王子澄与《不夜城》中张伯韩的女儿张文峥、《上海滩的春天》中王子明的妻子与儿女同时归入新上海政治，无疑也在说明上海资产阶级在中止资本主义历史之后转向社会主义政治的巨大可能。

表现上海资本主义被改造题材的作品，其实是以上海为文本，借以说明中国国家性质的变迁。其间关于徐义德、张伯韩等人在这种改造中的彷徨、抵触与被迫接受以致消亡，确属历史中应有的一幕，并非想象意义上的完全

---

① 王西彦.读《上海的早晨》[M]//郭沫若.周而复研究文集.北京：文化艺术出版社，2002：110-125.
② 张炯，邓绍基，樊骏.中华文学通史（第10卷 当代文学编）[M].北京：华艺出版社，1997：109.

虚设，但是关于"在社会主义制度下资本家的命运和前途是光辉灿烂的"[①]说法却未免夸张。这种情形并不在于作品结尾设定的情节是否构成真实的中国资本主义历史，而在于，这一结论完全被关于社会主义革命理论所预设，从而构成了一部想象性的文本。我们看到，几部作品中关于民族资本家的茫然、惶惑之情都较真切，但倒向社会主义政治的情节一般都是急转直下。这种情形在《东风化雨》中更加明显。在结尾处，长江厂关门和孙敬煊破产后，突然出现王少堂与马仲伯在走投无路之际路遇上海民众抵抗日货的游行队伍这一情节。这实在是一种想象，因为作品并未涉及长江厂被挽救。一方面是长江厂已经破产，另一方面又是"被挽救"，两种关于上海想象构成的矛盾，显然是作者无法解决的。

"灭亡"也好，"挽救"也好，其实都是在借上海资本主义史的消亡，来说明《子夜》没有机会表述的新的国家意义。如同《子夜》回答托派关于中国社会性质问题一样，在海外左翼学者看来："《上海的早晨》这部书的成功所在，同样也是没有避开当时上海的里巷间人物所认为的'重庆是共产主义，武汉是社会主义，北京是新民主主义，上海是资本主义，香港是帝国主义'的现实"，"读者认真读过这本书后，就可以从上海这个窗口窥视整个中国革命面貌"[②]。这种意义如果放在更大范围来看，则是国际性的世界社会主义问题，如同越南文译者所说："读到这部作品（指《上海的早晨》——引者）就不禁联想到越南的资产阶级，联想到河内、海防……"[③]

自"社会主义改造"主题之后，文学中出现的旧上海资本主义史，通常被理解为一种"遗存"，并主要体现在反动人物或落后人物身上，成为某种人格化体现。细分之下又有几种类型：其一是上海史中的右翼成分与西方背景，

[①] 虞留德.他倾尽心血创造《上海滩的春天》[M]//上海戏剧学院熊佛西研究小组.现代戏剧家熊佛西.北京：中国戏剧出版社，1985：390.

[②] 上海师范大学中文系.中国当代文学研究资料·周而复研究专集[Z].上海：上海师范大学中文系（内刊本），1979：193–195.

[③] 上海师范大学中文系.中国当代文学研究资料·周而复研究专集[Z].上海：上海师大中文系（内刊本），1979：223.

比如《锻炼》中白步能，原名杨老七，是出卖卫奋华父亲的叛徒；《火红的年代》中的应家培是国民党老牌特务；《海港》中的钱守维是"哪个朝代都干过的"账房先生；《钢铁世家》中的特务原是解放前工厂里的职员。这种情形也包括《春满人间》（柯灵、桑弧等）、《枯木逢春》（王炼）中知识人物对西方医学文献的迷信等。其消亡的结局，不啻说明帝国主义、封建主义、右翼政治在上海乃至全国的结束。其二是作为日常中生活原则的市侩主义，特别是作为上海资本主义经济关系中"等价交换"的市场原则，这在"文革"上海题材文学中颇为多见。比如《特别观众》中老技术员苏琪满口"活络生意"一类旧上海商业语言；电影《无影灯下颂银针》中罗医生醉心于一百例成功的胸科手术，而将重病之人赶出医院的名利思想；小说《号子嘹亮》① 中装卸工赵祥根自觉低人一等的旧上海等级观念；《新店员》（上海戏剧学院戏剧文学史编剧专业一年级集体创作）中坏分子梁德鑫的旧上海小业主背景与食堂负责人顾月英"怕赔本"的"等价"思维等。值得注意的是，"文革"时期上海题材小说，不仅强调与旧上海的断裂，同时亦强调与"十七年"上海的断裂（这种情形，恰好也印证了本节开头所说的关于上海现代性不同时期多变的状况）。虽然在这一类作品中，旧上海资本主义政治、经济原则作为一种"遗存"，构成了与新上海社会主义政治经济空间的斗争冲突，但是千篇一律的"灭亡"模式所制造的，恰是一个旧上海已经完全"覆灭"的神话。此类作品的层出不穷，不能认为是资产阶级"遗存"大规模存在的依据，从另一个意义上说，这不过是对于"灭亡"概念的重申罢了。在这一点上，它与《子夜》所写的封建势力在上海的"灭亡"具有异曲同工之妙。

---

① 边风豪，包裕成.号子嘹亮［J］.朝霞.1974（3）：35-47.

"上海怀旧"与新的全球化想象*

一

20世纪90年代，中国文学进入个体时代，一些本地作家开始在文学中挖掘"上海特性"。有趣的是，挖掘对象恰恰是以前上海文学中较为缺乏的东西，即中产阶级传统。最初的创作是程乃珊的《蓝屋》《女儿经》，之后有大量上海作家加入，如王安忆、王晓玉、赵长天、沈善增、陈丹燕、孙颙、王周生、殷慧芬等。其中，王安忆的《"文革"轶事》，程乃珊的《蓝屋》《女儿经》《金融家》，王晓玉的"上海女性"系列（包括《阿花》《阿贞》《阿惠》等篇）、《紫藤花园》以及陈丹燕的《上海的风花雪月》《上海的金枝玉叶》等，是较重要的作品。其创作的动机是在经历了重大的国家动荡之后，寻找与自己个体经验和记忆有关的老上海遗存，以抵制过去有关上海想象的宏大国家叙事。诸如虽然困顿但不失精致且有些许荣光的中等阶层的生活方式、旧日的显赫在资本家后裔的心理中唤起的微妙自尊等。不管是现实题材还是历史题材，由于作者大都以旧上海中等阶层的生活与精神遗存为基础，因而构成文坛上"上海怀旧"热潮。这一情形甚至改变了以前关于上海文学以国家政治代替上海日常生活形态的状况，在叙事策略上与张爱玲创造的上海文学小传统接壤，"上海"获得了叙述上的独立性，因而王安忆等人被称为"张

---

* 文本原载于《文艺争鸣》2007年第10期，收入本书时有改动。

爱玲的传人"。

一般来说,这种创作来自个体的经验与记忆,试图建立一种在中产阶级层面上的上海身份认同,倒是与旧上海市民社会的某些真实形态相吻合。在20世纪30年代至40年代,中等阶层已成为上海社会的主体。上海在19世纪与20世纪初形成后来所谓的"上海势力",是一个脱离了原有中国社会"官—民"结构,不大从属于统治集团的新的工商业力量,也是一种新的上海"精英集团"。清末民初,这一群体还仅限于经济领域。至20世纪30年代,工商业的极度繁荣,使上海人在职业、财产、教育、欲望等方面出现定型化趋势,并逐渐形成一个以公司职员为主体,包括中小商人、公职人员、医生、律师、记者、中小学教员在内的中等阶层。他们大都受到过良好的教育,拥有稳定的职业与收入,并分布于各种社会主导领域。而工人群体,也由于大工业的确立,改变了以往的以传统手工业、个体劳动为主的非产业性。一些较多分布于电车、烟草、印刷、棉纺行业的技术工人,也在观念、趣味上较多地被吸纳到市民生活方式之中,使这个阶级更为庞大。一般而言,中等阶层在政治上较少有对现行体制的暴力反抗(比如当时复旦大学的学生,大都以"循序而不为国家生事"为学生运动的准则),在社会行为方面具有实用理性与职业特征,日常生活则注重实用功利性与西方式的消费享乐等需求。邹韬奋接编《生活》杂志,其倡导的"以民众的福利为前提""有效率的乐观主义""肯切实的负责""有细密的精神"都属典型的中等阶层价值标准。应当说,旧上海中等阶层的文化已经构成上海城市人的"共享"空间与核心精神特质。程乃珊在比较老香港与老上海"双城"时认为:两座城市的最大区别在于"上海已有相当完整的中产文化",而"早年香港由英国贵族文化一统天下,中产文化远不及老上海坚实"[1]。特别是在解放后,上海工商精英集团因被没收、赎买,或公私合营,被剥夺了原有的政治经济地位,"上海城市人格与精神气质的塑造,由旧上海以商业精英为中坚,转变为以职员阶级为中坚。'城市人格'的普同性、阶级对立和差别的消失、经济生活的平均性,使

---

① 程乃珊.老香港 东方之珠[M].南京:江苏美术出版社,2000:9.

上海城市社会呈现高度均质化。在一体化的社会生活中，干部、知识分子、职员、工人这些'非一致性中层'以职员阶层为基准，发展共同的生活方式，构筑城市人的群体形象。干部阶层的'世俗化'与工人阶层的'贵族化'含义相同，均意味着向以职员为典型的生活方式靠拢的市民化。上海人由是形成了超越个体职业、教育、家庭背景的共同面貌"①。正因此，不管是30年代、40年代，还是解放后，中等阶层的生活精神，已成为上海社会文化的主导方面。②

文学中的上海中等阶层传统的书写也许因作家而异，呈现出一种个体特征。但它将城市的经验化为历史的，并以不被知晓的潜在状态的民间形式表现出来。写弄堂，而不是写洋房或棚户，构成了一部真正的城市精神。而且，即便是旧日显赫的大资产者的生活形态，经历解放后几十年的消磨，也不再是一种外在呈现，而显得极其内在化，反而构成了独特的城市民间逻辑。应当说，这也是50年代以来上海的城市史逻辑。王安忆笔下的"平安里"、程乃珊记忆中的"蓝屋"、王晓玉记忆中的"永安里"以及"教会学校女生""留法的少爷""上海小姐"等构成了这种逻辑在精神与城市空间上的起点。上海的精神就存在于这些日常状态之中。恰如王安忆说的，《长恨歌》要寻找的是"城市的街道，城市的气氛，城市的思想和精神"③。这种书写，较大程度上克服了关于上海在国家意义与现代性意义想象上所造成的本地特性的缺乏。从某种意义上说，这也是当初张爱玲创作的路数。或许，只有脱离了宏大的现代性想象，作为"本地"的上海特性才能被充分地表现出来。

---

① 杨东平.城市季风：北京和上海的文化精神[M].北京：东方出版社，1994：349.
② 有相当多的论述将上海定性为"石库门"文化，而非洋房或棚户文化，是从中产阶级角度看待上海的结果。石库门为上海典型民居，建筑格式上融中西之长，总体布置采用欧洲连排式，单位平面则脱胎于传统院落。既有西方民居的现代生活功能，亦满足东方伦理性的居住要求，大多为中产阶级居住。据1950年的数字，上海新旧里弄石库门建筑与棚户区面积占上海所有居住面积的88%。见忻平.从上海发现历史——现代化进程中的上海人及其社会生活 1927—1957[M].上海：上海人民出版社，1996：418-419.
③ 王安忆.寻找上海[M].上海：学林出版社，2001：22.

二

但历史仍如宿命般不可抗拒。上海本地的中等阶层传统的书写，原本是要在国家意义与现代性意义的宏大想象性叙事之外寻找边缘的、个体的上海经验表达，却在20世纪90年代宏大的旧上海集体"想象的共同体"中成为玩偶。罗兰·罗伯森在《全球化：社会理论和全球文化》中认为："20世纪的全球化，尤其是当代阶段，以各种方式加剧了怀旧的倾向。"[①] 由于90年代中国全球化的迅速推进，中国又一次被卷入一种关于世界主义的"世界化""全球化"的神话魔咒中。浦东开发与上海重新进入改革前沿地带之后，旧上海被不可思议地重新赋予了现代性发达的、充分"全球化"的想象，从各个角度讨论表现上海的全球化图景成为国际性的文化时尚。在这种情形中，浦东开发后，"新上海"被嫁接于30年代旧上海的"全球化逻辑之中"，成为一种"生产"和"创造"，"新旧上海在一个特殊的历史瞬间构成了一种奇妙的互文性关系，它们相互印证交相辉映，旧上海借助于新上海的身体而获得重生，新上海借助于旧上海的灵魂而获得历史"[②]。1994年，《上海文化》创刊，创刊号上《重建上海都市形象》等文章，将"怀旧"作为"重塑"上海的最简洁的方式。之后，素素的《前世今生》与陈丹燕的旧上海系列作品风靡一时。2001年《上海文化》推出"想象上海"栏目，《上海文学》则开辟"记忆·时间"与"上海辞典"栏目，通体以对旧上海的怀恋为内容。1998年，《万象》杂志创办，它直接借用了40年代上海沦陷时期的一份出版物刊名，"笼罩着一股对三四十年代上海奢靡文化的怀旧气息"[③]。凡

---

① 罗伯森.全球化：社会理论和全球文化[M].梁光严，译.上海：上海人民出版社，2000：232.
② 旷新年.另一种"上海摩登"[J].中国现代文学研究丛刊，2004（1）：288-296.
③ 洪子诚.问题与方法　中国当代文学史研究讲稿[M].北京：生活·读书·新知三联书店，2002：42.

此种种，都力求塑造一个曾经似乎有过但又消失多年的旧上海身份。2003年11月，时值上海开埠160周年，全城几乎处于"市庆"的狂欢中，各大媒体相继出版专刊，甚至还有160版的特刊。与开埠相伴随的左翼史角度的"沦陷""不平等条约"等含义，早已不知所终。上海这个不断在不同层面被转喻意义的城市，终于在30年代的全球化现代性当中重新获得意义。解放后不断赋予上海的社会主义工业化城市、"工人阶级的老大哥""'文化大革命'的中心"等符码，又让位于"国际大都市""十里洋场""冒险家的乐园"等不同于中国国家的"世界"身份，凝聚着中国人渴望进入世界和与西方"接轨"的现代身份诉求。

在这种"上海怀旧"的国际性热浪当中，王家卫等港台电影导演亦成为一种推动力量。在内地，旧上海题材的电影纷纷出笼，如陈逸飞的《海上旧梦》《人约黄昏》，谢晋的《最后的贵族》，李少红的《红粉》，张艺谋的《摇啊摇，摇到外婆桥》（原名《上海故事》），陈凯歌的《风月》[①]以及第六代导演的商业电影，还有种种不可计数的关于旧上海的记叙性跨文体写作及掌故类、介绍类文字，"在90年代的文化翻转中，上海，压抑并提示着帝国主义、半殖民地、民族创伤、金钱奇观与全球化图景"[②]，大量旧上海题材的文学影视作品泛滥。这样，原本健康的上海中等阶层传统的边缘性叙事再一次脱离个性层面，开始加入"上海怀旧"，成为上海"想象的共同体"当中的一种。其间只有王安忆等少数作家突围而出。她的《长恨歌》[③]、《富萍》《上种红菱下种藕》等分别以里弄、梅家桥、华舍镇等上海民间的空间指喻替代"霞飞

---

① 陈逸飞《海上旧梦》，陈逸飞工作室1993年，《人约黄昏》，上海电影制片厂1995年；谢晋《最后的贵族》改编自白先勇《谪仙记》，上海电影制片厂1989年；李少红《红粉》，北京电影制片厂1995年；张艺谋《摇啊摇，摇到外婆桥》，上海电影制片厂1995年；陈凯歌《风月》，汤臣（香港）电影有限公司1996年。

② 戴锦华.隐形书写——90年代中国文化研究[M].南京：江苏人民出版社，1999：125.

③ 《长恨歌》出版于1993年，恰逢"上海怀旧"浪潮兴起之时，以致被不少人误读为"上海怀旧"类的作品，有人还称之为"推向高潮"的作品。但是王安忆坚决反对这一看法。她认为《长恨歌》是现时的故事，表明了软弱的布尔乔亚覆灭在无产阶级的汪洋大海中。见王安忆，王雪瑛.《长恨歌》不是怀旧[N].新民晚报，2000-10-08.

路""法租界"等上海怀旧的霸权性、全球化指称。但是，这一行为并未中止"上海怀旧"浪潮的持续蔓延。

有学者认为，"老上海怀旧本身就是历史片面性的生动体现，因为这是一种意识形态的产物，是一部没有社会冲突的历史，一个浮华四溢的富人历史，一部绝对消费性的历史。在这样的语境，革命似乎变得不合时宜，甚至不再可能"①。以"新上海"②为背景题材的文学，大多堕入一种时尚的制造品。它们承续了由上海怀旧制造出的上海想象谱系，表述其对未来中国全球性想象的图景，如"上海摩登""国际大都市""欲望""消费文化""白领""小资""时尚"等，并以城市外在物质场景与个体消费经验的核心式描述呈现出来，不仅高度弥合了上海城市文化自身的差异性，也弥合了上海与欧美城市的异质性。新感觉派刘呐鸥、穆时英等人的城市想象性叙事被发扬光大，如棉棉等人的作品，也包括唐颖、殷慧芬、陈丹燕等"老作家"③的作品。其中，周励的《曼哈顿的中国女人》与陈丹燕的《慢船去中国》，把上海现代性逻辑嫁接到世界性的"美国逻辑"的想象当中，在所谓的"留学生"文学、"移民文学"中，以上海来表达对欧美的想象性叙事，获得了比之其他地方的等级优势。在20世纪90年代初、中期上海小剧场戏剧中，表现欧美跨国经验的剧目占压倒性多数，如《留守女士》《美国来的妻子》《东京的月亮》《喜福会》等剧长演不衰。上海的现代性逻辑为这些作品的欧美想象提供了最大的可能性。在这种逻辑中，上海的经验竟直接与欧美想象相通。在陈丹燕的《慢船去中国》中，主人公抓住了上海，成为抓住"美国"的前奏。郜元宝认为："《慢船去中国》一类小说，既不曾触及多少此地的现实，也不曾触及多少彼地的文化，而只是将此地的现实和彼地的文化传统笼罩在作者所接受、所

---

① 包亚明，王宏图，朱生坚.上海酒吧：空间消费与想象[M].南京：江苏人民出版社，2001：70.
② 此处的"新上海"之"新"，意即浦东开放后的上海，并非解放后之"新上海"。
③ 如唐颖的《红颜》《丽人公寓》，殷慧芬的《纪念》，陈丹燕的《吧女琳达》《慢船去中国》。

演绎的某种关于上海、关于美国、关于当代生活的制度性想象之中。"①

殷慧芬②与棉棉等人的作品,主要以上海为背景,其间,大量关于"机场""酒吧""大饭店""跨国"等高度全球化图景的拙劣描述表达了一种"世界居民"的身份想象,但上海城市的阶级、种族、殖民性等全球化图景中的应有之物统统被清除掉,更不必说上海城市的东方性以及解放后社会主义上海的政治性遗存了。

三

由此,20 世纪 90 年代以来的一部分上海书写,再次出现了新感觉派文学在"上海—西方""中国—西方"想象中的情形。韩少功在《暗示》中说:"高速公路和喷气客机的出现,改变了时间与空间的原始关系。时间而不是空间成为距离的更重要内涵,因此需要一种新的地图。由于交通工具的不同,从上海到郊县的渔村,可能比从上海到香港更慢。"③我们可以想象,上海与欧美新的空间距离,实际建立在一种新的全球化财富权力的逻辑之上。它并没有遵循上海作为中国城市的常识,却再一次将其放在与巴黎、纽约、伦敦、法兰克福等国际都市的身份比较与认同之中。在这个意义上,"上海和伦敦以及巴黎的距离就比和中国内地的距离更近"④。而且,这种关于对中国大都市的想象性表达正在弥漫全国,关于中国的国际性身份与中国大都市在财富和消费享乐意义上与欧美都市的同步,正在形成全国性风潮。⑤有人

---

① 郜元宝.一种新的上海文学的产生——以《慢船去中国》为例[J].文艺争鸣,2004(1):75-77.
② 其作品《焱玉》,讲述女主角都市化、白领化的过程,叙写"堕落也要讲品位,讲格调"的上海小资故事。
③ 韩少功.暗示[M].北京:人民文学出版社,2002:375.
④ 旷新年.另一种"上海摩登"[J].中国现代文学研究丛刊,2004(1):288-296.
⑤ 如邱华栋关于北京的小说,也完全没有了帝都、家园与新中国首都的身份叙述,变成了单一的国际都市的摹本。

甚至认为：90年代中期以后，"关于上海的制度性想象的介入，不仅改变了上海文学的素材与色彩，也改变了它的地位和性质，使得一种相对独立于整体的中国文学而又在某种程度上引领着整体的中国文学随它一起发生变革的新的上海文学成为可能"①。如果我们再把眼光上溯几十年，可以说，茅盾等人的上海叙述与50年代至70年代的上海题材文学，从属于整个的中国文学、国家文学。它在国家意义上，在关于国家的想象中表达着上海，从而将上海文学混同于整个中国文学，以至丧失了上海特征；而90年代，则上承新感觉派，在全球化、西方化的想象中，脱离了中国文学与中国特性，再一次丧失了上海特征。不管哪一种文学，都以丢掉"上海"为前提。其实，不管是30年代还是90年代，"旧上海"也好，"新上海"也好，乃至包括今天的上海，其充分的"全球化"根本未曾完全实现，它不过表现了国人对全球化、现代性的迫切向往而已。而对于"上海怀旧"来说，其所寻找的"旧上海"，已如同"新天地"、石库门一样，是一种想象中的赝品。正如王安忆在评论"上海怀旧"时说的："看见的是时尚，不是上海"，"又发现上海也不在这城市里"，"再要寻找上海，就只能到概念里去找了"②。詹明信在谈到美国根据小说改编的电影时曾说："怀旧"的模式，成为"现在"的殖民工具，它的效果难以叫人信服……换句话说，作为影片的观众，我们正身处"文本互涉"的架构之中。这个"互文性"特征，已经成为电影美感效果的固有成分，它赋予"过去特性"以新的内涵、新的"虚构历史"的深度。在这种崭新的美感构成之下，美感风格的历史也就轻易地取代了"真正"历史的地位。③詹明信认为后现代文化的一个主要特征就是怀旧，李欧梵对此进行了阐述。他认为："詹明信用的词是nostalgia，可能不能译为'怀旧'，因为所

---

① 郜元宝.一种新的上海文学的产生——以《慢船去中国》为例[J].文艺争鸣，2004（1）：75-77.
② 王安忆.寻找上海[M].上海：学林出版社，2001：22.
③ 詹明信.晚期资本主义的文化逻辑[M].陈清侨，等译.北京：生活·读书·新知三联书店，1997：459.

谓的'旧'是相对于现在的旧,而不是真的旧。从他的理论上说,所谓怀旧并不是真的对过去有兴趣,而是想模拟表现现代人的某种心态,因而采用了怀旧的方式来满足这种心态。换言之,怀旧也是一种商品。"[1] 在这一层面上,"上海怀旧"其实与棉棉等人的创作殊途同归,一者是对过去的想象,一者是对未来的想象,但都在表达着对上海公共的"世界性"神话。只是相对茅盾等人而言,他们悄悄地把"全球化"过程当中的殖民性抹掉了。上海城市的多元与复杂,又在这样一个层面被加以普遍化、中心化地推广,公共的、清晰的世界性意义再一次取代了复杂多元的本地意义。"上海性"再一次被等同于"世界性"了。

---

[1] 李欧梵.中国现代文学与现代性十讲[M].上海:复旦大学出版社,2002:93.

第三辑
文学中的上海叙述：物质、空间与身体

海派文学的"小叙事传统"*

对于海派文学,学界一般认为其具有完整的现代性叙述特征,而不曾注意到其内部叙事的差异。陈思和先生曾在《论海派文学的传统》中提出海派文学也有不同的传统这一命题,同时又在另一篇文章中提出了"都市民间"的概念。我以为,此两者,对于海派文学研究,提出了"现代性"之外另一向度的阐释。

我曾在一篇文章中指出,百年来上海叙述的大致历程,基本上是关于上海城市的宏大叙事,并脱胎于上海形象塑造的两大谱系:一是从现代性中有关民族国家意识的观点出发,去认识旧上海在世界主义殖民体系中的边缘性和关于它的消费性、工业破产、堕落、畸形等派生特点,以及摆脱殖民体系从而获得解放的国家元叙事;二是作为中国现代化中心地位,其包含的现代性普遍价值,如物质乌托邦、大工业的和非传统的。这一形象构筑,将一个在文化特征上不统一的、未完成的、非逻辑的、有差异的上海统一起来,排斥了其他"非现代性"的内容[①]。百年来对于海派文学的研究,基本上也是讨论上海城市的宏大"城市叙事史"。只是在20世纪90年代以后,由夏志清、李欧梵、王德威对于现代性叙述特别是对"日常性现代性"的强调,张爱玲、苏青等人才进入上海文学的研究视野。这些研究极有贡献,但仍有极强的"统一性""中心性"思维,即在"日常性现代性"这一概念下,他们仍试图

---

* 本文原载于《郑州大学学报(哲学社会科学版)》2009年第1期,《人大复印报刊资料·中国现代、当代文学研究》2009年第8期全文复印,收入本书时有改动。

① 张鸿声.文学中的上海想象[J].文艺研究,2013(8):60.

将有差异的海派文学统一起来，不脱"宏大叙事"的窠臼，只不过是将"日常性"代替了"解放""现代化"等元叙事而已。笔者注意到，陈思和先生仍立足于海派文学的多样性，将张爱玲的创作看作处于边缘的叙事传统——我们姑且称之为"小叙事"传统，这就将海派现代性叙事非统一的复杂状态揭示出来了。

那么，"小叙事"的内涵是什么呢？李欧梵和王德威的"日常性现代性"概念，通常被理解为口岸城市中的公民"私人生活领域"。这当然是有道理的。瓦特（Lan Watt）曾指出，西方现代小说的兴起，和"个人具体的生活"成为社会中心并得到承认有关[①]。"私性"被认为是合理的，其包含的"直接的有限价值"，成为小市民日常生活的一种主要状态，这在晚清小说中就已形成传统。有些学者对"日常性"的解释则表现出另一种思路。美国学者墨子刻的著作《摆脱困境——新儒学与中国政治文化的演进》被认为是开启了"中国中心观"的著作。他认为，由于中国社会的巨大变化，儒家的普遍主义遇到挑战，并产生了"新儒学"。"新儒学"不特别关注法律、国家、伦理等普遍秩序，而是把思考重心放在"地方主义利益"，即世俗日常生活状态[②]。韩毓海指出，20世纪40年代的传统研究者，如陈寅恪、冯友兰、钱穆，"他们研究的很可能也不是真正的儒学和儒学中的王阳明，而是借用这类研究来表述他们个人对当时社会的看法以及现代通商口岸城市文化的现实状态"，扩而大之，"在40年代以前，中国人倾向于把西方现代性理解为与追求不可见的意义秩序相关的文化叙事，而在政治、经济上，法国的'公民精神'和德国的'国民经济'被当作现代之核心。而在40年代的短暂时期里，追求直接满足的有限价值的世俗化英国经验主义传统，才在通商口岸被表述……'历史'和'真理'这些不可见的意义秩序不再被强调，在政治经济上，生活情趣代替了公民精神，民间社会代替了国家经济"[③]。像夏志清在《中国现代小说史》

[①] 瓦特.小说的兴起[M].高原，董红钧，译.北京：生活·读书·新知三联书店，1992.
[②] 墨子刻.摆脱困境——新儒学与中国政治文化的演进[M].颜世安，高华，黄东兰，译.南京：江苏人民出版社，1996.
[③] 韩毓海.从"红玫瑰"到"红旗"[M].上海：上海远东出版社，1998：96.

中说的：40年代的中国，"为了保持我们生活的正常，我们常常不得不牺牲理想，迁就现实"①。从这一角度来说，40年代在沦陷区口岸城市兴起的对于都市社会"私性"的描述，正是这一情形。

将海派文学的传统归之于口岸城市的市民日常状态，这个说法是正确的。但是，我们对"日常性"的解释不能过于西方化。如果将这一具有西方色彩的概念作为上海城市现代性的中心，便不能廓清中国城市"日常状态"的内涵。那么，这个口岸城市市民"日常状态"的内在核心是什么呢？应该说，市民生活属于上海文化中的基础部分，其存在基本上是在社会的中底层，其存在的方式是民间形式与民间形态。换句话说，它并非显性的外在主导形态，但构成了上海城市的基础，真实地反映出上海城市的东西方调和状态。陈思和先生有一个说法："民间的本来含义是指一种与国家权力中心相对立的概念，是指在民族发展过程中，下层人民在长期劳动生活中形成的生活风俗与心理习惯，民间的文化形态反映了下层人民自发产生，并且自然形成的一种文化现象。"②这就意味着，上海等口岸城市市民生活中有着强大的东方性。同时，陈思和还给予了都市民间一个特征描述，即"虚拟"，指的就是存在形式。事实上，陈思和先生所说的"民间性"有两个含义：一是"民间文化"，即市民性的内涵；二是"民间形式"，即市民性的存在方式。而这两者在东方城市，其实都具有东方性——不管是内涵还是存在方式。在上海这样的大都市，在城市现代性主导之下，来自内陆各地的民间文化与都市资本主义相结合，产生"小市民性"。它不再是内陆的民间文化，但又包含了原本就有的乡村特征，所以只能以"民间"的形式表现出来。相当程度上，它也被都市化了，并参与了都市化的某种进程。这样，具有东方色彩的"民间性"便不再构成与城市的决然对立，而是构成了现代城市自身逻辑的一种。这是海派文学"小叙事"传统的根本含义。

近代以来，文学进行上海书写，应从晚清民初小说开始。其对于上海的

---

① 夏志清.中国现代小说史［M］.上海：复旦大学出版社，2005：325.
② 陈思和.中国现当代文学名篇十五讲［M］.北京：北京大学出版社，2003：347.

观察，基本上在于"维新"与"腐败"两个方面，即写洋场与欢场。晚清时代，以王韬、梁启超的作品与谴责小说为代表，上海文学已表现出国家想象与现代化想象互动的初步状况。"洋场"与"欢场"模式也初步呈现出上海现代性叙事的模式，并开始全面确立"文学中的上海"两大形象谱系：旧上海的殖民性与物质乌托邦。

但韩邦庆的《海上花列传》则属另外一种创作。从空间叙述来说，他是把妓院当作近代上海的公共空间符号来写的。但这一写照，却落脚于中国古代传统的"倡优士子"模式。一般都认为，这是对海派另一传统的开启。笔者以为，这一传统的核心，在于如何将上海现代性衔接于旧中国社会之中。王德威曾评述："《海上花列传》将上海特有的大都市气息与地域色彩熔于一炉，形成一种'都市地方色彩'，当是开启后世所谓'海派'文学先河之作。"[①] 其实，所谓"地方色彩"，就是乡土色彩。比如，自韩邦庆《海上花列传》后，许多通俗小说都以外乡人到上海作为小说开端。虽类似巴尔扎克笔下"拉斯蒂涅式"的人物描写，但其实，说其延续了晚明小说的影响可能更准确些，因此有学者将其称作"都市乡土小说"。再比如"鸳鸯蝴蝶派"的创作，韩毓海认为，"鸳鸯蝴蝶派小说提供了早期社会合理化进程中的叙事样式"，其中一点就是，"作为言情小说，它反对爱情至上的非理性，而将爱情客观化为一夫一妻制小家庭和严厉的市民伦理"，"现代合理主义渗透到生活领域，带来的就是对一夫一妻制的现代小家庭的严格合理化要求"[②]。

到了20世纪30年代，上海文学基本上属于"现代性"的"大叙事"传统。茅盾从国家意义上，将上海作为殖民地国家文本，以上海转喻中国国家的性质。而新感觉派则恰恰相反，他们力图突出上海在物质消费方面的西方现代性意义，因此，他们直接将上海与欧美城市对应，并祛除了上海城市本身的乡土色彩和地方色彩。到40年代，战争使30年代"大叙事"的意识形态格局难以继续。1941年北平文坛对于公孙燕作品的批判，可以看作对穆时

---

① 王德威.被压抑的现代性——晚清小说新论[M].宋伟杰，译.北京：北京大学出版社，2005：103.
② 韩毓海.从"红玫瑰"到"红旗"[M].上海：上海远东出版社，1998：51.

英式的城市文学的一种强烈反应。对他的批判，尽管是关于写作趣味的，但是也意味着对于这类作品有关城市现代性"大叙事"传统的一种遏止。这在某种程度上可看作由于中国整体社会情况的变化，新感觉派式的上海书写也到了尽头。此时沦陷区文化的力量，需要在汉奸文学与抗战文学的夹缝中走出生存的道路，而切近"五四"时期的关于"人生的现实、发掘和创造"的主题。沦陷区数次文艺界争鸣，都和"为人生"传统的恢复有关。

40年代是海派文学"小叙事"传统的高峰。在百多年来的上海文学中，张爱玲是极少将上海作为"中国"来理解的作家之一，她将乡土中国理解为上海自身城市逻辑，甚至是一种"底色"。这使她对上海的表现，获得了空前的深度。比如，对于家庭形式，张爱玲发现了其在过渡状态中的乡土性。《金锁记》《倾城之恋》《留情》都描述了一个传统意义上的大家庭，也都有一个类似贾母式的老太太，拥有着至高的权力。而其他成员，大都各据辈分名分，一般不逾出礼制，消费生活中仍保留着合财共爨的制度，没有过多属于个人的财产。曹七巧大闹公堂与白流苏为人情妇，可视为传统家庭伦理紊乱的征象。张爱玲小说中家庭形态仍属于过渡式。七巧分家之后的家庭与聂传庆（《茉莉香片》）的家庭，虽然或是从大家庭分离而出，或是人员组成上略具核心家庭形式，但基本上仍呈现出隐性的父子纵向结构（七巧可视为父权的替代物）。由父权对子女人身占有，衍生出家长的专制。而有些家庭，如佟振保家则较复杂。佟振保有高堂老母，但其仅仅作为振保赡养的对象，并不能履行父权。因此，这一家庭并非传统型家庭，在结构上有夫妻横向家庭之相。但是，振保与妻子之间没有平等关系，妻子没有任何独立自由可言，因此并无夫妻核心家庭之实，从总体来看，属于传统与现代因素皆有而又以传统为主的家庭形态。另外，《心经》《花凋》《琉璃瓦》所描述的，大都切近《红玫瑰与白玫瑰》，呈现出一种东方的真实家庭面目。

在谈到上海人时，张爱玲认为："上海人是传统的中国人加上近代高压生活的磨炼，新旧文化种种畸形产物的交流，结果也许是不甚健康的，但是这里有一种奇异的智慧。"① 这种"奇异的智慧"便是包容了东方性与西方性，同时又化为都市自身内在逻辑的上海人特性。就像她所说的，上海人之"通"表现为"文理清顺，世故练达"，上海人之"坏"表现为"趋炎附势""浑水摸鱼"。在《红玫瑰与白玫瑰》中，佟振保这个"最合理想的中国现代人物"，并没有所谓西方的"绅士"特征。其人生逻辑仍具有一种标准的中国男人特征：敬奉母亲、提携兄弟、义气、克己，这是他被公认为"好人"的核心。所以，在谈到香港与上海两个城市时，张爱玲直言不讳地说，"我喜欢上海人"，"香港没有上海有涵养"②。在她看来，香港即使有东方文化，也没有建于自身逻辑之上，更多的是经宗主国殖民猎奇心理转手而来的，不像上海那样土生土长。张爱玲所谓"涵养"，指的是一种文化根，而上海的"涵养"，就是土生土长的中国乡土特征。

20世纪40年代表现上海的文学，几乎都有这种特征。钱锺书《围城》所写，不管是情人间的关系，还是客厅里朋友的倾轧，又或是小家庭里的争吵，几乎都被东方关系所支配。东方式的伦理人际，就是使方鸿渐无法摆脱的"围城"。至于挂名"岳父"与挂名"女婿"，教授之间的争斗和报馆里微妙的关系，更是上海作为东方城市的逻辑的显现。在苏青的《结婚十年》里，苏怀青的一生都笼罩在夫权阴影之下。她那些貌似"独立"的行为，始终不能冲破这层罗网。在灰暗无光的夫妻生活中，一系列的争执、和解都源于一种无法离开男子的隐私心态。予且则以东方市民的活命哲学来解析上海人生，其《命学新义》其实就体现了一种在都市高压生活下的东方生活技巧。苏青曾说，理想的人物应当是爽直、坦白、朴质、大方的，而其接触的人物，则扭捏作态。这就是海派"小叙事"的逻辑：一切都建之于东方生活的平静之中，而与现代性无涉，是一种常识性的经验写作。由此看来，上海城市日常状态，主要是在现代性压迫下以传统文化为主的城市精神，与现代性"大叙述"大为不同。海派文学"小叙事"传统的另一个高峰期是80年代至90年

---

① 张爱玲.到底是上海人［M］.上海：五洲书报社，1944：58.
② 张爱玲.到底是上海人［M］.上海：五洲书报社，1944：58.

代初。这一时期,上海经济跌入了它自开埠以来的最低谷。但是,对于文学来说,这恰恰成为上海文学摆脱现代性"大叙事"而立足于地方知识的绝佳时机。这里似乎表现出一种必须被承认的悖论,即上海愈是发达,其国家意义愈是突出,愈是会将自我的东方性/地域性抹掉;而当其困陋之时,其体现的国家性与现代性含义降低,反而凸显出在国家意义剥去后其自身真实的地方面貌。因此,在20世纪80年代末出现了一种现象:当广州、深圳等华南城市大兴"商界"文学之时,上海开始悄悄涌动起了中产阶级生活叙事。而这恰恰是上海国家叙事繁盛之时极为匮乏的,它只是在上海沦陷之际在张爱玲、予且等人手中昙花一现。不消说,那也是一个上海开埠以来的凋敝期。

中产阶级书写,最初是程乃珊《蓝屋》《女儿经》,后有王安忆《"文革"轶事》、叶辛《家教》等。中产阶级书写具有鲜明的个性特征,其关注的是将城市个体经验中的城市史逻辑,以潜在状态的民间形式发掘出来。它发现的是宏大的国家叙事之外的旧上海历史遗存,而这遗存在解放后一直是以民间形式存在的。有人认为,这一批作品已经开始"上海怀旧"。此说法并不恰切。因为按照詹明信的看法,"怀旧"是要模拟现代人的心态,赋予"'过去特性'新的内涵"[①],而此时的中产阶级书写尚未意欲模拟90年代以后国人的全球化企望。它所涉及的旧上海精神遗存,只是要在其中找寻国家中心生活之外的日常生活脉络。因为旧上海的繁华,在解放后的几十年间,早已磨损成寻常百姓家日常生活的丝丝暗痕,并以不被知晓的潜在状态以民间形式表现出来。即便是旧日显赫的大资产者的生活形态,经历解放后几十年的消磨,已不再是一种外在呈现,而显得极其内在化,反而构成了独特的城市民间逻辑。当其外在形态消退之后,它们反倒构成了上海内在的精神特质。这一情形,在叙事策略上与张爱玲创造的上海文学"小叙事"传统接壤,"上海"获得了叙述上非国家的"地方性",因而王安忆等人被称为"张爱玲的传人"。从某种意义上说,这也是当初张爱玲创作的路数。

---

① 詹明信.晚期资本主义的文化逻辑[M].陈清侨,等译.北京:生活·读书·新知三联书店,1997:459.

晚清文学中的上海叙述*

近代以来，文学进行上海书写，应从晚清民初小说开始。其对于上海的观察，基本上在于"维新"与"腐败"两个方面，即写洋场与欢场。两者都不同程度存在着书写者依据不同的理念诉求对上海的想象性叙述。

由"维新"主题所衍发的是对于"进步"的上海融入世界的某种想象。在晚清上海，宣鼎、王韬、邹弢等人已开始将上海生活写进长篇与短篇小说中。王韬的《淞隐漫录》《淞滨琐话》，虽包含了某种猎奇、艳遇的成分，但上海风貌已渐渐展露。《淞隐漫录》中的《媚梨小传》与《海底奇境》描写了中国男子与西洋女郎的恋爱故事，其中部分情节在上海展开。有人认为，在作品中，西洋女郎作为西方科学与财富的化身，唤起的是中国男子渴望进入世界的愿望；西洋女郎对中国男子的爱慕，毋宁说是与当时实际上的东西方关系相反的一种想象，因此，王韬表现出"世界整体化的观念"，是一种浪漫的想象与愿望的达成，一种对现实中缺乏的事物的补偿，通过写作、想象的方式，描述一种中国与西方实际上不可能的遭遇[①]。这可以说是关于上海现代性最初的想象。在晚清民初小说中，上海城市形象进入文学，缘于《海上花列传》等狭邪小说。至19世纪90年代，上海方面的章回体小说集中于妓院与妓女生活题材。其中，韩邦庆的《海上花列传》写一对一的嫖客和妓女之间的感情关系。从空间叙述来说，《海上花列传》把妓院当作近代上海的公共

---

* 本文原载于《学术论坛》2009年第1期，收入本书时有改动。
① 王晓文.《淞隐漫录》：晚清时期对中国现代性问题的浪漫想象[J].徐州师范大学学报（哲学社会科学版），2005（5）：19-23.

空间符号，虽落脚于妓女生活，但仍涉及诸多只有在上海才能得见的近代都市文化的图景，如行业、团体、阶级等。在清末上海城市近代形态初现的时期，男女自由交往的空间并不是20世纪30年代新感觉派笔下的舞厅、咖啡馆与跑马场那一类，因而描写妓院，其实是小说家们在上海找到的第一个公共空间。而且，完全商业化的娼妓业经营，造成妓女与嫖客之间的复杂的社会、阶级关系。韩邦庆在关于上海的叙述中，初步提出了情欲主体的形式与上海资本主义发展初期时阶级、权力因素的相互纠结。即使是以后《海上繁华梦》等单纯描写妓家奸诡、欺诈嫖客的"溢恶""媚俗"等小说，欢场也已呈现出包含上海新城市最早的社会性空间想象。

王德威曾评述《海上花列传》说："作者韩邦庆为百年前一群上海妓女作列传，兼亦预言上海行将崛起的都会风貌"，"《海上花列传》凸显上海为一特定地理场所，为有关沪上的故事提供了空间意义"，"《海上花列传》将上海特有的大都市气息与地域色彩熔于一炉，形成一种'都市地方色彩'，当是开启后世所谓'海派'文学先河之作"①。自此以后，晚清与民初通俗小说中关于"维新""新气象""新事物"的背景，大都发生于上海。如《海天鸿雪记》（二春居士）、《负曝闲谈》（蘧园）、《海上繁华梦》（孙家振）、《上海游骖录》（吴趼人）、《近世社会龌龊史》（吴趼人）、《续海上繁华梦》（孙家振）等长篇，也包括《官场现形记》（李伯元）、《文明小史》（李伯元）、《活地狱》（李伯元）、《二十年目睹之怪现状》（吴趼人）、《孽海花》（曾朴）等著名的谴责小说，还有不计其数的其他作品。在这些作品中，上海作为中国第一都会，以其新文明的渊薮，被众多文人进行了想象性的描述，从中可以看出国人对近代中国格局的某种理解。二春居士的《海天鸿雪记》对于上海作为中国中心的空间意义认识相当有代表性：

上海一埠，自从通商以来，世界繁华，日升月恒，北自杨树浦，

---

① 王德威. 被压抑的现代性——晚清小说新论［M］. 宋伟杰，译. 北京：北京大学出版社，2005：102-103.

南至十六铺,沿着黄浦江,岸上的煤气灯、电灯,夜间望去,竟是一条火龙一般。福州路一带,曲院勾栏,鳞次栉比,一到夜来,酒肉熏天,笙数匝地。凡是到了这个地方,觉得世界上最要紧的事情,无过于征逐者。正是说不尽的标新炫异,醉纸迷金。

在作者的理解中,所谓上海"繁华"的空间线索定位于"北自杨树浦,南至十六铺"外滩这一带的工业、商贸、港口区域以及福州路的欢场。虽然对福州路欢场的描述语句不无指摘,但它不同于古代勾栏北里之处,正在于其"新"。《歌场冶史》第一回便讲到上海之于全国服装的领导地位:"却说上海一埠,自从海通以后,不但成了中国商业的总枢纽,并且上海的风俗习惯,也成了内地的模范。"陆士谔的《新上海》在开头即说出其宗旨:

> 话说上海一埠是中国第一个开通的城市,排场则踵事增华,风气则日新月异。各种新事业都由上海发起,各种新笑话,也都在上海闹出。说他文明,便是文明,人做不出的,上海人都能做得出。上海的文明,比了文明还要文明。说他野蛮,便是野蛮,人做不到的,上海人都会做得到,上海的野蛮,比了野蛮的还要野蛮。

也正因此,自韩邦庆《海上花列传》后,许多通俗小说都以外乡人到上海作为小说开端,范伯群先生认为这是一条当时小说的文字"漫游热线"[1]。如孙家振《海上繁华梦》《黑幕中之黑幕》写苏州人与崇明人到上海;包天笑《上海春秋》与严独鹤《人海梦》写苏州人到上海,毕倚虹《人间地狱》写杭州女郎到上海,姚鹓雏《恨海孤舟记》写报人从北京到上海等,不一而足。而这一时期"滑稽小说"中的常见题材也是外乡人到上海学时髦。虽然作品所写大都为人们进入上海之后的堕落,但类似巴尔扎克笔下"拉斯蒂涅式"的人物描写与开头综论上海特性的引子,恰恰成为对于上海成为近代中国中

---

[1] 范伯群.论"都市乡土小说"[J].文学评论,2002(3):112-119.

心的预言。

美籍日裔学者酒井直树在谈到现代性时曾说，现代性是与它的历史先行者对立而言的，也是与非西方相对照的，所以现代的西方与前现代的非西方这两个不同的范围被区分开来①。综观这一时期有关上海的通俗文学，从其描写题材来说，已渐渐脱离东方的（非西方）、传统的（非现代的）叙述框架。包天笑学习吴趼人《二十年目睹之怪现状》串联时间材料的小说写法，把《时报》中本埠新闻写进《上海春秋》，将各种新奇古怪的新生物悉数包罗。比如外国公堂审判绑架案，"苦主"皆可在公堂旁听；妇女对自己的婚姻不满，便依商务印书馆出版的《离婚问题专号》以法律手段解决；汽车横行，被称为"市虎杀人"；新开舞厅，人们趋之若鹜；电影兴起，美校模特成为明星；还有交易所的兴办，康白度（买办）的出现以及这些对社会风尚的影响②。"海上说梦人"（朱瘦菊）的《歇浦潮》中大量描述保险公司的创建、文明新戏的堕落、上海律师业的发展与黑幕、租界里的各种洋规矩、房地产业的繁荣与石库门里弄住宅的兴起；蘧园的《负曝闲谈》大量涉及上海舆论界（办报、译书）与新党维新活动；严独鹤的《人海梦》则涉及教育界保守派与革新势力的斗争。此外，还有孙家振的《黑幕中之黑幕》写中国新兴律师业，吴趼人的《发财秘诀》写中国买办阶级发家史，江红蕉的《交易所现形记》叙述1921年上海交易所的大兴与倒闭等。这一类通俗小说，在取材上很多来自上海新生活，以致新名词、新语汇俯拾皆是。

胡适在评介记述上海各种社会生活知识的《上海小志》中说："'贤者识其大者，不贤者识其小者'，这两句话真是中国史学的大敌。什么是大的，什么是小的，很少能正确回答这两个问题。朝代的兴亡，君主的废立，经年的战争，这'大事'在我的眼里渐渐变成了'小事'，或者一句女子'蹑利屣'这种事实，在我们的眼里比整个楚汉战争重要得多了……故一部《二十四史》的绝大部分只是废话而已，将来的史家还得靠那'识小'的不贤者一时高兴

---

① 张京媛.后殖民理论与文化批评［M］.北京：北京大学出版社，1999：384.
② 范伯群.中国近现代通俗文学史［M］.南京：江苏教育出版社，1999：342.

记下的一点点材料。"① 清末民初通俗小说其实是文人依据各种对上海新事物、新生活的烦琐介绍与写实性的叙述，来完成其对上海作为现代性城市与西方"窗口"的叙述，并以此获得了初步的上海现代性叙述。对此，夏志清曾评述说："他们的长处是对于 Mores（拉丁语：社会、集团等遵循的习俗、惯例——引者）大感兴趣，当时人的服装、生活情形、物价等记录得很详细，可能也很正确。"②

晚清民初小说的另一属类即科幻小说。其实，晚清科幻小说并非完全的"科学幻想"，其实亦是一种政治小说，特别是关于国家未来想象的乌托邦文学。这类小说上接王韬的《淞隐漫录》等作品，往往通过对理想世界的想象，不仅戏剧性地介绍各种西方科技文明，而且不断地勾勒出新的国家政治图景，在科学技术与国家政体两个方面，对现实中不曾出现的现代化展开想象性描述。也就是说，把不曾具有的未来的国家图像，投影到虚幻玄妙的理想之中。

1908 年，吴趼人著《新石头记》，贾宝玉被写成一个在不同时空中的旅游者。他与焙茗首先来到晚清的上海与北京，不仅见识了各式洋物，还目睹了义和团"扶清灭洋"、刀枪不入的神拳法术无力抵御列强的枪炮；自上海到汉口，一路见闻中俄密约的签订以及维新失败等坏消息。然后，宝玉恍惚间来到"文明地界"，这"文明地界"在政治、科技、教育与道德上几乎是一个超级的现代帝国，不仅君主圣明、百姓循理，而且科学昌鼎。在这里，气候可以人工控制，一年可收成四次，各种食品用热气蒸制，提取精华，制成液态食物，使人延年益寿。资讯方面则有"千里仪"和"助聪器""助明器""透水镜"等先进设备。"飞车"如鸟一般飞翔，而"遁地车"在地下穿梭。宝玉不仅驾飞车在沙漠之上猎禽，还能够乘潜水艇在海底漫游。此外还有水师学堂、新式医院、制造厂，等等。在小说结尾，一连串的梦境出现，宝玉在梦中又回到中国。使他大为吃惊的是，在中国长江边上，早已展开了工业化图景。两岸工厂林立，巨型轮船在江上穿梭而行。很显然，吴趼人通过科幻想

---

① 胡祥翰.上海小志[M].上海：上海古籍出版社，1989：3.
② 夏志清.夏济安对中国俗文学的看法[M]//夏济安.夏济安选集.沈阳：辽宁教育出版社，2001：215-236.

象了一幅未来国家的图景,而这幅图景就发生于长江边上(上海以及周边土地上),或者说这幅图景就是依托上海而展开的。

梁启超的《新中国未来记》是一幅关于未来中国政治的乌托邦图画。小说写1962年正月初一中国举行维新五十年大庆典,在上海开设大博物会,吸引了无数外国游客,其中包括几千位著名的专家权威以及数万名大学生,公推博士三十余人进行分类讲演,并请孔觉民老先生"讲述中国近六十年史",追述六十年前中国的维新历史。这部政治乌托邦小说并未完成,仅成五回。从其写作框架看,中国的未来政治为预备时代(广东独立)、分治时代(南方各省自治至全国国会开设)、统一时代(成立联邦共和国)、殖民时代(置产兴业,文学、物力丰实,冠绝全球)、外竞时代(战胜俄国,抗衡美、英、法)、雄飞时代(在中国京师召开万国和平会议,中国宰相为议长,奠定全球霸业)。在这部未完成的小说中,中国被赋予了与欧美列强一样的霸主想象,其第一回壮观的讲演场面"使我们想到《妙法莲华经》开始时为释迦宏伟的讲道所安排的场景"①,显然是对宏大的现代化国家的无限憧憬。在这一想象中,上海充当了未来完成时的落脚点。陈天华的《狮子吼》(1904年至1905年发表在《民报》),也是一部未完成的作品,手法上基本仿效《新中国未来记》,以"楔子"托言梦境,叙者梦见自己来到繁华都市参加"光复五十周年纪念会",并在"共和国图书馆"中读到《光复纪事本末》,以此引出从坚拒满洲到拒日、拒俄过程以及议事厅、警局、工厂、学校、医院等新政。在这部作品中,繁华都市仍充当了近代化完成状态的国家象征。两部作品的国家意义甚为突出,以致时人有"作为国民之标本"的称誉②。无独有偶,陆士谔的《新中国》也以上海为未来中国现代化的完成地。小说叙写梦者来到宣统四十三年(1951年)的上海,这已经是立宪四十年后了。在上海,电车在地下行驶,铁桥横跨黄浦江,浦东与上海一样繁华;西洋留学生纷纷来留学,不仅英捕、印捕不见了踪影,所有洋人都对中国人非常谦恭,还有工业与海

---

① 夏志清.新小说的提倡者·严复与梁启超[M]//夏志清.人的文学.沈阳:辽宁教育出版社,1998:52-82.
② 阿英.晚清文学丛抄:小说戏曲研究卷[M].北京:中华书局,1960.

军都列世界之先。上海的这一景象是与中国全球霸主地位相对应的,中国皇帝还当了世界弭兵会会长。还有徐念慈的《新法螺先生谭》,叙述法螺先生在游历太阳系后回到上海,发明"脑电"并开办学校,以教授人们促进生产。小说中出现了一些科技术语,如"造人术""循环系统""卫星"等。在这些作品中,上海充满了现代化完成状态的国家象征。所有这些,应当说都建立于当时国人对上海的认知之上,也标志着近代以来关于上海的国家想象与现代化想象的开端。

晚清民初小说上海叙述的另一大方面是关于对上海的道德性憎恶。这个阶段的上海题材小说,各种所谓黑幕、揭秘、大观、游骖录、繁华梦等不可计数,尤其是谴责小说。在作品中,关于上海的各种丑恶,举凡烟、赌、娼、无耻、下流、邪恶、坑、蒙、拐、骗、买官卖官、流氓、拆白党、白相人,无一不涉及,而所谓崇洋、奢靡、浅薄,也几乎遍地都是。关于这一点,学界论述已经很多,本书不再赘述。

需要说明的是,在近代以来各种文字中,对于上海道德厌恶的想象,其根基在于对上海作为"飞地"的看法,并与上海物质文明的"繁荣"相关。也就是说,上海被作为"非中国"与高物质的夸张处理,表现出文人对中国文化价值被摧毁与西方物质文明建立的一种恐惧。在多数表述中,上海被视为与内地相对立的异己力量,因此这种意义上的道德厌恶,带有关于上海想象的意味:内地不可能发生的事情,在上海都可以发生。病僧在《上海病(一)》中说道:"不见夫未饮黄浦水者,规行矩步如故也,一履其地,每多抑华扬洋,风尚所趋,不转瞬间,而受其同化,生存之道未效,而亡国亡种之想象维肖。"① 看来,这位论者对于上海人堕落原因的分析,主要在于上海人价值评判系统中的"抑华扬洋"倾向。类似的论调,基本上不把上海之恶看作中国固有之物,而是强调上海之特异于整个中国的"飞地"状态与传统文化价值体系在上海全面崩坏的想象。所以,在论及谴责小说时,王德威认定其暴露了"价值系统的危机","在这丑怪叙事的核心,是一种价值论的

---

① 病僧.上海病(一)[N].民主报,1911-06-13.

(axiological)放纵狂欢(carnival)。它对价值观(value)进行激烈瓦解,并以'闹剧'作为文学表达形式"①。直到新文化时期,周作人、陈独秀、林语堂、沈从文等仍以殖民地形态去看待上海的腐烂,试图将传统中国及内地在时间层面和空间层面都与上海划清界限。陈独秀居然写下《上海社会》《再论上海社会》《三论上海社会》《四论上海社会》等篇,在他眼中,上海一无是处。王统照径直认为:上海"各种人民的竞猎,凌乱,繁杂,忙碌,狡诈,是表现帝国主义殖民地的威风派头"②。傅斯年将上海看成毫无创造力的地方,"绝大的臭气,便是好摹仿"③。周作人虽然辩证一些,认为"上海气是一种风气,或是中国古已有之的,未必一定是有了上海滩以后方才发生的也未可知。因为这上海气的基调即是中国固有的恶化"④,但"恶化"之因在哪里呢?他又认为"上海滩本来是一片洋人的殖民地,那里的(姑且说)文化是买办流氓与妓女的文化,压根儿没有一点理性与风致"⑤,因此,这种"恶化","总以在上海为最浓重,与上海的空气也最调和"⑥。

因此,在晚清民初表现腐败的小说中,存在着与表述上海"维新"同样的视角,即外乡人到上海如何学坏:男人成为流氓、拆白党、恶棍;女人则沦为妓女。吴趼人在《文明小史》十四回写到一位老太太坚决反对儿子去上海读书,说"上海不是什么好地方。我虽然没有到过,老辈子的人却经常提起,少年子弟一到上海,没有不学坏的,而且那里的混账女人很多,花了钱不算,还要上当"。黄花奴在《杨花梦》中说:"沪地人烟既萃密,于是盗贼奸邪,藏形匿迹,胥以斯为安乐窝。光天化日之下,纵容若辈横行,一无顾忌,若好繁华场,随处皆为陷阱。居其地者,仍不留意,尚且堕入百丈深渊,为若辈罗网中物。远方客子,贸然来游,实无异若辈之随口肉馅,颠之倒之,

---

① 王德威.被压抑的现代性——晚清小说新论[M].宋伟杰,译.北京:北京大学出版社,2005:216.
② 王统照.青岛素描[M]//王统照.王统照散文选集.天津:百花文艺出版社,1982:71-84.
③ 欧阳哲生.傅斯年全集[M].长沙:湖南教育出版社,2003:378-379.
④ 周作人.上海气[J].语丝,1927(112):15-16.
⑤ 周作人.上海气[J].语丝,1927(112):15-16.
⑥ 周作人.上海气[J].语丝,1927(112):15-16.

为事更易之。文明云乎哉？繁华云乎哉？直万恶之薮耳。"这种指摘，对上海作了"非中国化"的想象，而内中多次出现的"繁华"一词，则将堕落与物质发达相连。物质繁荣产生邪恶，它构成了近代以来关于上海"现代文明窗口""殖民形态"之外又一种想象。所以恽铁樵在《工人小史》中说："上海者，不可思议之怪物也。彼都人士，狐裘皇皇，望之，几无一非神仙中人，然贫人流离琐尾而至此者，虽有伍大夫之箫，不许吹也。"对此，张秋虫在小说中表述得更清楚：

> 有钱的想到上海来用钱，没有钱的想到上海来弄钱，这一个"用"字和一个"弄"字就使斗大的上海，平添了无数奇形怪状的人物……高鼻子的骄气、富人的铜臭气、穷人的怨气、买办的洋气、女人的骚气、鸦片烟的毒气，以及洋场才子的酸气。①

综上所述，晚清民初小说已经开始在世界主义的背景下展开对于上海现代性的想象。在梁启超等人的政治乌托邦小说、韩邦庆等人的狭邪小说与李伯元、刘鹗等人的谴责小说以及后来的鸳鸯蝴蝶派小说中，文学中的上海分别被赋予了现代民族国家、"文明的出张所"与隔离于内地的"飞地"等想象意义，呈现出近代以来上海想象的初步状态。值得注意的是，这几种想象都以上海融入世界作为潜在的框架，而呈现出"去中国化"与"去内陆化"的特征。如《新中国未来记》明显是以欧美特别是英、法、美等列强为国家想象依据的，源于中国在资本主义世界格局中对边缘文化的焦虑与摆脱焦虑的努力。将中国自列于列强甚至想象中国在世界上的霸主地位，更表明作者对当时世界主导格局的认同，甚至不乏"西方主义"式的成分。鸳鸯蝴蝶派描写上海新事物，固然带有写实的经验成分，但作者的"维新是求"的写作风气与对上海繁华的中心地位的认定，也是立足于"新""变""奇"等现代性基础上的。谴责小说中关于上海腐败、堕落等种种指摘，则初步将上海与乡

---

① 张秋虫.海市莺花[M].合肥：安徽文艺出版社，1998：11.

土中国作了时间与空间意义上的分离。抗拒现代性，是谴责小说叙述丑恶、堕落的"上海"之后的某种反映。

应当说，在总体的世界主义中心/边缘背景下，晚清民初小说开创了近代以来上海想象的巨大传统，即国家意义的传统与现代化逻辑传统，创立了企图进入全球性资本主义世界中心而竭力摆脱边缘、附属地位的大叙事。不论是政治上，还是经济物质与社会生活意义上都是如此。事实上，这种现代性并未被五四以后的文学所压抑，反而被继承与光大，并与"改造国民性"这一世纪主题相连。这一情形又开启了新文学整体上的两大传统：一是中国文化的改造问题，二是有关民族解放、爱国主义的文学表现问题。只有另一种现代性，即王德威、李欧梵指出的"日常性现代性"，确如王德威所言"被压抑掉了"。基于市民社会雏形而产生的日常生活的"有限合理性"，即城市社会的"私性"领域，在五四以后便很难进入以启蒙现代性为主体的新文学领域，成为一条隐性的线索。由此看来，由晚清民初小说奠定的初步的上海想象，基本上仍可以说是一部关于国家与近代化的宏大叙事传统的雏形。

新感觉派小说人物的符码特征*

不止一本论著谈及新感觉派在人物身体描写上的符码特征，比如李欧梵在《上海摩登》第三章以"脸、身体和城市：刘呐鸥和穆时英的小说"为题展开。李今在《海派小说与现代都市文化》中，论及"颓废女人的形象和意象"。不同于李欧梵的是，李今还为女人形象设定了"意象"之味，并谈及女性身体与动物意象（蛇和猫）、传统意象（花和月亮）、吸血鬼意象（木乃伊）之间的关系。另外，张英进也谈到黑婴小说中"女性常常被表现为谜一般的符号性文本"[①]等，颇有见地。在我看来，前述研究都隐含了新感觉派对上海女性现代属性的认定，颇含卓见。不过，对人物的符码特征，我们似乎更应扩大一些认识范围。事实上，符码式的表现在新感觉派那里最终是一种程式化、流行化、表面化的写作。它不仅包括人物体貌方面的特征，还包括生活方式的，诸如消费生活与男女交往；而在男女交往方面，场所（空间）、器物、过程（如竞技冒险）等也应该纳入研究范围。那么，总括来看，其最终表达的含义又是什么呢？

一、人物体貌的西方特征

对身体的叙述，历来与种族、文化、政治相连接。但新感觉派所描写的

---

* 本文原载于《厦门大学学报（哲学社会科学版）》2009 年第 5 期，收入本书时有改动。

① 张英进. 都市的线条：三十年代中国现代派笔下的上海[J]. 冯洁音，译. 中国现代文学研究丛刊，1997（3）：93–109.

人物体貌，如同其场景表现一样，恰恰是要弥平各种差异，甚至是种族差异，以达到在种族意义上对上海的西方想象。

我们不妨抽取几例。穆时英《五月》中的蔡佩佩："画面上没有眉毛，没有嘴，没有耳朵，只有一对半闭的大眼睛……和一条直鼻子，那么纯洁的直鼻子。"《夜》中的舞女："她有个高的鼻子，精致的嘴角。"《骆驼·尼采主义者与女人》中某少女："她绘着嘉宝型的眉，有着天鹅绒那么温柔的黑眼珠子和红腻的嘴唇。"《红色的女猎神》中的女匪首："天真的纤眉和一条希腊型的高鼻梁。……她有着不搽粉，只搽了胭脂的，娇憨的脸色，因为她的嘴上刻画着明确的弧线，意志的弧线。"刘呐鸥《游戏》中的女子："这个理智的前额，和在它上面随风飘动的短发，这个瘦小而隆直的希腊式鼻子，这一个圆形的嘴型和它上下若离若合的丰腻的嘴唇，这不是近代的产物是什么？"《流》中的一位女革命者："她可以说是一个近代的男性化了的女子。肌肤是浅黑的，发育了的四肢像是母兽的一样地粗大而有弹力。当然断了发……"《风景》中的近代女性："看了那男孩式的断发和那欧化的痕迹鲜明的短裙的衣衫，谁也知道她是近代都会的所产，然而她那个理智的直线的鼻子和那对敏活而不容易受惊的眼睛就是都会里也是不易找到的。"《两个时间的不感症者》中的近代型女性："一位 sportive 的近代型女性，漂亮的法国绸下，有弹力的肌肉好像跟着轻微运动一块地颤动着。"叶灵凤《第七号女性》中的第七号女性："烫发，Reynolds 型圆脸，大眼睛，不加修饰的眉毛和嘴唇。有时，两颊有胭脂的晕痕，削肩……"

不用引述下去，我们已经确切得到了一幅关于都市女郎的面貌：这位女郎身材娇小，胸部丰满，腰与肩较为消瘦，四肢显得较有力量，肤色不是特白，头部的明显特征是短发、高鼻子。这样的女郎当然是性感的，但绝不止于性感。或者说，性感并不是其所要凸显的。我们看到，除了腰与肩部的瘦削为东方女子的特征之外，其所要突出的是脸部轮廓线，特别是高直的鼻子，是明显的欧洲人体貌特征，作者甚至不断用"希腊式"一语来明确表达。除此之外，人物身体还有一些带有时代痕迹的细节描述，如肤色呈浅褐色，短发以及身体的几何直线感。短发与浅褐色都表现出喜欢运动与户外活动的特征,即作者所说的"近代型",而"短发"则更有深意。刘呐鸥在一篇文章中认为,"短发男装的 sport 女子便是这一群之代表。她们是真正的 go-getter。要,就去拿。而男子们也喜欢终日被她们包围在身边而受 digging"①。这种女子在刘呐鸥看来,就是法国人之所谓 garsonne(法语,具有男子气的女人)。所以"短发"表现出的不仅是运动的近代特征,还是女性对性采取主动的开放态度。相比之下,新感觉派并不在意对人物服饰的描写。衣服的颜色倒是经常被提及,如"穿墨绿衫的女子""红缀带""堇色的衫"等,但对服装样式却兴趣不大。即便是作者在 Craven"A" 中写道:男子解了"五十多颗扣子",感叹"近代的服装裁制可真是复杂啊",但除了交代"高跟鞋,黑漆皮的腰带"外,也没有特别介绍服装样式;或者,有时简化为"一身时髦的西欧风味"(穆时英《某夫人》)等表述。不知这是否与上海女性多半穿着旗袍而不宜展开西方性想象有关,或者,"似乎脸比身体带着更多的色情"②。

比之女性,虽然新感觉派较少叙写男人的相貌,但非常集中于"直线"的身体轮廓:穆时英《被当作消遣品的男子》中可爱的男子的脸是"直线的、近代味的";刘呐鸥《游戏》中女子对男人身体的评价是"你真瘦哪";穆时英 Craven"A" 中的男子"有一张巴黎风的小方脸";刘呐鸥《杀人未遂》中则形容一位男子有"长形的面貌、隆直的希腊的鼻子和两道劲健的眉毛"。男人身体的近代型被作者称为"瘦",因为"瘦身体才能是直线的;直线的又是现代生活的重要的因素哪!"③ 可见,作者强调的是"近代美"等时尚流行的外在面貌。

新感觉派对女性面貌的描写,相当程度上来自对当时欧美当红电影女星的临摹。李欧梵甚至认为,"女主人公的眼睛和嘴唇,或张或合,都可能有现代渊源——袭自好莱坞影星,尤其是刘呐鸥最钟爱的琼·克劳馥(Joan

---

① 刘呐鸥.现代表情美造型[J].妇人画报,1934(18):17
② 李欧梵.上海摩登——一种新都市文化在中国 1930—1945[M].毛尖,译.北京:北京大学出版社,2001:208.
③ 刘呐鸥.风景[M]//刘呐鸥.刘呐鸥小说全编.上海:学林出版社,1997:12.

Crawford）和葛丽泰·嘉宝（Greta Carbo）。"① 刘呐鸥在《现代表情美造型》一文中谈到，女子在男子的心目中现出最美、最摩登的样子，"可以拿电影明星嘉宝、克劳馥或谈英（20世纪30年代上海女影星——引者）做代表"，"她们的行动及感情的内动方式是大胆、直接无羁束，但是在未发的当儿却自动地把它抑制着。克劳馥睁大眼睛，紧闭着嘴唇，向男子凝视的一个表情恰好是说明着这般心理"②。穆时英在《魅力解剖学》一文中，将现代女星分为两类。一类以嘉宝、玛琳·黛德丽（Marlene Dietrich）、卡洛尔·隆巴德（Carole Lombard）、克劳馥为代表，一类以梅·惠丝特（Mae West）、珍·哈露（Jean Harlow）、克拉拉·鲍（Clara Bow）为代表。前者是"隐秘的，禁欲的"，后者则是"赤裸裸的、放纵的"。李今认为："穆时英笔下的某些女性也正是按照这两类模式塑造出来的"，并认为 Craven "A" 中的女主角余慧娴属于后一种模式"，"《白金的女体塑像》中的女客属于前一类"③。新感觉派人物描写的西方性想象还从身体扩大到与身体有关的其他部分：如发型、嗓音。在穆时英的 Pierrot 中，一位现代主义作家荣哲人对于都市现代女性有一番高论："现代女子的可爱，多半在她们的沙嗓子上面。沙嗓子暗示着性欲的过分亢进，而性欲又是现代生活最发展、最重要的方面，所以，沙嗓子的嘉宝被广大的群众崇拜着吧。"同样，黑婴的小说 Shadow Waltz 中也有一位类似嘉宝沙嗓子的舞女。此外，还有一些如"瑙玛·希拉式的头发""响亮的金属声音"（刘呐鸥《风景》）、"琼·克劳馥式地答应了一声"（叶灵凤《流行性感冒》）等描述，亦属此列。

新感觉派小说中的女性体貌，呈现出一种概念意义上的"近代型"。刘呐鸥与穆时英把欧美电影女星的容貌特征套进了笔下人物，因此，其笔下的女性特征并非全部都"性感"，或者说"性感"是从属于体貌的西方特征的。刘呐鸥《礼仪与卫生》中的法国商人说："西洋女人的体格多半是实感的多。这

---

① 李欧梵.上海摩登——一种新都市文化在中国 1930—1945［M］.毛尖，译.北京：北京大学出版社，2001：208.
② 刘呐鸥.现代表情美造型［J］.妇人画报，1934（18）：17.
③ 李今.海派小说与现代都市文化［M］.合肥：安徽教育出版社，2000：151.

当然是牛油的作用。然而一方面也是应着西洋的积极生活和男性的要求使其然的。从事实说,她们实是近似动物。眼圈是要画得像洞穴,唇是要滴着血液,衣服是要袒露肉体,强调曲线用的。她们动不动便要拿雌的螳螂的本性来把异性当食用。美丽简直是用不着的,她们只是欲的对象。"

事实上,这也是刘呐鸥本人对于女性身体的描述,即女性在身体方面显示出西洋式的开放主动的姿态。这才是问题的根本。刘呐鸥在另一处文字中谈到男子对嘉宝式女性的感受:"这孩子似乎恨不得一口儿吞下去一般地爱着我。"① "螳螂一样的女郎"一语在刘呐鸥的小说中经常出现。穆时英也有类似写法,《被当作消遣品的男子》的题目便显出这一意思。新感觉派抹平了关于身体的中西差异,甚至在想象的意义上达到了一种关于种族上的西方性。这种基于西方崇拜而来的想象性身体描写,其脆弱性一望便知。沈从文便消解过这种想象:在《阿丽思中国游记》里,上海洋场里的女性身体面貌完全是虚假的"西洋景","她足登高跟皮鞋,套着肉色丝袜,满头的烫发。只可惜她的胸脯不丰,头发不金黄,鼻子也不挺直"。

二、女性身体的新喻体

新感觉派对于上海"近代型"女性身体的描绘,使之产生了一些新的,并有明显工业时代气息的喻体。有学者认为,刘呐鸥与穆时英常常以动植物来比喻上海女性,比如猫、蛇、蝶、花甚至罂粟与木乃伊,从而为"那些传统的象征女性美的意象""增添了恶的寓意"②。新感觉派最大限度地阐发了关于女性"螳螂"的说法,这在近代西方文学中亦不少见。但是,新感觉派对人身体比喻的更大特点,在于摄取现代城市最具代表性的现代器物,来表现女性的所谓"近代型"。

比较典型的喻体是汽车、石膏像与金属。叶灵凤《流行性感冒》开头

---

① 刘呐鸥.现代表情美造型 [J].妇人画报,1934(18):17.
② 李今.海派小说与现代都市文化 [M].合肥:安徽教育出版社,2000:113–123.

将女性喻为"1933型的新车"：流线式车身、V形水箱浮力座子、水压灭震器、五挡变速机。这一比喻是中国文学从来没有过的。其实，问题还不仅仅在于比喻的手法。应该说，以汽车喻都市女人的快节奏生活，并非作者一时的妙想。事实上，新感觉派作品中经常会出现女性与汽车的潜在对应关系，这显然已经超出比喻的层面，更深入地说明了新感觉派对女性的某种现代想象。刘呐鸥《游戏》中的女郎被置于与"飞扑"汽车一处："六汽缸，意国制的一九二八年式的野游车。真正美丽，身体全部绿的，正和初夏的郊原调和。它昨天驰了一大半天，连一点点吁喘的样子都没有。"而《两个时间的不感症者》中的女郎则宣称："love-making是应该在汽车上风里干的吗？"在这些文字中，汽车所隐含的是速度、力量与性爱意义，这正与城市女郎的特性相一致。

另两种独特的喻体是石膏与金属，其所包含的喻义是线条感与质感："石膏模型到了晚上也是裸体的……这是从画上移植过来的一些流动的线条，一堆cream，在我的被罩上绘着人体画。"穆时英的《白金的女体塑像》中有一个著名的喻体——金属："每一块肌肤全是那么白金似的。"其实肤色之白不是作者要强调的，作者要强调的是"直线型"："把消瘦的脚踝做底盘，一条腿垂直着，一条腿倾斜着，站着一个白金的人体塑像，一个没有羞惭，没有道德观念，也没有人类的欲望似的，无机的人体塑像。金属性的，流线感的，视线在那躯体的线条上面就滑了过去似的。"在这里，"白金"与"塑像"构成了喻体的关键。"白金"一词所要强调的是人体的金属感，而"塑像"一词则与女性人体的质感无关，它表明的是作者的崇拜。以塑像来表达女性美在艺术与文学中是一个传统，由于塑像的材质多为金属、石头，易于表明某种永恒性。如果将两种因素合在一起，可以看出，这一喻体表达的是对金属般胴体的崇拜之意。李欧梵曾对小说中主人公谢医师在面对女人身体而迷乱时的祷告作过分析，"主救我白金的女体塑像"这一句在没有任何标点的情况下重复了六次，"这里，标点的省略轻易地建立了一条平等置换链，使上帝和白金塑像在主人公激动的'意识'流里变得可以互换，仿佛那医生就是在向白金塑像祈祷一般。因此，这错置的向上帝的祈祷成了对白金女神的迷乱的膜拜"①。联系谢医师在为"白金塑像"般的女病人诊病之后立即改变独身生活而娶妻这一情节，可以理解这一喻体的含义。作者崇拜"近代型"人体之意毕现。

最为特别的是穆时英在 Craven "A" 中对女性身体的一连串比喻。这段文字长达一千多字，不便引述。文中基本上以自然形胜来比喻城市女性的身体，头发、眼睛、嘴、胸脯与下身，分别以"黑松林地带""湖泊""火山，中间颤动着一条火焰""两座孪生的小山"和"更丰腴的土地"来指喻。这种纯自然景物的指喻并不少见。但接下来的一段比喻则使人瞠目结舌："在那两条海堤的中间的，照地势推测起来，应该是一个三角形的冲积平原，近海的地方一定是个重要港口，一个大商埠。要不然，为什么造了两条那么精致的海堤呢？大都市的夜景是可爱的——想一想那堤上的晚霞，码头上的波声，大汽船入港时的雄姿，船头上的浪花，夹岸的高建筑吧！"这是一处对性爱充满赤裸裸色情幻想的描述，曾被学者们在谈及新感觉派色情描写时加以引述。但我认为，此处的色情意味并不是重要的，关键在于作者用了一连串与港口这种钢铁水泥的近代设施有关的喻体，如"商埠""海堤""大汽船""高建筑"等，其实都是一种现代性图景的憧憬，也是文学中作为女性喻体前所未有的。如果撇开这种比喻宽泛的港口描写的话，那么，它是不是上海呢？如果是的话，那么这个上海完全是一幅大工业的典型图景。

三、人物属性与关系的符号性、虚拟性

与人物体貌特征上的"近代型"相一致的，是人物在属性方面的近代型。正像新感觉派在空间意义上抹去的深刻的历史性、东方性内容一样，新感觉派在人物属性上也避免任何对人物历史性、东方性的深究，人物的阶级属性、家庭属性、伦理属性、乡村属性都被作者悄悄绕过去，以达到西方想象的

---

① 李欧梵.上海摩登——一种新都市文化在中国 1930—1945［M］.毛尖，译.北京：北京大学出版社，2001：228.

目的。

由人的属性所决定的，是人物间的关系。在新感觉派小说中，最常见的人物关系并非社会学意义上的，而是一种男女关系。这虽与茅盾等为人物设定的"利益"关系有很大不同，但又不是优美的爱情故事。我们看到，新感觉派小说的潜在结构之一是都市男女的快速聚散。吴福辉在《都市漩流中的海派小说》中使用了"邂逅型男女"这一说法。他说："这自然与'捆绑式夫妻'大异，与一见钟情式的恋爱也未见相同。'一见钟情'所包含的邂逅成分，仅限于男女情感建立之初，一见之下，便成两情缔结的永恒。'一见'的境况之所以多，皆因男女相识的艰难……它的心理依据，是两性吸引天然富有的那种直觉感、灵感性、顿悟性……到了三四十年代的海派小说，都市临时型的男女交往，遂为定式，它同'一见钟情'的差异，是以'邂逅'始，以'邂逅'终，邂逅贯穿了两性相识的全过程。"① 对于都市男女的"聚"与"散"，其所包含的上海城市人的含义，当然有"性爱"上的（或者说是性欲上的），即"愉快的相爱，愉快的分别"（刘呐鸥《游戏》），也有如吴福辉所说的："享乐主义、刹那主义的掺和，必导致'性'与'爱'的疏离。"② 不过，这里的"邂逅"不同于一般意义上的性爱。我曾在一部论著中将这一人物关系模式称作"男女聚散"，其意就在于说明新感觉派小说中男女的相遇完全是无伦理、无历史、无文化属性的。③ 还是回到此一部分开头的判语：不相识的男女聚散构成了小说潜在结构，换句话说，作品的全篇都在为"男女聚散"（或"男女邂逅"）这一主干情节服务。那么，我们就不能不考虑围绕着"男女聚散"这一情节在整个小说叙事中的各种细节。

主要是"男女聚散"发生的空间。

一是街头，如叶灵凤《流行性感冒》，穆时英《上海的狐步舞》《夜》《街景》《五月》、pierrot，施蛰存《春阳》《梅雨之夕》，黑婴《都市Sonata》，刘呐鸥《热情之骨》等。二是公园，如叶灵凤《忧郁解剖学》，穆时英《五月》

---

① 吴福辉.都市漩流中的海派小说[M].长沙：湖南教育出版社，1995：174-175.
② 吴福辉.都市漩流中的海派小说[M].长沙：湖南教育出版社，1995：176.
③ 张鸿声.都市文化与中国现代都市小说[M].开封：河南大学出版社，1997：155.

《墨绿衫的小姐》等。三是街头、商店橱窗，如叶灵凤《第七号女性》《未完的忏悔录》，穆时英《骆驼·尼采主义者与女人》等。四是舞厅、电影院、夜总会，如刘呐鸥《游戏》《流》《两个时间的不感症者》，穆时英《上海的狐步舞》《夜总会里的五个人》《夜》《黑牡丹》《本埠新闻栏编辑室里的一札废稿上的故事》《五月》，叶灵凤《未完的忏悔录》等。五是火车、轮船，如刘呐鸥《风景》，穆时英《某夫人》《五月》，施蛰存《雾》等。六是跑马场、跑狗场，如刘呐鸥《两个时间的不感症者》，穆时英《红色的女猎神》等。七是港口，如刘呐鸥《残雾》，穆时英《五月》等。八是饭店、餐馆，如刘呐鸥《方程式》《两个时间的不感症者》，穆时英《上海的狐步舞》《某夫人》，叶灵凤《未完的忏悔录》等。九是旅游地，如刘呐鸥《奔道下》，黑婴《南岛怀恋曲》等。

  都市男女聚散的空间背景，即前所述之公共性场所。这种流动性极强的场所，极易造成人物的表面性与匿名性。它导致的不仅是男女人物面目的不明晰，而且带来了关系的不明晰和不确定感，具有虚拟特征。沈从文认为穆时英小说中的男女交往无非是一种套路："男女凑巧相遇，各自说一点漂亮话。"① 我们注意到，男女或聚或散，就一般情形而言，都没有结果。比如，叶灵凤《第七号女性》中的男女关系："她认识我，我也认识她，可是她并不认识我，我也并不认识她。"穆时英《被当作消遣品的男子》中的蓉子在与男子约会后不见踪影，"也许她不在上海"，但据说"昨天晚上"又"和不是你的男子去跳舞"。Craven"A"中的女郎余慧娴甚至认为，男女交往时间越长，反而越不认识。这倒成了一句谶语。她的神秘失踪，使人不知其究竟是否存在。还有，《黑牡丹》中的舞娘黑牡丹与男子跳了一曲后便不见了。《五月》中的蔡佩佩分别与宋一萍、刘沧波等三个男子恋爱，都无果而终。至于《红色的女猎神》与《某夫人》，更是连女郎的身份也搞不清。其中既有《游戏》中"她走了，走着他不知的道路去了"的"都市诙谐"，更有《残雾》中"天天床头发见一个新丈夫"式放浪的男女奇谭，等等。

---

① 沈从文.论穆时英[M]//沈从文.沈从文文集（第十一卷）.广州：花城出版社，1984：205.

描写稳定性人际场所男女聚散的作品,在新感觉派小说中只占少数。并且,稳定性人际场所并不一定意味着人际的稳定,同样有着男女无可捉摸的交往虚拟性。在穆时英《白金的女体塑像》中,谢医师与七号女病人的身份有着比一般作品强的生活实感,从一般意义上说,这是由于诊治疾病带来的医患关系。但在小说中,谢医师却超出了医生的身份,由女病人的"白金女体塑像"唤起了不可抑制的性欲,使医患关系变成了性的关系。有意思的是,海派文学研究者李今在《彗星》杂志1933年1卷6期上发现了《白金的女体塑像》的初版本,当时这篇文章名为《谢医师的疯症》。从题目可以看出,初版本在内容表达上不同于后来的版本。后来的版本主要表现谢医师因面对女体产生性欲而改变了独身生活,而初版本则主要表现谢医师面对女病人的胴体产生木乃伊的幻觉,几至发狂。李今将这部作品看作男子"对现代都市中如鱼得水的现代女性既恐怖又受吸引和诱惑的矛盾心理""施虐和受虐正反映了现代男子双重的心理享受",并强调早期海派"唯美—颓废派的另一主题:女性的颓废之美"[①]。这一观点是精辟的。鉴于此,本文不打算复述小说有关这一主题的描述。本文所关心的是,谢医师与病人确定的人物关系也呈现出虚拟特征。由于此版本文字较少被引用,这里不妨引述一段。

谢医师回到家中,对女病人作了各种身份猜测:

> 他看见她穿了黑色软绸的衣服,微微地笑着,拿着一瓶扎了红缀带的香槟酒,在公安局的进行曲里,把酒瓶砰地扔到了新落水的××号的船头上。
>
> 他看见她穿了黑色软绸的衣服,在芝加哥博览会的会场里,亭亭地站着,胸前缀着一条招待员的红缀带,在名媛的新装凑成的图案里边,一朵名葩似的。
>
> 他看见她穿了黑色软绸的衣服,站在百货商店文具部的柜子里边,在派克自来水笔上面摆着张扑克脸,用上海南京路的声调拒绝

---

① 李今. 海派小说与现代都市文化[M]. 合肥:安徽教育出版社,2000:124-126.

着一位纨绔子弟的上逸园去茶园去跳舞的请求。

他看见她穿了黑纱衣服，胸前簪了一球白兰花，指尖那夹着大半截烟支，坐在装了三盏电灯的包车上面，淡淡的眼光和灯光一同地往四面流着，彗星似的在挂满了写着"书寓"两字的方灯的云南路上扫了过去。①

在谢医师的幻想中，场景不断在街头、会场、商店等公共性场所流动。幻想中的女病人的身份不停变化，或是女招待，或是女店员，甚或是妓女（书寓为旧上海高级妓院，也称"长三堂子"）。女病人的身份不能确定，因此，稳定的医患关系被打破。谢医师对女病人身体既爱又怕的态度，不仅说明这篇小说仍然属于"男女聚散"的关系模式，其对女人身份的假想，同样带有虚拟特征，而且被女病人所唤起的种种关于"木乃伊"的臆想，更凸显了这一特征。

四、虚拟性人物关系的含义

那么新感觉派小说中，人物关系依据什么获得定性呢？当然重要的一点是性爱，但是绝不止于此，因为还有一部分作品并没有描写因相遇而导致的性爱。在我看来，性爱不是关键问题，男女聚散故事发生的空间、时间和相关的细节性事物方是理解的关键。对于空间而言，公共性场所包含的西方性是一种表现；对于时间而言，则意味着男女相遇的同时伴随着在公共性场所的消费过程。

西方性一是体现在公共性场所堆积起来的西方事物上，即消费性。也就是说，男女关系的展开处于物质消费过程之中。这方面例子很多，也是新感觉派文学的通例。如刘呐鸥《游戏》中的购买汽车，《两个时间的不感症者》中的喝咖啡，《上海的狐步舞》中的酒、烟、英腿蛋，《红色的女猎神》中的

---

① 李今.海派小说与现代都市文化［M］.合肥：安徽教育出版社，2000：124.

"红印威司忌,黑印威司忌,骆驼牌和水手牌,樱桃酒和薄荷酒、鸡尾酒",以及"爵士乐、狐步舞、混合酒、秋季的流行色、八汽缸的跑车、埃及烟"等。最著名的可能是《骆驼·尼采主义者与女人》中的"三百七十三种烟的牌子,二十八种咖啡的名目,五千种混合酒的成分分配方式"。在这方面,橱窗是男女相遇的常见媒介,也是呈现西方消费性事物最常见的情景模式。新感觉派往往把这种物质性书写方式推向极致,如叶灵凤《流行性感冒》:"橱窗里陈设的是堪察加的大蟹、鲑鱼,加利福尼亚的番茄、青豆,德国灌肠,英国火腿,青的、绿的、红的、紫的。橱窗的玻璃上弧形地写着:麦瑞伦伙食公司。"禾金在《造型动力学》中更加刻意强调了"橱窗"的西方物质性意义:"伙食店里的大玻璃门里流出一大批引起食欲亢进的烤咖啡的浓味,发光的广告灯'新鲜咖啡,当场烤研!'年红灯(霓虹灯——引者)下面给统治着的:小巧饰玩、假宝石指环、卷烟盒、打火机、粉盒、舞鞋长袜子、什锦朱古力、柏林的葡萄酒、《王尔德杰作集》《半夜惨杀案》《泰山历险记》《巴黎人杂志》《新装月报》、加当、腓尼尔避孕片、高泰克斯、柏林医院出品的 Sana、英国制造的 Everprotect。"

二是匿名性。和纯粹与消费相关的男女相遇不同的,还有两种媒介,即书与竞技。有意思的是叶灵凤有两篇小说是以书籍为媒介的男女相遇。在《第七号女性》中,"第七号女性"在汽车里"读着薄薄的《谷崎润一郎集》",而此时男主人公"收起记事簿,摊开赫明卫(今译海明威——引者)的《太阳又起来》(通译《太阳照样升起》——引者)"。《流行性感冒》中的蓁子也是在南京路洋书店橱窗边与男子邂逅的。并不熟悉海明威作品的蓁子读着海明威 Men without women 的书名,而男子则将书名倒念起来。两位外国作家的书籍与小说内容没有任何关系,也不构成任何推进情节发展的因素,它们仅仅是男女相遇时的西方媒介而已。这里表明了作者的一种虚构指向:上海的都市男女以共同面对西方事物的方式遇合。正如作者在小说中说的:"认识蓁子,是在电影一样的场合之下。"其虚构性不言而喻。以竞技为媒介的有刘呐鸥《两个时间的不感症者》与穆时英的《红色的女猎神》。两篇小说分别涉及赛马与赛狗,竞技的不确定加重了故事的虚拟性。因此,我们可以说,男女聚散在作品中所获得的唯一定性是西方事物，它所表述的不是性爱主题，至少主要不是性爱。由于男女人物的快速聚合离散，带来的是男女人物交往的匿名性。唯一留存的，就是交往中作为媒介的西方事物。

三是现时性。男女交往的匿名性、模糊性与虚拟性决定了这是一种没有历史感的城市生活内容，其中所隐含的，是在物质与城市时尚多变情况下，人们丧失历史感，一切都要在此时此地的实用感官与物质消费中证明价值的意义。"男女聚散"也折射出上海城市社会快节奏带来的时尚多变——那种心态与价值上的不稳定、无定形、易改变、快速地弃旧迎新的特点。在此情况下，人物的意义与人际的意义降到如帕克所说的那样："在相当程度上取决于一些俗套表征——如仪表、时尚、'派头'——而且人生的谋略在很大程度上下降到谨慎地讲究时装与礼貌的境地。"① 从时间呈现来说，它带来的是"现时性"，即一切都是现在进行时。

刘呐鸥最长于从这样有关时间状态的"现时性"入手。其中最突出的例证是《两个时间的不感症者》。一位在赛马时赢了一千元钱的绅士 H，邀请素昧平生的近代的时髦女郎进入餐馆。同赴舞会时，时髦女郎却与另一位绅士 T 翩翩起舞。舞罢，女郎又去赶赴第三个绅士的宴会。女郎说："我还未曾跟一个 gentleman 一块过过三个钟头以上呢。"而这两位绅士呢，据说又有另外"很可爱的"女人可以消受。这种都市快节奏的两性遇合，使得两位绅士居然失去了对时间的概念，成了"时间的不感症者"。此外像《游戏》中的女郎在两种交合中率意而为、朝三暮四，并声言"管他不着"；《风景》中同乘一列火车的都市男女，趁停车之便野合，也表现出"暂时与方便"的"都市诙谐"。《礼仪与卫生》则在家庭生活中找寻"时下的轻快简明性"。律师姚启明和妻子可琼三度结合，两度离婚，已够得上快节奏了。妻妹白然先与一富商之子同居，后又被转手给一位画家，充当裸体模特，这种商业性流通最后达到极致。一位法国商人看中可琼，以古董店的代价换取可琼陪他去安南，而可琼

---

① 帕克，伯吉斯，麦肯齐. 城市社会学——芝加哥学派城市研究文集 [M]. 宋俊岭，吴建华，王登斌，译. 北京：华夏出版社，1987：43.

则让妹妹白然代替自己陪伴丈夫,一切都仿佛是都市商业性的等价交换与快速流通的产物。施蛰存的小说《薄暮的舞女》中的舞女素雯,由于相信情人的约会而回绝了舞场老板的合同,当得知情人在投机事业中破产后,又打电话表示愿意接受舞厅老板与舞客的邀请。这种变化仅仅发生于两次电话的间隙中。如果说,早期海派小说大多以都市男女遇合为外在结构的话,那么潜在结构与深层结构中便是都市社会时尚多变,人的心态价值不稳定而具有的现时性特征。

男女聚散模式所包含的深义并不止于此。上述情形其实只是男女交往的特征而已,而其深意,还在于交往中男子的失败。在新感觉派悉数的作品中,男子基本上是失败者。而女性呢,由于其身上被赋予了强烈的都市物质性,如爵士乐、狐步舞、混合酒、流行色、八汽缸的跑车、埃及烟等,再加上男女聚散被放置在赛马场、竞技场与高大建筑物等情景中,女性成为巨大的城市物质符号,因而这种男女遇合便不是自然状态的。在多篇作品,比如《两个时间的不感症者》《游戏》《风景》《礼仪与卫生》《被当作消遣品的男子》《五月》《上海的狐步舞》《某夫人》《红色的女猎神》中,女子除了物质属性外,皆有刘呐鸥所说的法语词"garsonne"的特质,这在刘呐鸥的表述中即"螳螂"之喻,其与赛马、烈酒、竞技相伴,隐含着工业、物质、征服等暴力特征,因此女人对男人的诱惑便不完全是性意义上的,还有物质性对人的诱惑。男人与女人的遇合成为一种冒险,一种类似欧洲人在热带地区的资本主义物质与欲望的经历。新感觉派将中国都市生活化为一种西方殖民主义全球性拓殖的经验,一种"欧洲在场",成为一种——如有学者指出的"二毛子的双重'东方主义的'的陈述"[①]。而男女遇合的消费性、匿名性、现时性则有助于将冒险故事中可能隐含的东方色彩、历史意义抹去,在虚拟的状态中,成为一种跨国式非西方的"西方经验"。

---

① 旷新年.另一种"上海摩登"[J].中国现代文学研究丛刊,2004(1):288-296.

新感觉派小说的乡土想象[*]
——兼论上海文学中乡土性叙述的几种现象

早期海派,特别是新感觉派表达上海的全部基础,是力图突出上海在物质与消费意义上趋近欧美的最新动态。由于其叙事策略取决于对上海巨大的物质与消费生活的想象力,因此它抛弃了传统/现代的时间线索,而在共时性的空间结构中架构起西方/中国图影,把上海城市中的中国式成分,如乡土性、传统性、地域性等特定的时间(历史感)与空间(东方性)内容统统取消。也就是说,唯有以"去乡土""去东方"的做法才有可能使西方式的现代性物质与消费场景得以呈现。由此,这也造成了新感觉派的乡土叙述策略。它要去除中国城市的乡土性格,或者将乡土等同于上海城市,从而达到对中国城市的西方式想象。

一、乡土想象的城市基础

20世纪30年代,自晚清开始的一种上海城市现代性,即物质与消费的现代性前所未有地凸显。高大建筑、咖啡馆、西式马路、影剧院、跑马场、回力球场、舞厅、公园等,"一面展现了异国风情,一面也在新建的娱乐场所中呈现了想象力"[①],同时造就了上海一群有着高度西方素养的文人在消费生活方

---

[*] 本文原载于《学术论坛》2007年第12期,《人大复印报刊资料·中国现代、当代文学研究》2008年第4期全文复印,收入本书时有改动。

① 白吉尔.上海史:走向现代之路[M].王菊,赵念国,译.上海:上海社会科学院出版社,2005:281.

面的现代性想象空间,并通过众多的杂志、小报以及文学作品将这一异域的空间想象延展开来。

事实上,这一情形具有普遍意义。在第三世界后发国家当中,通常都会有一两个口岸城市,作为"飞地",其经济与消费生活的发展远远超过本国的其他城市。在亚洲,有越南的西贡与河内,中国的上海与香港,印度的孟买与加尔各答,马来西亚的吉隆坡,等等。由于其物质文明的迅速建立与繁荣,其自身拥有的后发国家的特质与历史逻辑难以为人体察,而横向的"移植"逻辑明显跃居纵向的"承继"逻辑之上。新感觉派创作的情况就是这样。总体上说,它与茅盾《子夜》在横向"移植"西方现代性方面没有大的差别,区别在于:第一,茅盾的横向"移植"逻辑是在经济制度与政治组织、劳资冲突等政治层面上,而新感觉派仅仅指涉消费生活的一面;第二,茅盾在国家性的意义上,曾怀疑中国进入世界之后能否进入世界格局的中心,而新感觉派在消费性这一层面上,没有任何困惑与不安。从这一角度来看,新感觉派关于上海国际化、世界性的想象更加明显。

基于这种日常消费性的世界主义国际化风格的想象,新感觉派赋予上海以工业的、暴力的、男性的西方都市色彩。应当说,这与晚清以来将上海看作世界性经济中心的现代化逻辑基本上是一致的。当然,与晚清民初小说中的"维新"叙事不同的是,它建立于物质消费的现代性意义之上,并以某种乌托邦形式展开,将对上海的消费性经验转化为国际资本主义欲望与物质的冒险经历,其大量描写的性征服、竞技、烈酒、高大建筑、异国冒险等,带上了西方人的物质经验与冒险经历,一切都在国际性消费生活的意义上符号化。同时,在国际化风格之下,新感觉派作家往往采用鸟瞰、漫步、男女聚散、电影蒙太奇与现时当下的状态等手法,并伴有语言暴力。他们将上海生活置于一个平面化的瞬间状态,避免对上海城市历史与东方性深度内容的研究,以造成对上海与巴黎、纽约等国际性都会并无差异的理解。在文学层面的表述中,这往往是以取消上海作为东方城市的特性来获得的,使上海以一种单一性、整体性的面目出现。

以上是新感觉派乡土想象的基础。为了服从于它对上海的西方想象,新

感觉派的乡土叙述呈现出两种态势：一是将乡土等同于上海城市叙述，以强调上海城市的西方性，带有虚拟特征。这以刘呐鸥、穆时英为典型代表。二是将上海与中国乡土完全隔离开来，隐含着上海"非中国化""非乡土性"的身份指认。这主要表现在施蛰存、杜衡等人立足于乡村立场所展现出的反现代性方面。后者的情形要更复杂一些。施蛰存、杜衡等人触及的上海乡土特质的构成，使其作品成为20世纪30年代海派个人经验性的另一种文学景观。当然，这种以个人生活经验为主的上海表述在新感觉派中并不占主流。施蛰存对于上海城市自身多元性的表述，应该说开启了另一种非想象性的文学，但由于他将这种表述仅仅以城乡对立来了结，并未将上海城市的东方性文化作为城市史逻辑的一面，更多是将上海的乡土性文化外化了，确切地说，是外化为非上海的文化内容了。

二、虚拟的乡土

在关于上海城市的形象谱系中，乡土性是一个不被表述或者在表述等级上较弱的一个因素。对于上海历史逻辑中的"断裂性"理解与"飞地"意识，使其被置于对上海的主流认识之外。由于上海整个城市现代性意义的主导地位，上海被看作乡土中国的异己型存在。两者之间的关系基本上是"异质"与"敌对"的，因此，乡土中国不被纳入上海性当中，也是可以想见的。

在刘呐鸥与穆时英小说的主题图景中，乡村是没有位置的。这倒不是说他们的作品中没有写乡村。刘呐鸥的小说《风景》几乎是唯一一篇涉及田园乡土背景的小说，但与其说是描写乡村，不如说是在乡村背景下进行着"上海想象"。小说有一处描写："傍路开着一朵向日葵。秋初的阳光是带黄的。骑在驴上的乡下的姑娘，顺着那驴子的小步的反动，把身腰向前后舒服地摇动着，走了过去。杂草里的成对的两只白羊，举着怪异的眼睛来望这两个不意的访客。下了斜坡，郊外的路就被一所错杂的绿林遮断了。"在这一处描述中，刘呐鸥给乡村作的定性是田园风光，并不触及中国乡村的内在现实。不能否认，这一处文字充满了作者的描述的喜悦，但这喜悦来自哪里呢？在小说开头有一处文字"车中是满着，含着阿摩尼亚的田园的清风"，也就是说，刘呐鸥笔下的中国乡村隐含了某种西洋景。因此，男女主人公明明是"近代都会的产物"，却大讲"一切都会的东西都是不健全的"，"用直线与角度构成的都市"怎么"机械"，而乡村又怎样使人"回到自然的家里来了"。这一套西方现代派的术语并不能排除在乡村风景中的异域情结，它同属于刘呐鸥表现上海空间上的异域想象的一种。另外，乡村背景并没有改变男女主人公遇合的上海的或西洋的任何方式与细节。男女主人公在火车上相遇，其互相吸引对方的仍然是：女性"男孩式的短发和那欧化的痕迹显明的短裙的衣衫"，"肢体虽是娇小，但是胸前和腰边处处的丰腻的曲线是使人想起肌肉的弹力的。若是从那颈部，经过了两边的圆小的肩头，直伸到上臂的两条曲线判断，人们总知道她是从德兰的画布上跳出来的。但是最有特长的却是那像一颗小小的，过于成熟而破开的石榴一样的神经质的嘴唇"，以及"明亮的金属声音"。而男子的特征则是"直线"的"瘦"。可见，对女性嘉宝式的体貌描述以及两人遇合的模式也没有任何对上海背景的跃出。相遇之后的两性媾和，也仍然是老一套路。至此，《风景》中关于中国乡村的异域想象已经完成。但刘呐鸥仍不满足："车站里奏的是 jazz 的快调，站在煤的黑山的半腰，手里急忙动着铁铲的两个巨大的装煤夫，还构造着一幅表现派的德国画"；乡间旅舍则有着"NO.4711 的香味，白粉的、袜子的、汗汁的、潮湿了的脂油的、酸化铁的、药品的，这些许多的味混合起来造成了一种气体的 cocktail（鸡尾酒——引者）"。

笔者无意否定刘呐鸥批判都市性的现代派主题，这不是本文讨论的内容。关键在于，批判也好，欣喜也罢，刘呐鸥对于西方的异域想象，使他完全不可能了解中国乡间的事物：要么把中国乡村等同于西方田园；要么在乡间加入都市现代性器物，以遮掩其乡村经验之缺乏。而一旦在文本中用城市经验去补充乡村，乡土中国无法不蜕变成西洋景。

穆时英笔下的乡土中国背景比刘呐鸥要复杂。大致说来，有两个情形。

一是他在《街景》《上海的狐步舞》中写上海工人或乞丐对故乡的忆念，通常以幻觉形式出现。比如《街景》中都市乞丐临死前的意识幻觉："女子的叫声、巡捕、轮子、跑着的人、天、火车、媳妇的脸、家……"还有《上海的狐步舞》中建筑工人因木架倒塌而受重伤以致死亡前的心理活动：

  脊梁断了，嘴里哇的一口血……弧灯……碰！木桩顺着木架又溜了上去……光着身子在煤屑路上滚铜子的孩子……大木架顶上的弧灯在夜空里像月亮……捡煤渣的媳妇……月亮有两个……月亮叫天狗吞了——月亮没有了。

从这两处文字来看，作者的乡村经验较少，而且比较久远。只在"媳妇""家"这些字面上有少数表现，基本上还是城市经验。这使他小说的乡村背景几乎不可捉摸，基本上从属于阶级对立、贫富悬殊这一左翼主题的表达。另一种情形则是他在《黑牡丹》中展示的上海近郊。舞女黑牡丹备受舞客的摧残，她穿过田野，一路奔跑，来到具有隐士风的圣五的乡舍，但这田园的乡舍有明显的城市印痕。首先，这是一处城市富有者的遗产；其次，这里居住着一位城市的绅士，"被世间忘了的一个羊皮书那么雅致的绅士"。这明显是上海城市生活的延伸。在对田园的描述中，穆时英表现出与刘呐鸥共同的兴趣：

  田原里充满了烂熟的果子香、麦的焦香，带着阿摩尼亚的轻风把我的脊梁上压着的生活的忧虑赶跑了。在那边坟山旁的大树底下，树荫里躺着个在抽纸烟的老人。树里的蝉声和太阳光一同地占领了郊外的空间，是在米勒的田园画里呢！

这一段文字中的"阿摩尼亚""米勒（法国浪漫派画家）"等语，与刘呐鸥一样，表明了其对西方田园的临摹关系，西方美术的修养与从西方绘画作品中得到的田园印象是其描述来源。事实上，与黑牡丹"牡丹妖"的神秘性一致，穆时英使他小说中的乡土变成了不可捉摸的、虚拟的图景。一旦作者将此作为批判城市现代性的因素，便显出其虚假的一面。

三、外化于城市的乡土

在新感觉派中，施蛰存与杜衡的情况要复杂一些。施蛰存家"世代儒生，家道清贫"[1]；杜衡生长于士大夫家庭。他们属于带着乡土文化血统进入上海的第一代人，时时流露出对远离都市尘嚣的渴求。施蛰存曾说"自从踏入社会，为生活之故而小心翼翼捧住职业之后，人是变得那么机械，那么单调"，因而"只想到静穆的乡村中去生活，看一点书，种一点蔬菜，仰事俯育之资粗具，不必再在都市中为生活而挣扎"[2]，有时甚至希望用生病来换取都市中不易得到的同情心与轻松的心境[3]。施蛰存与杜衡在创作中都具有某种乡土立场，其创作也大体分为乡村与城市两种。特别是杜衡，其作品中城市与乡村的对立构成了基本框架。《怀乡集》旨在表述农村的破产与城市的灰色。其中《怀乡病》一篇较有代表性。作者冠名的"病"，意在暴露自我情感与理智的矛盾。小说"利用了一个感情上极端保守的青年梦想的破灭，来更有力暗示出那村镇的动向"[4]。照他的理解，所谓"现代"，就是新物质（如汽车）的出现与道德沦丧。施蛰存初入文坛，也是以"都市文明侵入后小城小镇毁灭为创作基础的"[5]，他的许多作品都注意到乡村价值与生活形态在城市文化入侵后的式微。在《渔人何长庆》中，渔姑菊贞有一种对传统职业的怀疑，进而"有了一种新的智识——大都市里，一个女人是很容易找到职业的"，但这位姣好的渔姑一到上海便成了"四马路的野鸡"，借此说明上海对于乡土文化极大的破

---

[1] 应国靖.施蛰存年表[J].文教简报，1983（7）：25-47.
[2] 施蛰存.新年的梦想[J].东方杂志，1933（1）：1.
[3] 施蛰存.赞病[M]//应国靖.施蛰存散文选集.天津：百花文艺出版社，1986：63.
[4] 苏汶.批评之理论与实践[J].现代，1933（5）：695-705.
[5] 沈从文.论施蛰存与罗黑芷[M]//沈从文.沫沫集.上海：大东书局，1934：40.

坏性。最后，作者让青年渔人何长庆领她重返乡里成为贤内助，来暗示乡村对城市的反驳力量。

此后，乡土性构成了施蛰存上海小说的背景。这有两个表现：一是在《梅雨之夕》《善女人行品》两部小说集中的作品多数描绘了都市中落伍人物——失业者、失意者、患病的女人、家庭主妇等。比如《花梦》中的桢韦有感于"如何销度这孤寂时光"；《妻之生辰》中的妻"过着一种怎样阴郁的生活"；《雾》里的素贞小姐有"很深的忧郁"；《港内小景》中主人公"心之寂寞"；《蝴蝶夫人》中的教授充满"衰老之感"；《特吕姑娘》中的女店员"永远患着忧郁病似的"，等等。其小说集名曰《善女人》，意在表明人物角色的传统性，或是家庭妇女，或是寡妇，或是处女。《狮子座流星》中的卓佩珊的失落感源自未能生育，尽管厌恶丈夫，但还要到医院求子。卓佩珊全然没有穆时英、刘呐鸥小说中的女性的"近代型"特征，当她在电车上看到"座位差不多全给外国女人占去时"感慨道："这些都是大公司的职员，好福气呀！她们身体这么好，耐得了整日辛苦，可是她们都没有孩子吗？"《李师师》虽是古事小说，表达的却是不能摆脱"美艳的商品地位"，受控于买卖关系的苦闷："为什么我不能拒绝一个客人呢？无论是谁，只要拿得出钱，就有在这儿宴饮歇宿的权利，我全没有半点挑拣的份儿。"《薄暮中的舞女》中的素雯是一位现代李师师，她同样摆脱不了商业关系。种种情形，与刘呐鸥、穆时英小说中立于时代潮头上的摩登女郎迥然不同。这一情形来自施蛰存的个人体验。他的儒生心态以及松江与苏州的文化背景，使他一直对上海有某种警觉，从而使他避免对上海进行一种西洋异域想象。

但是情形稍有些微妙。《梅雨之夕》中的大量作品似乎隐含了一条线索，即主人公对于上海的某种不适，都会出现一种乡土情景的对应。在空间处理上，施蛰存经常采用显性空间（城市）与隐性空间（乡村）相对立的模式。显性空间当然就是上海，而隐性空间则大多被定位为苏州、松江、昆山等小城或者乡镇，后者具有家园性。因此，在他的小说文本之中，空间意义上的物质（现时）与精神（历史）发生冲突，并被归结为具有乡土背景的城市人对于城市生活的不适感。一种情形如《雾》与《春阳》，与上海对应的是人物的乡土经历。《雾》里的乡下牧师女儿素贞坐火车去上海，遇到一位英俊男子，两下话语颇为契洽，以致牧师女儿对绅士一见倾心，但下车后知道绅士原为一个"戏子"（电影明星），便怒斥这位绅士是"一个下贱的戏子"。这个故事从外在形态上看也属于"男女聚散"一类，但施蛰存不同于刘呐鸥、穆时英的是，他始终注意男女聚散背后的历史性内容，即人的出生、文化背景，比如牧师女儿的东方性。这个遇合故事包含了人物浓厚的乡土意识，即"万般皆下品，唯有读书高"。《春阳》中的昆山婵阿姨对上海银行职员有了朦胧的好感，但当她再次回到银行、企图接近这位男子时，其原有的生活痕迹阻止了她：一种在乡下抱着丈夫牌位结婚的禁欲经历，使她最终退缩。在这里，乡村背景被当作外化于上海的一种存在，两者尖锐的对立关系使之不能成为城市自身形态之一种。

另一种情形以《梅雨之夕》和《鸥》为代表，对应的是乡土情景的某种诗意。《梅雨之夕》中的男职员在下班后，"沿着人行路用暂时安逸的心情去看都市风景"，当作"自己的娱乐"。大雨滂沱之际，他遇到一位女子，产生了莫名的亲近，一直为她撑着伞，并送行很远。男子对女子产生了诗意联想，就如日本画伯铃木春信的《夜雨宫诣美人图》与古人"担簦亲送绮罗人"的诗画意境。这意境并不完全来自书本，更重要的是来自苏州：男子把陌路少女看作了在苏州时的女友。在这里，苏州成为乡土诗意的一个代称，与少女、诗意一起构成某种古典意境。小说《鸥》则将这种诗意理解为自由状态。小说的乡土情景是大海、白鸥和少女，与诗意情景对应的是职员小陆在上海生活的枯燥与贫困："无穷无尽的数字，无穷无尽的'＄＄＄＄＄'啊！""他还没有进去看过一次电影"。两篇小说都落脚于上海城市中诗意的幻灭。《梅雨之夕》中职员失魂落魄地回家，面对的是妻子颇似街头店铺无聊老板娘嫉妒的眼光；而《鸥》中小陆在海边故乡的女友却已经是"在完全上海化的摩登妇女的服装店和美容术"里包裹着的时髦女郎了。"白鸥"也是家乡的意象，应和着海边美丽纯朴的少女，而今，"那唯一的白鸥已经飞舞在都市的阳光里和暮色中了"。

将乡土中国外化于上海这一"模式",在施蛰存小说中,如前所述,是城市情景中的乡村记忆,诗意的乡土生活情景对照着人物在都市中的各式苦闷。这是一条时间线索,表明了上海与乡土中国在传统/现代意义上的隔绝与对立;同时还存在一处空间线索,即小说人物在上海与乡间或乡土性城市(苏州、杭州)的旅行。后者在《魔道》《旅舍》《夜叉》篇什中出现。这三篇皆为恐怖故事,但在空间线索上,是上海都市恐怖情绪的展延,与乡土中国并无关联。其中,《魔道》中的主人公到某地(可能是杭州)朋友陈君家度周末,一路上,把火车上坐对面的奇丑老妇看成夜间飞行、夺人灵魂的妖妇;到达乡间友人住宅,又把窗户黑点看成妖妇隐身,把朋友之妻也看作妖妇变的美女;回到上海,所见女性都有妖妇阴影。小说涉及大量西学知识,如木乃伊、丽达天鹅、巫婆等。《夜叉》中的主人公在一处古庵附近,遇到白衣女子,于月夜追踪到一个墓地,在幻觉中将女子扼死,却不料该女子不过是年轻的村姑而已。《魔道》中的主人公在见到黑衣老妇发生幻觉时,曾试图以看书让自己平静下来。他带的书有勒·法努(Le Fanu)的《奇异故事集》,有《波斯宗教诗歌》《性欲犯罪档案》《英诗残珍》,还有 The Romance of Sorcery 等。还有《旅舍》中的丁先生,把乡间旅舍当作杀人越货的黑店,产生种种怪异心理,如床下死尸、窗外歹人、柜中地道等。在妖妇与夜叉这种中外迷信中,"妖妇"来自西学,相伴随的是一些西方的恐怖故事,如埃及木乃伊、巫婆、丽达与天鹅等。这些恐怖经验来自城市,各种西学典故显示出作者的西方知识背景。因此,旅行中的乡间并不是作者要表现的另一种乡村空间,它不过是上海西方气氛、西方事物、西方感觉的另类延伸而已。施蛰存曾说:"《在巴黎大戏院》与《魔道》等篇是继承了《梅雨之夕》而写的"[1],其后,"我的创作兴趣是一面承袭了《魔道》而写着各种几乎是变态的怪异的心理小

---

[1] 施蛰存.我的创作之历程[M]//应国靖.施蛰存散文选集.天津:百花文艺出版社,1986:102.

说,一方面又追溯到初版《上元灯》里那篇《妻之生辰》而完成了许多简短的篇幅,写接触人的生活琐事及女子心理的分析的短篇"[1]。这一段自述可以看成对其一生小说创作的脉络梳理。一类是乡镇故事,另一类是都市情绪。上海城市与周边乡镇各自的文化意蕴构成了对比性。即便是在上海题材的小说中,城乡的文化分野也以隐形的形式呈现出来。应该说,施蛰存的小说在新感觉派中是想象意味最少的,他关于上海城市的乡土性描写,无疑为新感觉派整体的上海形象作了重要扭转。然而,乡土中国外在于上海的痕迹依稀仍可以辨出。或者,这也是一种潜在状态下的上海想象?它只是从另外一个角度说明了上海对于乡土中国完全异质性的存在,其潜台词仍是:上海不属于中国。

四、余思

由新感觉派的乡土想象,我们或许可以对上海文学中的乡土性叙述进行一番思考。尽管乡土性叙述在整体的上海文学中不占主流,但它仍然存在。其存在方式有几种情形:其一,刘呐鸥、穆时英将乡土等同于城市的叙述策略,由于极其肤浅,既不被认可也难以为继。也许,只有20世纪90年代的棉棉等人才能与之为列。其二,施蛰存等人将乡土视为异化于上海的乡土叙述,显然要比前者高出一筹,在20世纪中国文学表现上海与乡土的关系方面呈现出主导面。从晚清到20世纪30年代的海派,再到五六十年代各种城市资产阶级生活想象与上山下乡题材,最后到20世纪90年代的上海全球化想象,上海都被当作乡土中国的异己性力量。这构成了百年来上海文学的大传统。这种情形到张爱玲的手中得到了克服。这是上海文学中乡土性叙述的第三种情况。张爱玲的文学图景是表述一个东西方杂糅、混合、暧昧的所在,她把上海的乡土性与西方性看作一个被糅合后的奇异、混乱的状态,因

---

[1] 施蛰存.我的创作之历程[M]//应国靖.施蛰存散文选集.天津:百花文艺出版社,1986:102-103.

此，张爱玲将乡土中国的内容化为上海城市自身的城市史逻辑，它并不外在于城市，而是构成了上海城市身份的一种，并植根于城市的深处，而且，它的存在是一种非制度化的民间形式。借此，张爱玲终于完成了对上海城市的边缘性表述，她文学中的上海是非想象的②。但在以西方性为主导的上海身份认知的谱系中，张爱玲的小说并不占有重要地位，只是作为一个小传统，直到20世纪80年代末，在王安忆、程乃珊的作品中才得到继承。中国文学在表现上海与乡土关系方面，是否构成了三个层面呢？笔者以为应当是这样的。

作为遗存的城市资产阶级势力[*]

——以"十七年"上海文学为例

自社会主义改造运动之后,当代文学中出现的旧上海资本主义史,通常被理解为一种"遗存",并主要体现在反动人物或落后人物身上,成为某种人格化体现。细分之下,又有几种类型:其一体现为人物在上海史中的"右翼"成分与西方背景。比如方言话剧《锻炼》中的白步能,原名杨老七,是出卖进步知青卫奋华父亲的叛徒;《火红的年代》中的应家培,是国民党老牌特务;《海港》中的钱守维是"哪个朝代都干过",有"美国大班的奖状、日本老板的聘书、国民党的委任状"的账房先生;电影剧本《钢铁世家》(胡万春编剧)中的特务原是解放前工厂里的职员;小说《电视塔下》中的坏分子汪子宗的父亲是旧上海无线电行的老板。这种情形也包括电影剧本《春满人间》(柯灵、桑弧等编剧)、《枯木逢春》(王炼编剧)中知识人物对西方医学文献的迷信等。其消亡的结局,不啻说明帝国主义、封建主义、右翼政治在上海乃至全国的结束。其二体现为日常中生活原则的市侩主义,特别是作为旧上海资本主义经济关系代表的"等价交换"市场原则,这在"文革"上海题材文学中颇为多见。在《带路人》一篇里,解放前在鸿利五金店当学徒的陆根生,解放后当了经理,却满脑子的旧思想。他满口是"五金店非要搞出点苗头不可"等旧上海行话,作者对此批评道:"分配商品不是根据工厂生产需要的轻重缓急,而是着眼于摆平。这不是单纯地做买卖吗?这不也折射

---

[*] 本文原载于《文艺争鸣》2014年第9期,收入本书时有改动。

出鸿利五金店的影子吗？"在这里，"苗头""摆平"等上海滩商界旧语，都被视为"资本主义的残余"。电影《无影灯下颂银针》①中的罗医生，因醉心于一百例成功的胸科手术，将重病人赶出医院或干脆不收。电影暗示，这是"十七年"修正主义医疗道路的延续。在同名话剧剧本中，罗医生的名利思想并不像电影里那样严重，他只是从医疗技术的可靠性上反对针灸麻醉，而且还有解放前"进步"的历史：他虽然无法给杨师傅治病，但毕竟同情杨师傅。即便如此，剧本还是交代了罗医生的西方知识背景：其解放前供职的医院是教会机构"爱仁"医院。这就是资产阶级文化遗存的一个原因说明。还有独幕话剧《迎着朝阳》②中"旧社会的老板娘"殷翠花，56岁。她不仅竭力反对自己女儿殷玉萍当清洁工，同时还挑唆卫生局副处长老方的女儿杨洁。此外，话剧《战船台》（杜治秋、刘世正、王公序编剧）中的董逸文，其父亲是旧上海的洋买办；小说《特别观众》中老技术员苏琪，满口是"活络生意"一类旧上海商业语言；小说《号子嘹亮》③中的装卸工赵祥根，满脑子是自觉低人一等的旧上海等级观念；小说《新店员》④中的坏分子梁德鑫，具有旧上海小业主背景，食堂负责人顾月英"怕赔本"的"等价"思维，就来自梁德鑫的影响。值得注意的是，"文革"时期的上海题材小说，不仅强调"新上海"与"旧上海"的断裂，同时亦强调"新上海"与"十七年"的上海的断裂。比如上边引述的电影、话剧作品《无影灯下颂银针》。在话剧剧本中，罗医生只有解放前生活的经历，且不乏善良品行。但在电影剧本中，罗医生就被加上了在"十七年"里唯名是求的"修正主义"行为，且人性中也无善良可言。

虽然在这一类作品中，"旧上海"城市概念中的资本主义政治经济原则作为一种"遗存"，构成了与新上海社会主义政治经济空间的斗争冲突，但是千篇一律的"灭亡"模式所制造的，恰是一个旧上海已经完全"覆灭"的神话。此类作品的层出不穷，不能认为是资产阶级"遗存"继续大规模存在的依据，

---

① 上海市胸科医院业余文艺创作组创作，原为话剧，电影为桑弧导演，祝希娟主演。
② 湖北省参加部分省市自治区文艺调演节目，李冰、胡庆树编剧。
③ 边风豪，包裕成. 号子嘹亮 [J]. 朝霞，1974（3）：35-47.
④ 上海戏剧学院戏剧文学史编剧专业一年级集体创作。

从另一个意义上说，这不过是对于"灭亡"概念的不断重申罢了。在这一点上，它与《子夜》所写的封建势力在上海的"灭亡"有异曲同工之妙。

值得注意的还有"资本主义残余"所体现的人格化与身体特征的问题。通常，这一类作品都会对落后或反派人物作为"资本主义文化遗存"的人格化进行身体特征方面的体现。这些人物的身体特征，往往被描述为身材瘦小、干瘪，脸色苍白[①]，表情阴毒，或者有身体缺陷（程度最轻的是眼睛近视而且必须佩戴眼镜）。这种身体的政治特征大量出现，早已被学者们注意到，并将其作为"文革"文学的一种特征。但这是一种普遍性的存在，并不自"文革"文学才开始。比如，曹禺话剧《明朗的天》的主题是表现影响中国知识界的西方文化的全面退却，其间，对于知识界的西方文化因素，主要就是通过人物的身体特征表现的。在剧中，尤晓峰是一个典型的洋奴，作者着意要突出其身体上的怪异感："他是一个矮个子，脸上白里透红，十分光润，鼻下有一撮黑黑的小胡须。如果他不穿着一套剪裁得十分美国味道的西装，他会随时被误认为是日本人。他戴着一副学者味道的眼镜，但这一副眼镜并不能改变他给人们那种庸俗滑稽的印象。"人物标志性的"胡须"式样，当然是"恶"的身体特征，同时，他的身体又呈现出非"欧美系"的"次"等级劣势。而对于燕仁医学院的教务长江道宗，作者着意体现他身上的"胡适"风格，其特点是正宗的"民国"式风度："他身材适中，面貌白净，眉毛淡得几乎看不出。一对细细的小眼睛，看起人来就不肯放过，闪着闪着，像是要把一切都吸进去的样子。他非常爱惜自己的'风采'，穿着一身毛质的潇洒的长袍，一尘不染，里面是笔挺的西装裤，皮鞋头是尖的，擦得晶亮。他是有惊人的洁癖的。"在这里，我们可以看出作者在突出人物身体符号时的困难。江道宗的外形整齐、洁净，没有任何古怪的地方，是民国时期中国知识分子的标准形象；虽然其形貌显得阴冷，却并不怪异。其实，江道宗的身体"问题"即在于"无瑕"，即对于身体的过分关注和修饰。而这，恰恰是资产阶级身体观的一个体现。在这种情况之下，只好由作者直接对人物下定判语："有洁癖"，以

[①] 与此形成鲜明对照的是《霓虹灯下的哨兵》里无产阶级赵大大"黑不溜秋"的身体特征。

人物对身体的过分关注来表现其资产阶级属性。

身体特征所体现的阶级特性,也是学界的公论,笔者完全同意。但笔者关心的问题可能更深一步,即身体的人格化修辞所要取得的所谓"资本主义"遗存在与社会主义制度对抗时采用的方式问题。首先,在资产阶级人物身体的形象感方面,女性人物常常被作者以"物化"手法来完成。所谓"物化",是指在文本中,女性身体与某些物体或生理感觉相关。作品不仅以此隐喻女性特征,更重要的是,以此将女性降低到"物"的层面。最常见的手法,是将女性以动物喻,达到将女性作为性对象的目的,即将女性看作性玩物。当然,从写作的性别角度看,其男性中心思维是不言而喻的。但这不是问题的关键,关键在于,它是如何取得政治上的隐喻作用的。我们注意到,中国当代城市题材文学并没有出现对于女性"性感"的直接描绘,这一点,与同时期的乡土文学有较大不同。我们在《创业史》《辛俊地》《铁木前传》等当代著名作品中看到其对于女性"性感"乃至放荡的赤裸裸的性特征的描绘,有时甚至是绘声绘色的,有着某种"色情"成分。在"十七年"和"文革"城市题材文学中,很少甚至没有出现过此类赤裸裸的"性感"描写,其缘由应当说和城市题材本身的危险性有关。因为城市题材本身就是"高危"题材,容易导致写作"意识"问题。假如再出现性描写方面的不谨慎,就更加危险。我们看到,在展示"资本主义遗存"的城市题材中,通常没有过于色情的描写成分,身体特征最多只是出现纯粹"物"的符号性,即阶级性,如衣着艳丽、满身香气等。像《霓虹灯下的哨兵》中,连伪装成解放军的特务都会说:"怪不得,一个戴眼镜,一个穿高跟鞋,都不是好东西。"在这里,"高跟鞋"指代的是林媛媛的母亲林乃娴,当然也是"资产阶级"的身体符号;连对诱惑陈喜的女特务曲曼丽,作者也没有进行"性特征"方面的描述。换言之,"资产阶级"对于社会主义的对抗,并没有以身体的形式出现。那么,这种"对抗"又体现在哪里呢?

其实,"资产阶级"对于社会主义的"对抗"行为,由于其阶级本身处于整体的消亡状态,其形式只是一种"侵入",即以并不明显的方式,悄悄地进行。就其"侵入"的传导方式而言,也并非"暴力""冲突"等行为,其对于无产阶级文化的"异质性",多数是依据有关身体的气味、声音等中间性"介质"来体现的。其"侵入"方式,被采用最多的是"资产阶级"人物身体的"气味"和"移动"。《霓虹灯下的哨兵》的导演黄佐临在谈到导演体会时说,"经过十多次瞄准和射击",最后选定了"冲锋压倒香风"作为全剧的主题思想:"我们感到像'保卫大上海''保卫游园会''站马路''争夺上海阵地'等,都太小、太实、太具体、太片面,但这是很必然的过程,因为我们初读剧本,必定经过一个感性的认识阶段,只看到剧本中的情节、事件。"[①] 在这里,"香风"就是一种介质。在导演的意识中,它包含了南京路"摩天楼上霓虹灯闪闪烁烁",还有让赵大大心烦意乱的爵士乐等"异质性"文化,当然,也包括实指的"香气"。剧中,鲁大成、路华与陈喜有一段对话:

鲁大成:你这儿有什么情况?

陈喜:情况?没啥,一切都很正常。

鲁大成:照你看,南京路太平无事喽?

陈喜:就是,连风都有点香。

鲁大成:(惊讶)什么,什么?你说什么?

陈喜:(嘟哝)风就是有点香味!(走去)

鲁大成:你!你……

路华:(自语)连风都有点香……

鲁大成:不像话!

路华:是啊!南京路上老开固然可恨,但是,更可恨的倒是这股熏人的香风!

鲁大成:这种思想要不整一整,南京路这地方——不能待!

(爵士乐声荡漾,霓虹灯耀眼欲花。)

[①] 黄佐临.谈谈我的导演经验[M]//黄佐临.导演的话.上海:上海文艺出版社,1979:202-203.

这里,"香风"是资产阶级文化的指代,像洪满堂、鲁大成对陈喜的指斥:"一阵香风差一点把你脑袋瓜吹歪了。"

之所以将异己文化统称为"香风",当然来自这种文化的性别和身体指代,即资产者女性身上的香气。但更重要的,由于"香风"的存在形式是"移动"的,因此,它主要指代一种文化"侵入"的方式,即异己文化"侵入性"的无法预料和不可控制。剧中,路华的一段话就表明了这一点:"帝国主义的阴魂还不散,它们乘着香风,驾着烟雾,时刻出现在我们周围,形形色色,从各个方面向我们攻来。"在这里,"香风"和"烟雾"的移动方式都具有不可控制性。西方思想家早就注意到嗅觉在城市文化中的作用。罗德威曾指出"对存在或者穿过某个特定空间的气味的感知,也许会有不同的强度,这种对气味的感知将会停留一会儿然后消散,它将一种气味区别于另一种气味,将某些味道同导致地方感和对特征地点的感觉的那些特定事物、组织、情形和感情联系起来"。列斐伏尔也指出,不同空间的产生主要是和嗅觉相关联的:"'主体'和'客体'之间产生亲密关系的地方肯定是嗅觉世界和他们的居住处。"由于气味来源于人的肌肤,因此,气味不仅表明了其所在地点的特征,也表明了人同所在环境的关系,甚至是人群的特征、特定人的特征。与视觉比较起来,气味的特征似乎更能准确地表明其社区文化本质。因为按照本雅明的看法,"一个人可以凝视但不会被碰触到,可以介入但远离群体"。比如人们可以站在阳台上观察人群,以显示其对于人群的优越感。也就是说,视觉是可以控制的,但嗅觉是难以控制的。所以,西美尔在谈到嗅觉时说,嗅觉是一种特别的"分离感觉",传送厌恶多过吸引,提出了"嗅觉的不可容忍性"。列斐伏尔认为,嗅觉似乎提供了一种更直接、更少预谋的相遇;它不能被打开或者关闭。因此,嗅觉比视觉更可信。斯塔列布拉斯和怀特也指出19世纪中叶,"城市……作为气味仍然继续侵犯资产阶级的私有身体和家庭。主要是嗅觉激怒了社会改革家们,因为嗅觉同触觉一样,代表厌恶,它弥漫四处,无形地存在,很难被管制"[①]。所以,在黄佐临看来,在表现"旧上海"等城市的时候,《霓虹灯下的哨兵》里的"香

---

① 厄里.城市生活与感官[M]//汪民安,陈永国,马海良.城市文化读本.北京:北京大学出版社,2008:160.

风"作为纸醉金迷资产阶级生活的指代，与爵士乐一样，随风流转，让人无法防备地"侵入"无产阶级的营地，与"左翼"的革命政治发生冲突。

当然，在一些作品中，"香风"也是一种实指，具有性别和女性身体的含义，表明了传导气味的人物的生活习性乃至阶级属性。在曹禺的十幕六场话剧《明朗的天》中，有一个兼具洋奴与特务双重身份的刘玛丽，其正式身份是燕仁医院美国医生贾克逊的秘书。刘玛丽的身体特征主要是气味：香气和烟味。"她又干又瘦，脸上抹着脂粉，头发剪得短短的。她烟瘾很大，总是用一支短烟嘴。"在这部剧作中，男性人物的身体特征主要是通过衣着体现的，而唯独对于刘玛丽，作者使用了"气味"这一"介质"。这固然说明了刘玛丽的阶级特征，但更重要的，"香气"是对于不良女性的性别指代。而作为女性，身上又有着"烟味"，就从性别角度更增加了令人不能接受的"异己"感。异己阶级的"侵入感"由于其性别而尤其显得不可抗拒。因此，刘玛丽的"异质性"不仅在于"阶级"的，也在于性别的。如果我们扩大此种情形的考察范围就会发现，在"文革"文学中，"脂粉气"一般是作为体现阶级性的符码出现的，一些反面女性人物，通常被叫作"十里香"一类绰号，而且是"未见其人，先闻其味"。"香味"的出现，是资产阶级向无产阶级"进攻"的第一步。在"文革"时期的话剧作品《迎着朝阳》里，围绕着知识青年是否当清洁工的主题，两个阶级展开了斗争。显然，清洁工的工作在气味上属于"臭"，其对立面当然是"香"。香与臭的分野，表明了其所隐含的阶级的对立意义。由于"香气"是"旧上海"等城市资产阶级生活的符码，作为"异己"文化，它必然"腐蚀"着青少年，同时向无产阶级政治"进攻"。由于"文革"期间的作品中不大可能出现对女性人物身体"性感"特征的描绘，因此，"香味"几乎是对人物阶级属性唯一身体特征的认定。而且，除了语言，身体散发着"香气"也是与革命政治冲突的唯一方式。由于气味来自人的肌肤，所以反面力量的"侵入"也几乎是不可避免的。因此，在情节安排上，作品通过"香味"引出反面人物，并进而与无产阶级爆发冲突。于是，"气味"就构成了情节的核心。由此，我们不难体会毛泽东《在延安文艺座谈会上的讲话》中所说的关于知识分子和工农大众孰为"香""臭"的论断。

与"侵入"相关的另一个有关身体的特征是行为方面的，即反面人物的身体"移动"。我们看到，包括《霓虹灯下的哨兵》《锻炼》《海港》《火红的年代》中的反面人物，也包括《千万不要忘记》以及多数"文革"时期作品中的落后人物，其活动方式都是身体"移动"，即在人群中窜来窜去，或者煽风点火，或者挑拨是非。这在"争夺下一代"的题材作品中尤为突出。鬼鬼祟祟的形貌，不仅是反面人物的人格化表征，也是在表达其"侵入"的方式。在城市社会学的理论中，"城市生活的多样性、密集性和刺激性长期以来一直与移动形式相关联"，"过度移动常被指责为城市堕落和危险的根源"。芝加哥学派的伯吉斯甚至认为，过多的移动和刺激"无可避免地使人迷失和道德沦丧"[1]。由于"移动性"造成的是一个不同于同质性文化的"私有空间"，从而具有了不同于公共群体的私人主体性，因而，它绝对是一个"异质性"的力量。"移动"不仅说明了移动主体对于群体的"异质性"，同时也表明了其"侵入"方式，它充分体现了移动主体的弱小和边缘特征，从而将资产阶级的"遗存"以人格化的形式表现出来了。在《海港》中，钱守维总是在没有他人的情况下，对韩小强灌输一些有悖于无产阶级政治的道理：或者是"八小时以外是我的自由"，或者是"靠我们这号人还能管好码头"等。在行为上，他或者在无人的情况下将玻璃纤维放进稻谷包中，或者将饮用水开关打开，用饮用水洗手。一旦人群上场，反面人物便离场。此外，还有话剧《战船台》中的董逸文，由于父亲是旧上海的买办，他学会了"忒滑"的"滩上"作风。作品描述他的性格是"你要吃甜的他就给你端糖罐；你要喝酸的他就给你拎醋瓶"，"过去和温伯年（原来的厂长）打得火热，一口一个温总、温老师，老家伙把全厂的技术大权都交给了他。现在削尖了脑袋……又缠上了老赵（车间主任）"。这种性格，给人造成的是到处逢迎的极端的不稳定感。显然，两面三刀、到处讨好的做派是需要繁复地穿梭于各种人群之中才能完成的。而在话剧舞台上，这种人身体的"移动"就构成了其最重要的特点。

---

[1] 谢勒尔.城市与汽车[M]//汪民安，陈永国，马海良.城市文化读本.北京：北京大学出版社，2008：211.

"十七年"与"文革"时期文学中上海的城市空间叙述[*]

对于1950—1970年代的中国社会主义社会实验来说,许多学者认为,可以将实验的核心内容概括为"公共化"和"现代化"[①]。"十七年"和"文革"时期表现上海的文学,承继着百年来上海城市现代性形象的谱系,表现出极其强烈的现代性诉求。在这方面,对上海建筑与空间的表现是一个极其重要的领域。

一、高大洋房的政治:从殖民性到现代性

公刘的《上海夜歌(二)》可以看作一个宣言,它表明即使是在社会主义时期,现代主义的手法依然是表现上海城市物质场景的基本策略:"轮船,火车,工厂,全都在对我叫喊:抛开你的牧歌吧,诗人!"这种情形,与施蛰存在1930年代的诗歌主张中所阐明的,基本上是同样的道理。施蛰存将现代诗歌看作"现代人在现代生活中所感受到的现代的情绪,用现代的辞藻排列成现代的诗形"[②]。而所谓"现代生活",在公刘的主张中,也是现代性的物质

---

[*] 本文原载于《文学评论》2010年第2期,收入本书时有改动。
[①] 关于这一点,可参考刘晓枫.现代性社会理论绪论[M].上海:上海三联书店,1998;王一川.中国现代卡里斯马典型——二十世纪小说人物的修辞论阐释[M].昆明:云南人民出版社,1994.
[②] 施蛰存.关于本刊的诗[J].现代,1933(1):6-8.

性场景，只不过排除了施蛰存列举的"爵士乐""竞马场"等具有消费意义的场所。从中我们也可以看出"十七年"上海城市文学在表现现代性场景方面对于"旧上海"文学的某种承继性。《上海夜歌（一）》可视为公刘诗歌主张的实践，在对于上海场景现代性的描绘中，这首诗完全使用了现代场景写作的传统，选取了城市中心的外滩和南京路作为中心性的空间体现。它在表达城市的空间感和时间感时，不仅采用了"并置"的蒙太奇手法，给人完全的电影镜头感。而且，在视觉的效果上，其对城市建筑高度的强调，也采用了从高到低的顺序；还有对于"夜色"的使用，也来自现代主义文学的城市兴趣。诗歌分别使用了海关大楼和南京路的国际饭店作为参照，既高下参差，又纵横成行。这三者都遵循了自新感觉派以来的上海文学传统。只不过，诗歌在篇尾出现了"六百万人民"的句子，以符合当时的意识形态"共名"。

但是，在继承 1930 年代以来的现代场景写作传统时，发生了一个重要的问题。在 1950—1970 年代的上海空间建设方面，由于"新政权直接利用了旧上海的空间结构，确立了自身在城市的权力地位。象征旧上海各种政治、经济、文化权力的符号性建筑，多被移用于新政权的各种机构"[1]。所以，对上海"断裂"性理解而言，如何借助"旧上海"的物质空间（特别是建筑空间）来表达"新上海"主题恰是一个难题。其复杂性在于，上海历来以其建筑空间上的现代性而获得"现代"意义，不借助于此，很难获得对于上海地域的指认。同时，上海高大的洋房又是一种跨越地域性的世界性现代化符号。1950年代以后，由于对国家工业化蓝图的憧憬，高大建筑作为一种工业化现代性符号而必须被加以强化。因而，在表现上海空间时，中心区的殖民时代的建筑是无法回避的。但是，上海殖民时代的建筑大面积存在，又使人无法回避它的殖民记忆。一旦进入文学表现领域，不仅可能无法获得其在断裂层面上作为社会主义"新上海"的政治身份，甚至还可能造成殖民主义的重温。这一类建筑空间，除了高大的洋房，也包括上海作为现代经济中心符号的码头、

---

[1] 陈映芳.空间与社会：作为社会主义实践的城市改造——上海棚户区的实例（1949—1979）[M]//王晓明，蔡翔.热风学术（第一辑），桂林：广西师范大学出版社，2008：75-98.

厂房、道路，还有"旧上海"的主要居住形式——弄堂与棚户。上述种种情形决定了，在进行"新上海"社会主义的空间想象中，既要借助于旧上海建筑空间形式的表现，又要赋予其崭新的社会主义的城市意义。更由于关于上海作为工业、商业、港口中心的身份指认已经符号化，在消泯了外滩大楼、国际饭店、百老汇大楼等建筑场景原有的西方建筑形式中殖民与消费的文化含义之后，它们成为典型的城市现代性符号式表述。

对殖民时代建筑本身的详细描写是较少见的。肖岗的诗歌《上海，英雄的城》与芦芒的诗歌《东方升起玫瑰色的朝霞》对上海市委大楼的建筑样式、材质的西方性有所涉及。比如："在上海市人委拱形花岗石大门里，/走出听完传达报告的人群。/挺立的大石柱，/乌亮的铜质大门，/门旁卧着黑黝黝的一对铜狮……"[1] 由于此处是对新上海市委大楼会议的描写，其政治意义超过了建筑本身的含义。一般来说，新旧上海的空间标志虽仍是外滩大楼。但在旧上海场景体现上，通常会出现实指的旧上海建筑。比如在话剧《霓虹灯下的哨兵》《七月流火》、电影《聂耳》《为了和平》等中，常常出现"百老汇大厦""国际饭店""跑马厅""铜人码头""江海关""寓沪西人工部局""虞洽卿路""爱多亚路"等具有实指含义的旧上海空间。有时，电影作品还会用照片形式呈现出欧战和平纪念碑[2]角度的外滩，或者海关前的"赫德"铜像[3]，这似乎成了新旧上海不同外滩的标志，因为纪念碑与铜像都建造于20世纪初，其蕴含的恰是旧上海殖民历史的符码意义。在电影剧本《为了和平》中，凡涉及解放前的建筑空间时，常常进行实写，而在表现解放后的上海时，虽然同样涉及外滩地区，却相当虚化和空洞。结尾，孟辉与她的引路人杨健见面，被安排在一个意义极其模糊的地方："在靠近外白渡桥的一座大厦里面，临窗可见黄浦江和江上的点点帆轮船。"这里，作品明显呈现出一种意义构成

---

[1] 新上海市委大楼为原英国汇丰银行大楼，属罗马复兴式古典主义建筑样式，其门前有一对铜狮，建成后有"从苏伊士运河到白令海峡最漂亮建筑"之称。
[2] 位于延安路外滩路口，为纪念"一战"时欧洲上海外侨回国参战而建，用于纪念欧战死难者。
[3] 赫德（1835—1911）：英国人，担任中国海关总税务司长达40余年。铜像在上海沦陷后为日军拆毁。电影《聂耳》中出现了铜像附近的"铜人码头"。

上的矛盾和虚弱。因为要表现"左翼"政治在上海的胜利，所以剧本必须将两人"会师"的地点放在"旧上海"的核心空间，即外滩，借以表现出胜利者对"旧上海"的征服。但同时，它又必须小心翼翼地规避这栋楼宇的实体含义，并虚化"大厦"的真实名称，以免使观众在历史经验里唤起对于高大楼房本身的殖民意义的记忆。否则，就无法完成对上海旧楼宇的无产阶级政治意义建构。

这里就涉及对殖民时代建筑空间在解放后状况的表现。一般来说，表现新上海的叙事类文学，开头部分大都采用"巡礼"式表现方式，其目的是既突出上海城市的现代性风貌，也便于放弃对有关建筑场景所包含的殖民意义与市民消费意义的深究。这似乎同新感觉派使用"巡礼"手法描述高大洋房而回避其背后小巷一样，但意义又有不同。新感觉派要突出的是建筑空间的西方性，要回避的是小巷里弄中的东方性内容，而1950—1970年代的文学则强调建筑空间的现代性，而回避其西方性。因此，这一时期文学虽大都以高大楼房作为背景，但在叙述中又常常将空间迅速转移至他处，很少将高大洋房放进实写范围。电影剧本《黄浦江故事》第一章在"景渐显"的说明中特意交代："这是解放后的上海，草木葱茏的外滩，车水马龙人来人往，海关大楼响起悠扬的钟声，黄浦江上洒散了阳光的金点。"在第十章中，外滩建筑的成分减弱，而"烟囱林立""轮船穿梭"的黄浦江景象，在重要性上逐渐取代外滩。话剧《霓虹灯下的哨兵》开头的场景是"火光中时而看到百老汇大楼的轮廓，时而看到江海关的剪影"，但结尾处，空间重点转移至军民联欢的公园。通常来说，新上海题材文学的空间描写热点仍是外滩与黄浦江一带，以至于海关大楼[①]、市委大楼、外白渡桥、人民广场[②]等词语出现频率极高，而黄浦江两岸与江中的轮船则成为泛化的"上海"城市概念的指代。但作为关于上海现代化的观念性意象，有时仅仅出现空间区域的名称。像《火红的年

---

① 海关大楼原名江海关，旧上海时期即为海关。其他中国重要口岸城市的海港名称大多与"江海关"相近，如汉口的"江汉关"、广州的"粤海关"。
② 原址为跑马场，1952年跑马场南部被改为广场，北部建成人民公园。原跑马总会改为上海图书馆。1990年代后，广场和公园建成上海市委、市政府，上海图书馆改为上海美术馆。

代》中外滩场景,"宽阔的黄浦江正从晓雾中醒来。外滩,洒水车冲洗着宽阔平坦的马路",类似的场景描写数不胜数。

在工业题材的文学创作中,外滩一带原殖民建筑群的地域空间的复杂含义,也往往被作者们简化为工业化表述,使欧式建筑的殖民符号减弱。这些文学创作建立了这一带空间的现代性意义的顺序:高大楼房——工厂——黄浦江。前两者是工业化的泛化符码,后者则承载着轮船这一特定的现代化机械的符号指代。费礼文《黄浦江的浪潮》开头和结尾都有类似"巡礼"式的写法,并由外滩高大建筑的掠影迅速过渡到黄浦江岸的工业化雄伟图景的描写。这是一种很自然的衔接,常见于对上海现代性工业化场景的写照。于是,上海现代性逻辑就这样被天衣无缝地展延开来。但是,意义逻辑上的"自然"有时却违背了实际的空间状况。我们看结尾一段:

> 美丽的黄浦江两岸呈现在他的眼前:巍峨、雄伟的建筑物象奇异的山峰矗立着,海关大楼洪亮钟声"叮叮当当"响着,绿化了的外滩,像一条翡翠的花边镶在江边花岗石上;在它们的后面,烟囱像森林似的竖立天空,浓烟混合在蓝天里变成万道彩霞;黄浦江里汽笛长鸣,无数的船只来回疾驶着,突然,一条挂着五彩旗的崭新轮船,乘风破浪,高唱着凯歌向吴淞口开去,黄浦江给它掀起了浪潮,阳光照上去闪出万条金光。

这段场景描写颇令人惊诧,因为这似乎是在实际的城市空间中不可能实现的视觉效果。文中的描述,首先有大量的视觉焦点的混乱:其中,"矗立""绿化的外滩""花岗岩"等描述,似乎表明描写视线来自外滩东面;可是再结合"在它们的后面"等语句,人物视线又应该来自外滩以西。但是外滩西面,由于满布写字楼,又绝不可能出现"烟囱像森林似的"景象。而接下来,文本描述黄浦江上的轮船,则又将视线移至外滩以东。这一处描写出现了数次视线的紊乱,表明空间本身的意义与其被赋予意义之间意识形态词语的争夺,以及由此而来的叙述焦虑。因此,这毋宁说是一种关于工业化的心理空间，经由建筑（海关大楼）——工厂区——黄浦江这样的工业化理想展开，分别体现着现代机构、工业生产、交通等各方面高速运转的城市的现代性意义，其描写功能在于集中关于工业化的物象，突出工业化的含义。

体现现代性建筑意义的，还有政治意义方面的修辞。社会主义政治在上海城市空间上的核心指认，应当是中苏友好大厦[①]。我们看到，在《上海的早晨》《不夜城》等众多的作品中，这栋高大建筑由于绝对高度超过了国际饭店，成为新上海的天际线。同时，它在文学文本结构中，不论是空间上，还是时间上，都构成了中心位置，这无疑说明在"新上海"这座城市中，新的政治权力形态所处的中心地位。电影剧本《不夜城》最后公私合营成功的狂欢，就发生在中苏友好大厦前。《不夜城》不仅在结尾叙述了中苏友好大厦前的欢腾场面，还安排了横幅"上海市各界庆祝社会主义改造胜利联欢晚会"，以突出中苏友好大厦体现的社会主义国家的庆典意义。结尾再将镜头推至南京路永安公司、先施公司、大新公司等处。在一些作品中，中苏友好大厦还包含了中国在世界社会主义阵营的国际性意义，甚至是中苏之间的关系。如福庚的诗歌《在工业馆里》写"我"在参观了新纺织机、车床、精密仪器之后，"沿着工业馆的大厅走，仿佛我已经来到了苏联的城市"。

在叙事性的作品里，中苏友好大厦不仅有一种现代性修辞意义，同时也获得了文本在叙事结构方面的中心地位。首先，中苏友好大厦通常都出现在情节的高潮，在经过了"三反""五反"、公私合营等剧烈的斗争并取得重要胜利之后，又往往和庆祝胜利的重大的国家庆典、仪式相关联，其本身的仪式性表明了它的神圣感。其次，在空间的呈现方面，人物必须经过一个朝圣的过程，即经过了众多街区之后到达目的地，它在文本中出现的位置也说明了其"圣地"的含义。《上海的早晨》曾描写了徐义德一家乘坐汽车来到这里的情形：

汽车里的指针很快地从40指到60公里。汽车顺着游行队伍的

[①] 中苏友好大厦是1950年代以后新上海的标志性建筑。此类建筑在北京、武汉、沈阳等城市皆有，建筑样式为苏联时代的拟古典主义样式。中苏关系破裂后，各地此类建筑统一改称××展览馆。中苏友好大厦原址为犹太巨商哈同的私人花园，名为爱俪园，俗称哈同花园。

侧面，迅速地开过去，远远望见一颗光彩夺目的红星在早晨的阳光中闪耀，像是悬在半空中似的。这是中苏友好大厦屋顶上金黄柱子上端的红星，直冲云霄。

离中苏友好大厦越近，人物所乘汽车越要加速度行驶，以呈现出"朝圣"时的激动情绪。而建筑本身的高大，更是呈现出海市蜃楼般的"神圣感"，造成了整个上海空间的制高点，也造成了整部小说的情节高潮。作品还写了徐义德的三太太林宛芝来到这里的感受：

> 林宛芝从来没有进过中苏友好大厦的大门，从前只是路过，看见壮丽堂皇的外观，没有见过里面宏大的规模。当她一跨进大门，走进大厅，看见当中悬挂着一盏丈把长的大琉璃灯，玲珑剔透，灯光璀璨。四周蔚蓝色的墙壁上，飞舞着金黄的雕饰，顶上闪着点点星光，迎门是一个霓虹灯大"喜"字，使人感到身临变幻迷离的世界。
> ……
> 过了大厅，是开阔的拱形屋顶的工业大厅，一片光亮使得林宛芝眼花缭乱。她定睛一看，才慢慢分辨清楚，像一串串彩虹挂在雪白屋顶上的是电灯。两旁骑楼上仿佛飞舞着红色巨龙的是两幅巨大标语，红底金字，一边写的是"要把全市公私合营工作做得又快又好"，另外一边是"为加速彻底完成社会主义改造而奋斗"。主席台上排列着数面五星红旗，当中挂着一幅毛主席油画画像，和主席台遥遥相对的是一个巨大的霓虹灯制成的"喜"字，闪耀着喜气洋洋的红色的光芒，把这个庄严的会场点缀得欢乐又活泼，洋溢着节日的气氛。林宛芝看到那情形，她的心和霓虹灯的光芒一样在欢乐地跳跃。她从来没有见过这样庄严而又伟大的场面，到处都感到新鲜，看看这边，又看看那边，眼睛简直忙不过来。

上述心理描绘，意图是要在人物内心造成城市的高度。一方面，这也是一种实写。由于林宛芝疏于社会接触，中苏友好大厦给予她的震撼是一种真实存在。同时，为了强化这一震撼，作者在描写中让林宛芝完全接受它的意义符号，而没有让这个长期生活于深闺中的女性有任何的不安与不适感，这就带有强烈的诉求表达的倾向。

二、"工人新村"住宅建筑

除了高大洋房式建筑，对上海空间的描述形式还有另外两种：一是抽象、泛化意义上的码头、工厂（这在后文中还有论述），二是代替了老上海弄堂石库门的标准化的"工人新村"住宅。众所周知，上海最典型的住宅是"石库门"里弄建筑，作为旧上海中产阶级的典型居住形式，这种建筑已经成为上海的符号。但在解放后的上海文学中，"石库门"建筑样式以及它所负载的上海市中心区的市民生活特性，已经退出了文学表现的兴趣范围。在居住建筑方面，新式"工人新村"及其代表的工人生活成为几乎唯一的上海城市生活题材。

"工人新村"在区别新旧上海的断裂性意义上有重要作用：一方面，它与北京"龙须沟"有着同样的"新旧社会两重天"的政治意义，其典型性的例子是肇家浜与曹杨新村[①]；另一方面，它又避免了描写石库门建筑可能带来的旧上海市井消费性生活的内容。在这一时期文学中，凡出现对居住形式的详细介绍时，多为近郊"工人新村"等非传统式样的新式工业化住宅建筑，如《钢铁世家》《锻炼》《家庭问题》等作品。在"十七年"和"文革"时期城市题材文学中，"工人新村"更是占绝对主导意义的居住形式。它的出现，并不是一般意义上居住形式的改进，而是具有中国社会主义政治经济权力因素的重要的文化现象。

事实上，具有意识形态性的空间也是上海作为"新中国"象征的政治经

---

① 肇家浜为上海著名的"龙须沟"，1954年被改造填平，即今肇家浜路，一向被视为新旧上海两重天的标志；曹杨新村是上海最早的工人新村，旧时为荒地泥潭，至1958年建成为居住5万人口的工人城。解放前建的福履新村（1934年）、上海新村（1939年）、永嘉新村（1947年）只是花园里弄而已，并非工人居住区。

济学的标本,建筑的乌托邦含义并不只存在于文学文本中。"工人新村"的建设,是中国社会主义工业化进程的整体结构的结果。法国汉学家程若望说:"在上海之外建设上海,在外国人建起的城市之外建设中国的大城市,这个发展计划(指国民党大上海计划)由此便被束之高阁。新中国建立以后,在最初的三十年里采取了'反城市'的政策,主张把中国的大城市从消费城市转变为生产城市;这使得上海除卫星城建设外,没有进行任何意义上的空间扩展,甚至包括原有工业建设和住宅的现代化。即使是卫星城建设,也在相当程度上是失败的。相比之下,政府更加重视建设首都北京,因而对上海实施了十分不利的财政政策,这种情况一直持续到80年代末。"[①]上海的"工人新村"就是倡导城市的生产功能,尽可能地使生活功能服从于生产功能的一种居住形式。首先,"工人新村"大多位于当时的近郊区,并且靠近工厂。这与上海中心老城区的基本住宅石库门形成对比。其次,居住者多来自相同的厂区,其生活特性基本一致,人们经常结伴上班。这种情形导致了社区人缘的高度的"同质性"。因此,"工人新村"完全不同于老式里弄的复杂与多元性:一方面,它最大限度地减少了人们生活中的其他功能,而极大地提升了城市的生产功能;另一方面,它最大限度地防止了人们生活中出现"私性",而体现出社会主义城市的"公共性"。

工人新村是一种乌托邦建筑。据学者研究,1950年代的曹杨新村、1960年代的彭浦新村、1970年代的曲阳新村和1980年代的田林新村,都属于工人阶级的"花园洋房",曹杨新村甚至是上海的涉外旅游景点。王晓渔曾说:"作为革命样板房,工人新村是新中国的客厅,这使得工人新村的任何部位包括卧室都全面客厅化——甚至卫浴之类的私人空间,要么被彻底删除,要么被公共化。与此相对照的是,合作社、卫生所、银行、邮局、学校这些公共设施一应俱全,同时还预留文化馆、运动场和电影院的建筑位置。"由此看来,社会主义新中国的上海并不缺少空间的现代性,缺少的只是个体"私性"

---

① 程若望.北京、上海、香港——不同宿命的中国城市[M]//《法国汉学》编委会.法国汉学(第九辑) 人居环境建设史专号.北京:中华书局,2004:397.

范畴的现代性。这是"公共性"现代性被强调的结果，它可能发生在任何一个强调国家意义的时候。无独有偶，在1930年代国民政府的"大上海"计划中的居民建筑也有"公共性"的特征。比如，杨浦、卢湾与闸北分别要建三个平民住宅区，都没有独立的卫生设备，但大礼堂、运动场和花圃等"公共性"设施则被优先考虑。

第一次"工人新村"的建设规划始于1952—1953年，首先计划在老工业区附近的城郊接合部的农业用地上建设9个"工人新村"，如在闸北和杨树浦，同时拆除了300个简陋居民点。每个"工人新村"的楼房都是4—5层，可以接纳40万名居民。到1973年，已经有76个"工人新村"，占上海全部居住面积的四分之一。

上海的曹杨新村是新中国建立最早和最大的"工人新村"。其首期建设占地200亩，共有三开间两层楼167栋，可供1002户五口之家入住。至1958年，其占地扩大了十几倍，有五万人居住于此，并设有专线公交，成为沪西最大的工人居住区。这些住宅有时被称为"新公房"。不仅水电设备齐全，每户还有独立的卫生间，每三户合用一间厨房。小区中心有大草坪、小学、诊疗所、合作社、文化馆、露天电影场等公用设施，文化馆内还有小剧场，拥有戏剧、舞蹈、音乐等十几个演出队，鼎盛时期，据说有近200名演员琴师。"工人新村"的入住条件极其严格，在其建设初期，"由于数量实在太少，大多解决劳动模范和由工人提拔的干部的住房困难，一般的工人很难轮到分配住房"[①]，因而，首批入住者往往采用评选方式选出。据唐克新的散文特写《曹杨新村的人们》介绍，首批入住者中有陆阿狗、裔式娟、戴可都、朱法弟等著名劳动模范。初次入住的居民，在搬进"工人新村"的时候，其喜悦之情在唐克新的一篇小说中可以看到：

> 这是个四层楼的房子，外面是奶油色的，里面房间是一套一套的：大间、小间、浴间、抽水马桶、厨房间……奚大妈走上阳台，

---

① 袁进，王有富.略谈1950年代工人的物质生活——以某钢铁厂的工人生活为例[M]//王明明，蔡翔.热风学术（第一辑）.桂林：广西师范大学出版社，2008：111.

举目一望，那青砖红瓦的房子呀，一眼望不到边，有二层的，有三层的，有四层的……她简直好像掉在大海里一样，觉得自己简直小得像一粒芝麻那样。

这也许是一种真实的感受，特别是其中的人物在宏大规模的公共性建筑群面前所感觉到的个体的"渺小"感。

由于政府的安排，"工人新村"式的居住区不断出现。1953年起，政府有计划地对市区的棚户区进行连片改造，使之成为新的"新村"。影响较大的有闸北的蕃瓜弄，南市的桃源新村、瞿溪新村等。同时，又在市区边缘地区新辟了控江、鞍山、天山、日晖、宜川等一批新村①。从1958年开始，上海陆续新建、扩建了5个卫星城镇和10个市郊工业区。卫星城镇为闵行、吴泾、松江、嘉定、安亭；市郊工业区为吴淞、蕴藻浜、彭浦、桃浦、北新泾、漕河泾、长桥、周家渡、庆宁寺、高桥。在1958年，闵行据说有十万人居住。作家哈华在特写《上海的卫星城市——闵行镇》中介绍，"那些公寓式的高层楼房，与我们过去建设的工人新村大不相同了。奶油色的非常漂亮，蓝色的像天幕一样，朱红色的鲜艳夺目，白色的洁净无瑕，全在阳光下闪着光彩"，"有漂亮的托儿所、玲珑的小售店，正在修建的还有堂皇的学校、整洁的中心医院。这些建筑，都将被丛林和花草所绿化"②。

在周而复的小说《上海的早晨》里，通过汤阿英一家入住曹杨新村（小说中名称为"漕阳新邨"）的情节，我们可以看到新村居住形式方面极强的体制化特征：漕阳新邨造好之后，汤阿英所在的沪江纱厂也分到四户。究竟哪些人具有入住资格，要由厂工会生活委员布置各个车间展开讨论和评选才能确定。为了更慎重地选出合适人选，厂里还到处张贴标语，"一人住新村，全厂都光荣"。汤阿英因为工作积极，又是住房困难户，祖孙三代挤在一间草棚

---

① 上海研究中心，上海人民出版社. 上海700年 1291—1991 [M]. 上海：上海人民出版社，1991：176.
② 上海十年文学选集编辑委员会. 上海十年文学选集·特写报告选 [M]. 上海：上海文艺出版社，1960：529-537.

里，被分配了一套。厂工会主席余静也获分一套，但余静出于"将困难留给自己"的领导者风格，放弃了住房。经过再次讨论，因为细纱车间工人多，这一套住房被交给细纱车间。又经过讨论，这一套被分给秦妈妈。在汤阿英搬家的那天，由于余静到区委开会，便委托工会副主席赵得宝主持搬家。"赵得宝率领大家敲着锣打着鼓，欢天喜地走进来"。家具装车之后，依旧是敲锣打鼓，"卡车里充满着欢乐的咚咚锵的音乐和恣情谈笑声，飞快地向着漕阳新邨驶去"。在汤阿英一家入住新村之后，余静等人前去探望。在婉辞了汤阿英一家的感谢之后，余静开始以此进行革命传统教育："我们有今天这样好的生活，是无数革命先烈的血汗换来的"，"新中国成立了，工人当家作主了，才盖这些工人新村来"。接下去，就是讲述邓中夏、刘华、顾正红等人的革命事迹。建筑的功能转向了意识形态的表述。由此可以看到，工人新村的入住或者迁出，都是一个体制化过程。

《上海的早晨》所叙述的漕阳新邨，其基本特征是"公共性"。当汤阿英一家入住后，作者对于他们居住感受的主要描写不是室内的，而是第一次参观室外"公共"场地给予他们"规则"与"公共性"的感受。首先是新村的整齐和开阔："和他们房屋平行的，是一排排两层楼的新房，中间是一条广阔的走道，对面玻璃窗前也和他们房屋一样，种着一排柳树。"新村中的道路约有一般弄堂的五倍，如茵的草地极其广大，以至汤阿英的女儿巧珠飞一般地在草地上奔跑，或者在草地上打滚。其次是新村公共设施的完备。先说学校："经过一片辽阔的空地，巧珠奶奶远望见一座大建筑物，红墙黑瓦，矮墙后面有一根旗杆矗立在晚霞里，五星红旗在空中呼啦啦飘扬。红旗下面是一片操场，绿色的秋千架和滑梯，触目地呈现在人们的眼前。操场后面是一排整整齐齐的平房，红色的油漆门、雪亮的玻璃窗，闪闪发着落日的光。"再说商店：晚间，"幢幢的人影在路上闪来闪去。整个新村，只有合作社那里的电灯光亮最强，也只有那里的人声最高。从那里，播送出丁是娥唱的沪剧，愉快的音乐飘荡在天空，激动人们的心扉"。再说新村的交通："一眨眼的工夫，新村的路灯亮了。外边开进来一辆又一辆的公共汽车，把劳动一天的工人们从工厂送到他们的新居来。"在讲述漕阳新邨室外"公共"空间特征之后，作品才开始讲述人们对于室内的感受。但是这种感受相当简单，而且也是关于公共设计方面的，基本上不涉及属于"私性"生活的器物或设施。汤家奶奶看到，"新粉的白墙、新油的绿窗、新装的电灯，照得满屋亮堂堂的喜洋洋的"。在这里，对于新村建筑由外而内的介绍顺序，以及对于新村建筑"公共"部分与"私性"部分介绍的详略程度，均表明新村建筑本身的"公共性"与"私性"之间的等级关系，因而也具有完全的社会主义政治经济学的意义。

在其他文学作品中，"工人新村"同样表达了"公共性"的现代性诉求。"工人新村"给人的视觉特征，首先是"整齐"。如小说《家庭问题》中"四层的新式楼房，整齐地排列在一条街上"；小说《年代》中，"只见马路两旁整齐地排列着五层楼的三层楼的楼房。七年前，这里完全是一片田野，现在已是一座卫星城了。整齐的行道树，街沿旁的花圃，给人一种赏心悦目的感觉"。再如《钢铁世家》中的一段文字："工人新村的环境非常美丽，到处是碧绿苍翠的树木以及鲜艳的花草。住宅周围，有小河、木桥以及修剪得很好的花园。无数幢两层、三层、四层的楼房，都是红瓦黄墙，玻璃窗子闪闪发光。"这些文字的含义在于新村建筑的标准化，它遵循的是新中国国家生活对日常生活形态的统一规定。

将场景放在上海近郊工业区以及工业设施附属的居住形式（包括以"工人新村"为主体的工人住宅，也包括筒子楼等简易公房）还有一种叙述动能，即描述居住形式的目的并非展示上海工人的生活内容，而是作为一种工业生产形态叙述的延伸。因为，近郊"新村"式工人住宅由于地处上海新兴工业区，不仅便于较多地体现出关于工厂、烟筒等现代化空间标志，便于得到现代性的象征意义，而且也避免因地处市中心与建筑的传统样式而可能引起的关于旧上海的回忆，可谓一举两得。

此时期绝大多数作品都将场景置于工业化背景中，其显示的含义在于压制住宅建筑的生活功能，最大限度地提升其生产功能。《一家人》开头就点明了剧情发生的地点是"上海市郊某工业卫星城"。

> 杨家门外，屹立着一株百年银杏树，苍劲挺拔，叶如散盖。这

是一幢老式本地房子,窗前花棚藤架,枝叶繁茂。

屋后,一座巨大的金属结构车间正在兴建。

这里,故事发生在工人居所。而且主人公杨家的居住环境还带有农舍性质,"有高大的银杏树,窗前有花棚,房子为本地老宅样式",看起来不是典型的工人居住形式,但这只是为了说明"血统论"意义上的杨家的革命历史,因为杨家的第一代因反抗英国人的统治而牺牲于银杏树下。马上,场景描述就转向了工业化的意义叙述,屋后"一座巨大的金属结构车间正在兴起"一句,无疑表明这所住宅已经面临着工业化对生活领域的包围。事实上,在另外一处说明中,这种"侵入"已经成为事实:"远处可见上海动力机械厂的烟囱和高高的水塔,崭新的一条街横贯舞台,宽阔的马路向远方延伸。两旁种栽着树木,树荫夹道,枝叶扶疏。商店、剧场、运动场的跳伞塔以及排列整齐的五层楼工房,鳞次栉比,错落有致。"作品中叙述的其他人物的居所,如罗工程师的宿舍,就是典型的"工人新村"住宅:"这是在新建五层楼的三楼,透过窗户可以望见工业新城的面貌。远处,黄浦江波光闪闪,不时有小火轮游弋江面。江对岸为造船厂,船坞中停泊着'和平号'巨轮。"看来,作者的表现兴趣并不在居室,而是在透过居室门窗见到的工业化景象。

从建筑与空间上将上海视为社会主义"公共性"社区与工业化中心,原本是新上海应当包含的国家意义,但夸大式表现无疑是不顾事实了,特别是无视1950年代,石库门住宅占上海80%以上民居这种事实。到1973年,上海共建成76个新村,其面积也仅占上海全部民居的四分之一。即便到1990年代,也有52%的上海市民仍居住在石库门①。因此,这可以视为一种基于工业化的现代性想象性的表达。究其用意,当然在于凸显被意识形态认可的城市知识,这就忽略了一个真实的生活形态的上海,否则我们便无法解释文学表现与实际城市状况之间巨大的差异。另一个情况是,上海周围在"大跃

---

① 忻平.从上海发现历史——现代化进程中的上海人及其社会生活(1927—1937)[M].上海:上海人民出版社,1996:418.

进"时期建设的 7 个卫星城市,其生活形态之弱也是显而易见的。资料显示,1958 年建设的闵行新区是当时新区生活条件最好的,住房宽敞到人均 9 平方米,但"尽管如此,在闵行上班的工人中只有四分之一的人同意迁来家属,其他的人仍然愿意住在上海,每天长距离跑通勤",因为"卫星城地处偏远,生产单位特别专业化"①,完全不能满足人们的生活需求。而根据 1990 年的人口普查,上海 7 个卫星城市的总人口仅有 68 万,不到上海总人口的 10%。而且,这些居民也并非完全从市区迁来。依籍贯推断,许多居民来自邻近浙江、江苏的农村②。由此可见,"工人新村"并不是上海普通工人的主要居住形式,至少并未改变上海工人的基本居住方式。可是,对于意欲排除上海生活形态的工业题材文学来说,由于"工人新村"提供了一种对上海进行社会主义现代性想象性叙述的便利,便成了文学叙事的热点。

三、私人住宅建筑的公共性意义

这一时期的文学作品,如同在人物属性上要消除私性而突出"公共"意义一样,在空间处理上,私人住宅也要表达"公共性"的空间意义。

第一方面,在场景安排上,作品的空间设置多为车间与办公室(即使将场景设置在车间等微观空间,也会在细节上强调"生产性"的意义系统。如话剧《幸福》中的车间办公室:"从窗口隐约可以看见里面的机床、人。"这是上海题材文学在空间上表达新中国工业化逻辑的一种典型表现)。即使是私人居室,也多处理为客厅。这样,既可以突出人物进行的"公共性"事务,同时也可避免因生活琐事而导致对日常性生活内容的纠葛。在话剧《年青的一代》中,三幕场景都设在林坚家。其中两幕在林家客厅,一幕在林家门前,居室的重要特征完全是外向的。如第一幕中林家客厅里的布置:

---

① 白吉尔.上海史:走向现代之路[M].王菊,赵念国,译.上海:上海社会科学出版社,2005:332.
② 白吉尔.上海史:走向现代之路[M].王菊,赵念国,译.上海:上海社会科学出版社,2005:332.

> 林坚家里的小客厅。有楼梯通往楼上。有窗。透过窗口可以看见上海近郊景色和远处的工厂……整个环境给人一种朴素的整洁的感觉。

再看第二幕：

> 林坚家门前，有树、瓜架，架上枝蔓丛生，人们可以在这里乘凉，在这里工作，在这里休息。右边是林坚家屋子的一角；左边通向萧奶奶家……附近学校传来广播操的音乐声。

在这里，空间的"公共性"与私性在大多数时间里成为"公""私"对照的一种暗示。舞台场景的"公共性"首先体现在窗外所见的"近郊景色"与"远处的工厂"，这使私人居室完全处于公共场景的包围之下。同时，这一处描写也最大程度地压抑了居室的私人性：楼梯本来是通向居室的隐秘空间，但由于剧中情节并没有发生于室内，所以这里楼梯所隐含的空间私密性只是客厅一个不为人注意的延伸，几乎被人忽略，其脆弱性一目了然。在第二幕中，作品以"附近学校传来广播体操的音乐声"构成了对门前"休息""乘凉"等生活内容的侵犯与压制。

在方言话剧《锻炼》中，位于"工人新村"的姚慧英家的客厅，"布置简单，但颇精致，有木橱、舒适的小沙发、立灯，小茶几上还有漂亮的收音机"，暗示了居室的主人对生活格调的讲求。由于姚慧英的父亲经常不在家，因此，这其实是对姚母与姚慧英狭窄生活的一种对应：

> 宁静的夜晚，窗外深蓝色的天空，没有一丝云雾，显得那么高不可测。洁白的月光，柔和地铺洒在大地上。室内开着一盏灯，淡黄的灯光，与月光成为鲜明的对比，造成安静而狭小的氛围。

我们再看一下白天居室的情况。在姚慧英父亲不在家的时候，"窗户被厚厚的窗帘遮住，看不见外面的景色"。这里，不管是夜间与静谧的夜色相容，还是白天与喧闹的外界隔开，都代表了姚家母女居室的"私人"性质。特别是夜间的氛围，还暗示着姚慧英热爱自然的审美特性。因为姚慧英虽然喜好乡野，但不过是个人的一点审美意义的享受罢了，并不意味着是"公共性"意义上社会主义农村的"广阔天地"。但是，主要人物卫奋华一进入客厅，就拉开窗帘，"明朗的天空和雄伟的工厂建筑，立即展现在眼前"。此时，私人居室也就变成了"公共性"的处所。这一处交代，不仅构成了对卫奋华"公共性"人格的一种写照，也是对姚家母女"私性"生活的批评。

最重要的家庭居室的内部空间是"客厅"。当然，在某些普通工人家庭，有时也会是兼有客厅功能的"起居室"。其实，客厅、起居室的功能都不是日常生活意义的，因为这里几乎不发生生活起居的事情。在作品的情节安排方面，客厅的最大功能首先是举行会议（会议有家庭的，也有工作单位和社区的，在有些作品中，甚至伴随着激烈的政治性斗争）。通过家庭的或单位的"会议"，阐发"公共性"意义。这是在空间意义上将"公"与"私"整合统一的一种描写策略。曼海姆曾说，在现代社会，"城市家庭与工厂办公室之间的分离首先强化了私人领域之间的区分"①，但在这一时期文学中，我们看到的恰恰是相反的情形。在《年青的一代》《锻炼》等"教育剧"中，涉及对青年人的阶级教育的情节几乎都发生在客厅。在《年青的一代》的结尾，由于众青年涌入，使"台上立刻变得活泼而有生气"，同时，"几辆满载支援边疆建设的青年卡车队驶过，传来了阵阵的歌声，台上青年热情地对他们挥手"。在这里，由于台上青年向远处"挥手"，作品的叙述重点就转移到了室外。室内室外，构成对"知识青年到农村去"这一叙述的呼应性空间。其次，客厅的另一功能是通过陈列设施，整体展现空间的社会主义政治特征。比如电影剧本《不夜城》中的瞿海生一家，由于生活条件所限，没有独立的客厅，而与起居室功能合而为一。起居室的视觉焦点是主墙正中的毛主席像。虽然在墙

---

① 曼海姆.卡尔·曼海姆精粹[M].徐彬,译.南京：南京大学出版社，2002：224.

上也挂有翟海生与银娣的"并肩双影"像，但不仅被置于旁侧，而且被另一边的沈银娣"当选劳动模范的锦旗"所挤压。同样，《年青的一代》中第一幕，林育生要在客厅里挂画，而其父林岗却令他把画放在自己卧室，而将墙面上换成"四战友"的照片，以突出家庭的革命史意义和意识形态教育的功能。这一描写是一处伏笔，在后来教育林育生的场景中果然得到了呼应。看来，客厅的"公共性"是不能够被任何私性的因素所侵扰的。让人吃惊的是，"文革"时期的话剧《战船台》中雷海生的家，属于工人新村式建筑，其房间总是聚集着许多的工人和干部，甚至一些关于工厂的重大事情也是在这里决定的。更让人吃惊的是，第二场，在雷海生家，许多工人为技术问题在争论，厂革委会副主任赵平从二楼走下来，可雷海生居然并不在家！也就是说，家里的主人在不在家，都不妨碍在家里讨论"公共性"的事务。

第二方面，是上海旧城区的里弄式社区的"公共化"问题。相对于"工人新村"等具有工业附属组织的新型社区来说，上海城市中心区域的里弄社区空间具有明显的"私性"。由于里弄居住着大量无业的底层居民，使城市领导者无法将传统社区居民，特别是一些年老而又没有职业的居民用现代形式组织起来。于是，里弄"公共化"进程首先发生在政治层面。1958年，当上海城市郊区纷纷建立人民公社的时候，上海已经在传统社区进行"公共化"组织形式的实验。市区建立了829座食堂，约有8万人用餐。1958年11月初，上海市第三届人大第一次会议通过决议，要求根据市区的特点和具体情况，有领导、有计划地逐步成立城市人民公社。1960年，中央作出建立"城市人民公社"的批示，上海开始试办。1960年3月25日，上海市委成立城市人民公社领导小组，各区也先后成立了相应的领导机构，开始试点建设工作。根据设想，城市人民公社是政治、社会合一的社会基层组织，其主题是职工家属和其他社会人员，通过在传统社区兴办小型工业企业、生活服务站、居民食堂、托儿所、文化补习班等，组织并动员广大无业人员，特别是家庭妇女参加生产和社会服务工作。从"大跃进"到1960年初，上海约有20万人参加了8000多个里弄生产组。1960年上半年，上海有40万居民在1667个公共食堂吃饭，并兴办了2117个托儿所，约有12万儿童入托。此外，还有数以千计的服务站、业余中学和小学。小学生人数已达 15 万人，占全市小学生的 15%①。当时的文化界也配合城市人民公社的建设，制作了一批反映这一事件的宣传品，著名的电影、故事如《女理发师》《鸡毛飞上天》都产生于这一时期。从某种意义上说，"城市人民公社"对于中国城市底层人员空间意识的改变远比"工人新村"这一类新型居住社区要大。这种改变，既包括生活方式，也包括心理和精神状况。

电影《万紫千红总是春》是一部描写里弄生活的剧作，但它突出的是里弄"私性"日常生活形态向"公共性"社群形态的过渡，以及最终被取代的过程。剧本以一种较平易的方式，叙述里弄的日常"私性"形态是怎样被工业化组织改造为"公共"工业生产的。在剧本中，家庭妇女的生活技能逐渐变成"公共性"的意义，较多的室内生活让位于"公共化"的室外生活。居民小组是城市底层的"公共"组织，起初是做一些帮助政府收购废品一类的事情，后来开始组织生产。召集方式一般是摇铃，并通过会议布置工作。有论者认为，该剧反映的是"为争取妇女解放和家庭制、与大男子主义思想作斗争"的主题②。在我看来，实际情形却复杂得多。我们不妨以茹志鹃同时期的作品为例，试加论析。茹志鹃的《如愿》尽管也涉及街道生活，但其着眼的是街道的生产小组、食堂、托儿所、扫盲班等"公共"生产事物，并作为"大跃进"的一种写照③。篇中，这些妇女"工人"的含义不在于其经济与人格是否"独立"，而在于是否参加了生产——"公共性"的劳动。比如，何大妈并不缺少劳动，只是这个"劳动"究竟是"公共性"的，还是纯粹家务的。进一步说，是否具有"公共化"劳动的形式才是问题的关键。在何大妈的空间概念中，在家吃饭和在食堂吃饭意义非常不同。何大妈早就非常向往像"公家人"那样"吃食堂"了："只要你高兴吃，食堂里热腾腾的粥已等着了。"其实，"吃食堂"对于何大妈的工作并没有实际作用，它之所以重要，

---

① 熊月之，周武.上海——一座现代化城市的编年史［M］.上海：上海书店出版社，2007：530.
② 瞿白音.略谈上海十年来的电影文学创作［J］.上海文学，1959（12）：63-68.
③ 茹志鹃.如愿［M］//茹志鹃.茹志鹃小说选.成都：四川人民出版社，1983：52-64.

是何大妈需要具有"公共化"劳动的形式外观,即"像媳妇那样"。这一情形,显然是"大跃进"时代的生活特征。

在空间叙述方面,这些作品着意将里弄式建筑的封闭式空间特征向"公共性"转换。请看《万紫千红总是春》开头的一段:

> 秋天早晨的上海小菜场。每个摊头、店铺的周围都聚集着或流动着许多挎蓝提袋的妇女。有的选购菜蔬、虾蟹、家禽、肉类或蛋类;有的在挑选枕花、鞋面布、绸带或钢针;有的在选购糕点、水果或鲜花;有的为小孩买玩具;有的在买铅笔,练习簿、小笔记本这类的东西。

这是关于里弄私人生活空间的描述,是一处有着较多的物质性的场景。但是,"物质性"场景不是作者要表达的。马上,作品所要表述的国家"公共性"内容便将里弄的私人性质瓦解:在建筑物的墙上,到处挂着红布横幅并贴着许多大字报、服务公约和清洁卫生公约等。

在这里,剧本明显地显示出里弄叙述的展延线索:从空间来说,是由里弄的"私人空间"到"公共空间",再到"生产空间";从生活逻辑来说,是从日常形态到"公共"生活形态,再到工业逻辑。由于里弄成为"公共性"空间,便瓦解了里弄原有的私性。恰如人物属性上,徐大妈虽是有名的烹饪高手,却只是给自己家人做饭。但此后,她成为公共食堂的负责人。就是说,人物的属性也从"私性"转变为国家的"公共性"了。值得注意的还有,作品中的里弄里居然有一个广场,甚至还出现了礼堂这种建筑,许多"公共性"社会动员大多在此发生。因此,这个剧本不是为了表现里弄生活,恰恰相反,是为了表现里弄里个体的私性市民生活的消亡。说得更清楚一点,是要表现里弄生活的灭亡。

事实证明,住宅生活的"公共化"表明了强大的国家权力对于私性生活的压制。就里弄"城市人民公社"而言,在历史事实中,多数家庭妇女是勉强出来工作的,并无真实的意愿,是典型的"大跃进"时期的产物。因此不管是新式建筑,还是老式里弄,其"公共性"根本都是虚妄的。

第四辑
北京叙述：文学的与媒介的

空间的意义转移与社会主义"新北京"[*]
——以"十七年"与"文革"诗歌为例

相对于旧北京的文学,当代文学中"新北京"的空间叙述发生了重大改变。原来对旧京传统性标志性建筑空间的书写,被新的城市景观描述所代替。其间所体现的,是新旧城市不同的政治经济学意义。

一

很显然,文学中的空间叙述和作者对于叙事对象的认知与想象有直接的关系。一个非常典型的例子就是,同样是民国时期的创作,老舍的北京叙述和沈从文、郁达夫等人就有着极大的差异——老舍的"北京"极少涉及天坛、北海、陶然亭、钓鱼台等这些皇权与文人化的空间,他指向的总是与胡同、四合院等传统社区相关的场景。这是因为,老舍对于北京的城市知识,远远不同于来自南方而定居北京的知识分子。同样,"新""旧"北京叙述的断裂,其实正暗含了"新北京"叙事对社会主义空间的寻找。考察1949—1976年间关于北京的文学创作,我们发现,解放后文学中"新北京"的城市形象,已经很少见到紫禁城、天坛、地坛、八大处、钓鱼台等旧京胜景,而常常被以下景观所代替:天安门、人民英雄纪念碑、西长安街、中南海、北京车站、人民大会堂、十三陵水库以及一些面目模糊不清的高楼、工厂等。这些"新

---

[*] 本文原载于《文艺争鸣》2013年第4期,收入本书时有改动。

北京"景象,基本都是旧京叙事中没有或不可能有的。利用这些新的城市空间,"新北京"叙事建构了城市几个方面的重要意义。

与此时期上海文学处理旧上海高大洋房建筑的符号意义相似,文学中的"新北京"空间叙述,也会发生一个令人不安的问题,即如何利用旧京的传统建筑进行社会主义城市的空间构建。一般说来,解放后新兴的苏式建筑(如人民大会堂、历史博物馆、军事博物馆)和民族风格建筑(如民族文化宫、美术馆、农业展览馆)一般都具有天然自明的社会主义政治意义。但与上海相比,"新北京"的城市建设完全放在了老城里面。在所谓"十大建筑"建成之前,北京的高大西式建筑数量极其有限,同时还都是纯消费性的场所,甚至是一些臭名昭著的"销金窟"。① 所以,在"新北京"叙述中,完全不能依赖具有现代感的高大建筑来体现,而只能继续使用旧京时代的建筑空间表达新主题。这样一来,比之上海方面的文学,虽然不存在建筑本身的殖民性问题,但终究无法回避旧京建筑的封建性。那么,"新北京"叙事又是如何给旧京场景赋予新的意义呢?

在以北京为题的当代作品特别是诗歌中,空间表现大体以城市旧有格局的中心地标性的建筑空间展开,出现最多的是天安门及天安门广场与周围道路。依其表现的等级性而论,其下者有中南海及新华门、北京展览馆、北海与昆明湖、永定河。再次,就是泛化了的东郊、西郊工业区。

最为重要的空间场景就是天安门。在当时描写北京、表达对北京的向往的诗歌中,几乎所有的诗歌都涉及天安门。臧克家的《我爱新北京》开篇第一句就说"我爱新北京,我爱/天安门的门楼在朝阳下发红。"换言之,在某种程度上来说,天安门已经成了"新中国"的象征。但富有意味的是,天安门原为北京的皇城大门,以天安门为中心的古建筑群原是古典性中国的象征。按照新文化立场,这是应该被否定的一个建筑空间符号。那么,这个空间是

---

① 旧京著名的现代设施很少有生产性的,基本上都是消费、享乐场所,如六国饭店、北京饭店等。生产性机构建筑规模都很小,如大栅栏地区,虽是商号云集,但其经营、布局与规模,基本上都是旧式商业性质。王府井大街的东安市场,属于市场而非商场。纯西式的商业机构是位于前门廊房头条的劝业场,但其规模甚至不如上海的中型商场。

怎样获得革命现代性的意义呢？

天安门之所以能够被想象为"新北京"的代表，很重要的原因就在于在这个地方发生的现代性事件。从"五四运动""一二·九运动"到新中国宣布成立，天安门先验性地获得了现代性意义，也带来了后来文学对它的新政治革命性不断地想象和强调。但是，让原先作为明清皇城城门的天安门去进行这样的"左翼"叙述，显然割断了古典性民族历史原有意义的线索。这是一个极大的难题！天安门原为皇城南大门，按照其原初的建筑意义，它首先应该和北部的皇城北大门——地安门构成意义连接；或者向南，与永定门、中华门、前门形成向南的中轴线的意义连接。但是，就像在建设方案上，必须将原来天安门地区中轴线上的中华门拆除，并将中轴线两边的六部等中央官署以及千步廊拆除，而代之以人民大会堂、中国革命博物馆一样[①]，否则，天安门始终是皇城的代表，而不是新中国政治的首都。于是，在当代各种文学的空间结构上，天安门不再与北部的端门、午门、景山、地安门和南面的前门、永定门构成古典性的皇城意义网络，而是往往与南部广场上的人民英雄纪念碑、广场左右的长安街形成意义连接，从而转向对于"左翼"革命史的时间联想，即完全进入中共"党史"的意义。在排除了古典性中国的意义之后，天安门叙述也排除了民族革命的意义构成，割断了自鸦片战争以来的民族革命史的线索。这种阐释上的困难，使"北京"承载的"左翼"史意义更加具有修辞性，变得异常狭窄，只能直接以纪念碑浮雕对应红色政治的各个阶段，并以诗歌式的跳跃取代写实性的叙事手法，否则，"左翼城市史"或者"左翼国家史"的叙述目的就无法完成。

---

① 按照中国古代都城规制，北京城郭分为外城、内城和皇城。天安门原为明清两代的皇城南城门，地安门为皇城北大门。天安门南面原本也并不是广场，而是以天安门、中华门（明代为大明门，清代为大清门，民国建立之后改为中华门，解放后拆除。今毛主席纪念堂即在其旧址）、前门箭楼、前门瓮城为主的中轴线，以及两旁中央六部和宗人府的衙署组成的地区，此被称为天安门地区。天安门地区原来完全是禁区，至天安门城墙下，其左右还有左长安门和右长安门。两门与墙体在民初时被拆除，打通了天安门前的东西大街，并以两门名称谓之"长安街"。前门以内为内城，以外为外城，由前门大街至永定门构成中轴线。前门以外由于靠近北京城的南部，人们习惯上称之为南城。

在"新北京"叙事中,作为天安门地区的空间营构,人民英雄纪念碑是作为天安门的相关空间联袂出现的,从而成为一种互文关系。或者说,在诗歌中,天安门的空间线索必然要向南延展,才能构成社会主义的政治意义。否则,它仍旧不过是皇城的大门。许多诗歌都涉及这样一个标志性建筑。比如萧三的《毛主席来到天安门》一开始就颂扬人民英雄纪念碑:"广场万树旌旗飘,/红林翻影生波涛。/百年英雄形象在,/纪念丰碑比天高。"应该注意的是,人民英雄纪念碑四面的浮雕,是诠释现代革命的阶段性政治意义的符码。对于解放后的"新北京"来说,人民英雄纪念碑虽是一个新兴的建筑,但它是民族革命历史的象征。既然政府树立的是纪念人民英雄的纪念碑,那么,天安门广场的政治性就成为辛亥革命、"五四"运动、北伐、抗日战争等民族独立、解放革命的正统承继者。这样一来,新政权也成了民族革命斗争胜利的合法继承者,自然也具有了新的国家政治的合法性。而且,通过纪念碑这样一个物质性的体现,新中国借历史标明了自己未来的身份,那么,此时对人民英雄纪念碑的歌颂,就恰好构成了对新中国人民政府作为民族形象的建构。于是,抒情性的方法、简单的比附方法开始大量出现。如丁力的《人民英雄纪念碑》《红旗》等篇。"碑座嵌浮雕,/先烈显容貌;/斗争事迹有多少,/刻也刻不了……"(《人民英雄纪念碑》)"旗,满场的旗,/数不清的旗/像一片红色的森林"(《红旗》),由于北京在近代革命史迹方面较上海更为缺乏,因此,纯粹修辞意义的联想几乎无处不在。也正因此,文学史中的一个微妙情形产生了:一个原本古典性中国的最高等级的象征物,成为社会主义中国的最高物质象征。

到20世纪六七十年代,诗歌中的修辞性手法愈加明显。此时的"新北京"叙事更加强调天安门包含的"左翼"革命的政治特性。在当时,比较常用的一个方法是使用某种意象,把天安门和遥远的革命圣地联系在一起。比如韩静霆的《战士爱北京》中的《天安门城楼比天高》以设问句"天安门的城楼呵,到底有多高"起句,接着进入井冈山、雪山、宝塔山等空间联想,以喻其"高":"天安门城楼呵,到底有多高?/登上她,革命路程知多少?/呵,万里长征路途遥，/毛主席脚印做路标！/从井冈山直奔雪山顶，/雪山顶再攀宝塔山道……/毛主席登山天安门呵，/五星红旗插九霄。"《我爱长安街的灯火》以"长安街的灯火"指喻革命时代的"火炬"，出现了"井冈山的火星""韶山的北斗""窑洞的灯光""赤卫队火把""红军帽上星"等"灯火"的意象，然后与天安门、长安街建立意义联系。另外，徐刚的《天安门组诗》也是系统地对天安门意义进行"革命史"建构的作品。在《红楼颂》中，作者以"水"的意象入手，将天安门与共产党诞生的南湖烟雨楼和延安的延水河联系起来，最后发出感慨："是烟雨楼，还是天安门城楼？/相隔万里，却又肩并肩、手携手！/从南湖出发的航船在天安门前疾驶，/呵！两座红楼，托起了七亿神州……"而在《红灯歌》中，作者又使用"灯"的意象，把天安门和延安革命圣地枣园联系起来："呵！从延安到北京，/枣园的灯连着长安街的灯！/红呵，天安门上有一轮不落的太阳，/亮呵，中南海书房里有无尽的热能……"在上述诗歌中，我们可以看到，天安门不断与中国革命史上的革命圣地联系在一起。从最早的南湖烟雨楼到中国革命过程中的一个个富有意义的地点，通过这样的连接，天安门的"左翼"革命的神圣身份就不断得到强调，成为"左翼"政治革命的自然延续。这样，也就消解了其原来的封建皇权的符码意义。

与此相似的，还有朱子奇的《我漫步在天安门广场上》。诗中提到在天安门发生的中国近代史的两大"左翼"事件："五四的大旗飘在眼前""一二·九的大队冲过身旁"。王绶青的《手摸着中南海的红墙》写于1959年国庆前夕，将天安门场景做了空间上和意义阐释上的延伸与对应。第一节是写诗人走到天安门广场，手摸着中南海的红墙："傍晚，我走过火树银花的天安门，/径直走进中南海。轻轻地，轻轻地，/手摸着中南海的红墙"，诗句连用两个"轻轻地"表现了诗人的兴奋和敬畏之情；第二节紧接着进行空间的意义诠释，"我知道一颗伟大的心灵正在工作，/怕打扰他老人家庄严的思想……"诗人的感情又递进了一个层次，双手把"心"碰到中南海的墙上；第三节，诗歌仍以"手摸着中南海的红墙"开始，在宇宙观的角度表现出"左翼革命"的中心性思维。

二

除了天安门之外,"新北京"叙事经常涉及的建筑空间还包括北京车站、人民大会堂等新北京十大建筑和十三陵水库以及一些面目模糊不清的高楼、工厂。这些建筑是新中国成立后新建的城市设施,而且,在当时来说,它们还具有特别的意义。我们先看李学鳌的《光辉的里程——看彩色纪录片〈欢庆十年〉》。这首诗描写了典型的新北京建筑形象,"我看见:/崭新的北京车站,/用最响亮的钟声,/迎来优秀的儿女,/——各条战线上的英雄,/向党汇报'大跃进'的成就,/怀着更大的雄心!//我看见:/人民大会堂的灯,/亮如天上的星,/庄严的主席台上,/坐着八十多国的贵宾,/高歌我们的伟大友谊!/高歌反殖民主义的斗争!//我看见——/天安门前红旗入海,/天安门前掌声欢腾,/毛主席在门楼上含笑指点……/我们啊要开足马力,/更勇敢地向前!"在空间结构上,诗歌使用了北京火车站和人民大会堂的"灯光"意象。前者是各个行业英雄群聚北京的喻指,后者是反殖民主义的意象。这首诗是诗人在观看彩色纪录片《欢庆十年》之后所作的,因此,诗歌中出现的"新北京"场景显然也是纪录片重点播放的影像。这就说明,对"新北京"的建筑物——北京车站、人民大会堂、天安门——的选择性表述,已不仅仅是诗人的个人行为,而且还是纪录片的一种集体意志。

新中国空间意义上的"新北京"建筑景观,除了天安门外,其他几个都是新中国成立后的新式建筑:

为迎接国庆 10 周年,1958 年 8 月中央决定建设国庆十大工程,又称北京 50 年代十大建筑。这十大建筑包括:人民大会堂,建筑面积约 17 万平方米;中国革命和中国历史博物馆,建筑面积 69,510 平方米;民族文化宫,建筑面积 31,010 平方米;民族饭店,建筑面积 34,649 平方米;钓鱼台国宾馆(迎宾馆),建筑面积 67,383 平方米;农业展览馆,建筑面积 29,473 平方米;工人体育场,建筑面积 80,515 平方米;华侨大厦,建筑面积 13,343 平方米;军事博物馆,建筑面积 60,557 平方米;北京车站,建筑面积 47,000 多平方米。十大建筑总建筑面积61.5万平方米，基本上是1958年开工，1959年10月前全部竣工，创造了中外城市建设史上的奇迹。十大建筑设计一流，施工质量一流，装修工艺复杂，建筑形式既采用中国传统建筑风格，又具有时代特色，代表了当时中国建筑的最高成就。

也就是说，这些建筑在新中国、"新北京"修建之初就蕴含着意义——它们不是简单的建筑，而是既有"中国传统建筑风格，又具有时代特色"的建筑。其实，"十大建筑"在建筑符号上，其来自苏联的建筑因素明显要大于"民族"风格，暗含了"新北京"的一种带有国际性的社会主义现代性想象，其庄重的风格和庄严的气象显示了经典社会主义时期对国家现代性的宏伟追求。

立足于新兴建筑象征的宏伟的国家现代性景象，对于"新北京"城市空间的表现还有两种方法。第一种方法，是使用"道路"意象，表达社会主义首都建设的现代性。这一主题较多地出现在1950年代末"大跃进"时期的作品中，基本上属于对城市现代性的想象性叙述。在空间表现上，出现最多的场景是拓宽了的马路，东郊、西郊的工厂区和永定河，还有北京十大建筑（如北京火车站、人民大会堂）等。"道路"是这一类叙述的核心，因为"道路"意象的设置，可以突破文学对于老城与新城表现的空间界限，直接将老北京"城"的"封闭"意象打破，并与东郊、西郊的工厂区的生产意义网络连接起来，进入工业化的意义指向。这一类作品较易出现对于"新""旧"北京的比较角度。典型的例子是艾青的《好！》：

> 一天早上，我从东四牌楼路过，[①]
> 忽然觉得马路很宽，很高，
> 原来那挡在十字路口的四个牌楼，
> 被工人们呼嚷着锤击着拆掉了，

[①] "东四牌楼"因此处路口有四座牌楼而得名，简称"东四"；"东单牌楼"因此处只有一座牌楼而得名，简称"东单"。同样，"西单"是"西单牌楼"的简称，"西四"是"西四牌楼"的简称。

我朝着十字路口大喊一声:"好!"
但听说有人为了这件事哭泣,
泪水模糊了他的老花的眼镜;
由此可见人的爱好是扁圆多样的,
当一些陈旧的东西消失的时候,
会引起陈旧的灵魂的暗暗叹息。

在作者的表现视角中,"道路"意味着走出"封闭":"我们应该大胆地把马路放宽,/曲折的路能拉直就尽量拉直,/我们的东西长安街将直通郊区,/站在天安门上就看见正阳门外的景色;/百货公司的门也要开得很大,/因为今天人民是我们的顾客;/让我们的马路有美丽的林荫道,/林荫道上发散出洋槐花的香气,/让年轻的母亲推着睡车慢慢地走过,/让我们在劳动后有爱情和友谊。"诗歌以"拓宽"的马路起首,是为了连接郊区和正阳门外的大街,即由内城向外城甚至城外连接。由此,诗歌将古老皇城的中心引向了充满现代性的工厂区。再比如韩忆萍的《东郊之春》:"沿着这通往城里的宽阔的大路,/树枝桠摇着绿雾弥满着厂房。/新楼多得像山脉连绵不断,/高大的烟囱喷吐着云烟。"类似的情况还有丁力的《北京的早晨》:

我走出胡同,
走在宽阔的大街上,
这是长安街,
它延伸到建国门了![1]
向西一望——
又宽又光,
又直又长。

---

[1] 建国门是北京东城墙的大门之一,门外至今国贸是"新北京"的工业区。建国门西连长安街,东启建国路,一直到北京东部的通州。

来来往往的车辆，

好像穿梭一样。

写道路，是为了与建设工地连接："我跳上公共汽车，／到天安门前去义务劳动。／驶过东单，／这里正翻修马路，／碾路机、铲运机大声哄哄，／好像在说：／快把这条最好的路修好，／让国庆十周年的游行队伍，／浩浩荡荡地畅通。"李瑛的同题诗歌作品同样以道路为抒情核心："北京，你每天都有一个太阳／升起来，从那／如林的建筑的楼架后面，／当轧路机喷着气／滚过一条街道又一条街道，／当起重机闪着耀眼的阳光，／电车响着笛子开出了车站。"李学鳌的《好啊，北京的街道》则以街道连接"群星似的工厂"与"食堂""托儿所""有求必应的服务站"等社会主义"公共性"空间。

事实上，在以后的"新北京"城市建设中，诗人们当时的想象性叙述都一一变成了现实。北京城市的东部与西部都建成了工业区。即使是在老城里，也建设了许多工厂。北京的城市功能也由解放前的文化城市，转变为以大工业为主导的全能型中心城市。巴牧的《北京在前进》、冯至的《我们的西郊》都涉及北京西郊的工业区。应该说，文学中对"新北京"的设想，与当局的城市功能的观念转变是一致的。不管是文学中的表现，还是实际的城市建设，都是由国家的现代性憧憬而引发的现代化方案。

第二种方法，是将北京作为社会主义中国的首都，对北京在共产主义阵营中的中心或次中心地位进行国际性的想象。从数量上来说，将北京与苏联城市的类比占了绝对多数。邹荻帆的《两都赋》，其作品名称就提供了一个最直接的国际想象方式。在空间概念上，体现最多的建筑是西直门外的北京展览馆。必须指出的是，在这种国际性表述中，有一种明确的等级倾向，即将中苏友好大厦的顶端钟楼看作对社会主义中国的引导者象征，从而将中苏关系置于一种国际共产主义权力关系之中。李学鳌的《早晨》将中苏友好大厦比作轮船的桅杆，而北京则被比作轮船："展览馆的镏金尖塔像一条桅杆，／高高地挺立在西直门前，／绚丽的北京城是巨大的船身。"沙鸥的《在金塔的红星下》也是写北京展览馆的："我在金色的高塔下，／见柔软的白云紧挨着红星，/太阳在塔身上射出光彩，/那金色的光芒呦！/照耀着美丽的北京。"在诗中，"柔软的白云"与"高塔"是中苏微妙的等级关系的隐喻。

此外，对于北京城市的域外想象，还发生在朝鲜、越南、古巴等社会主义国家的城市类比中。如田间的《北京—平壤》、韩忆萍的《北京—仰光》等。不过，与同苏联城市进行类比的情况不同，在这些作品里，作家将北京作为大国首都的"华/夷之辩"的中心性心态有所表露。顾工的《在北京获得的灵感》写北京的宾馆聚集着世界各社会主义地方的朝圣者："你的肤色，/像南方的橡胶；/你的眼睛，/像北方的海洋；/你挂着/欧洲的微笑；/你带着/美洲的话谜。"更有公刘的《五月一日的夜晚》写天安门前的盛大庆典，有"半个世界站在阳台上观看"。郭沫若的《五一节天安门之夜》写"天安门上胜友如云……来自四十几国的嘉宾，/一个个都在谈笑风生"。在青勃的《北京颂》中，昆明湖的知春亭"游艇上闪耀着全世界的目光"。朱子奇的《我漫步在天安门广场上》，不仅写北京之于中国国家的中心性，还有"走来了世界民主青年联盟书记布加拉/荣获列宁勋章的苏联人赛米恰斯尼/朝鲜英雄金京焕/与法国人厮杀过的越南武士武春荣"等将北京作为社会主义世界中心的表达。在王绶青的成名作《手摸着中南海的红墙》第三节中，诗歌虽仍以"手摸着中南海的红墙"开始，但最后引申至从宇宙观的角度表现出中心性思维：将北极星和中南海联系在一起，"好一个众星捧月的秋夜呦，看北极星正跳在中南海的当央！"

三

毋庸置疑，"新北京"叙事中呈现出来的景观带有强烈的"新"城市想象的因素。出现这种情况很重要的原因在于，"新北京"叙事有意遮掩旧的城市空间，特别是对北京明清以来旧建筑的忽视。至少，这些旧建筑在文学的层面，已经被遗忘了。偶有涉及的，也仅仅是要体现"改造旧城"的功用。典型者如艾青的《好！》。在艾青笔下，"牌楼"成了陈旧的"老中国"的象征。正是这种极为强势的叙事，遮蔽了关于北京的其他形态，特别是北京作为公共园林艺术空间和四合院民居的生活形态，只有老舍等有限的几个作家创作涉及四合院。原因就在于，描写四合院，完全无法完成对于北京的红色首都想象。而对于公共园林，一般说来，虽然其并非不在"新北京"叙述的视野当中，只是，对于它的叙述，基本上与旧京文学的空间叙述不同，是另一种叙述了。作家们选择与新政府政治有关的旧京园林地区，如龙潭湖、陶然亭等被改造的地区。这不仅仅是一种叙事空间的断裂，事实上也表征了关于北京的以"新"代"旧"不同的城市想象。这个断裂的形成，首先有其合理性的经验性因素，因为新政府毕竟完成了对旧北京落后地方的修整。比如对龙潭湖、陶然亭和龙须沟的修整。所以，臧克家在《我爱新北京》中，提到了陶然亭："我爱新北京，我爱／陶然亭变成了整洁的公园，／我爱金鱼池，那一湾臭水，／今天清亮得照出人影。"

或者我们可以这样说，围绕北京的红色建筑进行的红色叙事，一方面的确是新社会的某种经验表达，另一方面，又带有强烈的社会主义首都现代性想象色彩。应该说，相对于1949年以前的北京叙事，新中国文学在叙事空间上与之完成了一个彻底的断裂。如果说旧京叙事中经常出现的北海、陶然亭等人文景观隐含着知识分子对北京的"废都"、文化之都的认知和想象的话，那么解放后的"新北京"叙事中，北京形象被天安门、纪念碑、人民大会堂以及众多工厂、高楼所代替，正隐含了新政府与知识分子对北京的社会主义首都的认知和想象。通过对这样的全新的空间以及被赋予新意义的空间的重新叙述，"新北京"叙事有效地构建了关于社会主义的政治空间：典型的社会主义红色首都和世界革命中心的形象。

但是说到底，文学中的"新北京"与明清以来"老北京"叙事，根本上都是依据北京城市的总体布局，来表明北京所体现的政治学方面的宇宙意义的。区别是，明清以来的"北京"，是一个有着古典性中国政治伦理学意义的典型的空间构架，而"新北京"则在空间上体现着社会主义政治经济学含义。但其在不同的意义上，都有着"世界性"，乃至宇宙观意义。

传统城市性的延续与现代性的建立*
——老舍话剧中的"新北京"

老舍话剧作品对于"新北京"的表现，依然遵循着其对北京一贯的表现策略，即从传统社区的空间、人际组织、人物职业、语言出发，从而与同一时期的城市文学有较大不同。但同时，这种创作策略也开始发生变化。由于要表现社会主义新的城市政治的内容，原有社区的传统城市性渐渐让位于以城市公共性为主的现代性表达。通常，这种转化并非老舍所独有。但是，由于老舍在现代阶段确立的对"老北京"的基本范式根深蒂固，因此，这种转化，要显得曲折，并且，更加具有文学史的特殊意义。

一

老舍以"新北京"为题的作品，首先表现出与同一时期上海等城市文学的巨大不同。比如，"十七年"和"文革"时期文学中的上海，基本上已经不再表现里弄这样的社区形态，也不表现上海城市特有的具有很强"物质性"的人际关系特征，更没有带上海本地特征的人物语言。其所要表现的，是已经完全改变了基本逻辑的城市结构。从外在的主题形态来说，老舍对北京的表现虽也明显地呈现出"断裂论"特征，即表现"新""旧"北京天翻地覆地"变化"，这几乎成为所有研究者公持的观点。但是，在老舍的剧作中，即使

---

* 本文原载于《福建论坛（人文社会科学版）》2009年第7期，收入本书时有改动。

是表现"新北京",承载的城市社会内容与"旧北京"不同,承载的形式也没有大的变化。就是说,"新北京"之"新",与"老北京"之"老",其遵循的是一样的原则,那就是北京仍然是由传统社区尤其是底层社区构成的,包括城市空间、人际组织、人物属性和人物语言。因此,"新北京"仍旧建立于与"旧北京"相同的城市逻辑之上,不过是在这些原有社区的形态与内容上有了某些新质而已,城市的逻辑并没有改变。

我们看到,老舍在解放后的一系列话剧作品,都以具有典型北京传统形态空间意义的胡同、小院、戏院等空间单位为剖析"新北京"的基本尺度。在《茶馆》中,老舍见到的是"老北京"的生活:"这里卖茶,也卖简单的点心与饭菜。玩鸟的人们,每天在遛够了画眉、黄鸟之后,要到这里歇歇腿,喝喝茶,并使鸟儿表演歌唱。商议事情的,说媒拉纤的,也到这里来。那年月,时常有打群架的,但是总会有朋友出头给双方调解;三五十口子打手,经调解人东说西说,便都喝碗茶、吃碗烂肉面(大茶馆特殊的食品,价钱便宜,做起来快当),就可以化干戈为玉帛了。总之,这是当日非常重要的地方,有事无事都可以坐半天。"在谈到《龙须沟》的主题表现时,老舍明确地表示,其要寻找的是承载主题所必须遵循的"老北京"式的原则:

> 在写这本戏之前,我阅读了修建龙须沟的一些文件,……大致地明白了龙须沟是怎么一回事之后,我开始想怎样去写它。想了半月之久,我想不出一点办法来。可是,在这苦闷的半月中,时时有一座小杂院呈现在我眼前,那是我到龙须沟的时候,看见的一个小杂院——院子很小,屋子很小很低很破,窗前晒着湿漉漉的破衣与破被,有两三个妇女在院中工作;这些,我都一眼看全,因为院墙已完全塌倒,毫无障碍。①

这似乎早已成为老舍思考北京的隐形心理结构,就像他在创作《离婚》《月牙儿》时那样,"求救于北京"。

---

① 老舍.《龙须沟》的人物[N].文艺报,1951-02-25.

所以，老舍没有离开传统社区去寻找承载城市内容的形式。比如，五幕话剧《方珍珠》将剧本故事放在胡同小院和戏院；《春华秋实》所写的荣昌厂，虽是工业机构，但其工厂宿舍仍是好几个院子，远处则是天坛的祈年殿。这说明厂子坐落在老北京南城的胡同里面。三幕十三场话剧《女店员》更有意思，虽然写的是"大跃进"时期街道大办商业的题材，但剧本不仅将故事放在什刹海（俗称"后海"）附近的胡同里，而且写的这个区域极具典型的"后海"空间特征："一湖春水，岸柳初青，间有野桃三二，放艳春晴。"看起来，一切仍旧是具有老北京乡野特征的城市空间与景观。

因为要以传统社区为表现对象，老舍的作品不可避免地会涉及传统社区里的人际和城市组织，即城市社会学意义上的"原始接触"——由血缘伦理以及外戚、邻里等构成的人情组织。《女店员》的全数人物几乎都有亲缘关系，故事也以家庭、家族关系为结构。三幕七场话剧《全家福》叙述王仁利一家沦陷时妻离子散的故事。王仁利在去张家口之后渺无音讯，家人以为他已死，妻李桂珍改嫁，并丢失一子一女。解放后，在派出所的协助下，一家人得以团聚。剧本的主题不脱"新旧社会两重天"的老套，但其出发点仍在于表达某种"中国性"，即关注家庭形态的完整，像作者所说的，作品的写作是"针对杜勒斯说中国不要家庭的偏见"。在创作《龙须沟》时，老舍在确立了以南城大院为表现空间后，就开始考虑传统社区的人群结构，"我凑够了小杂院里的人。除了他们不同的生活而外，我交给他们两项任务：（一）他们与臭沟的关系。（二）他们彼此间的关系。前者是戏剧的任务，后者是人情的表现。若只有前者，而无后者，此剧便必空洞如八股文"①。也正因此，老舍往往在剧本开场，对人物关系进行大篇幅的说明。比如《春华秋实》中，几乎所有人物的性格都与"旧北京"有关，而且还来自主要人物丁翼平的关系。如：冯二爷"在厂内打杂儿，与厂主有点亲戚关系"，李定国"从前做过私塾先生，教过丁翼平"，唐子明"生意不大，往往受制于丁"。因此，循由城市基本逻辑而来的剧本人物，都有着"老北京"城市基本特性的支撑。《龙须沟》

---

① 老舍.《龙须沟》的人物［N］.文艺报，1951-02-25.

里赵老头儿这个人物的由来,就有着老北京市井的职业准则:"我还需要一个具有领导才能与身份的人。蹬三轮的,做零活的,都不行;他必须是个真正的工人。龙须沟有各行各业的工人,可是我决定用个泥瓦工,因为他时常到各城去干活,多知多懂,而且可以和挖修臭沟,填盖厕所,有直接关系。就以形象来说,一般的瓦工都讲究干净利落(北京俗语:干净瓦匠,邋遢木匠),我需要这么个人。"① 剧本中的另一个人物程疯子,其所暗示的"老北京"的内在性更加具有深意。程疯子作为艺人,与龙须沟附近的天桥游艺场有着联系,因而也就暗示了北京南城一带的城市性。比如他的讲求礼节、长衫打扮,以及悲天悯人的精神高度,都说明他作为南城艺人的底色。并且,因其过去的演出活动,与黑社会、警察等人发生了关联,也暗含着老北京底层的社会结构和组织。所以,有人说:"程疯子的数来宝艺人的身份明显加重了《龙须沟》的地方色彩。"②

这种情形并非个例。事实上,它已成为老舍在写人物时的一种习惯。我们发现,在结构上,老舍的剧本通常采用"新旧对比"的手法。在每个剧本的人物表中,不仅对于人物习惯、性格、身份等有详细的说明,而且还特意将人物主导性格的来源加以说明。通常,这一性格的形成来自"老北京"时期。这也是一种将人物作为城市内在逻辑的叙述方式。比如,《生日》中的王宝初贪污,作品专意交代了其性格形成的缘由:因为过去习惯了官场,所以奸商刘老板在解放后仍然给他送礼,"在机关庶务科做职员(留任),思想改造未能彻底"。其妻郭利芬怂恿丈夫贪污,有享乐恶习,也是源自"当初娘家阔绰,染了恶习,至今不能尽改"。再比如,话剧《方珍珠》中的方太太,"她娘也是作艺的,看惯了买卖人口,虐待养女,故不知不觉地显出厉害";"白花蛇","他可善可恶,不过既走江湖,时受压迫,故无法不常常掏坏"。在《生日》里面,王立言"以前做过机关里的小职员,现在是街代表,知道些新社会的情形";在《红大院》中,吴老头"从前做过些勤杂的工作,有点

---

① 老舍.《龙须沟》的人物[N].文艺报,1951-02-25.
② 柏右铭.城市景观与历史记忆——关于龙须沟[M]//陈平原,王德威.北京:都市想象与文化记忆.北京:北京大学出版社,2005:417.

文化";小唐"从前散漫,整风后表现不错";小唐嫂"好花钱,多娇气,整风后有了改变",等等。同时,对于人物语言,老舍也遵循其一向的地域性原则。在谈到《方珍珠》的语言时,老舍说:

> 要紧的倒不是我不愿意模仿自有话剧以来的大家惯用的"舞台语"。这种"舞台语"是作家们特制的语言,里面包括着蓝青官话,欧化的文法,新名词,都跟外国话翻译过来的字样……这种话会传达思想,但是缺乏感情,因为它不是一般人心中所有的。用这种话作成的剧中对话自然显得生硬,让人一听就知道它是台词,而不是来自生活中的……我避免了舞台语,而用了我知道的北京话。①

从这方面说,老舍《茶馆》所用的结构方法——"主要人物由壮到老,贯穿全剧","次要人物父子相承"②,应当就是对这种城市理解的一种写作技术的实践。

二

这里,我们触及了一个悖论:老舍解放后的作品,除了《茶馆》《龙须沟》之外,都被认为是失败之作,其原因通常被认为是,作品的主题表达都以意念为主,并不来自实际的经验。事实上,老舍在这里表现出与周而复《上海的早晨》等作品同样的问题,即凡叙写"旧中国"城市或者写城市的旧文化遗存,多来自经验;而写"新中国"的"新"城市,基本上来自理念。其所导致的失败是显而易见的。所以,以"老北京"为主要内容的作品,往往在表达城市逻辑方面要可信得多,而纯粹表达"新北京"主题的,通常是不成功的。作者本人未尝不知道这一点。较典型的是《方珍珠》,内中叙

---

① 老舍.谈《方珍珠》剧本[N].文艺报,1951-01-25.
② 老舍.答复有关《茶馆》的几个问题[M]//曾广灿,吴怀斌.老舍研究资料.北京:北京十月文艺出版社,1985:640.

写鼓词艺人方珍珠一家解放前后命运的变化。解放前,老方遭受官僚(李将军)的压迫、特务(向三元)的追逼、旧文人(孟小樵)的欺负,还有同行("白花蛇")的倾轧。剧本前几幕取材于解放前,其人物与人物关系,都是真实可信的。而取材于解放后的几幕,则完全源于观念性。其实,老舍对这一点非常清楚。在创作之初,老舍还要求自己从城市生活逻辑出发,"尽量地少用标语口号,而一心一意地把真的生活写出来"①。但是,过于急迫的主题表达意愿,使他接受了友人的劝告,把原来计划的四幕改为五幕,为的是"多写点解放后的光明"②。老舍自己分析说:"此剧前三幕整齐,后二幕散碎。原因是:前三幕抱定一个线索,往下发展,而后二幕所谈的问题太多,失去故事发展的线索",至于原因,老舍自我分析说:"北京还没有出现一个典型的女艺人……我应当大胆地浪漫,不管实际上北京曲艺界有无典型人物,而硬创出一个。"③这里,老舍似乎是"正话反说"了。老舍表现出的创作处境是很明显的:一方面,由于北京根本就没有类似方珍珠这样的女艺人,老舍也就找不出一个可以写在剧本中的"典型"的形象。换句话说,要写出"典型"的艺人,就必须"大胆地浪漫",或者"硬创出"一个,也就是说,必须说假话!另一方面,由于作者硬要在后几幕里表现出社会主义的"新"主题,因此完全打破了前几幕来自经验的旧艺场的生活经验,完全理念化了。这时期的老舍因急于表达对"新北京"的表述,不得不从理念出发。比如,《春华秋实》的创作,按照他的话说,"通过写政策写出'五反'的全面意义","急切地交代政策,恐怕人家说:这个'老'作家不行啊,不懂政策!"④所以,老舍急于在"五反"运动刚刚开始的时候就写作。他"舍不得趁热打铁的好机会",认为"在运动中写这一运动,热情必高于时过境迁的时候"⑤。情形恰如茅盾所说:

---

① 老舍.谈《方珍珠》剧本[N].文艺报,1951-01-25.
② 老舍.《方珍珠》的弱点[N].新民报,1951-01-11.
③ 老舍.谈《方珍珠》剧本[N].文艺报,1951-01-25.
④ 老舍.我怎么写的《春华秋实》剧本[M]//克莹,李颖.老舍的话剧艺术.北京:文化艺术出版社,1982:136.
⑤ 老舍.我怎么写的《春华秋实》剧本[M]//克莹,李颖.老舍的话剧艺术.北京:文化艺术出版社,1982:144.

"头脑中还没有成熟的人物,却先编个故事","而后配上人物"①。所以,有论者指出,"这两个剧本(指《龙须沟》和《方珍珠》——引者)由于都采用了'今(新)昔(旧)对比'的框架结构,因此,它们均显得前半部'戏'足,能够通过人物的行动和命运来映射现实;而后半部则由于影响人物的基本矛盾已经不复存在,因而只注重大摆新人新事新风气,这就使作品显得'议论性'过剩,而'戏剧性'不够,致使人物也随之呈现出苍白乏力状态。"②

其实,早在1950年,赵树理就以"北京人写什么"为题,讨论过这个问题。赵树理的看法是:"北京解放以来,十多个月的时间是有不少的变化的,这种变化有时不是老解放区的人所能了解的,因此北京人能写出来的东西,往往不是老解放区的人们能写出来的。我以为北京人写东西倒不必非写解放区和农村不可。人是社会的动物,是有社会性的,北京人脱离不开北京这个圈子。"他又说:"只要你的立场和观点正确,这些材料写出来都有助于革命,在未熟悉工农生活之前,不一定非写工农不可。"那么,要写北京,又如何写呢?他举例说:

> 北京解放后,领导指示我们:要把这一个消费城市变成生产城市。这一点就是为劳苦大众着想的,如果你不站在大众的立场,你就不明白为什么要把消费城市变为生产城市。把消费城变为生产城是有重大意义的:北京城内是消费专家集中的地方,以前的代表人物是满清的王爷,可是自从皇帝垮台以后,他们的气派渐渐小了,摇摇摆摆遛鸟的也渐渐不存在了,可是另外一种老爷又来了:乡下的地主,刮地皮刮得乡村供不起他的消费了,就搬进北京城里来,置些房产,盖个花园。军阀政客们下了野,也拿着民脂民膏盖房子买别墅,都以老爷的姿态来出现。有了"老爷",就少不了"太太",也少不了得有一帮捧老爷的人们,如姑爷、舅爷、表舅爷等一大串——就像《红楼梦》里小红嘴里说的那一些人,姑奶奶、舅奶奶

---

① 茅盾.在中、长篇小说座谈会上的讲话[M]//茅盾.茅盾文选.四川:四川人民出版社,1985:680–681.
② 刘增杰,关爱和.中国近现代文学思潮史 下卷[M].上海:上海文艺出版社,2008:238.

也来了。更有一批侍候这些老爷的人,家里的厨子、老妈子、丫头等男女仆人,外边如旅馆、饭店、舞场、澡堂、古董店等,都专供老爷们的享受,许多店铺为了招徕老爷,也都添上洋这个、洋那个,于是老爷家的设备也都洋起来。不但老爷太太们享受,附庸于老爷太太的也都要享受,整个社会在供养他们,构成这么一个消费城市。这些人也不能说他们都不劳动,特别是供应他们衣食煤水车马的干粗活的,每天也是忙得要死,可惜他们的劳动只是侍候少数享福人,没有生产意义。所以这一个城,除了三十多万产业工人以外,劳动者固然还不少,可不能算是生产者。好了,帝国主义的洋货,也就乘虚而入,来给老爷们凑趣,日子久了,弄得北京顾不住北京,非仰仗帝国主义不可。这也就是领导要我们把这个消费城变为生产城的原因。

　　北京解放后,十多个月的变化很大,外来的人对这个变化观察不大清楚,北京人可是一件件都很清楚,只要换一个立场——不为少数老爷们打算,而为劳苦大众打算,那么各个阶级在这个变化中的材料,都是很丰富的。比方拿舞场或商店来说吧,舞场生意不好了,首饰店、洋货店纷纷转业了,旅馆也萧条了,寻找它的原因就是好材料。这还不过是本人肤浅的观察,如果老北京从你熟悉的人中加以细心观察,什么人进步,哪些人没有进步,像以前大家庭的人,或借着国民党的人情而做事的人,现在有的进了南下工作团,或是参加生产工作,有的却还在出卖自己家中的古玩、字画、皮货,卖掉了改买落花生、白薯,可是渐渐地也会走上生产的。再如算卦的,没人去问祸福也会转业的,都是环境使得他们不得不改变过去的消费生活,而投入生产部门(王爷、老爷转入生产的也不少),反正这些人谁是主动的,谁就是觉悟的,有便宜的;被动的就是落后的、吃亏的,你身边周围有这么多的模型例子,假如去仔细问一下,就能得到不少转变过程的材料。①

---

① 赵树理.北京人与什么[M]//北京文艺社.把北京文艺工作推进一步.北京:新华书店,1950:29-33.

这里，赵树理实际上阐明了一个道理：认识"新北京"其实也就是认识"老北京"的过程。因为，"新北京"城市的逻辑仍然在"老北京"之中。所谓从"消费城市"变成"生产城市"的形态改变，也仍然建立在"老爷""王爷""姑奶奶"与"老妈子""厨子"这些人的生活的改变之上，并不是凭空出现一些"生产性"的人物。可惜这一点，并没有如赵树理所希望的那样被文人所重视，即使是老舍这样较为遵循城市传统的作家，也往往忽视这一点。

三

这里，我们要讨论一个隐讳的案例，即在当代文学初期，中国城市文学如何从传统城市形态的表现转化为新的城市表述。对于老舍来说，即如何以居住的传统小型社区来体现向"新中国"城市"现代性"和"公共性"空间的转换。比之上海方面，北京此类作品极度缺乏，我们不得不试图在老舍的作品中找到范例。一般而言，老舍的北京题材文学，是当代文学史中最能表现出城市传统逻辑的。这使他与同时期的作家有较大的区别，也是他最令人们尊敬的一点。老舍的小说与话剧，通常都以传统社区，如大杂院、旧街巷为背景，即使连完整的四合院等中等人家的居室都很少见。而且，作品的背景，也能够见出北京城市的传统性。但在局部的某些细节上，如人际组织、人物属性，特别是老舍最喜欢用的舞台空间——庭院，还是能够传达出"新北京"的信息，即社会主义城市的"现代性"。

最明显的城市现代性，是人物关系上公共性的建立以及新型公共性关系所建立的新的城市公共性空间。在老舍的剧作中，人物关系原本都为传统社区或人际组织所支配。比如《方珍珠》中的京戏行当。虽然方老板在解放后摆脱了官僚（李将军）、特务（向三元）、文阀（孟小樵）的压迫，但是，其与"白花蛇"彼此倾轧的同行关系并没有改变。作为同行，这种关系可能也无法改变。但在剧本后半部分，方老板成为京戏行业的政治权威的体现，其与"白花蛇"就不再是传统行业性关系，而成为一种"新型"的政治权力关系。"白花蛇"最终服从于方老板，就是由这种关系造成的。在剧本结尾，方老板的活动空间常常在舞台之外的各种会议场。其间，虽则舞台空间没有改变，但剧本叙述中心已经转向舞台之外。在《生日》《春华秋实》《女店员》《全家福》等剧中，虽则舞台空间仍是传统社区，但剧本情节的发动与推进，基本上都是公共性的群众运动。比如《生日》《春华秋实》中的"三反""五反"运动，《女店员》中的"大跃进"，《全家福》中派出所的新型警政等。也就是说，核心剧情其实已经不在舞台上，而在舞台之外。人物的属性，当然也由舞台之外的公共性所支配。像《女店员》中三个女孩因参加公共性领导而进入了新的公共性社会组织。其对长辈的顶撞，源于传统人际关系权威的丧失和改变，而这也是由这种公共性关系所决定的。

我们以《龙须沟》为例。《龙须沟》以北京南城天桥附近为背景，包括程疯子、黑旋风等人物，都暗含着北京南城的城市传统特性。但是，老舍剧本采用的舞台"庭院"布景设计，就包含着从室内转向室外的结构企图。《龙须沟》中的舞台布景，虽然几乎都是大杂院的庭院，但是，其中人物的命运都与龙须沟有关，也就是说，人物的命运都由"院外"的因素产生。如臭沟、黑旋风等，暗示着社区外环境的险恶。程疯子从过去在天桥演出至回到家中，暗示着人物空间区域的不断缩小，包括其身体和艺术领地的缩小。而人物最终得到"解放"，也都与社区之外的情形有关，比如龙须沟的改造、道路的修整。这说明，人物的命运被社区外的社会制度所改变。程疯子这时又可以演出了。他欢天喜地地走出院落，重返院子之外的游艺场和工地。另外，有学者注意到，在根据剧本改编的电影中，二春也向往着到外面去当工人。在这里，包括工地、工厂，都是现代性城市的"公共"区域。还有，大杂院本身也在进行着"公共性"的改造。在解放后的院子里，有了"工人合作社"，这就稍稍脱离传统城市自身的逻辑了。我们看到，改变人物命运的，首先是"现代性"的城市社会。有学者注意到，《龙须沟》"电影的最后一个镜头有说服力地强调新北京已经与封闭的小杂院和宽阔的露天表演场所一起，创设了一个新的都市景观。占据整幅银幕的是一条宽阔笔直的新路（应该在今天天坛路的位置）。街道整洁，苗木成行，电线杆整齐地分列两侧。布景处耸立着一根烟囱。这是响应毛泽东将重工业引入这座城市,并将树立起烟囱之林的梦想……这一进程,同时表现了城市空间、都市景观与整个国家的三重解放"①。这无疑含有一种对城市"现代性"暧昧的亲近,即龙须沟由旧城的底层社区,开始进入现代化的城市区域。其次,是城市"公共性"的影响。此时,城市的"公共性"已经建成,包括工地、工厂,以及公共空地上的露天舞台。更有代表性的,是这些区域上进行的"公共性"活动,比如庆祝会、领导人的出现、群众的游行等。所以,虽然在老舍剧作中,舞台空间仍然是老北京的庭院,但庭院所包含的,已不再是"室内"的含义,更多的是与院落之外城市的联系。在相当程度上,剧本的故事或由"院外"发动,或是"院外"事件的延伸。由此,《龙须沟》完成了由"老北京"传统社区到社会主义"新北京"公共性城市空间的转换。这种情形甚为微妙,可以视作当代中国城市文学转型的重要个案。其包含的文学史意义,值得深入地研究。

---

① 柏右铭.城市景观与历史记忆——关于龙须沟[M]//陈平原,王德威.北京:都市想象与文化记忆.北京:北京大学出版社,2005:422.

文学中的"新北京"城市形象*
——以"十七年"与"文革"诗歌为例

一

在近代至当代以来的文学中,北京的城市形象基本上可分为三种。其一是对典型中国传统古都形态的体现,其二是作为传统城市形态在中国知识分子文化心理中所被赋予的"家园"意义。但这两者基本上不属于近代以来的现代性城市叙述,也不构成新文学的主流。其三是所谓"新北京",即1950年代以来作为新中国首都所体现的社会主义中心与世界社会主义阵营的国际性。在1950—1970年代,前两种城市形象遭到极大削弱,唯有后者一枝独秀。

在"五四"以后的整个现代阶段,新文学中表现北京之"新",几乎是不可想象的。近代以来,北京的城市地位相当特别。在南京成为政治中心,上海成为繁华的现代都市的时候,北京仍然牢牢占据着文化中心的位置。虽然北京城一直是知识分子乐于表现的地方,但是,由于北京属于故都,在当时的知识分子笔下,北京多少是带有落寞的"废都"意味的,带有文人的某些落寞、不平之气。这从他们写作的对象就可以看出来。郁达夫曾经写过"游京日记",其中提到,他曾经去过的北京胜景有北京大学、天坛、景山、故宫博物院、北海、中央公园、琉璃厂、天桥、东安市场以及北京的各种饭店[①]。

---

* 本文原载于《扬子江评论》2009年第5期,收入本书时有改动。
① 郁达夫.故都日记[M]//姜德明.北京乎——现代作家笔下的北京(1919年—1949年).北京:生活·读书·新知三联书店,2005:268.

事实上，这些地方基本体现了当时知识分子笔下的北京的空间构成。在整个民国时期，出现在知识分子笔下的北京城市空间主要是天坛、北海、陶然亭、钓鱼台、卢沟桥、西山、松堂、圆明园、清华、长城、妙峰山、潭柘寺、先农坛、天桥、胡同等旧京场景。可见，文人眼中的北京并不是一般的贩夫走卒、普通百姓生活的北京，而是由"帝都"转型过来的公共园林景观和富有文人气息的文化之都。他们喜欢的，当然也是他们所描述的作为公共园林景观和作为文化中心的北京。当然，对于旧北京的描写，也不乏脱离景物，直接表达感情的，但这种情感的表现，同样脱离不了北京上述空间性因素的支撑。比如，周作人虽是南方人，但是对北京情有独钟，"不佞住在北平已有二十个年头了。其间曾经回绍兴去三次，往日本去三次，时间不过一两个月，又到过济南一次，定县一次，保定两次，天津四次，通州三次，多则五六日，少或一天而已。因此北平于我确可以算是第二故乡，与我很有些情分"[1]。

到1930年代，"文学中的北京"基本上已经是一种"边疆叙事"了。恰如当时京派和海派对于北京的表现，是相对于发达的上海而言的。郁达夫当年就说过，北京是"具城市之外形，而又富有乡村的景象之田园都市"[2]；叶灵凤则将北京唤作"沉睡中的故都"[3]。知识分子，特别是南方文人，对于北京的感受，可以从林庚的一段话中看出来：

> 所说北平的城市，并非即指北平今日的人，今昔人之不同千百年来已有很大的划分了。也正是因此地人工所该做的前人已做得太好，这些今日的人，虽仍所受的陶冶与江南不同，且时时因前人伟大的遗迹而得着雄厚深远的启示，但如今剩下的似只有那若近消极的沉着的风度，却不见那追上前去的勇敢了！久住在江南的人若初来北平，必仍有一种胸襟开阔的感觉，那是纯由于前人历史上的痕

---

[1] 周作人. 北平的好坏 [M] // 姜德明. 北京乎——现代作家笔下的北京（1919年—1949年）. 北京：生活·读书·新知三联书店，2005：15.

[2] 郁达夫. 住所的话 [J]. 文学，1935（1）：25–26.

[3] 叶灵凤. 北游漫笔 [M] // 叶灵凤. 灵凤小品集. 上海：现代书局，1933：96.

迹是太足惊叹而动心了。而久住北平的人呢，却是受了百年来旗人懒惰的习气；五四以来似有希望的一点朝气，又被压迫得只可闭门读书；因此如今的北平似更深沉，却只是一种的风度了！九一八以来，市面经济的不景气，使得北平故都的身份全然失去！渐来的是边疆之感了！①

但是，在1949年之后，"文学中的北京"突然发生巨大的变化，"北京"的城市概念里被赋予了强烈的"新"的意义。以当时刚刚解放，还来不及有任何变化的北京城市情况来看，这种"新"的意义并不来自城市自身的现代形态，而是刚刚诞生的外在的"新中国"国家意义强有力的赋予。事实上，在新中国成立之初，文学创作就已经掀起一个歌颂"新北京"的高潮——这是可以理解的。作为新中国的首都，这个城市身份已经先验地获得了社会主义政治历史的意义。在国庆十周年前后，北京方面有组织地出版关于北京的作品集，虽然不如上海方面此类书籍的规模，但也有诗集《北京的声音》《北京的歌》《北京的诗》《北京的节日》《北京的早晨》《北京的歌》《十三陵前锁蛟龙》以及小说集《北京短篇小说选》、戏剧集《北京短剧选》、理论集《把北京文艺工作推进一步》等数十种，这还不算老舍等专门书写北京的作家作品。但在文学体式上，写北京的文学相对单一。如前所述，以诗歌为最多，其次是散文、戏剧，少有长篇叙事类作品。但考虑到新中国刚成立时文艺工作者的匮乏状况，这已经是除上海之外城市题材文学最为庞大的一个地区了。

在这些诗歌作品中，有一个比较共同的倾向，那就是基本不涉及北京的传统古都历史，而往往是对"新北京"的歌颂。比如置身在天安门广场、人民英雄纪念碑、中南海红墙外的赞歌，以及对当时各种行业的产业工人的歌颂和吟唱。换言之，众多"北京颂歌"吟唱的只是社会主义的首都"新北京"，而不是解放前的古都与故都。所有的作者在写到北京的时候，总是情不自禁地表达对"新北京"的向往，希望充分地将"新中国"的国家意义体现在对"新北京"城市的表现中。这不是对某个城市的情感，也不是作家个体

---

① 林庚. 四大城市 [J]. 论语，1934（49）：60-65.

关于北京的城市生活经验，而是对"新中国"国家的一种群体的憧憬，是一种集体的"心理"行为。比如，李季的《致北京》这样写："在我们谈心的时候，/ 谁对谁也不隐瞒自己的感情：/ 哪怕是能在你的怀抱里住上一天，/ 这就是我们一生最大的光荣！"很多人即使不住在北京，也牵挂着北京。比如王希坚的《在千里之外》写道："在千里之外，/ 我遥望北京城。/ 我的思想，/ 追过那温暖的南风，/ 夜里，在晴朗的天空中 / 飞向那光辉的北斗。"在对"新北京"热爱的表述中，最有代表性的是臧克家的诗歌《我爱新北京》："我爱新北京，我爱 / 天安门的门楼在朝阳下发红，/ 我爱白鸽子像小小的帆船，/ 在碧蓝的天海上划行。/ 我爱新北京，像彼此比赛着高大，平地上拔起了许多烟囱，/ 工人宿舍，傍晚时候传出来广播的音乐，/ 几年前，这些地方遍地石块，荒草丛生。// 我爱新北京，我爱 / 拖拉机在近郊的田野上驶行；/ 新的楼房像从地底下冒出来，/ 尘土扑人的道路，柏油给它铺一身青……// 我爱新北京，我爱 / 陶然亭变成了整洁的公园，我爱金鱼池，那一湾臭水，/ 今天清亮得照出人影。// 我爱新北京，我爱 / 家家大门上那一团和平，/ 夜里，不再怕走偏僻的小巷，/ 地下的电灯像天上的明星。// 我爱新北京 / 新北京是毛主席居住的城，/ 全国人民，全世界人民都仰望着它，/ 我，光荣地住在这座城中。// 我爱新北京，/ 在节日里，我看到过几十万人大游行，/ 欢呼的声浪像海涛，/ 里面也有着我的呼声。// 我爱新北京，/ 它是人民的首都，胜利的象征，/ 我爱新北京，它是白天的太阳，夜晚的明灯，/ 我爱新北京，我爱新北京。"

二

在对"新北京"的叙述中，所谓"新北京"之"新"的特质，与"新上海"之"新"，基本没有差异。而且，与上海城市题材文学相类似的"血统论"与"断裂论"的表达因素都存在。但是，较之"新上海"的文学叙述，还是出现了一些不同的因素。从中，我们可以窥见"新中国"城市叙述的一般状况。

其一，较之"新上海"城市叙述，"新北京"城市形象叙述最明显的特点是在现代性表达上等级性的弱小。作为国家的首都，自然应该有着庞大的产业工人群体的现代性的革命历史和工业化历史，但是在这一点上，北京似乎有着天然的欠缺。在民国时期，北京是作为一个废都、旧京的形象存在的。从人口来说，北京城市的"异质性"不强。1930年代，有学者分析旧北京的人口构成有五类。一是旧日满清皇室、亲贵、旗丁、内监等依附宫廷者，二是晚清以至民国在京为宦者，三是民国以来的来自辽、津、保①的北洋军政人员，四是老北京市民及周边农民，这四者都没有"异质性"。只有民初在北大、清华、辅仁、燕京等各大学的师生，具有城市"异质性"，但自首都南迁之后，其大多数又迁往了沪宁②。在经济上，北京少有机器大工业与产业工人，其形态属于以农耕为主，兼有游牧、渔猎、传统手工业的混合型经济，现代产业性极弱。据1915年的统计，在北京的222个工场中，只有6个有动力设备，其余皆为手工业作坊③，而且，还以生产传统器物为主。北京无疑属于典型的消费型城市。这一点，赵树理说得很明白："北京城内是消费专家集中的地方，以前的代表人物是满清的王爷，可是自从皇帝垮台以后，他们的气派渐渐小了，摇摇摆摆遛鸟的也渐渐不存在了，可是另外一种老爷又来了：乡下的地主，刮地皮刮得乡村供不起他的消费了，就搬进北京城里来，置些房产，盖个花园。军阀政客们下野了，也拿着民脂民膏盖房子买别墅，都以老爷的姿态来出现。有了'老爷'，就少不了'太太'，也少不得有一帮捧老爷的人们，如姑爷、舅爷、表舅爷等一大串……更有一批侍候这些老爷的人，家里的厨子、老妈子、丫头等男女仆人，外边如旅馆、饭店、舞场、澡堂、古董店等，都专供老爷们的享受……不但老爷太太们享受，附庸于老爷太太的也都要享受，整个社会都在供养他们，构成这么一个消费城市。这些人也不能说他们都不劳动，特别是供应他们衣食煤水车马的干粗活的，每天也是忙得要死，可惜他们的劳动只是侍候少数享福人，没有生产意义。所以这一个城，除了三十多万产业工人以外，劳动者固然还不少，可不能算是生产

---

① 奉系、直系军政人员。保指保定，为曹锟、曹锐兄弟的发迹地。
② 铢庵. 北平漫话 [J]. 宇宙风，1936（19）：324-329.
③ 北京大学历史系，《北京史》编写组. 北京史 [M]. 北京：北京出版社，1985：351.

者……日子久了,弄得北京顾不住北京,非仰仗帝国主义不可。这也就是领导要我们把这消费城变成生产城的原因。"① 在上面的论述中,赵树理对列举的数字多少有些不太客观的看法,比如,他把三十万产业工人算作生产者。其实,在这些工人当中,许多是从事传统体力劳动的车夫、杂役、学徒、轿夫等,不能算作现代产业工人。比如北京的车夫数量就相当庞大。据1930年代的资料,当时北平有150万人,却有人力车4万辆,分拉早晚两班,共有车夫8万。② 但是,客观而言,赵树理对于北京消费城市的认知还是正确的。在1949年北京刚刚解放的时候,常住人口是208万。就当时的人口来说,北京已超过武汉,是仅次于上海的大城市。而208万人口的城市中,即使有30万工人,这个比例也说明产业工人数量较少,说明当时的北京缺乏物质生产能力与城市的消费性。概而言之,由于北京城市现代性之缺乏,既难以找到北京城市经济的现代性历史,也很难找到产业工人主导的"左翼"城市的政治逻辑,并缺少体现主流"左翼"历史进程的史实。

其二,是文学体式上的不同。抒情类作品较多,而叙事作品不足。除了老舍的几部话剧外,其他小说类作品,特别是长篇小说几乎没有。究其原因,是由于北京城市"现代性"状况的不发达,似乎不能承载类似上海题材中"血统论"的庞大的"左翼"政治性的叙事性作品的要求。但是,北京作为新兴的社会主义国家的首都,这样的城市身份又使作家在营构"文学中的北京"的过程中,必须强调其现代性特征,特别是作为首都的社会主义性质。不仅是政治的社会主义性质,还有作为社会主义首都"全能型"城市的经济中心性质。相应地,只有将"新北京"作为新中国首都与北京之外的红色革命史作非历史状态的横向连接。这样一来,采用纯粹的修辞学方法进行表现,可能是最好的一种办法。具体来说,即采用类比、比喻、跳跃等方法,将其直接与苏区红色政治或者苏联苏维埃政权连接。无疑,这是写实的叙事类作品如小说特别是长篇小说无法表现的。另外,比较而言,"断裂论"式的"新

---

① 赵树理.北京人写什么[M]//北京文艺社.把北京文艺工作推进一步.北京:新华书店,1950:30.
② 吞吐.北平的洋车夫[J].宇宙风,1936(22):533-535.

旧社会两重天"主题表达，较之"血统论"表达要容易一些。这在老舍等人的话剧作品中可以见到。但是，就"断裂论"主题惯常使用的"资本主义的消亡"题材，北京也因为资本主义城市史的缺乏，以及社会生活中资本主义因素的薄弱而无力承担。我们看到，即使是表现"新旧社会两重天"主题的老舍话剧，如《茶馆》《龙须沟》《红大院》《方珍珠》《全家福》等，也都遵循着北京城市传统社区——胡同、院落——生活进行。而《春华秋实》一类的表现资产阶级"没落"主题的作品，根本无法营构现代工业产业的典型资本主义社会结构。也就是说，北京城市的经济状况，完全无法构成典型环境。仅就剧本难产的状况，已经足以说明老舍创作上的困难。比如，老舍在《春华秋实》的前四稿中，设计的资本家形象是从事营造业的，原因是营造业是当时"五反"运动的重点对象，具有主题表现上的典型性。但是，这种主题和题材要求却与北京的实际经济状况不符。这使老舍感到创作中的尴尬。他说："可是，一般的营造厂是有个漂亮的办公室就可以做生意，它只有店员与技术人员，没有生产工人。当然，店员也是工人，也可以斗争资本家；但是，剧本中若只出现几个店员，总显着有些先天不足。况且，营造厂既不生产什么，也就很难用以说明政策中的斗争与团结的关系。"① 可见，北京实际的工业状况，特别是产业工人力量之缺乏，并不是随着北京城市概念的改变而改变的。政治意识形态的要求与北京城市实际的情形之间的巨大差异，正是造成老舍《春华秋实》难产的主要原因。② 所以，在体裁上，在以北京为对象表达"血统论"和"断裂论"的主导意识形态主题的作品中，作家经常要回避写实的小说类作品，并不得不借助非叙事类的诗歌这种体裁来完成。

---

① 老舍. 我怎么写的《春华秋实》剧本 [M]//克莹, 李颖. 老舍的话剧艺术. 北京：文化艺术出版社，1982：144.
② 老舍《春华秋实》写出后，在领导和剧院同事的"帮助"下，先后改写12次。其难产情况充分说明了时代主题与北京城市社会之间的巨大差异。关于这一情况，参见老舍. 老舍剧作全集　第二卷 [M]. 北京：中国戏剧出版社，1982：302-317.

三

同"文学中的上海"一样,"新北京"形象的第一个方面,是"左翼"的城市史意义。虽然北京缺乏工人斗争的历史,但它曾有过长辛店罢工等著名的工运事件。这成为当时挖掘城市"左翼"城市历史的重要材料,频繁地见于各种散文、特写中。1957年6月14日《北京日报》的一篇文章《工人们不准动摇社会主义!》是批判储安平等人的"反党"言论的,文章列举了一些人的发言,这些人都是产业工人,而且有的人有参加革命的经历:

> 记者访问了"二七"退休老工人郭锐铭。……他再也读不下去了,噌地从板凳上站起来,眼睛里闪着愤怒的火花,陷入了很远很远的回忆。他指着门前的远处告诉记者说:"南边那是长辛店火车站。三十多年前,为了争民主,争自由,争人的生活,我和穷哥儿们躺在铁轨上,截住吴佩孚前去屠杀工人们的兵车。"①

由于北京缺乏"左翼"产业工人的革命历史,因此,在表达"左翼"城市史主题方面,北京较上海要处于较低的层次。自近代以来,虽则北京作为新文化的中心,有着学生运动的强大意义,但比之工人运动,仍不能成为"左翼"政治的最好阐释。在当时文学中,北京最重要的"左翼"城市史还是"五四"以来进步学生争取自由、解放的斗争传统,于是,这一点构成对北京城市革命血统歌颂的核心,"五四"运动往往成为"红色"北京历史谱系的起点。但通常,"五四"运动必须与中国共产党的诞生建立"左翼"政治意义的连接,否则就会停留在"五四"新文化运动的泛化的"资产阶级文化"的意义上,而无法完成"左翼"政治意义的建构。朱子奇的

---

① 北京日报记者.工人们不准动摇社会主义![M]//傅光明.北京在前进——北京通讯、特写选集(1949—1958年).北京:北京出版社.1959:113.

《我漫步在天安门广场上》在诉说了天安门当下的美丽之后，就转向对"左翼"历史的寻找："……当看到五星红旗在天空飞舞时，/当看到欢腾的人马从这路上开过时，/我仿佛瞧见了'五四'的大旗飘在跟前，/我仿佛瞧见了'一二·九'的大队冲过身旁。/敬礼啊！这无数先烈用热血铺平的广场，/敬礼啊！这毛主席宣布祖国诞生的广场……"[①] 通常，被赋予"新"意义的天安门广场，其意义都指向新中国成立之后。但是，朱子奇的诗歌通过联想，把"五四""一二·九"这两个北京历史上具有强烈革命性的事件与天安门广场联系起来，然后发出感慨，使用"无数先烈用热血铺平的广场"这一"远譬"，从而使天安门广场的革命意义向前延伸，也为北京建构起了红色谱系。

比较系统地建构北京红色历史谱系的诗歌作品，是邹荻帆的《北京》。这首诗首先叙说北京城美丽的景致，然后转入对中国近代历史的回忆。诗歌从八国联军攻占北京开始写起，表明北京是一个备受屈辱的城市，然后转向对"五四"运动的书写："……我也看到北京从灰沙里面/'呐喊'起来，'五四'的青年用赤脚的步伐/把北京的街道和胡同塞满，/向卖国贼放火！/向封建的宫殿放火！/破坏！破坏！……"接下来，写到民国时期的北京："但是，/国民党来了，/北京改名了'北平'。/什么是'北平'呢？/是大刀向学生砍去的北平，/是水龙头向救亡队扫射的北平，/……北平被反动派抛弃/日本军阀屠杀过北平，/北平被反动派出卖/沈崇被美帝的士兵奸淫在北平，/北平的'文学革命'的校长（指胡适——引者）/出卖他的学生，/北平的'国民革命'的司令/监禁他的市民，/红楼、燕京、清华园/被特务和宪警包围，/天安门不准高声讲话，/工厂充满了恐怖，/工资被冻结、工运被镇压，/手枪点在工人的背后/要司机们去拨动电力，去操纵引擎/……北京，你的历史/就是中国的受难民族的历史！……"[②] 在这首诗中，"五四"运动和国民党统治时期的种种学生运动成为北京革命的红色谱系，通过对北京历史上所受屈辱

[①] 朱子奇.我漫步在天安门广场上[M]//北京出版社.北京的诗.北京：北京出版社，1958：60.

[②] 邹荻帆.北京[M]//北京出版社.北京的诗.北京：北京出版社，1958：188.

的描写，把北京反抗"右翼"政治的红色历程展现出来。这一节的最后一句"北京，你的历史／就是中国的受难民族的历史！"比较全面地概括了北京所经历的压迫——反抗——再压迫——再反抗的历程，从而有效地构建了北京城的革命历史。不仅消解了旧北京的重要特性——消费性，发掘出北京的革命血统，也消解了北京作为新文化中心的城市现代性，使北京拥有了一个红色的城市革命谱系。

同上海的"左翼"城市史叙述一样，在关于北京的红色血统叙事中，也广泛存在着伦理结构的支撑，即"新北京"的建设者与其先辈在"左翼"政治意义上的阶级血统与身体血统的同构关系。这可能是广泛存在的一种城市文学的模式，并不唯上海文学所独有。在这样的叙事伦理中，政治伦理被转化成为血缘伦理，又由血缘伦理不可改变的特征，强化政治伦理的稳定性。在"新北京"的叙述中，大量的诗歌被用于重构革命家族史意义上的城市。在这种叙述中，一般都存在一个或几个父辈人物，他们在旧北京有过"左翼"运动的经历，而这种经历也传承给了自己的后代。通过这种血缘伦理和革命伦理的同构，论证了革命伦理的合法性。其伦理影响方式往往是一种行为的影响——不需要语言，革命的行为已经对后代构成影响。

王恩宇的《烈士的后代》就是一种典型的血缘伦理与革命伦理的同构叙述："你的相片，常年落户光荣榜，／来到你家，又见奖状挂满墙。／工厂里一杆不倒的旗呵，／你的名字像你父亲一样响亮。／'二七'罢工时，你还是个婴儿，／睁开眼大地仍是黑夜茫茫，／你没有见过自己的父亲，／见的是他那身血染的衣裳。／未成年，你就懂得了仇恨，／未成年，你就走进了锻工房，／抡起了父亲抡过的大锤，／恨不得一下把旧世界砸成泥浆！／以后，你怎样掩护地下党员？／黎明前，你怎样保护工厂？／你怎样使气锤恢复了青春？／大干快上，又怎样把技术难关连连闯？／这些，你一个字都不向我提，／总把前辈们的英勇滔滔来讲，／你顺手拿出父亲的相片，／看得出，它给了你多么大的力量！／谈话间你的儿子放学归来，／那红领巾托着一脸刚强；／我问长大后叫他干什么，／你自豪地把臂一抡：'跟我一样！'／啊！前辈的血液在后辈身上流，／辈辈英雄实现着一个理想，／革命重担，一代接着一代挑，／未来的征程呵,很长很长……"① 在这首诗歌中,先进工人是革命烈士的后代。诗歌说得很清楚,这种身份使他对旧社会产生了先验性的仇恨情感,也使他成了一个旧世界的破坏者,或者说,至少是旧世界破坏者的同谋。他曾经掩护过地下党员,在反动派搞破坏的时候又保护过工厂。而且,在先进工人自己的话语逻辑中,他也强调,父辈的影响是他力量的源泉——"你顺手拿出父亲的相片,/看得出,它给了你多么大的力量!"另外,像王恩宇的《前辈》《两代人》《血衣》、时永福的《北京郊区一家人》、揭培理的《铁肩膀》等,都遵循同样的叙事逻辑——通过血缘伦理强调革命伦理的合法性。值得注意的是,这样的血缘伦理还有一个限定,即血缘伦理必须发生在产业工人阶级的代际之间。在上面所举的例子中,只有《北京郊区一家人》中的主人公例外。不仅仅是在虚构作品中,即便是在当时的新闻类作品中,产业工人也是绝对的主角,而且,这些产业工人都有着红色的革命斗争历史。

　　这种强行寻找北京"左翼"城市史的状况,显然和老北京的城市形态有矛盾。前面已经说过,1949年北京解放的时候,有常住人口208万,其中有30余万产业工人(包括各种手工业者、车夫、杂役等),也就是说,产业工人只占北京总人口的15%左右。而当时文坛的情况是,15%左右的产业工人在"左翼"城市史文学叙事中几乎占100%。所以,按照北京当时实际的状况,工人阶级的力量是无法体现出来的。上文所述,在创作话剧《春华秋实》时,即使老舍多次改变写作策略,也无法对产业工人稍微有点像样的表现。老舍心里非常明白:"随着运动的发展,大家看出第四稿的缺点——只见资本家的猖狂,不见工人阶级打败进攻的力量。故事始终围绕着一两个资本家的身边发展,写到了他们的家属、朋友、亲信和被他们收买的干部,而没有一个与他们对立的工人队伍。这样,所有的斗争就仿佛都由情感和道德观念出发,而不是实打实的阶级斗争。虽然他们的儿女、老婆、朋友也喊'要彻底坦白',等等,可是总使人觉得假若资本家把心眼摆正一点,不口是心非,也就过得去了。这样的'两面虎',只是近似假冒伪善的一个伪君子,不能表现

---

① 王恩宇.北京的声音[M].天津:天津人民出版社,1978:96-97.

资产阶级的阶级本质。这是暴露某些资本家私生活的丑恶,离着'五反'运动的阶级斗争的主题还很远。"①对此,我们还可以用老舍关于《龙须沟》的人物设置为例进行分析。在交代《龙须沟》人物设置的时候,老舍这样说:"在上述的三家子而外,我还需要一个具有领导才能与身份的人。蹬三轮的,做零活的,都不行:他必须是个真正的工人。……我需要这么一个人。这样,赵老头儿就出了世。在龙须沟,我访问过一位积极分子。他是一位七十来岁的健壮的老人,是那一区的治安委员。可惜,他是卖香烟与水果的。想来想去,我把他的积极与委员都放在了赵老头儿身上,而把香烟摊子交给娘子。"②老舍说"我还需要一个具有领导才能与身份的人……他必须是个真正的工人"这句话大有深意。无论承认与否,在当时的中国社会,无产阶级工人毋庸置疑是领导阶级,这才是老舍说的具有领导身份的意义。这样,老舍在《龙须沟》中就必须虚构出一个产业工人赵老头儿。如此,我们显然也可以理解,在新中国北京叙事中,工人形象众多的原因了:要建构"左翼"的革命历史,建构新北京的红色血统,工人身份是必须的。换言之,在当时对于"新北京"的革命血统叙事中,不仅仅强调一种血缘伦理,而且强调一种工人阶级的政治伦理。正是这种血缘伦理与政治伦理的有效结合,才有效地建构了"红色"北京的革命血统。

  "新北京"城市形象的第二个方面,是直接歌咏现代性的场景、器物和人物。在"大跃进"期间尤其如此。比如,诗歌中的人物多是产业工人。李学鳌的《给一个姑娘》写发电机女工,《北京夜歌》写电车司机和排字工,《好啊,北京的街道》写木工张百发与车间女货郎,方殷的《人们微笑着向你走来》写百货大楼的女店员。在场景方面,李学鳌的《光辉的里程——看彩色纪录片〈欢庆十年〉》出现了北京车站、人民大会堂等北京十大建筑;《好啊,北京的街道》出现了公共性设施,如"群星似的工厂""食堂""托儿所""有求必应的服务站";巴牧的《北京在前进》写的是西郊工厂;冯至的《我们的

---

① 老舍.我怎么写的《春华秋实》剧本[M]//克莹,李颖.老舍的话剧艺术.北京:文化艺术出版社,1982:144.
② 老舍.《龙须沟》的人物[N].文艺报,1951-02-25.

西郊》写荒坟一样的西郊现在矗立起高楼；邹荻帆的《北京》写无线电和烟囱；顾工的《在北京获得的灵感》写新式宾馆，等等。

第三个方面，是将北京作为社会主义中国的首都，对北京在共产主义阵营中的中心或次中心地位进行国际性的想象。从数量上来说，将北京与苏联城市的类比占绝大多数。邹荻帆的《两都赋》，其作品名称就提供了一个最直接的国际想象方式。方殷的《人们微笑着向你走来》直接将百货大楼女店员与列娜（苏联作家尼·伏尔科夫的《我们切身的事业》中的女主人公）的形象作比附。李学鳌的《友谊花》写技术员从莫斯科带回种子，种在厂房旁。以"种子发芽"这种"介质"，暗喻北京与苏联在社会主义母体与东方摹本的渊源关系："在北京温暖的土地上啊，/就像在亲爱的莫斯科一样。"在空间概念上，体现最多的地域建筑是西直门外的中苏友好大厦。①（必须指出的是，在这种国际性表述中，有一种明确的等级倾向，即将中苏友好大厦顶端钟楼看作对社会主义中国的引导者象征，从而将中苏关系置于一种国际共产主义权力关系之中。）李学鳌的《早晨》将中苏友好大厦比作轮船的桅杆，将北京比作轮船："展览馆的镏金尖塔像一条桅杆，/高高地挺立在西直门前，/绚丽的北京城是巨大的船身。"沙鸥的《在金塔的红星下》也是写北京展览馆："我在金色的高塔下，/见柔软的白云紧挨着红星，/太阳在塔身上射出光彩，/那金色的光芒呦！/照耀着美丽的北京。"在诗中，"柔软的白云"与"高塔"是中苏微妙关系的隐喻。李学鳌的《苏维埃人的眼睛》歌咏苏联放射的卫星，将这种关系表达得更直接："一颗明亮的星，/在北京的夜空飞行，/又多像车头的挂灯，/引着社会主义国家的人民。"此外，对于北京城市的域外想象，还多发生在朝鲜、越南、古巴等社会主义国家。如田间的《北京—平壤》，韩忆萍的《北京—仰光》等。不过，与同苏联城市进行类比的情况不同，在这些作品里，作家将北京作为大国首都的"华/夷之辩"的中心性心态有所表露。顾工的《在北京获得的灵感》写北京的宾馆聚集着世界各社会主义地方

---

① 与上海的中苏友好大厦相比，北京中苏友好大厦在体量、规模、高度、装修和艺术性方面，明显逊色一些，甚至还不如武汉的中苏友好大厦。这也表明在现代性方面，京、沪两个城市的等级差异。该大厦后改名为北京展览馆。

的朝圣者:"你的肤色,／像南方的橡胶;／你的眼睛,／像北方的海洋;／你挂着／欧洲的微笑;／你带着／美洲的话谜。"更有公刘的《五月一日的夜晚》写天安门前的盛大庆典,有"半个世界站在阳台上观看"。郭沫若的《五一节天安门之夜》写"天安门上胜友如云……来自四十几国的嘉宾,／一个个都在谈笑风生"。在青勃的《北京颂》中,昆明湖的知春亭"游艇上闪耀着全世界的目光"。朱子奇的《我漫步在天安门广场上》,不仅写北京之于中国国家的中心性,还有"走来了世界民主青年联盟书记布加拉／荣获列宁勋章的苏联人赛米恰斯尼／朝鲜英雄金京焕／与法国人厮杀过的越南武士武春荣"等将北京作为社会主义世界中心的表达。在王绶青的成名作《手摸着中南海的红墙》第三节中,诗歌虽仍以"手摸着中南海的红墙"开始,但最后引申至从宇宙观的角度表现出中心性思维:将北极星和中南海联系在一起,"好一个众星捧月的秋夜哟,看北极星正跳在中南海的当央!"这种情形,虽也属于"新北京"的文学表述,但其实已经和旧京文学中"皇城"的形象无异了。

近现代书刊中的北京记述（1900—1949）[*]

一、政治与风物：帝都的北京

北京向来为国家政治的中心，记述北京近代政治历史的著作不在少数。其中，晚清宫廷、义和团运动等是记述的重点。在记录晚清宫廷生活方面，德龄的著作较为特殊。德龄原属宗室亲贵，其父裕庚曾任中国驻日、驻法、驻美公使，德龄与妹妹容龄也随同父亲在法国居住多年，精通欧洲文化，甚至还登台表演过芭蕾舞。1903 年德龄回国，担任慈禧的宫中女官，后因与美国驻沪副领事结婚而移居美国。德龄以其和慈禧太后、光绪帝的密切交往，以及常年居留欧洲所获得的某些西方身份，用欧美人士的眼光，以英文撰写《瀛台泣血记》（又名《光绪帝毕生血泪史》，上海百新书店 1947 年）、《御香缥缈录》（又名《慈禧后私生活实录》，上海申报馆 1936 年）、《清宫二年记》（商务印书馆 1937 年）、《童年回忆录》（上海百新书店 1948 年）、《御苑兰馨记》，上海百新书店 1949 年）等。德龄对清宫的记述与他人颇为不同：其对光绪帝的评价甚高，认为如果不是因为政变被囚，光绪帝将使中国成为强大的帝国；同时，她也记录了西方文化对于清宫的深刻影响，包括慈禧对于西方物质文化从拒斥到接受的过程，是外界难以知晓的。《清宫二年记》的译者陈贻先曾评价说："日常琐碎，纤悉必录，宫闱情景，历历如绘。不独阅之极

---

[*] 本文原载于《现代传播（中国传媒大学学报）》2015 年第 5 期，收入本书时有改动。

饶趣味，而隐微之中，亦可以觇废兴之故焉。"①

此外，记录庚子事变的作品很多。重要的有延清的《庚子都门纪事诗》（1902 年，出版者不详）、李伯元的《庚子国变弹词》（世界繁华报馆 1903 年）、半塘僧骛（王鹏运）撰《庚子秋词》（有正书局 1923 年）、王纡编辑的《洪宪宫闱奇案》（汇文堂书局 1922 年）、刘成禺撰《洪宪纪事诗》（1919 年，出版者不详）、林纾的《京华碧血录》（北京平报社 1913 年）、静厂撰《清宫秘史图谱》《拳匪志略》、高树的《金銮琐记》（1925 年）、汤村彬的《清宫外史》（国讯书店 1943 年）。

除上述外，以宫廷政治掌故名世的有许指严的《十叶野闻》，又名《清秘史十叶野闻》，为作者在上海卖文为生时所作，成书于 1919 年至 1920 年间，书中大量涉及清代宫廷秘闻，特别是自咸丰以下诸帝的掌故，如光绪帝与慈禧的斗争，袁世凯、庆王的无耻，等等。同时，该书还记述了与宫廷相关的侠士经历。由于作者是小说家，其记事情节曲折，记人情态毕现，如徐凌霄、徐一士兄弟。徐氏兄弟生于常州大族，伯父是戊戌变法时的重要人物徐致靖。徐凌霄 1928 年开始在上海《时报》连载长篇笔记小说《古城返照记》，记述清末民初北京官场、学府和艺术界的各种轶闻、掌故。又如李孟符的《春冰室野乘》，李为清末工部员外郎、总理衙门章京。因颇得宫廷消息，常转告张元济主办的《国闻报》。李氏之《春冰室野乘》多记述晚清北京朝野秘史、文坛逸闻、风俗时尚，初发表于宣统年间《国风报》，1911 年 6 月广智书局出版单行本，至 1929 年由世界书局再版，先后再版 6 次，1932 年，又以"关中丛书"之一种出版。

在记述帝皇家建筑、风物类书籍中，《旧都文物略》非常重要。1933 年，北平已在日本人的觊觎之中，一时间，文化界有设北平为不设防文化城的动议。此时，袁良出任民国第四任北平市市长。袁氏留学日本，曾担任北洋政府参议、国民政府外交部第二司司长以及上海市公安局局长，擅长行政事务，同时，又懂得水利、农林，曾任全国水利局总裁和中央农业试验场场长。他继承了朱启钤重视市政的优良作风，于市政建树颇多。时人曾说他"各重要建筑，

---

① 德龄.清宫二年记[M].陈贻先，译.北京：商务印书馆，1937：1.

都已根据文献，参用新科学方法，修复保护"[1]。1934 年，在袁的主持下，北平市开始制订文物整理计划，并于 1935 年 1 月成立"旧都文物整理委员会"（简称"文整会"）。因北平已在日本人虎视之下，袁氏授意，由北平市秘书处组织人员，由汤用彬、陈声聪、彭一卣编著，钟少华点校《旧都文物略》。该书出版的目的，被认为是"以北平为五朝国都所在，文物繁复，欲使成为游览区，一新世界耳目，以压日人野心，颇事整修，并有斯著"[2]。该书不仅大量摘录了北京的方志、笔记、诗词、史传等，还附了数百幅照片，有称"取材务期精审、叙述务极雅驯、考证务求翔实"。编著者之一汤用彬为清末进士汤霖长子、汤用彤胞兄，还曾著有《燕尘拾遗》《北洋军志》等与北京有关的书籍。

与《旧都文物略》的编著背景相似，1935 年 7 月，时任南京中央大学经济系主任的朱偰，专门北上北平考察，计划写《古都纪念集》七种，后完成三种，即《元大都宫殿图考》《明清两代宫苑建制沿革图考》《北京宫阙图说》。其不同于一般"旧京"之类的书籍，没有沿袭旧闻，也不以抒发思古之情与闲谈掌故求趣，而是一部严谨的科学考察报告。与《旧都文物略》相似，朱著也附大量照片。三著于 1936 年至 1938 年由商务印书馆出版，2005 年由百花文艺出版社以《昔日京华》为名合编再版。

除了对北京作为首都的政治、地理记述外，还有严格现代意义上的官修的城市史志著作。自《光绪顺天府志》之后，政府较长时间没有修北京地方志。1928 年，国立北平研究院成立，设吴稚晖、张继等在内的常务委员会，开展《北平志》的修纂工作。围绕史志的修纂，由瞿兑之（瞿宣颖）制定《北平编纂通例》，并有《北平史表长编》《北平金石目》《北平风俗志》《北平戏剧志》《北平史迹丛书》等系列成果。同时，《北平》（半月刊）于 1932 年 12 月出版，是第一个地方志类的期刊，共出两刊。1938 年，日伪"北平市政府"设"北平市修志处"，以吴廷燮、夏仁虎、瞿兑之等人为基干，编修《北京市志稿》。该书分为舆地、建置、民政、度支、文教、礼俗、宗教、货殖、

---

[1] 铢庵.北游录话［J］.宇宙风，1936（19）：324-329.
[2] 出自陈声聪先生给邓云乡先生所购旧书的跋文。

金石、艺文、职官、名迹等部分，规模宏大，凡 196 卷，400 万字，但当时并未出版。此外，还有对北京城市史进行研究的著作，如桐龄著《北京在国史上的地位》，载《晨报副刊》1926 年 12 期；柳诒徵著《首都志略序》，载《国风月刊》1935 年 4 期；黄萍荪著《北京史话》（上海子曰社 1950 年），张江裁编辑的"北平史迹丛书"（两种）、"燕都风土丛书"（分别为 1938 年、1939 年双肇楼、燕归来簃刊行），陈宗藩著《燕都丛考》（1930 年）。

二、里巷市井：民俗的北京

北京不仅是作为帝都的政治城市，还是市井百姓的生活居地。大量记述市民生活，特别是民俗类记述著作开始出现。

此类著作中，瞿兑之《北游录话》是重要的文献。文章署名铢庵，为瞿之名号。瞿出身书香，其父为晚清军机大臣、外务部尚书瞿鸿禨。由于瞿长期担任顾维钧总理的秘书长、国史编纂处处长、印铸局局长、河北省政府秘书长等职，出入于馆阁，并参加了北洋时期的北京建设，熟于北京掌故。文章虽然在《宇宙风》1936 年第 19 期上发表，但与《宇宙风》"北平专号"一般数百或上千字的文章相比，长达 3.5 万字，几乎是一本小册子的分量。不同于一般的掌故，这篇文章虽则通俗，但接近于专业性的研究。该文将北京的居民构成分为五类：一是满清皇室、亲贵、旗丁、内监以及其他以宫廷而生活者。二是晚清民初在京为宦的士大夫，多世代簪缨，虽籍隶外省或失去宦位，但已成为地道北京人，是北京文化的中坚力量。三是民初以来依附军阀、在京置产纳福的各色人物，以辽、津、保三籍为最多。四是民初以来，围绕在学府、文化机关如北大、辅仁、清华、燕京诸校的师生，是最具有异质性的文化力量。这四种人的存在，使北平在失去政治中心地位后，仍为中国第二大都市。第五种人数最多，便是农工商贾等普通市民，以老北京市民为主，也有若干从周边农村迁入的农民。① 由此来看，北京居民多为本籍，或因政治

---

① 铢庵.北游录话［J］.宇宙风，1936（19）：324-329.

原因居留北京的北方籍，异质性不甚明显。在谈到近代北京"礼俗社会"性质时，作者举例说，北京之办警政，"其艰难有百倍于上海"。北京的居民，"同他们讲利害、讲法律、讲势力、讲道理，无一可通之路，且警察作用是他们向来所未尝习见习闻，警察禁令又无一不与他们的生活习惯相冲突"，但北京的社会安定又是上海等都市无法比拟的，原因乃在于北京警政"能运用旧法子"。比如"北平街上有人打架，巡警走过来，两面作和事佬，总是大事化小，小事化无，和平了结"①。瞿还有另一掌故著作《故都闻见录》，初发表于《申报》第2卷第7号至12号，共34则，多记北京建筑、市场与风俗。除了其中12则被收入另一著作《杶庐所闻录》外，未有单行本。瞿氏还有《北京历史风土丛书》（北京广雅书社1925年）、《北平建置谈荟》《北平史表长编》（国立北平研究院史学研究会1934年）等著作。

在对北京民俗的记录中，夏仁虎、于非庵和金受申的著作较著名。夏仁虎是近代著名学者和官僚，清举人，曾在刑部、邮传部、农工商部任职，曾任御史，民国后历任北洋政府国会议员、财政总长、国务院秘书长。其《旧京琐记》是记述北京的笔记类名著，记述同治、光绪朝以来到清末的北京民俗，大多为作者见闻，或者"多昔年朋谈宴罢，篝灯所录，时代不同，近甫次而成篇"，"其非见闻所及者，有昔贤之记录在，宁阙焉。若征引旧闻，不在此例"②。全书分为十卷，分别为"习尚""语言""朝流""宫闱""仪制""考试""时变""城厢""市肆""坊曲"。该书总体上属于民俗著作，虽也有"宫闱""仪制""考试"等篇，但涉及的是国家制度中的小细节，并非政治内容。按照作者的话说，"是编所记，特刺取琐闻逸事，里巷俳谈，为茶余酒后遣闷之助，间及时政朝流，亦取其无关宏旨者"③。夏文笔极佳，该书篇首有其所撰四言骈文的引言，华丽之极。于非庵本是工笔花鸟画家。20世纪20年代以"闲人"署名，在《晨报》发表关于北京民俗的文章，1928年，由晨报出版部编为《都门钓鱼记》《都门艺兰记》《都门豢鸽记》，时称"都门

---

① 铢庵.北游录话［J］.宇宙风，1936（19）：324-329.
② 夏仁虎.枝巢四述　旧京琐记［M］.沈阳：辽宁教育出版社，1998：77.
③ 夏仁虎.枝巢四述　旧京琐记［M］.沈阳：辽宁教育出版社，1998：77.

三记"。"都门三记"记述了北京民俗的种种知识和金元以来北京人的休闲生活史料。比如,同是钓鱼,分为南北城两派,习俗也不一样:"在东南城者,用钩既小,竿多敷漆,善用红虫",而西北城则要驾舟、饮酒,甚至烹鱼,见出内城之尊贵与南城的贫贱。周作人评价说:"于君在北京是以字画和印出名的,但是在我的意见上最为推重的乃是闲人的文章,因为这个我还比较是知道一点,对于书画实在是个外行。闲人的那些市井小品真是有他的一功,松脆隽永,没有人能及,说句俏皮话,颇有他家奕正之风,可以与《帝京景物略》的有些描写竞爽吧。"[1]另一位民俗大家是金受申,从1935年开始,他在《华北日报》上撰写《北平历史上游赏地记略》与《北平剪影》。系列性专栏文章还有1937年发表于《新兴报》的《故都杂缀》,发表于《正报》的《北京通》(45篇),发表于《全民报》的《新京旧语》,等等。金受申最著名的民俗著作是1938年初至40年代初为每周一册的《立言画刊》撰写的"北京通"专栏文章,陆续写了200多篇,拟出版单行本,并附插图、照片等,后未实现。金的写作材料并不来自典籍书刊,而是由北京居住的经验而来的,其所记述的北京生活,多为前人未言。叶祖孚曾谈到其中《攒儿》一篇,是迄今唯一关于"人市"的材料[2],该文记述元明以后的"人市"情况:劳动者常常手持瓦刀、锯子、斧头等工具,在茶馆喝茶等待雇主。这在《析津志》和《宸垣识略》等略有提及,在解放初的崇文门、前门外还可以见到。1989年金在《立言画刊》上的"北京通"系列文字,被北京出版社整理为"四季时令""婚丧礼俗""吃喝忆旧""消遣娱乐""旧京百业""下层剪影"等6个专题37个题目,并以《老北京的生活》之名重新出版。

民俗类记述还有张次溪编辑的《北京史迹风土丛书》(1934年中华风土学会)、李家瑞《编辑风俗类征》(上海商务印书馆1937年)等。1929年至1937年,徐凌霄与徐一士在天津《国闻周报》合作开设"凌霄一士随笔",大力涉及北京民俗。鉴于多数著作属于自刊本、手本、抄本,不一一列举。

---

[1] 周作人.于非庵的笔记[N].亦报,1950-03-20.
[2] 金受申.老北京的生活[M].北京:北京出版社,1989:3.

对于民俗的记述还进入了学术研究，在民初得到了北大等学术机构的大力倡导，并在歌谣和北京妙峰山进香研究中取得巨大成果。1918年2月1日，刘半农在《北京大学日刊》上发表《北京大学征集全国近世歌谣简章》，正式拉开征集民谣的活动，并成立了由刘半农、钱玄同、沈尹默、沈兼士组成的北大歌谣征集处。1918年5月22日在《北京大学日刊》开辟"歌谣选"，截至1919年5月22日，刊载各地歌谣148首。此外，北京高等师范学校（北师大前身）的《少年》杂志也在1921年3月开始刊载民谣、歌谣、童话等。1920年北京《晨报》开办"歌谣"专栏。1920年12月，"北大歌谣征集处"扩展为"北京大学歌谣研究会"。1922年12月，北大创办《歌谣周刊》，不到两年，征集到全国各地歌谣1100首。至1925年，《歌谣周刊》并入北大研究所《国学门周刊》。由于民俗学的倡导，当时计划整理北京地区的民间语言文化，规划中有常惠编纂的《北京歇后语》《谚语选录》《北京歌谣》《北京谜语》等著作，还有胡适的论文《北京的平民文学》等。此后，李萨雪如编纂的《北平歌谣集》《北平歌谣续集》分别于1928年、1930年在北平明社出版。张则之编译《汉英对照北平歌谣》（1932年）、殷凯编著《北京俚曲》（太平洋书店1927年）。毕树棠、李素等人在20世纪30年代的《宇宙风》《北平一顾》也发表《北京话里的歇后语》《北平的歌谣》等民俗文章。

　　妙峰山进香研究在当时很轰动。1925年4月，顾颉刚、容庚、孙伏园、容肇祖、庄严对妙峰山进行了五天考察，并分头撰写报告，在5月13、23、29日，6月6、17、27日的6期《京报副刊》中，以"妙峰山进香专号"栏目陆续发表。顾颉刚在"专号"引言中，将民俗作为学术研究的领域，而不是按照传统士大夫的成见，将民俗视为野蛮。顾颉刚的《妙峰山的香气》，考证了妙峰山香会的历史、组织与神仙崇拜。孙伏园的文章为《朝山记琐》。顾颉刚还为奉宽的《妙峰山琐记》作序，呼吁保护妙峰山进香习俗。之后，《民俗》杂志曾辟"二闸与公主坟专号"[①]。1933年和1937年，李家瑞出版《北平俗曲略》和《北平民俗类征》，搜集了自辽至清以来各类书刊的民

---

① 二闸为京杭大运河支流通惠河中一段，在近通州地区；公主坟在北京西郊。

俗资料，并分为岁时、职业、婚丧、饮食、语言、衣饰、宴乐、游乐、市肆、器用、祠祀、禁忌等 12 个类别，堪称北京民俗的百科全书。对北京民俗的研究，表明知识分子对底层文化的重视也是"五四"启蒙任务的一个方面。

旅游与指南类书籍，为中外人士游览北京所用，其出版的背景是清末民初兴起的旅游活动，可视为特殊的新民俗类作品，在 20 世纪 30 年代开始大量出现。其中，国人所著指南类著作有 4 种。较早的是徐珂《实用北京指南》（商务印书馆 1919 年初版，1923 年再版），对北京地理、历史、礼俗、交通、名胜、旅游等有详细的介绍。该书对实业机构介绍最多，达 188 页，仅对羊肉铺的介绍就有 2 页之多；同时，也涉及在京的西方机构，如东交民巷的各国使馆、银行、军营与报馆，但篇幅很少。此外还有金文华《北平旅游指南》（中华书局 1933 年）、齐家本《北京游览指南》（中华书局 1939 年）。在指南类著作中，最具声誉的是由马芷庠著、张恨水审定的《北京旅行指南》（1935 年初版）。该书在出版之前，就有一千余处付费订购，以致不得不提前付印，第一次印刷万册在几个月内就售完，至 1936 年已出第三版。其畅销原因，按照张恨水的看法，即"愚旅居旧都凡十五年，久苦于无此类称意之书"[①]。其受欢迎程度可见一斑。不同于一般的北京旅行介绍，该书分为名胜古迹、食住游览、旅行交通、工商物产、文化艺术、公共团体与社会公益七个部分。对公共团体的介绍，既是北京城市社会性增强的表征，也是作者社会性意识的体现。为了方便旅行，连旅行日程、铁路时刻、航空价目，甚至西山、香山的轿驴价目都被列入。附照片也是该书的特点，作者摄影七百余幅，选用 265 幅，按照作者的话来说——"已为全国各导游刊物中所仅见"[②]。

三、家园与废都：作家的北京

记述北京的散文作品大致分为两个时期，勾画出北京城市的两个形象：

---

① 马芷庠.老北京旅行指南[M].长春：吉林出版集团有限责任公司，2008：2.
② 马芷庠.老北京旅行指南[M].长春：吉林出版集团有限责任公司，2008：1.

一是家园，一是废都。

"五四"为第一个时期。在"五四"启蒙文学中，北京形象往往是作为愚昧落后的老中国出现的，被作为否定的对象。李大钊记述北京的散文如《新华门前的血泪》《北京贫民生活的一瞥》《黄昏时候的哭声》等，要么叙写"几十个贫苦的女儿孩子在那里拿着小筐在灰尘里滚，争着捡个半块的还未烧尽的煤渣"，要么叙写"沿街叫苦乞怜于阔绰人家的残羹剩饭的呼号"①。陈独秀干脆给北京总结出"十大特色"，全为恶习。②鲁迅谈到北京时经常使用"沙漠"一词。在《有趣的消息》中，鲁迅说："活在沙漠似的北京城里，枯燥当然是枯燥的，但偶然看看世态，除了百物昂贵之外，究竟还是五花八门，创造艺术的也有，制造流言的也有，肉麻的也有，有趣的也有……这大概就是北京之所以为北京的缘故，也就是人们总还要奔凑聚集的缘故。"③在鲁迅笔下，北京还是"活埋庵"："满车的'祖传''老例''国粹'，等等，想来堆在道路上，将所有的人家完全活埋下去。"④在"五四"早期，除了周作人、俞平伯等，对北京有好感的作家极少。

20世纪20年代中期后至30年代初，文化中心由北京转移至上海，多数作家寓居上海。上海发达的现代性给新文化人带来了事业的发展、居处的便利，但是内心的文化归属却往往体现在对北京的情感之中，对北京的向往与怀恋渐至浓烈。同时，北京宫室禁地被辟为公园先后开放。1914年，内务总长朱启钤提出开放城内外名胜，以期"与民同乐"。⑤先有社稷坛、先农坛被辟为中央公园、先农坛公园，此后，北海、颐和园、天坛、中南海也纷纷开放。1924年逊帝溥仪出宫，1925年故宫全面开放。《旅行杂志》专门开辟了"北平七日游"栏目，引发了南方文人的北游兴致。作家施蛰存自嘲：三年前

---

① 李大钊.北京贫民生活的一瞥[M]//姜德明.北京乎——现代作家笔下的北京（1919—1949）.北京：生活·读书·新知三联书店，1992：2.
② 陈独秀.独秀文存（卷二）[M].上海：亚东图书馆，1925.
③ 鲁迅.鲁迅全集（第3卷）[M].北京：人民文学出版社，2005：198.
④ 鲁迅.鲁迅全集（第3卷）[M].北京：人民文学出版社，2005：21.
⑤ 朱启钤.请开放京畿名胜[N].申报，1914-06-02.

就说要逛一趟北平，到今天也还未治装成行，给朋友们大大的笑话，而只好"绕室旅行"，写下了《绕室旅行记》。① 此后，到北京旅游成为南方文人的时尚。1936年，上海《宇宙风》杂志陆续推出"北平特辑"，共3辑，分别载于第17、18、19号上，作者多数是南方文人，如郁达夫、许钦文、徐霞村、废名、宋春舫、罗念生等。其中大部分文章，又由《宇宙风》陶亢德编辑、发行，以《北平一顾》为题结集，1936年由上海宇宙风社出版。② 同时，有数种以北京为题的散文集，也是这种情形下的创作。比如湖南人钱歌川于1932年赴京开会并游览，回到上海，便将北京游历写成小品在《新中华》杂志发表，1934年又以《北平夜话》为题在中华书局出版。浙江作家孙福熙由鲁迅介绍，于1919—1920年在北大图书馆工作，随后赴法留学并回沪杭工作。对于北京的眷恋，使他于1925年专程来京"重温旧梦"，在北京居留8个月，写下36篇散文，结集为《北京乎》，1927年由开明书店出版。此外还有东北沦陷区开明图书公司1942年编辑周作人、老舍等著的散文选集《北京城》、黄裳编著的《新北京》（1950年）等。

概览北京题材的散文，内容可分为：（1）记录北京政治的，如"五四"时期陈独秀的《六月三日的北京》、周作人的《前门遇马队记》，抗战前期老向的《危城琐记》、蹇先艾的《城下》、齐同的《十二·九前后》；沦陷后李辉英的《故都沦陷前后杂记》、曹靖华的《故都在烽烟里》、冰心的《默庐试笔》、王西彦的《和平的古城》《屈辱的旅程》；抗战结束后徐盈的《"笼城"听降记》、朱自清的《回来杂记》等。（2）描写北京宫殿与城池的，如林语堂的《迷人的北平》、郑振铎的《北平》、盛成的《北平的天坛》、陆晶清的《再怀北平》。（3）记述北京城市性格与民情的，如周作人的《北平的好坏》、俞平伯的《陶然亭的雪》、石评梅的《雪夜》、老向的《难认识的北平》、陈学昭的《北海浴日》、叶灵凤的《北游漫笔》、谢冰莹的《北平之恋》、唐弢的《帝城十日》、郁达夫的《故都的秋》《北平的四季》、张我军的《秋在故都》《当

---

① 施蛰存.施蛰存散文选集［M］.天津：百花文艺出版社，1986：105.
② 1989年，由梁国健编、重庆出版社出版的《故都北京社会相》，收入《宇宙风》文章32篇、《北平一顾》的文章30篇，两者有交叉；又收《歌谣周刊》《人间世》各2篇，《国讯》1篇。

铺颂》、许讦的《北平的风度》、朱湘的《胡同》。(4) 描写北京民俗的，如袁若霞的《天桥》、金容的《北平的土药店》。(5) 讨论北京中庸、保守性格的，如钱歌川的《飞霞妆》、梁实秋的《北平的街道》、沈从文的《北平的印象和感想》、徐志摩的《"死城"》，还有鲁迅对北京进行尖刻批评的《"京派"与"海派"》。

20世纪二三十年代文人对北京的记述主要是传统的城市空间。民国时期，文人笔下的北京城市空间主要是天坛、北海、陶然亭、钓鱼台、卢沟桥、西山、松堂、圆明园、清华、长城、妙峰山、潭柘寺、先农坛、天桥、胡同等旧京场景[①]。可见，文人眼中的北京并不是一般民俗的北京，而是由"帝都"转型过来的公共园林景观和富有文人气息的文化区域。林语堂就认为北京是"深具着伟大的帝王气象""世界上宝石城之一""像一个帝王的梦，有宫殿、花园、百尺林荫地、艺术博物馆、专修院、大学、医院、寺庙、宝塔，街上陈列着艺术铺和旧书店"[②]。更具有代表性的是吴伯箫的《话故都》，一任热爱之情恣肆，"伟大的城阙，壮丽的宫院，一目无边的丰饶的景色""坐镇南城的天坛，那样庄严，使你立在跟前，都不敢大声说话""既朴素又华贵，既博雅又大方，包罗万象，而万象融而为一；细大不捐，而巨细悉得其当"[③]。当然，对于旧北京的描写，也不乏脱离景物，直接表达感情的，但这种情感式的表现，同样离不开北京上述空间性因素的支撑。

北京的乡村特性，接近文人的"田园"经验。郁达夫当年就说过：北平是"具城市之外形，而又富有乡村的景象之田园都市"[④]。老北京人在天晴的时候，站在大街上便能望见西山与北山，所以老舍曾说："北平在人为之中显示自然""北平的好处不在处处设备得完全，而在它处处有空儿，可以使人自由

---

① 郁达夫写《故都日记》，其中提到他去过北大、天坛、景山、故宫博物院、北海、中央公园、琉璃厂、天桥、东安市场以及北京的各种饭店。
② 林语堂. 迷人的北平 [M] // 姜德明. 北京乎——现代作家笔下的北京 (1919—1949). 北京：生活·读书·新知三联书店, 1992: 510.
③ 吴伯箫. 话故都 [J]. 每周文艺, 1934 (13): 1-3.
④ 郁达夫. 住所的话 [J]. 文学, 1935 (1): 25-26.

地喘气；不在有好些美丽的建筑，而在建筑的四周都有空闲的地方，使它们成为美景。"① 疏阔的庭院与园林自然融为一体，造成了北京人的雍容与悠闲，如唐弢说的，"走路的少，又慢，一个个悠闲自得，决不像上海人那样'惶惶不可终日'"②。郑振铎也说，北京就像骆驼，"安稳、和平、一步步地随着一声声叮叮当当的大颈铃向前走；不匆忙，不停顿，而那些大动物的眼里，表现得是那么和平而宽容，负重而忍辱的情绪，这便是北平生活的象征"③。"采菊东篱下，悠然见南山"本是典型的乡村景观，而老舍先生将此句的"南"字改为"北"或"西"，竟也成为对北平都市景观的绝佳描绘。应该说，北京的人文景观尚未取代自然景观。老舍说："北平是个都城，而能有好多自己生产的花、菜、水果，这就使人更接近了自然。从它里面说，它没有像伦敦的那些成天冒烟的工厂；从外面说，它紧连着园林、菜圃与农村""我不能爱上海与天津；因为我心中有个北平。"④ 照老舍的话说，"我生在北平，那里的人、事、风景、味道和卖酸梅汤、杏儿茶的吆喝的声音，我全熟悉。一闭眼我的北平就完整的、像一张彩色鲜明的图画浮在我的心中，我敢放胆地描画它。"⑤

北京的乡村文化样态使作家感到情感上的亲近，"在普遍的都市嫌恶中，把北京悄悄挑除在外"⑥。老舍说："假使让我'家住巴黎'，我一定会和没有家一样地感到寂苦。"⑦ 在众多作家心中，"家"的定义是由北京提供的。20世纪30年代的文人一再谈到北京"住家为宜"。所以，南方等地的文人也将北京视为自己的归属，甚至是第二故乡。郁达夫在游历北京后说，一离开北京，就"隐隐地对北京害起剧烈的怀乡病来""这一种经历，原是住过北京的人个个都有，而在我自己，却感觉得格外浓，格外地切"⑧。久居沪上的洋场摩登文人

---

① 老舍.想北平[J].宇宙风，1936（19）：319–321.
② 唐弢.帝城十日[J].万象，1944（5）：9–21.
③ 郑振铎.北平[J].中学生，1934（50）：7–19.
④ 老舍.想北平[J].宇宙风，1936（19）：319–321.
⑤ 老舍.老舍论创作[M].上海：上海文艺出版社，1982：109.
⑥ 赵园.北京：城与人[M].上海：上海人民出版社，1991：7.
⑦ 老舍.想北平[J].宇宙风，1936（19）：319–321.
⑧ 郁达夫.北平的四季[J].宇宙风，1936（20）：423–426

叶灵凤，也在上海的"十丈红尘"之中，"渴望一见那沉睡中的故都"①。周作人对北京情有独钟，"不佞住在北平已有二十个年头了。其间曾经回绍兴去三次，往日本去三次，时间不过一两个月，又到过济南一次，定县一次，保定两次，天津四次，通州三次，多则五六日，少或一天而已。因此北平于我确可以算是第二故乡，与我很有些情分"。定居北京的二十年间，周不过出去十数次而已，时间都不长，因为他对北平确有情分。周曾寻找自己喜欢北京的原因，……大约第一是气候好吧。……第二，北平的人情也好，至少总可以说是大方……"②

虽然北京城一直是知识分子乐于表现的地方，但由于是故都，到了30年代，北京已经相当破旧，有了"废都"意味。我们看看周作人的感受。他说："从别一方面来说，也可以说这正是北平的落伍，没有统制……"③按周所说，他喜欢北京，也因北京所谓的"大气""没有统制"，隐含的仍然是北京的"废都"意味——只有被废，才会没有"统制"。这样的北京，不免有些落寞。这一时期，知识分子对北京的感情中有许多不平之气。这当然是对国家政治的不满，但作为对具体的城市形态的表现，即使北京没有"统制"的散漫无序，即"废都"给予人们的不良情感，也有对北京性格的批判。钱歌川说：北京"可以把一切新的东西，于无可奈何之中使之归真返璞，化为旧的、古的"。相似的还有徐志摩的《"死城"》，作品借主人公廉枫夜游，将北京指为"死城"，前门"像一个骷髅""那外表的热闹正使人想起丧事人家的鼓吹""北京就是这死定了"④。沈从文则认为北京的闭塞停滞会妨碍文化的交流，难以持续性地成为文化中心，说"城既那么高，每个人家的墙壁照例又那么

---

① 叶灵凤. 灵凤小品集［M］. 上海：现代书局，1933：96.
② 周作人. 北平的好坏［M］//姜德明. 北京乎——现代作家笔下的北京（1919—1949）. 北京：生活·读书·新知三联书店，1992：17.
③ 周作人. 北平的好坏［M］//姜德明. 北京乎——现代作家笔下的北京（1919—1949）. 北京：生活·读书·新知三联书店，1992：17.
④ 徐志摩. "死城"［M］//姜德明. 北京乎——现代作家笔下的北京（1919—1949）. 北京：生活·读书·新知三联书店，1992：207-218.

厚，知识能否流驻交换，能否出城，不免令人怀疑"①。30年代，"文学中的北京"基本上已经是一种"边疆叙事"了。

至解放后，记述北京的散文逐渐减少。顾颉刚、沈从文、叶君健、钟敬文、吴祖光、张友鸾、张恨水等名家的作品多为奉命之作，且都发表在《旅行家》《旅游》《旅游天地》《北京日报》《文物》《北京文艺》等旅游报刊和官方报刊上，个人性色彩减弱，成为一种国家性的集体表述。

---

① 沈从文.北平的印象和感想[M]//姜德明.北京乎——现代作家笔下的北京（1919—1949）.北京：生活·读书·新知·三联书店，1992：116.

外国书刊中的北京记述释要（1900—1949）*

一、记述庚子战争

西人有关北京的书籍，包括历史、地理、民俗、旅游与各种生活指南类的著作。首先是记述近代北京重大历史的著作，其中以记述庚子战乱为主。按照西方新闻学者的说法，这些作者"既是记录者又是辅导教师，既是教师又是向导，既是外交家又是冒险家，甚至在某些场合是……战士"[1]。这些随军文人的记述往往文体不一，写法多样，也并非严格意义上的新闻报道。

报纸专栏文章方面以澳大利亚记者莫里循最为详尽。莫理循是《泰晤士报》特派通讯记者，同时也是英国的中国事务专家。他不仅长于新闻舆论的制造，还影响了英国对华政策。在使馆被围时，他向英国发出求救电报，还向《泰晤士报》寄发了约三万字的报道，被认为是英国派兵中国的重要因素。其他的西方记者还有英国中央通讯社的斯科特·克里斯顿、《纽约先驱报》的托马斯·密勒、英国《每日电讯报》的狄龙、日本《朝日新闻》的评论员西村天囚、俄国《新边疆报》[2]的阿尔捷米耶夫等。他们多数随军从天津到北京，

---

* 本文原载于《现代出版》2015年第1期，收入本书时有改动。
[1] 霍恩伯格.西方新闻界的竞争[M].魏国强，陈进军，周力非，等译.北京：新华出版社，1985：164.
[2]《新边疆报》1899年创办于旅顺，初为周三报，1905年迁往哈尔滨，改为日报。

因此记述较为真切。俄国《新边疆报》的德米特里·扬契维茨基曾随俄国军队一起冲锋,并两次随队为俄军探路,还作为先遣部队向导参加了攻打北京的战役。他的报道多在战地完成:"有时在高粱地或者玉米地里,有时在房子里、双轮马车上、树墩上、柳荫树下。最愉快的是在庙里,在那些偶像、供具和香烛中间写。"① 在书籍方面,布兰德和伯克豪斯著有《女皇统治下的中国》(*China under the Empress Dowager*,林语堂译名,另一译名为《慈禧外记》,1901 年出版),主要记述北京义和团的情况;后来两人著《北京宫廷年鉴与回忆》(*The Annals and Memoirs of Court of Peking*,林语堂译名),将记述范围扩大到明末和 20 世纪初,内容主要根据中文资料而来,1914 年出版。其他记述北京政治并主要以庚子之乱和慈禧、光绪帝关系为题材的,还有伊萨克·泰勒·海德兰著的《中国宫廷生活》(*Court Life in China*,1909 年出版);美国传教士罗伯特·科尔特曼的《北京被围记》,其曾在北京同文馆、京师大学堂任生理课教师,目睹了北京的战乱。

在此类著作中,英国人普特兰·威尔的《来自北京的唐突信简》(*Indiscreet Letters From Peking*,此为林语堂译名,一般译为《庚子使馆被围记》),记述了八国联军进入北京之后的个人见闻,具有高度的写实性。美国汉学家阿灵顿称其为庚子年北京著作中"可能是最浪漫、最生动的"②。德国元帅瓦德西的《瓦德西拳乱笔记》也是一部特殊的著作。瓦德西作为联军统帅,其记述不仅来自真切的实感,而且还算公允。他看到被占领的北京满目狼藉:"此处表现出一种昔日庄严伟大之态,但亦久已趋于颓废凋残。"③ 对庚子年北京记述最直接的是法国作家皮埃尔·洛蒂。洛蒂是法兰西学院院士,任海军文官 42 年,曾著有东方题材的小说《菊子夫人》(后被改编为《蝴蝶夫人》)。他奉法军水师提督的指令,乘坐罗督大卜号舰艇抵华,以军官的身份于 10 月

---

① 扬契维茨基.八国联军目击记[M].许崇信,等译.福州:福建人民出版社,1983:260.
② 阿灵顿.古都旧景——65年前外国人眼中的老北京[M].赵晓阳,译.北京:经济科学出版社,1999:14.
③ 瓦德西.瓦德西拳乱笔记[M].王光祈,译.上海:上海书店出版社,2000:45.

18日抵京，第二年又重返北京。其以旅行随笔手法记述见闻和感想，陆续寄给《费加罗报》，总字数约在10万字以上，后以《在北京最后的日子》（*Les Derniers Joursde Pekin*）为名出版（此书也曾由李金发翻译，书名为《北京末日》）。这是一部罕见的作品，作者述其来到皇宫，看到宫室逃亡时的狼藉景象：皇帝绣花龙被被弃于地，士兵们在象牙、刺绣、珍珠上践踏。在宫中，他穿起皇帝的袍子在龙床上打滚，还偷得隆裕皇后的红缎子鞋，甚至抽鸦片烟。在他笔下，北京"在阴暗的天空下，又是那般忧郁、充满敌意和令人不安"①。对于占领者的身份，洛蒂有时也有反思："我们出现在这里，举止粗俗，满身灰尘，疲惫沮丧，肮脏不堪，貌如未开化的野蛮人，无异于置身仙境的僭越者。"②总体来说，洛蒂视北京为博物馆中的标本。在次年返京时，他为北京出现了铁路而感到沮丧，认为是野蛮的西方人"干了这样一件亵渎圣物的事情——他们炸毁了城墙，令这颠覆性的机器长驱直入"③。因此，洛蒂将他来到北京称为"最后的日子"。从写作技法上来说，该书虽然整体构架是记叙性的，属于纪实性作品，但又有大量的文学性的描写，具有小说的意味。文字之华丽，显然已经超过了纪实性记述。

二、史地类记述

在史地类著作作者中，阿绮波德·立德夫人是英国在华巨商立德的夫人，她在华生活20余年，著有《穿蓝色长袍的国度》（*The Land of the Blue Gown*）和《我的北京花园》（*Round about My Peking Garden*），这两本书分别于1901年和1905年出版。朱丽叶·布莱顿与伊格·米托伐诺夫著有《农历年》（*The Moon Year*），1927年由凯利和瓦尔施出版社出版；朱丽叶·布莱顿

---

① 洛蒂.在北京最后的日子［M］.马利红，译.上海：上海书店出版社，2006：71.（原书作者译为"绿蒂"）
② 洛蒂.在北京最后的日子［M］.马利红，译.上海：上海书店出版社，2006：75.
③ 洛蒂.在北京最后的日子［M］.马利红，译.上海：上海书店出版社，2006：177.

写于 1935 年的《北京》(Peking)主要记述北京的名胜与建筑,在短短的时间里重印三次,林语堂称之为"关于这一古都的英语书籍中的典范作品"①"关于北京的最全面的著作"②。奥斯瓦尔德·喜仁龙的名著《北京的城墙与城门》(The Walls and Gates of Peking),1924 年出版,另有《北京的皇宫》(The Imperial Palaces of Peking)三卷,1926 年出版。美国汉学家 L.C·阿灵顿长期在中国海关、邮政工作,退休后还定居北京,1931 年在英文报纸《北京导报》上连续发表《北京的胡同》;1933 年,其与威廉·路易森合著的《老北京探寻》(In Search of Old Peking,林语堂译名),由亨利·威西出版社出版;该书还将 1935 年前关于北京的西文著作列为附录,为以后的北京研究提供了方便。此外,还有阿尔封斯·伐维尔的法语著作《北京历史描述》,1897 年北京北堂首印,1900 年再版;德克·波迪的《北京的日常与年节习俗》(Annal Customs and Festival in Peking),1936 年在北京出版;庄士敦的《紫禁城的黄昏》(Twilight in the Forbidden City),1934 年在伦敦出版;唐纳德·门尼的《北京之盛观》(The Pageant of Peking),1920 年在上海出版;悉尼·甘博的《北京社会调查》(Peking:A Social Survey),1921 年在纽约出版;海因茨·冯·佩克哈默尔的《北京》(Peking),1928 年在柏林出版;约翰·伯杰斯的《北京的会馆》(The Guilds of Peking),1928 年在纽约出版。还应指出,英国作家毛姆 1912 年开始发表中国题材的作品,1919 年来北京游历,其散文被收入《在中国屏风上》(On a Chinese Screen,1924 年出版)。英国哲学家罗素 1920 年来中国,担任北京大学客座教授,其《中国问题》中有相当篇幅涉及北京。日本人的史地类记述有阿部似二的《北京》(东京新潮社 1941 年版)、村上知行的《北京的历史》(东京大阪屋号 1941 年版)、佐藤清太的《北京——转变的古都》(目黑书店 1942 年版)、冈本正文编译的《北京纪闻》(东京文求堂书店 1904 年铅印本)、中野江汉的《北京繁昌记》(王朝佑译,北京醒中印刷

---

① 林语堂.辉煌的北京[M].赵沛林,张钧,等译.西安:陕西师范大学出版社,2003:38.
② 林语堂.辉煌的北京[M].赵沛林,张钧,等译.西安:陕西师范大学出版社,2003:150.

社 1922 年铅印本)。1904 年，日本驻屯军甚至还邀集汉学家编纂了《北京志》，由汉学家、东京帝国大学教授，时任北京大学教习的服部宇之吉统稿，1908 年由东京博文馆出版。全书 39 章，40 余万字，主要记述晚清以来的北京各方面情况，并附有几十幅照片。

在西人所著的史地类作品中，对古老帝都的赞美是主流。立德夫人在《穿蓝色长袍的国度》中说："在所有我到过的地方中，北京是最奇妙的。"[①] 对于北京严格的空间建制，立德夫人尤为敬畏："事实上，如果北京像它规划的那样——或许它曾经就是那样——我想不出有比北京更雄伟的城市。北京城的总体规划规模宏大，特别是站在钟楼往鼓楼或站在鼓楼往钟楼看，其透视和比例的安排极佳，既有距离感又注重细节。"立德夫人甚至认为，比之紫禁城，巴黎的杜乐丽宫（通译"杜伊勒里宫"）和伦敦的圣詹姆斯宫都"太逼仄"，甚至就是"玩具"，"唯一能够与之相比的只有罗马的圣彼得大教堂"[②]。阿灵顿认为北京是艺术之都，"是最有能力、最有文化、最具艺术鉴赏力的地方……即使在今天，失去了昔日辉煌的她仍充满了浪漫传说，是世界艺术的朝圣地，对旅游者来说，即使不是远东，至少也是中国最具魅力的地方"[③]。朱丽叶·布莱顿的《北京》一书文字极为优美，这里不妨引述一段林语堂的译文：

> 分析北海这块被人遗忘的角落的迷人之处……是不可能的。这魅力是一种应仔细品尝的味道，是一股沁人心脾的香气，是我们眼中的色彩，倒映湖中的柳；是灰色的石堤，如同沿湖岸扭动的巨龙。这魅力存在于南飞的鸭群中，存在于风吹动的青草中。那青草爱抚着破旧的汉白玉石栏，一如鲜嫩的灌木在金色屋顶中伸展。它们还存在于蓝蓝的水中琉璃瓦的倒影里，存在于被淡紫色的通道略微染

[①] 立德.穿蓝色长袍的国度 [M]. 王成东，刘云浩，译. 北京：时事出版社，1998：1.
[②] 立德夫人.我的北京花园 [M]. 李国庆，陆瑾，译. 北京：北京图书馆出版社，2004：48.
[③] 阿灵顿.古都旧景——65 年前外国人眼中的老北京 [M]. 赵晓阳，译. 北京：经济科学出版社，1999：1.

成紫色的乌鸦翅膀上，存在于黄昏站立在岩石上的挺拔的苍鹭中，苍鹭们像立在基座上的铜像一样，凝然不动，也存在于惆怅地凝视着我们的历史的思忆中，存在于轻柔地融入尘埃的今日之忧伤中。①

西人著作对北京的盛赞有着明显的"东方主义"的意味，很难摆脱殖民主义的叙事主体。恰如鲁迅所说："外国人中，不知道而赞颂者，是可恕的；占了高位，养尊处优，因此受了蛊惑，昧却灵性而赞叹者，也还是可恕的。可是还有两种，其一是以中国人为劣种，只配照原来模样，因而故意称赞中国的旧物。其一是愿世间人各不相同以增自己旅行的兴趣，到中国看辫子，到日本看木屐，到高丽看笠子，倘若服饰一样，便索然无味了，因而来反对亚洲的欧化。"② 在西人眼中，北京显示出比欧洲城市落后、保守的一面。连立德夫人在《穿蓝色长袍的国度》中也说北京处于"更野蛮的时代""北京城留给我们的只有深深的遗憾：构思完美、规模宏大的北京城竟会如此破旧"③。对于更多的西人来说，由黄包车、骆驼、长袍与低矮的四合院组成的中世纪城市，恰恰印证着欧洲的"现代"。

有些史地类作品是对北京考古学、地理学的专业研究。比如对北京城墙长度的测量。据林语堂考证，马可·波罗认为元大都城墙周长是 24 英里，喜仁龙和埃米尔·布莱奇奈德均认为这个数字不准确。喜仁龙"几乎是一码一码地研究了城墙构造"④，认为大都城墙周长不超过 50 华里。布莱奇奈德经过测量，在《北京研究》中得出结论是大都城墙周长为 50 华里。对于明城墙周长的看法，《明史》对北京内城城墙长度的记载是 28 华里，而阿尔封斯·比尔利·伐维尔的《北京的历史描述》（法国 1900 年出版）提到，1874 年法国军官弗莱利斯和拉比德测量北京内城的周长应为 41.26 华里。这一结论后来被

---

① 林语堂.辉煌的北京［M］.赵沛林，张钧，等译.西安：陕西师范大学出版社，2003：150.
② 鲁迅.灯下漫笔［J］.莽原，1925（2）：6-8.
③ 立德.穿蓝色长袍的国度［M］.王成东，刘云浩，译.北京：时事出版社，1998：5-6.
④ 林语堂.辉煌的北京［M］.赵沛林，张钧，等译.西安：陕西师范大学出版社，2003：310.

喜仁龙所证实。另外，西人还提供了较科学的北京地图。朱丽叶·布莱顿的《北京》、阿灵顿与路易逊的《老北京探故》与法博的法语著作《北京》（1937年出版）都出示了详尽的地图，并指出不同时期北京城的位置。

还有一种著作较为特别，即指南类书籍。20世纪初以来已经有几个版本，其中主要有里德夫人的《北京指南》（Guide to Peking，1904年天津刊行）；斐士（Emil Fischer）的《京师地志指南》（Guide to Peking and Its Environs，1909年天津刊行）、何德兰（Isaac Taylor Headland）的《北京旅游指南》（A Tourist's Guide to Peking，1907年出版）、库克（Thomas Cook）的《北京和陆地路线》（Peking and Overland Route，1917年上海出版）等（上述著作均未有中译本）。与中国人的指南书籍不同，西人的"北京指南"用了许多篇幅介绍北京的名胜，但对于中国人的生活介绍很少，而对在京西人的生活设施的介绍却非常完备，涉及教堂、医院、邮局、饭店、报刊、俱乐部、学校等，也有西人较多任职的机构，如总税务公署、总邮政司、邮政局、电报局、汇丰银行、德华银行、东方汇理银行、华俄道胜银行、横滨正金银行等，还有专门为西人服务的机构与设施。仅对墓地的介绍，就有英国墓地、法国墓地、俄国墓地、葡萄牙墓地、国际墓地等。其他的还有为方便西人旅行与生活的汇率、交通、气象等知识。

史地类著作穿插图片、绘画作品很是常见。《北京的城墙与城门》有109幅照片和50种绘画作品，《老北京探故》插入了许多城市平面图和版画，朱丽叶·布莱顿的《北京》也附有许多照片。在北京大学有五年教龄的英国人燕瑞博著有《北京生活见闻》，用了100多幅照片记录北京的各种中低层生活。在赫伯特·怀特的介绍类著作《美丽的北京》（Peking the Beautiful，1927年上海商务印书馆出版）中也有大量的旅游照片。最具代表性的是德国女摄影家赫达·莫里逊的作品。其于1933—1946年间住在南长街，拍下大量照片，直到1946年解放战争爆发才离开。莫里逊著有 A Photographer in Old Peking，1985年由牛津大学出版社出版，中译本名为《洋镜头中的老北京》。这本书中的图片还被美国作家乔治·凯提斯用在《丰腴时代：北京1933—1940》（The Years That Were Fat, Peking, 1933—1940）中。

三、日本人的北京游记

日本人的北京游记属于一大类。大正年间，从日本前往中国的旅行线被固定下来。1919年开始，日本铁道院以原来的英文东亚指南书为基础，出版日文《朝鲜、满洲、中国指南》。当时日本政府还发售了"日中周游券"，并规定了两种中国游历线路，① 日本文人游历中国遂成风尚。芥川龙之介1921年以大阪《每日新闻》海外观察员的身份抵华，从3月到7月，在游历上海、杭州、汉口、洛阳等地后来到北京，住在八宝楼胡同的《每日新闻》北京分社。他穿着中式服装，一个月流连于雍和宫、什刹海、琉璃厂、北海、天坛、万寿山、白云观等地。回国后，他按照在中国访问城市的顺序撰写旅行记，分别为《上海游记》《江南游记》《长江游记》，发表在《大阪每日》（1921年8—9月，1922年1—2月）、《女性》（1924年9月）上，其中的北京游历部分名曰《北京日记抄》，发表在1925年6月的《改造》杂志上，并在1925年11月结集为《中国游记》在改造社出版。由于芥川龙之介的北京行程相对较晚，其游记中的北京记述也是最后的文字；更因为身体原因，其北京记述只用两天时间完成，故而相对简略，而且多是采访的记录。但考虑到其对倒数第二站天津的记述只有明信片上的简略文字，因此北京记述的文字还算是多的。次年5月，中国学者夏丏尊写下《芥川龙之介氏的中国观》，介绍他在中国的游历，发表于《小说月报》第17卷第4号。另一作家谷崎润一郎也曾手持日本铁道院的"导游书"，1918年经由朝鲜来北京，发表《忆东京》《都市情景》等文。在年轻的作家中，吉川幸次郎于1928年来北京大学留学三年，1931年回国后写下《中国印象追记》。此外，涉及北京的日本人中国游记还有股野琢1908年的《苇杭游记》、《大阪朝日新闻》的记者内藤湖南的《燕山

---

① 内藤湖南，青木正儿.两个日本汉学家的中国行记[M].王青，译.北京：光明日报出版社，1999：34.

楚水》（1900年）、学者小林爱雄记述1908年来华访问的《中国印象记》等。其中，内藤湖南是汉学家，其北京游记还叙述了自辽金以来的北京城市沿革，并大量引述了中国古代典籍。

赞美北京是日本人游记的主导方面。内藤湖南虽早就耳闻北京城之壮丽，但一见之下仍不免惊叹："余观京城，若其规模，则居然乎大国首都也，若得缮治之宜，其壮观比之泰西诸国首都亦不必相让。"① 芥川龙之介到北京的第三天就给友人写信："来北京甫三日，即迷恋于北京矣！虽不能住在东京而旅居北京，乃余之夙愿，昨夜，观剧于三庆园，归途过前门，上弦月高悬，其景色难以形容。与壮大的北京相比，上海如同一蛮市。"② 其《杂信一束》记述了他在中国旅行最后一站天津与友人的一次谈话，还是表明了对北京的热爱：

我："走在如此西洋风格的大街上，也不知为什么，我特别感到一种乡愁。"

西村："你还只有一个孩子吗？"

我："不，我可不是想回日本，而是想回北京啊。"

芥川龙之介对天津印象不佳，其中有爱恋北京这个纯正东方城市的原因。

作家鹤见祐辅在《北京的魅力》中评价北京说："我一面陶醉在这里生活的空气中，一面深想着对于外人有着'魅力'的这东西。元人也曾征服这里，而被征服于汉人种的生活的美了；满人也曾征服这里，而被征服于汉人种的生活的美了。现在西洋人也一样，嘴里虽然说着Democracy呀，什么什么呀，却沉醉于中国人费了六千年建筑起来的生活的美。一旦住过北京，便忘不掉那生活的味道。大风时候的万丈的沙尘，每三月一回的督军们的开战游戏，

---

① 内藤湖南，青木正儿.两个日本汉学家的中国行记[M].王青，译.北京：光明日报出版社，1999：34.

② 竹中宪一.北京历史漫步[M].天津编译中心，译.北京：中国文史出版社，1991：1.

都不能抹去北京生活的魅力。"①

但由于日本人在明治维新"进入近代"后对中国的轻视,日本人的北京记述带着明显的殖民者眼光。这一点连芥川龙之介亦不能免。内藤湖南就常常使用厕所来转喻北京,说:"大街与胡同之角落,胡同屏侧,到处可为粪便堆撒之处。故行于北京街头,空中隐约飘过粪便臭气,觉整个北京城乃一大溷圊。然明时都城建筑旧规,有壮大下水设备,比之文明国都府毫不逊色,清朝文明如何,则由此可以推想矣。"②对北京历史怀念的乌托邦想象,与对现实关照中"日本已经进入近代"的意识形态维护,始终是日本人的中国观,其对北京的记述也没有脱离这一点。

---

① 鲁迅曾选译过鹤见祐辅的随笔集《思想·山水·人物》。
② 内藤湖南,青木正儿.两个日本汉学家的中国行记[M].王青,译.北京:光明日报出版社,1999:83.